KB099926

열녀

홍길
동전

열녀 홍길동전

초판 1쇄 찍은 날 │ 2016년 9월 09일
초판 1쇄 펴낸 날 │ 2016년 9월 23일

지은이 │ 몰도비아
펴낸이 │ 서경석

편 집 책 임 │ 조윤희
편　　　집 │ 이은주
　　　　　　 최고은
디　자　인 │ 박보라

펴　낸　곳 │ 도서출판 청어람
등록번호 │ 제387-1999-000006호
등록일자 │ 1999. 5. 31
어람번호 │ 제5-455호

주소 │ 경기도 부천시 원미구 부일로 483번길 40 서경B/D 3F
　　　(우) 14640
전화 │ 032-656-4452 팩스 │ 032-656-4453
http://www.chungeoram.com
E—mail │ chungeorambook@daum.net

ⓒ 몰도비아, 2016

ISBN 979-11-04-90950-4　03810

Chungeoram romance novel

열녀 홍길동전

몰도비아 장편소설

도서출판 청어람

목차

서장

홍문관 교리 최씨는 오늘도 뿌듯한 마음으로 대문을 열었다. 집 앞 홍문을 찾아보기 위함이었다.

최씨가 과거에 급제하여 벼슬을 얻은 직후, 최씨의 모친은 음독을 했다. 봉양할 시부모는 삼년상을 치른 지 오래요, 자식 또한 장성하여 출세했으니 이젠 지아비와 함께하고프다는 유언을 남긴 채였다. 그 일은 그대로 조정에 알려졌다. 나라님은 시부모를 지극정성 봉양하고 자식 또한 남부럽지 않게 잘 기른 것으로 모자라 정절을 지킴으로써 만천하에 모범이 되었다며 열녀문을 하사했다.

「열녀황주현씨부인의문」.

그것이 열녀문의 이름이었다.

최씨는 마지막까지 자신을 위해 희생해 준 모친에게 감사했다.

모친의 열녀문 덕분에 최씨는 제 능력으론 절대 오르지 못할 홍문관 교리라는 벼슬을 얻게 되었다.

최씨는 매일 아침 홍문을 방문하여 모친을 기리는 것을 빼먹지 않았다. 모친이 정녕 고맙기도 했지만 그것을 본 사람들이 효성 지극한 아들이라며 저를 칭송하는 것 또한 썩 기분이 좋았다.

뿌듯한 얼굴로 홍문에 다다른 최씨가 코를 벌름거렸다. 뭔가 역한 냄새가 풍기고 있었다. 당최 이게 무슨 냄새인가? 어딘가 인근 밭에 퇴비라도 뿌렸나, 하는 생각을 한 최씨는 홍문 앞에서 자신의 생각이 틀린 것을 알았다.

모친의 열녀문이 통칠을 하고 있었다. 현판에서부터 아래로 흘러내린 똥물이 바닥에 흥건했다. 모친의 행적을 기린 비석 또한 통칠을 한 탓에 그 내용을 알아볼 수 없었다. 최씨는 기겁했다. 그였다. 그가 왔다 간 것이 틀림없었다. 감히 우리 가문을 욕보이다니!

"게 아무도 없느냐! 당장 관아에……."

헐레벌떡 왔던 길을 되짚으며 사람을 찾던 최씨는 대문 앞에서 우뚝 멈추어 서더니 털썩 주저앉았다.

어미 목숨값으로 홍문관 교리가 되니 좋더냐?
개쌍놈의 새끼야!

커다란 대문에 말 그대로 대문짝만 한 벽보가 붙어 있었다. 어찌나 힘찬지 절로 오금이 저릴 만큼 강렬한 필체로 적힌 언문

벽보였다.

열녀문착분자(烈女門着糞者).

그가 다녀간 흔적이었다.

1장
열녀문착분자와 흡혈귀가 만나면?

배가 도착했다. 저 멀리 청나라에서 출발한 배였다. 갖가지 물건들을 부려놓는 짐꾼들과 돈 냄새를 맡은 이부터 신기하여 구경 나온 어린아이까지 온갖 사람들이 몰려들었다.

"어머, 스님! 스님 하시기엔 너무 아까우시다."

장터의 모든 이를 내려다 볼 수 있을 만큼 큰 키, 가느다란 눈매, 연지를 발랐다고 착각할 만큼 붉은 입술, 유달리 하얀 피부, 더불어 날렵한 턱 선을 가진 겸을 본 꽃다운 기생이 분내를 폴폴 풍기며 엉겨 붙었다. 비록 삭발은 하지 않았으나 더러운 장삼과 묵직한 바랑, 군데군데 이까지 빠진 푹 눌러쓴 삿갓은 영락없는 스님이건만 기생은 아랑곳하지 않았다.

"스님, 배불뚝이 기름진 아저씨들 지겨워서 그래요. 화대는 받지 않을 테니 보시한다 여기시고 한 번 안 될까요?"

오가는 사람들이 많은 길목 한복판이건만 노골적인 말을 툭툭 내뱉는 기생이 벌써 세 명째였다. 겸의 반응은 세 번 모두 한결같았다. 그러나 세 번째 기생의 반응은 앞선 둘과 조금 달랐다.

"아이, 스님, 그러지 마시고……."

기생은 냅다 겸의 손목을 잡으려 시도했다. 그러나 그보다 겸의 행동이 더 빨랐다. 분명 나란히 있었건만, 한순간에 둘 사이는 서너 발짝 벌어졌다.

"어?"

기생은 어리둥절한 얼굴이었다. 주변에선 아무도 기생과 스님 사이에 벌어진 기묘한 일을 알지 못했다. 그 때문에 도리어 자신이 뭔가 잘못 본 건가 하는 생각을 한 기생은 입을 앙다물었다. 그럴 만했다. 한동안 사내다운 사내를 상대해 본 적이 없었다. 다 늙어 산송장 치르게 생긴 노인네들만 내처 상대했더니 몸이 달아 있던 차였다.

"스니임, 그러지 마시고……."

기생은 후다닥 달려와 다시 팔을 잡으려 했다. 그러나 또 같은 일이 벌어졌다. 스님은 어느 사이엔가 서너 발자국 저 멀리에 있었다. 꿈이라도 꾼 건가 싶을 지경이었다. 이 지경에 이르자 기생은 오기가 생겼다.

"스님!"

콧소리는 어디 갔을까? 냅다 소리 지른 기생이 다시금 달려와 팔을 뻗었다. 반복되는 행동에 슬슬 사람들의 시선이 모여들고 있었다. 삿갓 아래 드러난 겸의 붉은 입술이 살짝 비틀렸다. 동시에 기생에게 팔을 잡혔다. 기생은 드디어 해냈다는 기대감에 차서 그를 올려다보았다.

"스님, 그리 빼지 마시고……."

겸의 붉은 눈동자가 번뜩였다. 그 기세에 놀란 기생은 스스로 팔을 놓았다. 잔뜩 겁에 질린 얼굴이었다. 차갑게 옷자락을 털어낸 겸은 다시 발을 놀렸다.

"형님! 어찌 되었소?"

앳된 얼굴의 애기 기생이 달려왔다. 얼굴엔 호기심이 가득이었다. 그러나 형님이라 불린 기생은 사색이 되어 있었다.

"형님?"

두려움에 잠식당한 기생이 털썩 주저앉았다. 장터 한복판이었다. 애기 기생이 깜짝 놀라 소리쳤다.

"어머, 형님!"

아우가 붙들고 일으켜 보려 했지만 소용없었다. 바들바들 떠는 그녀는 도무지 일어날 기색이 보이지 않았다. 살기를 갈무리한 겸은 이미 저만치 가버린 후였다.

겸은 해 저물녘이 되었음에도 발길을 멈추지 않았다. 앞에 남은 것이라곤 산밖에 없었다. 마지막 인가가 분명할 주막을 보고도 그냥 지나쳤다.

"스님! 그 앞은 산중이라오! 쉬었다 가세요!"

친절한 주막 주모가 붙들었지만 그는 귓등으로도 듣지 않았다.

붉은 노을이 완전히 사라지고 새카만 어둠이 찾아왔다. 별이 총총 떠오르자 겸은 긴 한숨을 내쉬며 삿갓을 벗었다. 시원한 밤바람이 낮 동안 뜨겁게 달궈진 피부를 식혀주었다.

"하아, 이제 좀 살 만하네."

비록 회복력이 더 빨라 목숨엔 지장이 없다 한들, 지속적으로 화상을 입고 치료되는 와중에 겪는 고통이 달가울 리 없었다. 진심이 가득 담긴 한마디를 내뱉은 그는 다시 삿갓을 쓰고 발길을 재촉했다. 통증이 사라진 덕분인지 훨씬 더 힘찬 발걸음이었다.

어느덧 깊은 산중에 도착했다. 잠시 발길을 멈춘 그는 가만히 숨을 죽였다. 차가운 밤바람이 불어왔다. 그 바람에는 산중에 기거하는 짐승들의 기척이 실려 있었다. 슬쩍 미소 지은 그가 다시 발을 놀렸다. 아까와 확연히 다른 방향이었다. 놀랍게도 낙엽이 가득 깔린 숲길이건만, 바스락거리는 소리조차 나지 않았다. 속도 또한 바람처럼 빨랐다. 마치 얼음 위를 미끄러지듯 그는 숲을 헤쳤다.

한참이 지나 도달한 곳은 커다란 동굴 앞이었다. 겸의 입술이 붉은 호를 그렸다. 그의 기척을 눈치챈 존재가 동굴 안에서 몸을 웅크렸다. 어둠 속에서 노란 안광이 번뜩였다. 나지막이 으르렁 소리가 들려왔다.

겸이 사라졌다. 뒤이어 들린 것은 켕, 하는 날카로운 비명뿐이었다. 잠시 후, 동굴에서 겸이 걸어 나왔다. 만족스러운 미소가 얹힌 입가에 붉은 핏물이 맺혀 있었다. 그는 장삼 자락으로 입가를 훑었다.

오랜만의 포식이었다. 배를 타고 오는 내내 명령이고 뭐고 한 명 죽여 버릴까 하는 생각을 수도 없이 했었다. 하지만 그는 이제 갓 태어난 애송이였다. 정체를 드러내지 말라는 시조의 명령을 어길 만한 배짱이 그에게는 없었다.

겸은 긴 한숨을 내쉬었다. 명령을 받고 임무를 수행하기 위해 조선에 왔지만 막막하기 짝이 없었다. 정보는 단 하나, 한양에 가보면 된다는 것뿐이었다. 한양이 어디냐고 물었더니 조선이라는 나라의 수도라 했다. 한숨이 절로 나왔다. 모래밭에서 바늘 찾기가 아닌가? 더구나 아비인 시조의 명령조차 무시한 채 조선까지 내빼 버린 망나니 도련님이다. '나 여기 있소!' 하고 알아서 나타나 줄 것 또한 아닌 것은 자명한 일이 아니던가?

한 번 더 길게 한숨을 내쉰 겸은 다소 흐트러진 삿갓을 바로 쓰고 장삼을 매만지더니 다시 길을 재촉했다. 어쨌든 명령을 어길 수는 없는 일. 뜨거운 태양이 다시 떠오르기 전에 한양에 도착할 심산이었다.

병조판서 한씨의 집은 대낮처럼 환했다. 그믐밤이건만 어찌나 불이 많은지 그믐인 것을 모를 지경이었다. 희한하게도 그들이 지키는 것은 병조판서의 고래 등 같은 기와집이 아니라 최근 한씨의 며느리에게 하사된 「열녀전주이씨부인의문」이었다.

"말세야 말세. 감히 열녀문을 더럽히려는 자가 있다니 말일세."

삼삼오오 모여 있는 병졸들은 하나같이 혀를 찼다. 감히 아녀자의 굳은 정절을 상징하는 열녀문만 골라 똥칠을 하는 자는 대체 어떻게 되먹은 작자란 말인가? 하도 남우세스러워 그자에 대한 이야기는 조정에서조차 공식적으로 언급하길 꺼리는 지경이었다.

둘러보던 상급자가 대문 안으로 사라지자 추위를 이겨보려 발을 동동 구르던 병졸들이 하나둘 입을 열었다.

"한데 그 소문 사실인가?"

"무슨 소문?"

"이씨 말이여, 고부 사이가 그렇게 나빴다면서?"

"아, 아들 잡아먹은 년이라고 아주 드잡이를 했지."

"머리채를 잡았다고?"

"그것뿐인가? 삼년상이 끝나기 무섭게 냉골이나 다름없는 별채로 쫓아냈다던데? 이 추운 엄동설한에."

"삼강행실도 열녀편인가 뭔가 하는 책을 베껴 쓰라고도 했다면서?"

"남편 죽고 따라 죽은 열녀들 이야기만 있는 그 책?"

"아주 죽으라고 고사를 지낸 셈이네."

"죽자마자 바로 조정에 고한 것만 봐도 수상하지."

"친정에선 가만있었다던가? 그래도 전주 이씨면 알아주는 양반일 텐데?"

"전주 이씨라서 문제지. 출가외인 아닌가."

"하이고 이씨만 불쌍하네."

"올해로 겨우 스물하나라던가……."

"꽃다운 처자가 갔네그려."

"아깝시 아까워. 한 미모 했……. 이게 뭐지?"

늙은 병졸이 허리를 굽혔다. 팔락팔락 새하얀 종이 한 장이 흙바닥에 사뿐히 내려앉았다. 호기심을 이기지 못한 병졸이 그것을 집어 들었다. 한지에는 깨알 같은 글자가 적혀 있었다.

"이게 뭐라고 쓰인 거야?"

나이 든 병졸이 두 눈을 가늘게 뜨고 종이를 높이 들었다. 다행히 언문이었다.

"나, 나, 남의 딸 새, 새, 새……."

"아, 이리 내봐요!"

이제 갓 병졸이 된 새파랗게 어린놈이 답답한 듯 홱, 종이를 낚아채서 큰 소리로 읽기 시작했다.

"남의 집 귀한 딸 생목숨 끊어내고 열녀문 하사받아 좋다고 하는구나. 정작 나는 원통하여 떠나지를 못하노니 대대손손 들러붙어 만세토록 저주하리!"

그는 자신이 술술 읽어낸 것이 뿌듯한 얼굴로 어깨를 으쓱했다. 때를 같이해 하늘에서 우수수 종이 비가 내리기 시작했다. 팔락팔락 춤추다 떨어진 한지엔 하나같이 깨알 같은 언문이 적혀 있었다. 모두가 같은 내용이었다.

"저놈 잡아라!"

벌컥, 병조판서의 집 대문이 열리고 창칼을 든 병사들이 우르르 쏟아졌다. 관아에서 차출되어 온 병졸들은 바짝 긴장하고 벽에 붙어 섰다.

"저기다!"

말 탄 군관이 소리쳤다. 그의 칼끝이 가리킨 쪽 지붕 위에서 검은 인영 하나가 휙 사라졌다.

"잡아라!"

깊은 밤, 추격전이 벌어졌다. 괴한은 어찌나 날렵한지 동에 번쩍 서에 번쩍 홍길동 같았다. 그를 따르는 병사들이 우르르 몰려 이쪽으로 갔다 저쪽으로 갔다 요란을 떠는 소리가 먼 곳, 겸의 귀에까지 들려왔다.

밤새 달린 겸은 산 밑의 다 쓰러져 가는 물레방앗간을 발견하곤 휴식도 취할 겸, 어둠 속으로 숨어들었다. 제아무리 목숨에 지장이 없다 한들, 화상의 고통을 겪으며 돌아다니는 건 굳이 또 하고픈 경험이 아니었다. 그렇게 정좌를 하고 앉아 명상을 하던 겸은 소란스러움에 눈살을 찌푸렸다.

전쟁과 무관한 곳이라 조용할 것이라 여겼건만, 시끄럽긴 조선 또한 마찬가지란 생각을 하며 다시금 마음을 가다듬었다. 그러나 잠시 후, 달콤한 향기가 그를 온통 흔들어놓았다. 눈살을 찌푸린 겸은 소맷자락으로 코를 막았다.

믿을 수 없었다. 가임기의 여성 흡혈귀가 내뿜는 유혹 향이 아니고서야 이렇게까지 달콤할 리 없건만……. 매혹적인 향기는 점점 가까워지고 있었다. 위험했다. 분명 인간의 향기였다. 그 정도 차이쯤은 충분히 인식할 수 있는데도 도저히 참아낼 수 없었다. 가슴 저 밑바닥에서 흡혈 욕구가 스물스물 기어 올라왔다.

종종 어린 흡혈귀들 중에 앞뒤 가리지 않고 사람을 해치는 부류가 있었다. 하지만 그들의 행위는 나약한 인간 앞에서 자신들의 강력함을 과시하려는 것이지 절대로 흡혈 욕구에 굴복당해서가 아니었다. 제아무리 굶주렸다 한들, 그들 또한 이성을 가진 인간. 당연히 제어할 수 있어야 하는데…….

벌컥, 물레방앗간의 문이 열렸다. 검은 복면의 괴한이었다. 향기는 괴한에게서 뿜어지고 있었다. 겸은 황급히 기척을 지우고 숨을 멈췄다. 안에 누가 있는지도 모른 채 소리 없이 문을 닫은 괴한은 구석진 곳에서 보따리 하나를 꺼내 들었다.

그가 복면을 벗었다. 작고 도톰한 붉은 입술 사이로 연신 거친

숨이 뿜어졌다. 쫓기는 터라 한참이나 숨 가쁘게 달린 탓이었다. 덕분에 갸름한 얼굴 또한 온통 땀범벅이었다. 그러나 크고 둥근 눈동자는 지친 기색 없이 생생하게 빛나고 있었다.

괴한은 뒤이어 훌훌 옷도 벗었다. 검은 바지저고리가 바닥에 떨어졌다. 겸은 한 번 더 당황해야 했다. 놀랍게도 그 속에서 드러난 것은 단단하게 가슴을 동여맨 한껏 성숙하고 무르익은 낭창 낭창한 여체였다.

빠른 손놀림으로 치마를 걸친 괴한, 아니 여인은 상투를 풀고 손가락을 이용해 꼼꼼하게 머리를 빗어 땋아 내리더니 이내 쪽을 졌다.

비녀까지 찌른 여인이 저고리에 묻은 흙먼지를 털어냈다. 옷자락이 펄럭이며 여인의 향기가 더욱 진하게 풍겨 났다. 애써 지우고 있던 기척이 말짱 도루묵이 됐다. 겸의 입에서 나직한 신음이 뿜어졌다.

속고름을 매던 여인의 눈이 날카롭게 빛났다. 순식간에 치마 속 단도를 빼서 날렸다. 당하고 있을 겸이 아니었다. 여전히 옷소매로 코와 입을 막은 채로 그 또한 날렵하게 몸을 날렸다. 단도는 그대로 벽에 박혀 버렸다.

날쌔게 달려든 여인이 발차기를 날렸다. 치마가 펄럭이며 체취가 휘날렸다. 겸으로서는 정신이 몽롱해질 지경이었다. 움직임을 멈추게 해야 했다.

"기다리십시오. 나는 나쁜 사람이 아닙니다."

"나는 나쁜 사람이오, 하는 나쁜 놈도 있더냐?"

여인은 봐주지 않았다. 어느덧 단도를 뽑아 들어 인정사정없이 휘둘렀다. 당연히 그 칼에 당할 겸이 아니었지만 여인이 움직일 때마다 풍기는 체취에 정신을 차릴 수 없었다. 이러다 여인을 살해라도 하면 큰일이었다. 향기만 아니었다면 인간 여자 하나쯤, 제아무리 무예가 출중하다 한들 제압하는 건 일도 아니건만, 겸은 당황스럽기 짝이 없었다.

대치가 길어지자 채화 또한 뭔가 이상하다는 생각을 했다. 상대는 술에라도 취한 듯 휘청거리고 있었지만 몸놀림이 예사롭지 않았다. 마치 놀리기라도 하는 듯 흐느적거리면서도 여유롭기 짝이 없었다. 자존심이 상하지만 분명 단박에 자신을 제압하고도 남을 솜씨였거늘, 어째서인지 그는 그저 피하기만 했다. 어쩌면 정말로 나쁜 이가 아닐지도 모른단 생각이 들려는 찰나,

"저기 저 방앗간도 뒤져보아라!"

자신을 쫓던 말 탄 군관의 목소리가 들렸다. 낭패였다. 채화가 빠르게 말을 뱉었다.

"정말로 나쁜 사람이 아니라면 서로 돕고 사십시다."

채화의 공격이 멈추자 이제 살았구나 싶었던 겸이 되물었다.

"무엇을……."

채화는 그대로 겸의 멱살을 잡고 바닥에 쓰러뜨렸다. 우당탕 하는 요란한 소리와 함께 채화가 바닥에 눕고 그 위에 겸이 올라 탄 모양새가 되었다. 몸싸움을 벌이느라 기껏 매어놓은 채화의 속고름은 풀어진 지 오래였고 겸의 장삼 또한 매무새가 엉망이긴 매한가지였다. 이게 뭐하는 거냐고 소리라도 지르려는 찰나, 요란한 소리를 내며 문이 열렸다.

"꺅!"

여태껏 칼을 휘두르던 여인이 맞나 싶을 만큼 가냘픈 비명과 함께 채화가 황급히 앞섶을 움켜쥐며 일어나 앉아 몸을 돌렸다. 병사들이 들이미는 횃불에 붉은 눈동자가 들키기라도 할까 싶어 겸은 다급하게 눈이 부신 척, 팔을 들어 가렸다.

횃불을 든 병사들이 볼 수 있는 건 쪽찐 여인의 뒷모습과 엉망이 된 장삼을 입은 사내였다.

"허허, 스님 행세를 하는 놈 하나에 쪽찐 머리의 여인네라……. 말세네, 말세."

병사들은 쯔쯔 혀를 차더니 방앗간을 대충 휘 둘러보았다.

"찾았느냐!"

군관이 들이닥쳤다. 채화는 크게 놀란 척을 하며 겸의 품에 안겨들었다. 얼굴을 들키지 않기 위함이었건만, 채화는 자신도 모르게 눈을 크게 뜨고 겸을 올려다보았다.

"수상한 사람은 없습니다요."

"그럼 수상하지 않은 사람은 있단 말이냐?"

"아, 그것이……."

병사가 우물쭈물하자 군관은 직접 확인하기 위해 방앗간에 들었다. 그리곤 눈살을 찌푸렸다. 정절이 무엇보다 높게 평가되는 시기였다. 그런데 눈앞에 펼쳐진 상황은 정절과는 전혀 거리가 멀었다.

"너, 어디의 누구지?"

"그냥 떠돌이입니다."

겸은 무미건조하게 대꾸했다.

"팔을 내려봐."

겸은 천천히 팔을 내렸다. 그 와중에 횃불이 만들어낸 그림자 속에 적당히 눈동자를 감추었다. 어차피 그러지 않았어도 알아보기 어려울 밤이었고 거리였지만 혹시 모를 일이었다.

"거기 여자, 너도……."

"귀한 댁 부인입니다. 얼굴이 알려지면 시끄러워질 겁니다."

겸이 말을 잘랐다. 바보가 아닌 이상 저들이 쫓는 게 품 안의 여인인 것을 모를 수가 없었다. 그러나 그냥 내어줄 수 없었다. 지켜야 한다거나 하는 건 아니었다. 여전히 그를 매혹시키는 향기가 어째서 나는 것인지 알아야 했다. 군관은 고심하는 것처럼 보였다. 그는 아직 말단이었다. 괜히 시끄러운 일에 휘말려서 좋을 게 없었다. 고민은 길지 않았다. 그는 이내 발을 돌렸다.

"가자."

군관이 나가자 병사들도 한 번씩 혀를 차곤 그 뒤를 따랐다.

"그럼 재미들 마저 보시우."

마지막으로 나선 이가 낄낄거리며 문을 닫아주었다. 그제야 문 바로 옆에 검은 복면과 옷가지가 나뒹구는 것을 발견한 겸은 가슴을 쓸어내렸다. 그러나 다시금 심장 철렁할 소리가 들려왔다.

"흡혈귀인가?"

겸은 화들짝 놀라 떨어졌다.

"무, 무슨 말을 하시는 겁니까?"

"피부가 너무 차갑잖아."

채화는 옷고름을 매며 무심하게 말을 이었다.

"혹시 오래 굶었어? 아까 보니까 비틀거리던데?"

겸은 당혹스러웠다. 아직 조선에는 흡혈귀의 존재가 알려지지 않았다고 했다. 심지어 위의 일족이 오래도록 터를 잡은 청에서조차 흡혈귀의 존재는 미신에 가까웠다. 그런데 이토록 당연하다는 듯 묻는 여인이라니?

매무새를 바로잡은 채화가 왼팔을 내밀었다.

"피가 필요해?"

겸은 얼른 특유의 무표정을 되찾았다.

"무슨 말씀을…… 뭘 하시는 겁니까!"

다급하게 소리 지른 겸이 얼른 채화의 오른팔을 잡았다. 그 손엔 아까의 단검이 쥐어져 있었다. 여전히 왼쪽 손목을 내민 채였다.

"상처를 내야 피가 날 거 아냐. 당신, 오래 굶은 것처럼 보여."

"그러다 죽습니다!"

채화가 고개를 갸웃했다.

"죽을 만큼 필요한 건 아니라고 들었는데?"

겸은 혼란스러웠다. 지금 흡혈에 대한 이야기를 하고 있는 게 맞는지 의심스러웠다. 인정해야 하느냐 말아야 하느냐, 겸은 시치미를 떼기로 했다.

"칼로 손목을 그으면 당연히 죽지 않겠습니까?"

채화는 물끄러미 겸에게 잡힌 손목을 내려다보았다. 그제야 겸 또한 화들짝 놀라 팔을 풀었다. 햇빛을 막기 위해 감았던 천을 답답하여 풀어둔지라 맨손이었다. 잡힌 채화의 손목 또한 맨살이었다. 체온이 그대로 전해졌을 것은 당연지사였다. 채화의 시선이 다시 겸의 얼굴로 돌아왔다. 정확히 겸의 눈동자를 향한 시선이었다. 겸은 침을 삼켰다. 다행히 어두워 확인될 리 없었다.

"붉은 거 같기도 하고 아닌 거 같기도 하고……."

고개를 갸웃거린 채화는 이내 몸을 돌렸다.

"몰라. 본인이 필요 없다는데 뭐 알아서 하겠지."

기운차게 움직여 복면과 옷가지를 챙겨 든 채화가 먼지를 팡팡
털어내더니 보자기에 쌌다. 그리곤 막 문을 나설 것처럼 보였는
데 홱 몸을 돌렸다.

"필요하면 찾아와. 엄한 사람 죽이지 말고. 피 빨려 죽은 시신
이 나왔단 소문이 돌면 내가 너를 찾아서 죽일 테니까."

씩 웃으며 던진 말이었건만 겸은 그 속에 담긴 살기를 확실하
게 잡아냈다.

"그럴 일 없을 겁니다. 전 흡혈귀가 아니니까요."

"흐응, 그걸 증명하고 싶다면 환한 대낮에 날 찾아와야 할걸?"

채화는 뭐가 그리 재미난지 깔깔거리며 웃더니 문을 열었다.
어느덧 희뿌옇게 사방이 밝아오고 있었다. 채화가 뿌연 안개 속
으로 사라졌다. 겸은 가슴을 쓸어내렸다. 그녀가 멀어지자 체취
또한 당연히 멀어졌다. 그녀의 체취가 멀어질수록 겸의 머릿속은
차가워졌다. 천천히 매무새를 가다듬으며 겸은 곰곰이 생각해 보
았다.

아무리 생각해 보아도 여자는 흡혈귀를 만난 적이 있는 것 같
았다. 낮은 체온, 붉은 눈동자, 흡혈 습성까지 너무 잘 알고 있었
다. 분명 누군가를 만난 적이 있는 것이다. 겸이 아는 한 조선에
있는 흡혈귀는 자신과 망나니 도련님 류뿐이었다. 어쩌면 그녀가
류의 친구일지도 몰랐다. 체취에 대한 문제는 그저 덤이었다.

결론을 내린 겸은 단단히 무장을 했다. 삿갓을 깊게 눌러쓰고

두툼한 장삼을 걸쳤다. 낡디낡은 천으로 손가락 하나하나 일일이 감쌌다. 한겨울이기에 가능한 위장 아닌 위장을 마친 겸은 조심스럽게 방앗간을 나섰다. 바깥은 어느새 환해져 있었다.

채화는 산길을 걷고 있었다. 아직 푸름이라곤 찾아보기 어려운 한겨울 풍경이었지만 봄이 멀지 않았음을 증명하듯, 졸졸졸 물 흘러가는 소리가 기분 좋았다. 점점 더 깊은 숲으로 찾아드는데 팡팡, 깊은 숲에 어울리지 않는 소리가 들려왔다. 멍하니 혼자만의 생각에 빠져 걷고 있던 채화가 주위를 둘러보았다. 분명 빨랫방망이 소리였다. 역시나, 이제 겨우 얼음이 녹은 냇가에서 낯익은 이가 빨래를 하고 있었다.

"아니 형님, 이 엄동설한에 아침부터 빨래를 해요?"

"그간 못 한 빨래가 산더미야."

"이리 주세요. 제가 할게요."

채화는 냉큼 다가가 방망이를 빼앗았다.

"됐어. 내 빨래를 왜 네가 해?"

"한 살이라도 젊은 내가 낫지 않겠어요? 날이 이리 추운데 할망구 손가락이 버티겠어?"

"이년아! 너나 나나 몇 살이나 차이 난다고?"

"십 년이면 많지."

채화는 넉살 좋게 주저앉아 물속에 빨래를 넣고 흔들어댔다. 손이 시렵다 못해 아플 지경이었지만 내색하지 않았다. 이때껏 빨래를 하고 있던 중년의 안산댁은 이렇게 남편의 기일 즈음만 되면 자신을 혹사시키곤 했다. 한동네에 사는 터라 그 사정을 모를 리 없었다.

"해마다 미안해."

"별게 다 미안하네."

"어젯밤에 일은 잘했어?"

"그럼요. 이렇게 무사히 돌아왔잖아요?"

안산댁은 채화가 아무렇게나 던져둔 보퉁이를 쳐다봤다.

"대단하네. 나도 오라비들 배울 때 따라 배울걸, 계집아이는 글이고 무예고 다 필요 없다고······."

"대신에 형님은 음식을 잘하잖아요? 내가 한 음식이 어디 사람 먹을 음식인가? 형님 아니었음 나는 오래전에 굶어 죽었을걸?"

안산댁이 킬킬거렸다. 얼마 전 채화가 귀한 미역을 구해다 국을 끓여준 기억이 났다. 안산댁의 생일이었다. 억지로 웃으며 먹긴 했는데 그게 그대로 얹히는 바람에 사흘을 고생했었다. 채화는 미안해 어쩔 줄 몰라 했었다. 죽은 서방도 그랬었는데······.

"자, 다 했어요."

멍하니 혼자만의 생각에 빠져 있던 안산댁이 퍼뜩 정신을 차렸다.

"벌써?"

"벌써는? 혼자 또 딴생각해 놓고 나 심심하게."

"미안해."

안산댁이 배시시 웃으며 함지를 받아 이었다. 채화가 안산댁을 도왔다.

"넌 안 가?"

"일이 좀 있어요."

"일?"

안산댁이 이 산중에, 이 아침에 무슨 일이냐는 눈으로 쳐다봤지만 채화는 생글거리기만 했다. 안산댁의 얼굴에 걱정이 묻어났다.

"뒤를 밟힌 거야?"

"나쁜 사람은 아니니까 걱정 마세요."

"조심해……."

안산댁은 조심스럽게 주위를 둘러보더니 종종걸음으로 사라졌다. 안산댁이 저 멀리 사라지도록 멀거니 서 있던 채화의 뒤로 겸이 모습을 드러냈다. 휙 몸을 돌려 득달같이 달려든 채화는 겸의 멱살을 잡더니 그대로 날아올라 물속에 처박았다. 첨벙, 찬물이 사방으로 튀어나갔다.

겸은 당최 이 상황을 이해할 수 없었다. 몰래 따른 것도 아니다. 그녀를 발견한 후로 줄곧 부러 기척을 드러내고 있던 참이다. 처음엔 뭔가 딴생각이라도 하는지 알지 못하는 듯했으나 빨래를 시작한 후론 그녀가 자신의 존재를 눈치챘단 사실을 확연히 알 수 있었다. 그런데 왜?

"당신 미쳤어? 내가 아무리 증명하랬다고 이렇게 훤한 대낮에 돌아다녀?"

채화의 말을 듣고 나서야 겸은 그녀가 왜 이런 기이한 행동을 했는지 알 수 있었다. 괜찮다고 대답을 해줘야 했다. 그러나 채화가 겸을 놓아주지 않았다. 물속에서 나오려고 하면 자꾸만 내리눌렀다. 모르는 사람이 본다면 물고문이라도 당하는 줄 알 만한 모양새였다. 겸은 에라 모르겠다, 몸에 힘을 뺐다. 참으로 알다 가도 모를 여인이었다.

겸을 물속에 처박아 놓고 사방을 두리번거린 채화는 다시금 날아올랐다. 겸의 멱살을 그대로 움켜쥔 채였다. 순간 겸은 짐짝이 된 것 같은 현실에 헛웃음이 나왔다. 날렵하게 몸을 날린 채화는 가까운 산막 안에 겸을 집어 던지다시피 했다. 드디어 채화의 손아귀에서 놓여난 겸은 한숨을 내쉬며 입을 열었다.

"어차피 화상은 입을지언정, 생명에 지장을 주진 않습니다."

채화의 미간에 깊은 주름이 생겼다. 겸은 그녀의 그런 반응을 이해할 수 없었다. 채화가 툭 내뱉었다.

"화상을 입을 때 아프잖아."

겸은 당혹스러웠다.

현재 전쟁이 벌어지고 있는 땅에서 흡혈귀는 그저 괴물에 불과했다. 인간들은 흡혈귀를 발견하면 무슨 수를 써서든 찢어 죽이고 태워 없앴다. 그래서 겸은 채화의 반응이 당혹스러웠다.

"제가…… 고통스러울 것이 걱정되었다는 겁니까?"

"나도 알아. 자체 치유력이 상상 이상이라 화상을 입는 속도보다 치유되는 속도가 빠르다는 거, 특히나 이런 계절에는, 하지만 그래도 아픈 건 아픈 거잖아? 왜 스스로를 고문해?"

채화는 마치 상상이라도 되었다는 듯 몸을 떨었다. 겸은 한숨을 쉬며 고개를 흔들었다. 깊은 물 속에 겸을 처넣으려다 보니 채화 또한 물에 젖은 상태였다. 뚝뚝, 물을 떨구는 모양새가 흡사 물에 빠진 생쥐였다.

"그래서 이 엄동설한에 스스로 물에 뛰어든 겁니까? 일면식도 없는 인간…… 아니, 흡혈귀가 고통스러운 걸 그냥 두고 볼 수 없어서?"

채화는 마치 그제야 자신의 상태를 깨달았다는 듯 흠칫 떨더니 산막을 빠져나갔다. 잠시 후, 냇가에 팽개쳐 있던 자신의 보따리를 챙겨 들어왔다. 그리곤 아무렇지 않다는 듯 훌훌 옷을 벗기 시작했다. 만난 지 반나절도 안 됐는데 벌써 두 번째라……. 겸은 혀를 찼다.

속바지와 가슴띠만 남게 되었음에도 채화는 더 벗을 기세였다. 아마 젖은 것을 몽땅 벗어버리려는 게 아닌가 싶었다. 민망해진 겸이 헛기침을 했다. 채화가 잠시 하던 행동을 멈추고 고개를 돌리더니 이상하단 표정을 지었다.

"너희들, 인간 여자한테 관심 없는 거 아냐?"

"관심이 없는 것과 민망한 것은 별개의 문제입니다."

"아……."

채화는 멈칫했다. 그제야 얼굴이 빨개졌다. 참으로 이상한 여인이라 여기며 겸이 몸을 돌렸다.

"보지 않겠습니다."

"그, 그래."

겸의 얼굴에 작은 미소가 떠올랐다. 뭔가 이 상황이 그냥 유쾌했다. 이유는 알 수 없었다.

"다 됐어."

겸이 다시 몸을 돌렸다. 채화는 간밤의 검은 옷을 입고 있었다. 다시 야무지게 묶어놓은 보따리에 물기가 올라오는 것을 보니 젖은 옷을 죄다 벗어버린 모양이었다. 순간 '속옷은……' 하는 말이 목구멍까지 올라왔지만 꾹 눌러 참았다.

"그래서 왜 따라온 거야? 흡혈귀가 아닌 것을 증명하려는 건 아닌 거 같고……."

채화가 겸의 눈동자를 똑바로 바라보았다. 산막 안은 어둑했지만 알아보기 어려운 수준은 아니었다. 채화에 의해 이리저리 던져지는 와중에 삿갓은 뒤로 홀렁 넘어간 지 오래였다.

"굳이 감출 생각은 아니었습니다."

"그럼 왜 왔는데?"

"흡혈귀에 대해 어찌 그리 잘 아는지 물어보러 왔습니다."

"아……."

채화는 조금 난처한 얼굴을 했다.

상대가 흡혈귀임을 알아챘던 간밤에 채화가 가장 먼저 떠올린 것은 본인이 배고팠던 때의 기억이었다. 동시에 상대 또한 배가 고플 거라 생각하고 보니 도저히 그냥 넘어갈 수 없었다. 그래서 그랬던 건데…….

"말하기 곤란한데……."

"어째서입니까?"

"녀석이 그랬거든. 자신을 찾는 사람이 있을 거라고 그래서 혹시 누가 물으면……."

채화는 또 아차 하며 입을 다물었다. 겸이 씩 웃었다.

"이미 늦으셨습니다."

"알아."

채화는 무척 난처한 얼굴이었다.

"그러니 그냥 말해주세요. 그 흡혈귀의 이름이 무엇입니까?"

"안 알려줘."

"류 맞지요?"

채화가 흥, 고개를 돌렸다. 겸은 확신했다. 채화의 눈썹과 눈동자의 미세한 떨림은 분명히 겸의 물음에 대한 당황이었다. 겸이 빙그레 미소 지었다.

"어차피 조선에 흡혈귀는 저와 그 사람 단둘뿐입니다. 당신이 흡혈귀를 보았다는 것 자체가 제게는 중요한 증거인 셈이지요."

"그래서 뭘 어쩔 건데? 고문이라도 해서 알아내려고? 그래도 소용없을걸? 난 정말 녀석이 어디에 있는지 몰라. 그냥 가끔 서로 생사나 확인하는⋯⋯."

채화는 또 아차 하며 입을 다물었다.

"종종 연락이 오는 거군요? 가끔 만나기도 할 테고."

채화는 또 흥, 고개를 돌렸다. 이미 때늦은 행동이었다. 씩 웃은 겸이 다시금 드러난 맨살이 없는지 꼼꼼하게 확인한 후 삿갓을 눌러쓰곤 산막 문을 열었다.

"그럼 가보실까요?"

"어, 어디를!"

"앞으로 잘 부탁드리겠습니다."

"이, 이봐?"

겸은 이미 밖으로 나간 후였다. 채화는 당황스러운 얼굴로 냉큼 그 뒤를 따랐다. 아무리 봐도 고문할 생각인 건 아닌 듯 보였다. 그럼 대체 무얼 하려는 것일까?

"이봐! 거머리 양반!"

앞서가던 겸이 휙 몸을 돌렸다. 잔뜩 찡그린 얼굴이었다.

"말이 좀 심하십니다."

"어…… 미, 미안해."

채화는 자신도 모르게 내뱉은 말이 심했다고 생각했다. 그래서 진심으로 사죄했다.

"그치만 뭘 어쩌려는 거야? 설마…… 아니지?"

"그 설마가 맞을 겁니다."

이제 막 건너온 참이었지만 조선에 대해서 대충은 알고 있었다. 여인네의 정절이 중시되는 시기, 남녀가 유별한 세상, 남녀칠세부동석이라 하여 일곱 살만 넘으면 친오라비와 아비가 아니면 사촌조차 사내는 만나보기 어려운 세상. 겸은 자신이 생각한 방법이 채화에게 효과적인 고문이 될 거라 여겼다. 쪽찐 머리, 필시 부인네였다. 달가울 리 없었다. 그런데 채화의 반응이 묘했다.

큭큭큭, 웃음소리가 들려왔다.

"왜 웃으십니까?"

"정말 같이 살려는 거야?"

"표현이 이상하군요. 전 그저 머물 생각일 뿐입니다. 그가 연락을 해올 때까지."

"후회할걸?"

겸은 어리둥절했다. 후회할 것은 자신이 아니라 여인이어야 했다.

"제가 후회를 할 거란 말인가요?"

채화는 대답하지 않고 휙 겸을 지나쳐 갔다. 순간 또 달콤한 향기가 풍겼다. 물속에까지 들어갔다 나왔거늘……. 겸은 이를 악물고 채화의 뒤를 따랐다.

빤히 저 아래 마을이 보였다. 대여섯 채의 초가집이 옹기종기 모여 있는 작은 촌락이었다. 그런데 채화는 도통 내려갈 생각을 하지 않았다. 그녀의 집에서 머물겠다 선포했던 때, 당당했던 것과는 완전 딴판이었다. 겸은 자신의 생각이 적중했다고 여겼다.

"제가 함께인 것이 싫으면 그에 대해 알려주시면 됩니다."

채화는 어리둥절한 얼굴로 쳐다보았다.

"내 말을 뭐로 들은 거야? 나를 따라 온다는 건 너 또한 난처한 일일걸?"

"그 말이 진실이라면 왜 마을로 들어가지 못하고 있는 겁니까? 언행이 일치하질……."

겸이 말을 끊었다. 채화는 말없이 손가락을 까딱이며 하늘을 가리키고 있었다. 겸은 그제야 깨달았다. 길게 한숨을 내쉬었다.

"말했잖습니까? 한겨울의 창백한 햇볕은 이렇게 싸맨 정도로도 충분히 막을 수 있다고."

"아픈 게 사라지는 건 아니잖아?"

"참을 만합니다."

"참을 만하다고 안 아픈 거 아니잖아?"

"그래서 지금 저 때문에 여기 이러고 있는 겁니까? 할 일도 없는데 멀거니?"

"할 일이 왜 없어? 아까부터 내가 하던 걸 뭐라고 생각한 건데?"

그러고 보니 채화는 분주하게 돌아다니고 있었다. 겸은 그 뒤를 별생각 없이 따르며 채화가 난처하여 마을로 가지 못하고 뱅

뱅 돈다고 여겼을 뿐이었다.

채화가 손을 내밀었다. 그 손에 잔뜩 들린 것은 겸이 처음 보는 꽃이었다. 하얀 꽃잎이 원통형으로 꽃술을 감쌌고 그 아래 붉은 기 짙은 커다란 자색 꽃잎 다섯 장이 활짝 펼쳐져 있었다. 독특한 생김새에 한번쯤 더 들여다볼 법하건만 겸은 소맷자락으로 코와 입을 막은 채 눈살을 찌푸리며 뒤로 물러났다. 채화가 고개를 갸웃거리며 물었다.

"뭐야? 꽃향기 싫어해?"

"이, 이게 무슨 꽃입니까?"

무표정이 특징인 흡혈귀 겸의 얼굴에 확연하게 표정이 드러났다.

"이름은 몰라. 근데 향이 좋지 않아?"

채화는 정말로 꽃향기가 마음에 드는 듯 꽃다발을 들어 한참이나 향을 맡았다.

"이때가 아니면 구할 수가 없어. 많이 구해서 말려놔야 해."

"어디다 쓰려는 겁니까?"

여전히 소매로 코를 가린 상태였다.

"말려서 목욕할 때 쓰는데?"

겸은 비로소 자신을 현혹시킨 향의 정체를 알 수 있었다. 원인은 저 꽃에 있었다. 아까부터 미약하게 나던 향기가 여인에게서 난 거라 여기고 있었거늘……. 휙 사방을 둘러보니 비슷한 꽃이 여기저기 많았다. 당혹스러웠다. 이런 꽃에 둘러싸여 살 수는 없는데…….

"왜?"

채화는 의아하다는 눈치였다.

"그 꽃……. 그는 괜찮았습니까?"

"그? 류?"

무심코 이름을 담은 채화는 또 아차 싶었다. 겸이 피식 웃었다. 물론 소매에 가려 보이진 않았다.

"그 녀석은 별말 안 했는데? 그냥 향기가 좋군요, 정도?"

"정말 아무 말 안 했다는 겁니까? 이렇게 강렬한데?"

"뭐가 어떤데?"

겸은 아무 말도 할 수 없었다. 상대는 평범한 인간이었다. 그것도 흡혈귀에 대해서 무척 잘 알고 있는. 어째서인지 그 지식 때문에 흡혈귀를 괴물이 아닌 사람으로 여기고 있는 것 같지만 그렇다고 포식자라는 사실을 잊지는 않았을 터. 흡혈욕을 자극하는 향기라고 어찌 말을 꺼낸단 말인가?

"하긴, 녀석도 그다지 좋아하는 것 같진 않았어."

당연히 그랬을 거다. 이성적인 흡혈귀라면 당연히 싫어할 향기다. 채화는 물끄러미 꽃다발과 겸을 번갈아 바라보았다. 겸은 당연히 그녀가 꽃을 버릴 거라 여겼다.

"그래도 난 이 꽃이 좋아."

홱 몸을 돌린 채화는 다시금 꽃을 꺾으러 돌아다녔다. 겸은 난감하기 짝이 없었다. 차라리 사실을 말해 버릴까? 아냐 무서워할 거야. 하지만 말해야 할 거 같은데? 혼자 이리저리 고민하고 있는데 채화의 한마디가 겸의 이성을 마비시켰다.

"싫어하면 더 다행이네. 이 동네 사람들 다 이 꽃으로 목욕하는데 싫어하는 향기가 나면 먹고 싶진 않을 거 아냐?"

겸은 당혹스러웠다.

"동네 사람들이 다 이 꽃을 사용한다는 말입니까?"

"응."

"왜요?"

채화는 겸의 질문이 도리어 더 이상하단 눈치였다.

"향기도 좋고, 말리면 향기도 진해지고 오래가고 이보다 더 좋은 건 아직 못 봤거든."

채화는 다시 신이 나서 꽃을 꺾기 시작했다. 한 손으로 꽃을 쥘 수 없을 지경에 처하자 들고 있던 보따리까지 휙, 겸에게 던져버렸다. 겸은 난감하기 짝이 없었다. 아무것도 모르는 채화는 꽃 꺾기에 심취했다. 겸은 오늘 밤, 또 호랑이나 한 마리 찾아야겠다고 생각했다.

채화는 계속 쏘다녔다. 처음엔 꽃만 꺾는가 싶었으나 산나물과 버섯을 발견한 뒤로 꽃은 안중에도 없었다. 산나물에 정신 팔린 채화가 당당히 바랑을 요구할 때, 그래서 겸은 순순히 내놓았다. 채화는 겸의 바랑을 제 것인 양 버섯이며 산나물 등으로 가득 채웠다. 그새 꺾어둔 꽃을 죄다 겸의 손에 쥐어준 것이 문제였지만 향이라는 것은 오래도록 맡으면 무뎌지게 마련이라 다행히 시간이 지나자 참을 만했다.

산중의 햇님은 일찍 저무는 법. 사방을 둘러본 채화가 드디어 허리를 폈다.

"이제 가자."

아직 해는 한참 남아 있었지만 산 그림자가 촌락을 거의 뒤덮고 있었다. 몇 번이나 괜찮으니 마을로 내려가자고 말을 해보았으나 채화는 귓등으로도 듣지 않았었다. 그때마다 겸은 속으로 웃음 지었다. 그는 자신의 생각이 맞다고 생각했다. 흡혈귀를 걱정하는 인간은 있을 수 없으니까. 그런데 내려가기로 작정한 지금, 채화의 걸음엔 망설임 따위를 찾아볼 수 없었다. 설마 정말로 자신의 고통을 염려한 것이란 말인가? 겸은 도무지 이해할 수 없었다. 그리고 동시에 자신이 난처할 거란 여인의 말이 사실임을 깨달았다.

"아니, 형님! 어디 갔다 이제 와요? 우리는 큰일 난 줄 알았네."

앳된 얼굴의 여인 둘이 다가왔다. 이제 갓 스물이 됐을까 싶은 용모였으나 분명히 쪽을 찌고 있었다. 발그레 물든 두 여인의 시선은 정확히 겸에게 닿아 있었다.

"아유, 형님도 참! 젊은 총각을 여기까지 데려오심 어째요? 우리들 다 죽으란 심산이오?"

"걱정 마. 스님이잖아."

"에이, 스님은 사내 아닌가?"

두 여인이 서로를 바라보고 깔깔 웃음을 터뜨렸다. 겸은 당혹스러웠다. 나루터에서의 기생이야 기생이니 그런가 보다 했다. 겸이 아는 한 조선은 분명 정절이 중시되는 곳이었으니까. 채화가 옷을 훌훌 벗은 건 그저 자신이 흡혈귀임을 알기 때문일 터. 그런데 이 여염 아낙들의 반응은 어찌 해석해야 한단 말인가?

"우리 길동이 왔는가?"

나이 든 여인 하나가 다가왔다. 희끗희끗한 머리였지만 반응은 어린 두 아낙과 크게 다르지 않았다. 음흉한 시선이 겸의 머리부터 발끝까지 훑었다. 채화가 큭큭 소리 내어 웃었다. 겸은 헛기침을 했다.

"소승, 불가에 입문한……."

"그럼 계집인가?"

겸이 채 말을 끝맺기도 전에 늙은 여인 또한 앳된 여인들과 같은 말을 내뱉었다.

"튼실하게 생기셨네그려."

장삼 때문에 보일 리도 없건만 늙은 여인은 투시라도 하듯 겸의 사타구니를 뚫어져라 보고 있었다. 허리를 꼿꼿이 세우고 있던 겸은 자신도 모르게 엉거주춤 허리를 숙여 어정쩡한 자세를 취하게 되었다.

작은 촌락이었으니 망정이지 그렇지 않았다면 겸은 채화의 집을 구경도 못 할 뻔했다. 앞서가는 겸과 채화의 뒤로 여인들이 자기들끼리 속닥대며 따랐다. 나이가 많고 적음의 차이가 있었으나 얼굴엔 하나같이 홍조가 어린 상태였다.

"남녀칠세부동석이라는 조선에서 이게 어찌 된 일입니까?"

"그런 말은 또 어디서 들었어?"

채화의 집 마당에 들어서며 겸이 물었다. 여전히 저 멀리에서 앳된 두 아낙의 시선이 쏘아지고 있었다.

"조선은 삼강오륜의 나라라 배웠습니다. 당연히 남녀 간의 예의 또한 중하다……."

"빌어먹을 삼강오륜."

채화는 거의 씹어뱉다시피 겸의 말을 잘라먹었다. 그리곤 이내 미안한 표정을 지었다.

"아, 미안해. 나도 모르게 그만……."

채화는 진심으로 미안해하는 것처럼 보였다. 겸은 입을 다물었다. 자신이 무슨 실수를 했는지 알 수 없었다. 채화가 쓰게 웃었다.

"여기는 과부촌이야. 정절을 강요받는 데 지쳐 도망친 과부들이 숨어 사는 곳."

"정절을 강요받는 데 지쳤다면 사내를 찾아가야 하는 거 아닙니까? 어찌 사내가 없는 산속에 숨어든단 말입니까?"

"그들이 강요받는 건 정절을 가장한 죽음이거든."

채화의 얼굴이 일그러졌다.

채화는 제법 살 만한 양반가에서 태어난 금지옥엽 막내딸이었다. 오라비들이 배우는 건 뭐든지 따라 배우겠다고 나서는 독특한 딸아이였지만 채화의 부모는 말리지 않았다. 특히나 어머니는 시집가면 하고파도 못 한다시며 적극 밀어주는 든든한 후원자였다.

그런 채화에게도 시집갈 날이 드디어 다가왔다. 아깝고 아까워 어찌 시집보내느냐고 혼처를 고르고 고르다 보니 이십 세가 넘어 겨우 잡은 날짜였다. 그러나 그 혼사는 곧바로 채화의 불행으로 이어졌다.

살다 살다 어찌 이리 운이 없을 수도 있을까?

초야를 치른 다음 날부터 신랑이 시름시름 앓았다. 이듬해까지 악명을 떨친 괴질의 첫 번째 희생자였다. 뒤이어 시아버지도 같은 병으로 목숨을 잃었다. 그렇게 시집오자마자 상을 치러야 했다. 친정에선 안타까워했지만 이미 건넌 강이었다.

잘 배우고 자란 덕분에 채화는 온 정성을 다해 남편과 시아버지의 삼년상을 정성스레 치렀다. 그러나 불행은 거기서 그치지 않았다. 임금이 바뀌면서 벌어진 난리 통에 채화의 친정 가문이 화를 입었다. 불행인지 다행인지 출가외인에게까지는 화가 미치지 않았다. 졸지에 아비와 어미 그리고 오라비들을 잃은 채화는 눈물로 밤을 지새웠다.

아들과 남편을 동시에 잃은 시어머니는 채화를 눈엣가시처럼 여겼다. 역적의 딸이라는 좋은 빌미까지 있었으니 오죽했을까. 채화는 묵묵히 참아냈다. 그래도 양반가의 여식이라 시부모를 제 부모처럼 모셔야 한다는 걸 잘 알고 있었기 때문이다.

그러다 열녀문이 들어섰다.

같은 동리의 이웃집에 살던 채화 또래의 과부 하나가 목을 맸다. 괴질로 식구를 죄다 잃은 그녀는 시댁 식구들의 삼년상을 정성스레 치르고 목을 맸다. 그 사실이 관아에 알려졌다. 뒤이어 통 왕래 않던 죽은 과부의 시동생 부부가 모습을 드러냈다. 일찍이 연을 끊은 시동생이었다. 시동생 부부는 발바닥이 닳도록 여기저기 돌아다녔다. 그리고 얼마 후, 열녀문이 하사되었다. 동시에 시동생은 벼슬을 얻었다.

채화의 시어머니는 그 열녀문에 지대한 관심을 가졌다. 그때부터 시어머니가 하루에 한 번씩 채화의 별당에 방문했다. 아침 문안조차 꼴 보기 싫다며 받지 않겠다던 시어머니였다. 그런데 아침 문안을 하라는 명에 이어 스스로 별당 문턱이 닳도록 드나들기 시작한 거였다. 채화는 희망을 품었다. 드디어 식구로 인정받는가 싶었다.

시어머니는 매일같이 열녀문 이야기를 했다. 그 열녀문 덕분에 벼슬을 하사받은 이웃집 사내에 대한 이야기도 해댔다. 뒤이어 채화의 시동생이 불쌍하단 이야기도 슬쩍 던져 놓았다. 채화는 영문을 몰랐다. 시어머니의 서슬에 별당에서 한 발자국도 나가 본 적이 없었다. 얌전히 집에 처박혀 있는 듯 없는 듯 남은 생을 살아야 하는 게 채화에게 주어진 운명이었다. 때문에 시어머니의 말들이 무엇을 의미하는지 당연히 알지 못했다.

그러던 어느 날, 말귀를 알아듣지 못하는 며느리가 답답했던 시어머니는 결국, 책 한 권을 휙 던져 놓았다. 삼강행실도 열녀편이었다.

"책을 보면 느끼는 바가 있을 것이다."

시어머니는 그 한마디를 남기고 다시는 찾지 않았다. 하늘 같은 어머님이 주신 책이었다. 며느리로서 당연히 읽어야 했다. 채화는 얌전히 밤을 새워 가며 책을 읽었다. 하나같이 나라에서 칭송하는 열녀에 대한 이야기였다. 마지막까지 읽은 채화는 드디어 어머님이 무슨 말씀을 하신 것인지 이해했다.

서러웠다. 몇 날 며칠을 눈물로 밤을 지새웠다. 그러나 어머님의 명령을 따르지 않을 수 없었다.

채화는 어느 날 밤, 집을 나섰다. 새하얀 소복을 입은 채였다. 싸늘한 바람이 부는 밤거리를 걷고 걸어 산속 커다란 나무에 기다란 무명천을 감았다. 차라리 잘되었다고 생각했다. 사랑하는 친정 피붙이들을 다시 만날 수 있다고 생각하고 보니 행복하기까지 했다.

그러나 다음 날, 며느리가 나가는 걸 빤히 알고도 막지 않았던 시어머니가 산을 뒤졌을 때 발견한 것은 엉망으로 난도질당한 기다란 무명천뿐, 며느리의 시신은 그 어디에서도 찾아볼 수 없었다.

채화의 나이 스물여섯이 되던 해였다.

"그렇게 그를 만난 겁니까?"

"응. 그가 날 구했지. 조금만 늦었어도 죽었을걸? 죽어가면서 본 그를 난 오라비라고 생각했었으니까."

겸은 무어라 말해야 할지 몰랐다. 인간들이란 도무지 상대하기 어려운 족속이었다. 아직 어린 흡혈귀인 겸으로서야 더더욱 그러한 게 당연했다. 다행히 채화는 아무 일 아니라는 듯 열심히 삼층장만 뒤지고 있었다.

"찾았다!"

채화는 냉큼 옷 꾸러미를 내밀었다.

"언제까지 축축한 장삼을 입고 있을 거야? 감기 걸리겠다."

겸은 또 당황스러웠다. 감기 따위 걸릴 리가 없어서였다. 얼결에 받아 든 옷은 분명 사내의 옷이었다.

"과부촌이라면서 웬 사내 옷입니까?"

"종종 남장하고 다니거든."

"당신의 옷이란 말입니까?"

채화는 고개를 끄덕였다. 어쩐지……. 옷에선 미약하나마 채화의 향기가 풍기고 있었다. 그러다 문득, 겸은 의아함을 느꼈다. 채화의 집에 오는 와중에 만난 다섯의 여인들도 분명 비슷한 향기를 풍기고 있었다. 그런데 묘하게 달랐다. 분명 같은 향기라는 것을 알겠는데 흡혈 욕구를 자극하는 건 오직 채화뿐이었다. 대체 왜?

"뭐해? 안 입어?"

눈살을 찌푸린 겸은 얼른 들고 있던 옷을 내려놓았다. 끊임없이 자신을 자극할 옷을 입고 있을 순 없었다.

"감기 따위 걸리지 않습니다."

"내가 보기 불편해서 그래. 어서 내놔."

채화는 당장에라도 옷을 벗기러 달려들 것처럼 보였다. 겸은 자신도 모르게 앞섶을 움켜쥐었다.

"여인의 옷이라니요. 당치도 않습니다."

"사내 옷이라니까?"

"그 옷의 주인인 그쪽이 여인이지 않습니까? 그리고 저와 그쪽은 대충 봐도 키 차이가 확연합니다. 그런데도 제게 맞을 거라 여기신단 말입니까?"

"한채화."

"예?"

"내 이름은 한채화라고. 그쪽이 아니라."

"아, 저는 겸이라고 합니다."

얼결에 통성명을 하고 말았다.

"외자네? 흡혈귀는 원래 다 외자를 쓰나?"

"저희 가문에서만 외자를 씁니다. 인간들 또한 나라마다 이름이 다르듯 우리 또한 소속된 가문에 따라서……. 제가 왜 이런 걸 설명해야 하는 겁니까?"

"……내가 안 시켰거든?"

겸은 당혹스러웠다. 어째서 자꾸 채화라고 자신을 소개한 여인에게 휘말리는 건지 이해할 수 없었다. 아무래도 수련을 해야 하는가 싶었다. 자신은 아직 태어난 지 백 년도 안 된 애송이였다. 필시 애송이라 그런 거였다. 그렇지 않고서야 이렇게 삼십 년이나 살았을까 싶은 인간에게 휘둘릴 수는 없었다.

"어쨌든, 당신의 옷은 입지 않겠습니다."

"그래서 그렇게 내 집 방바닥을 망치겠다는 거지?"

채화가 방바닥을 가리켰다. 무의식중에 바닥을 바라본 겸은 민망해졌다. 축축한 장삼에서 뚝뚝 떨어진 물기가 방바닥을 적시고 있었다. 콩기름 먹인 한지라면야 걸레질을 하면 그만이건만, 불행히도 채화는 그리 풍족하지 못하여 멍석을 깔아두고 있었는데 그 멍석이란 놈이 신이 나서 물기를 빨아들이고 있었다.

"미, 미안합니다."

겸이 벌떡 일어났다. 채화가 씩 웃었다.

"겨울이라 다행이지 안 그랬음 넌 나한테 죽었어. 그러니까 얼른 옷 내놔."

겸은 또 아무 대답도 하지 못했다. '너 나한테 죽었어'라니, 그게 인간이 흡혈귀한테 할 수 있는 소리란 말인가?

"어서."

채화가 한 번 더 재촉했다. 겸은 뭔가에 홀린 듯 장삼을 벗어 주고 채화가 내민 옷을 받아 들었다. 정말 알 수 없을 노릇이었다. 나루터에서 기생을 대했을 때처럼 왜 안 되는 걸까? 의아해하면서 옷을 벗으려던 겸이 채화를 힐끔거렸다. 집주인인데 나가라고 해야 하나? 남녀칠세부동석을 운운해 볼까? 씨알도 먹힐 거 같지 않았다. 삼강오륜이란 말을 듣자마자 욕설을 내뱉지 않았던가? 잠시 갈등하던 겸은 이내 그냥 벗기로 했다. 채화도 그랬으니까.

채화 또한 굳이 방 밖으로 나가야겠단 생각은 하지 않았다. 그는 흡혈귀였고 자신은 인간이었으니까. 게다가 그는 너무 어려 보였다. 노화가 없는 흡혈귀인 이상 그건 당연한 거였으나 눈앞의 겸이라 밝힌 흡혈귀는 젊다기보다는 어린 느낌이 있었다.

그래서 속적삼만 남았을 때도 아무 느낌이 없었다. 무심하게 그가 건네는 옷가지를 챙겨 받아 들 뿐이었다. 해가 저물었으니 마당은 안 되겠다, 부엌에 널어야지, 최대한 아궁이 가까운 곳에, 따위의 생각을 하면서 말이다. 그런데 그가 속적삼을 벗는 순간 번개라도 맞은 것 같았다.

속적삼을 벗기 전, 그도 민망했는지 슬쩍 몸을 돌렸다. 그리고 잠시 머뭇거리다가 적삼을 벗었는데 그 순간 꿈틀거리는 근육을 본 채화의 머릿속은 하얗게 비어버렸다.

비록 코흘리개 어린아이였다고는 하나 분명 사내의 등을 본 적이 있었다. 무예 수련을 마친 오라비들이 등목을 할 때 물을 뿌려준 것이 바로 채화였으니까. 그런데 그때와 눈앞의 모습은 확연히 느낌이 달랐다. 그가 몸을 움직일 때마다 이리저리 따라 움직이는 근육은 아름다웠다. 채화는 넋을 잃고 바라보다가 화들짝 놀랐다.

사내라곤 경험이 없었다. 공식적으론 초야를 치른 남편이 있었으나 불행히도 잔치 술에 거나하게 취한 터라 그저 혼례복을 벗기고 머리를 풀어준 게 전부였다. 그래서일까? 채화는 동네 아낙들이 사내 타령을 해도 도무지 이해를 못 했더랬다. 그런데 지금 이 순간, 몸속 깊은 곳에서 열기가 피어나는 걸 느꼈다. 당혹스러웠다. 그는 인간이 아니었다. 인간 여자를 길바닥 돌처럼 볼 수밖에 없을 흡혈귀였다. 아니 돌이면 다행이다. 밥상에 올라올 생선 한 마리 정도쯤으로밖에 여기지 않을 수도 있었다. 그런데 왜 이쪽에선 달아오른단 말인가? 아니 그보다도 왜 인간 사내와 똑같이 생겼단 말인가?

채화는 황급히 고개를 떨궜다. 적삼을 건넨 그가 막 바지 끈을 푸는 참이었다. 등만 보고 이리됐는데…….도무지 쳐다볼 수 없었다. 다행히 겸 또한 민망했는지 벗어낸 바지를 휙 던지고 얼른 다른 바지를 챙겨 입었다. 채화는 고개도 들지 못한 채 더듬더듬 젖은 속바지를 찾아내 움켜쥐곤 후다닥 방을 빠져나갔다.

쌀쌀한 겨울바람이 이렇게 감사할 거라곤 생각해 본 적이 없었다. 후끈하게 달아오른 뺨을 식혀주는 그 바람이 너무나 감사했다.

우물가 함지에 옷가지를 냅다 던진 채화는 우물물을 퍼다가 들이부었다. 그러다가 마치 방금 뭔가 생각해 내기라도 한 듯, 번뜩 고개를 들었다. 뒤이어 후다닥 부엌에 들어가 뜨거운 물이 담긴 세숫대야를 들고 종종걸음으로 되돌아왔다. 팔팔 끓고 있던 가마솥에서 이제 막 퍼 담은 뜨거운 물이었다. 당연히 정신을 바짝 차렸어야 하건만…….겸의 벗은 몸이 자꾸만 눈앞에 어른거리는 통에 채화는 그만 돌부리에 걸리고 말았다.

요란한 소리를 내며 세숫대야가 마당에 나뒹굴었다. 그러나 뜨거운 물은 한 방울도 채화에게 해를 입히지 못했다.

"어디에 그렇게 정신을 팔고 있는 겁니까?"

채화는 꼭 죄라도 짓다 들킨 것처럼 화들짝 놀라며 겸의 품에서 떨어져 나왔다.

옷을 다 갈아입은 겸은 우물가에서 들리는 소리를 듣고 얼른 방에서 나왔다. 이 추운 날, 해도 다 저물어가는데 빨래를 하게 내버려 둘 생각은 없었다. 인간들은 연약하기 짝이 없어서 동상이니 화상이니 숱하게 걸리지 않던가? 그 때문에 자신이 빨래를 하겠다고 할 요량으로 나왔는데 때마침 뜨거운 물을 들고 있던 채화가 휘청거리는 걸 보았다.

저절로 한숨이 나왔다. 흡혈귀라면 모를까 인간이라면 필시 화상을 입을 온도였다. 그래서 그랬다. 여린 인간이 화상을 입도록 내버려 둘 수 없었다. 자신이 입을 화상의 고통이 걱정된다던 특이한 여인이 아니던가? 그런데 채화의 반응이 다소 이상했다. 품에 닿기 무섭게 화들짝 놀라더니 떨어져 나갔다.

"……그리 차가웠습니까?"

겸은 자신의 품이 지독스럽게 차가워서 그런 거라 여겼다. 봄이 얼마 남지 않았다고는 하나 아직 겨울이 아니던가? 차가운 자신의 품이 달가울 리 없었다. 뭔가 묘한 감정이 스쳐 지나갔다.

채화는 아무런 대꾸도 없이 마당에 나뒹굴고 있는 대야를 집어 들었다. 겸은 그녀가 무엇을 하려 하는지 깨달았다.

"제 옷이니 제가 하지요."

냉큼 대야를 빼앗은 그는 우물가의 함지 옆에 얌전히 대야를 내려놓고 옷가지를 휘휘 헹구기 시작했다.

"찬물인데……."

"상관없다는 거 잘 알잖습니까?"

채화는 그제야 하늘을 올려다보았다. 그는 삿갓도 없었고 두 툼한 장삼도 없었다. 한겨울에 보기 힘든 평범한 바지저고리 차림이었다. 햇볕을 가릴 만한 건 아무것도 없었다. 다행히 이미 짙은 노을이 하늘을 가득 채우고 있었다. 채화는 안도의 한숨을 내쉬었다.

옷 헹구기를 마친 겸이 함지를 주워 들었다.

"빨랫줄에 널면 됩니까?"

"아, 밤에는 아직 추워서 어니까 부엌에……."

겸은 고개를 끄덕이며 부엌으로 향했다. 채화는 그제야 엊저녁에 널어둔 자신의 옷가지가 생각났다. 분명 그중에 속속곳이 있었던 거 같은데……. 채화는 번개처럼 달려가 함지를 빼앗았다.

"사내대장부가 부엌에 들면 안 된단 것도 몰라?"

"전 조선 사람이 아닙니다."

"그, 그래도 안 돼!"

채화는 홱 몸을 돌리더니 성큼성큼 부엌으로 들어가 쾅 소리가 나게 문을 닫아버렸다. 겸은 어리둥절한 얼굴이었다.

밤이 깊었다. 졸졸졸 시냇물 소리 이외에 들리는 것은 아무것도 없었다. 겸은 채화의 잠든 모습을 물끄러미 바라보았다. 방이 하나뿐이니 어쩔 수 없는 것은 이해한다만……. 채화는 이불도 없이 목침 하나만 베고 웅크린 채 잠들어 있었다.

겸은 한숨을 내쉬었다. 아까부터 채화의 향기가 겸을 자극하는 참이었다. 분명 간밤에 마셨는데……. 결국, 겸은 자리를 박차고 일어났다. 채화가 깨지 않도록 조심스럽게 문을 열었다. 툇마루로 나오자 향기가 엷어졌다. 조금 살 것 같았다. 정말로 배가 고파 그런 것은 아닐까? 생각을 마치기 무섭게 그가 자취를 감췄다.

삽시간에 깊은 숲에 도달한 겸은 가만히 귀를 기울였다. 대기에 퍼진 냄새도 맡아보았다. 지체할 필요가 없었다. 겸은 다시 달리기 시작했다. 번개보다 빠른 속도로 한참을 달린 그가 멈춘 그곳에 호랑이가 있었다. 집채만 한 대호였다.

갑작스런 사냥꾼의 등장에 일순 당황하는 것처럼 보였던 대호는 공격 자세를 취했다. 최상위 포식자인 흡혈귀를 향해 공격 자세를 취하는 대호. 분명 흡혈귀를 만나본 적 없는 게 분명했다.

겸은 씩 웃었다. 붉은 안광이 번뜩였다. 호랑이 또한 등잔만 한 눈을 번뜩였다. 호랑이가 뛰어올랐다. 정확히 겸을 노린 방향이었다. 겸은 그대로 서 있기만 했다. 그러나 승리자는 겸이었다.

겸은 망설임 없이 호랑이의 목덜미를 물었다. 꿀떡꿀떡하는 소리 말고 들리는 것은 아무것도 없었다. 하지만 금세 호랑이를 팽개쳤다. 역시나, 배가 고파 그런 것이 아니었다.

"제길."

겸은 호랑이를 손끝으로 툭 건드렸다. 죽어 있었다. 죽이면 안되는데……. 하루 종일 자극 당한 터라 힘 조절을 할 수 없었다. 겸은 고민했다. 그대로 둘까? 어디 묻어버릴까? 인간들이 발견한다면 분명 이상하게 여길 텐데…….

"우리랑 똑같이 생겼는데 왜 먹는 게 다를까? 혹시 우리도 피 말고 다른 걸 먹을 수 있지 않을까? 그래서 먹어봤지. 최소한 생고기는 먹을 수 있을 줄 알았어. 그런데 젠장, 먹고 죽는 줄 알았다니까?"

변화된 것도 아니고 나면서부터 흡혈귀였으면서 인간에게 관심이 많았던 아버지. 급기야 인간이 흡혈귀가 되는 방법은 있는데 왜 흡혈귀가 인간이 되는 방법은 없느냐며 기괴한 연구까지 시작했던 아버지가 떠오른 직후, 채화가 떠올랐다. 도무지 연관이 없을 것 같은 두 사람이 왜 같이 떠올랐는지는 모르겠다.

겸이 나지막하게 중얼거렸다.

"호랑이 고기도 먹나?"

어제 새벽에 만난 후, 채화는 도통 뭘 먹은 거 같지 않았다. 나물이며 버섯을 뜯어내는 동안 잠깐 주워 먹은 것 같기도 했지만 인간들이 그리 적게 먹던가? 채화의 집을 떠올려 보았다. 동네의 모습도 떠올려 보았다. 아직 조선에 대해 잘 알지는 못하지만 나루터에서 보았던 것에 비교해 봐도 확연히 못사는 티가 났다. 그렇다면 없어서 못 먹은 게 틀림없으리라.

겸이 한 번 더 호랑이를 내려다보았다. 그리고 중얼거렸다.

"아깝네······."

자신이 한 말의 이상함을 깨닫지 못한 겸은 그대로 호랑이를 들쳐 멨다.

다시금 날듯이 뛰어온 길을 되짚어 채화의 집에 도착했다. 휙, 마당 한복판에 호랑이를 던져 놨다. 좁디좁은 마당에 호랑이 한 마리가 드러누웠다. 뭔가 마음에 들지 않았다. 불쌍해 보일 만큼 웅크리고 잠들었던 채화가 떠올랐다. 호랑이 가죽을 덮으면 좀 따뜻할까? 생각하기 무섭게 겸은 다시 호랑이를 들쳐 메고 달렸다.

철썩, 냇가 한복판에 호랑이를 던진 겸은 손톱을 세웠다. 배를 갈라 내장을 꺼내 휙 던졌다. 붉은 꼬리를 그리며 핏덩이가 저 멀리 흘러갔다.

한참을 낑낑거리던 겸은 생전 해본 적 없는 일을 하려니 화가 났다. 아무리 손톱이 강철 같다 한들, 섬세한 작업에 적합할 리 없었다. 열심히 가죽을 벗겨내던 겸이 벌떡 몸을 일으켰다.

"젠장! 내가 왜 이러고 있는 건데!"

까만 하늘을 올려다보고 버럭 소리를 지른 그는 움찔 놀랐다. 가깝진 않았지만 저 멀리, 초가 한 채가 있었다. 낮에 만났던 젊은 아낙 중 하나가 사는 집이었다. 혹시 들었을까? 조용히 기척을 숨기고 한참이나 주위를 살핀 겸은 아무 기척이 없자 다시금 호랑이를 붙들고 씨름했다.

한참이 걸려 드디어 가죽과 몸통을 분리했다. 시뻘건 게 기겁할 만한 모양이었건만, 겸으로서는 뿌듯하기만 할 따름이었다. 가죽과 벗겨진 호랑이를 양어깨에 하나씩 들쳐 메고 겸은 다시 채화의 집으로 달렸다.

평상에 호랑이 가죽을 뒤집어 널었다. 하도 큰 호랑이라 평상 바깥 흙바닥에 늘어졌지만 무시했다. 호랑이 고기는 우물가에 휙 던져 놨다. 철퍼덕, 요란한 소리를 내며 뻘건 호랑이가 드러누웠다. 뭐, 요리는 알아서 하겠지…….

뭔가 뿌듯했다. 잠시 어깨를 으쓱한 겸이 이내 한숨을 내쉬었다.

"대체 무슨 짓을 하고 있는 거냐?"

혼잣말을 중얼거린 그는 터덜터덜 다시 방으로 들었다. 어느덧 동쪽 하늘이 뿌옇게 밝아오고 있었다. 방으로 들어간 그는 채화가 창문이며 문을 막아둔 검은 천을 꼼꼼하게 손본 후 자리에 드러누웠다. 채화의 향기가 코끝을 자극했지만 아직 온기가 남아 있는 바닥이 기분이 좋아 그대로 잠이 들었다. 그러나 그리 오래 잘 수 없었다.

"대체 뭔 짓을 하고 다닌 거야!"

앙칼진 채화의 외침이 귓구멍을 파고들었다. 겸이 번쩍 두 눈을 떴다. 채화가 눈을 부라리고 있었다.

"밤새 뭔 짓을 하고 다닌 거야? 나 흡혈귀요, 소문이라도 낼 셈이야?"

채화의 삿대질을 따라 겸이 고개를 숙였다. 그리고 아차 싶었다. 소매와 바지통이 온통 핏물에 절어 있었다. 겸의 옷을 가지러 쿵쾅거리며 바깥으로 나간 채화가 또 꽥 비명을 질렀다. 잠시 후, 얼굴이 시뻘게진 채 돌아와 휙 뭔가를 던졌다. 겸의 옷이었다.

"당장 갈아입어. 누가 보기 전에!"

채화가 매섭게 눈을 부라리고 문을 닫았다. 겸은 자신의 어리석음을 탓하며 옷을 갈아입었다.

밖으로 나오자 평상 위에서 잘 개켜진 호랑이가 겸을 맞이했다. 채화는 우물가에서 낑낑거리고 있는 참이었다.

"내가 진짜, 어쩌다 저런 걸 달고 와서는……."

끊임없이 중얼거리는 욕설의 대상은 아무리 봐도 겸 같았다.
햇빛을 슬쩍 확인한 겸은 다시금 꼼꼼하게 온몸을 싸매고 채화
에게 다가갔다.

"아 또 왜 나와! 해 떴는데!"

채화가 버럭 소리를 내질렀다. 겸이 한숨을 푹 내쉬었다.

"약이 있습니다."

"약?"

"우리의 약점인 햇볕의 치명상을 보완해 주는 약입니다."

"그런…… 게 있어?"

과거 전쟁과 무관하게 살고 있던 시조 위의 일족에게 흡혈귀의
다른 일파들이 전쟁 참여를 독촉한 데에는 이유가 있었다. 태초
부터 사막에서 나고 자란 그들은 다른 일파에서 가지지 못한 기
묘한 약을 가지고 있었다. 강렬한 사막의 햇빛을 막아줄 약이 그
것이었다. 그 약을 바르면 한낮의 사막도 두렵지 않았다. 인간과
의 전쟁에서 치명적인 약점으로 작용하는 햇빛을 막기 위해 그들
은 비굴하리만치 시조 위 앞에서 머리를 조아렸다고 했다.

그러나 물에 닿으면 씻겨 나가거나 굉장히 자주 수시로 덧발라
야 한다는 점 때문에 귀찮아하는 이가 많아 한겨울엔 굳이 사용
하지 않았다. 당연히 겸 또한 지금은 약을 바른 상태가 아니었
다. 다만, 이런 식으로라도 말해주지 않으면 채화가 받아들이지
않을 것 같아서 말을 꺼낸 거였다.

"예. 그 약을 바르면 햇빛에 화상을 입지 않습니다."

"확실해?"

"보여드릴까요?"

겸은 당장 옷을 벗을 기세였다. 인간의 눈으론 화상을 입었다가 재생되는 과정을 볼 수 있을 리 없었다. 살짝 고통스럽기야 하겠지만 아직 이른 아침이고 겨울이니 참을 만하리라. 그런데 채화가 얼른 겸의 손을 붙들었다.

"됐어. 본인이 그렇다면 그런 거겠지."

얼굴이 살짝 붉어져 있었는데 이유는 알 수 없었다. 겸은 채화에게서 미약한 열기가 뿜어지는 것을 느꼈다.

"어디…… 아픕니까? 열이 있는 거 같은데?"

채화가 화들짝 놀라 손을 뗐다. 그리곤 얼굴을 향해 손부채질을 했다.

"그, 그래서 그런 거 아냐. 끙끙거리느라 몸에 열이 난 거지."

"아……."

겸은 고개를 끄덕였다. 아무리 무예를 익혔다 한들, 저 커다란 호랑이를 들고 끙끙거렸다면 힘깨나 썼을 거다. 겸 또한 인간들이 힘을 쓰는 과정에서 열기가 뿜어진다는 걸 잘 알고 있었다.

"제가 생각이 짧았네요. 도와드리겠습니다."

"뭐?"

채화가 바보처럼 되묻는 사이 겸이 우물가로 다가가 호랑이의 다리 한 짝을 잡고 쭉 찢어냈다. 순식간에 호랑이는 다섯 토막의 고깃덩이가 되어버렸다.

"이제 되었습니까?"

채화는 터덜터덜 걸어 평상에 털썩 주저앉았다. 순간 호랑이의 머리가 흔들려 흠칫 몸을 떨었다. 이내 죽은 호랑이인 것을 깨닫기라도 했는지 채화는 난폭하게 호랑이의 머리를 쥐어박았다.

"……뭐가 마음에 들지 않는 겁니까?"

채화가 길게 한숨을 쉬었다.

"됐어. 거기서 옷에 묻은 피나 헹궈. 더는 빌려줄 옷도 없으니까 그대로 입고 말리든지 말든지……."

고개를 숙여 자신의 매무새를 살핀 겸이 난처한 표정을 지었다. 갈아입은 장삼이 온통 피투성이였다. 젠장, 살면서 이런 멍청한 짓을 한 번도 아니고 두 번이나 하게 되다니……. 겸은 당최 자신을 이해할 수 없었다.

바보 같은 표정으로 고개를 젓는 겸을 보며 채화가 몰래 큭큭거렸다.

그대로 고기를 썩힐 수 없었던 채화는 토막 난 고깃덩이들을 들고 집집마다 방문하여 나눠주었다. 빈곤하긴 매한가지인 동네라 다들 반색했다.

"호랑이?"

"예."

"우리 길동이가 호랑이도 잡았어?"

"아니, 간밤에…… 몸이 근질근질해서 그냥 수련하러 올랐다가……."

채화는 하하하, 어색하게 웃었다. 부인네들은 그냥 그런가 보다 하고 따라 웃었다. 고기 배달을 마친 채화는 이내 호랑이 가죽도 보자기에 꽁꽁 싸매고 집을 나섰다.

"어딜 갑니까?"

"호랑이 가죽 팔러."

겸이 눈살을 찌푸렸다.

"마땅한 이불도 없는 거 같아서 구한 겁니다."

"이거 팔면 그 이불, 수십 채도 만들겠다."

"……그게 그리 비쌉니까?"

"그 아, 아, 아, 랜, 어쩌구엔 호랑이 없어?"

"아일랜드입니다."

"아일랜드?"

"예. 원래는 청나라 사막이 제 일족의 근거지입니다만……."

겸은 얼른 입을 다물었다. 전쟁에 대해 말해도 좋을지 어떨지 알지 못했다.

"전쟁 중인 거 나도 알아. 류가 말해줬거든. 게다가 조선에도 어렴풋이 소문이 돌고 있어."

"소문…… 이요?"

"응. 청나라가 최근에 색목인들이 하는 전쟁에 끼어들 기세라고, 그 전쟁이 냉혈인 때문이라고, 그래서 조만간 조선에도 파병 요청이 올 거 같다고 다들 불안해하고 있지."

"냉혈인?"

"너희들, 차갑잖아. 그래서 냉혈인이라고 하더라고."

겸은 심각한 얼굴을 했다. 청나라를 중심으로 동방의 모든 국가가 전쟁에 합세한다면 흡혈귀들이 불리해질 것은 불 보듯 뻔한 일이었다. 채화가 툭, 겸의 어깨를 쳤다.

"걱정 마. 냉혈인이니 뭐니 구미호 정도로밖에 생각 안 해."

자신을 위로해 주려는 채화가 괜히 고마워 겸이 씩 웃으며 농을 던졌다.

"어젯밤에 호랑이를 잡으러 갔다가 구미호도 보았습니다만."

열심히 발을 놀리던 채화가 멈칫했다.

"……진짜?"

겸이 진지한 얼굴로 대꾸했다.

"거짓말입니다."

겸에게서 웃음기라곤 찾아볼 수 없는지라 잠시 멍하니 서 있던 채화의 얼굴이 곧 험상궂게 일그러졌다. 뒤이어 주먹이 날아왔다. 그런 반응을 예상하지 못했던 겸은 바보처럼 채화의 주먹에 얼굴을 내줘야만 했다. 그러나 아프다고 난리를 피우는 건 겸이 아닌 채화였다.

채화가 손을 쥐고 펄쩍펄쩍 뛰며 소리쳤다.

"아 진짜……. 돌대가리냐!"

"아니, 그건 아니지만……."

채화는 눈물까지 찔끔거렸다. 겸은 괜히 미안해져 고개를 숙였다.

"미안…… 합니다."

"응?"

아파서 폴짝거리던 채화가 겸의 말을 제대로 듣지 못해 되물었다. 자신이 내뱉은 말의 의미를 깨달은 겸이 얼른 정색했다.

"아닙니다."

채화가 또 눈살을 찌푸렸다.

2장
귀신놀이

한참을 걸어 두 사람은 커다란 마을에 도착했다. 익숙한 듯 채화는 거리낌 없이 골목골목을 돌아 어느 집 대문을 두드렸다. 평소에도 종종 거래를 하던 장사치의 부인이었다. 서당 개 삼 년이면 풍월을 읊는다더니 청나라는 물론이거니와 저 멀리 이름 모를 나라까지 들락이는 남편을 둔 덕에 통통한 부인 또한 장사치가 다 된 지 오래였다. 그녀가 생긴 것과 달리 예리한 눈으로 호랑이 가죽을 이리저리 살펴보았다.

"어때요?"

채화가 물었다. 부인은 시큰둥한 얼굴로 고개를 저었다.

"여기가 상했잖아."

부인이 가리킨 곳은 겸이 물어뜯었던 목덜미 부근이었다. 작은 구멍 두 개, 송곳니 자국이었다. 채화가 겸을 슬쩍 보았다. 무표정한 얼굴이었다. 얼굴만 봐선 겸이 어떤 마음인지 알 수 있는 방법이 없었다.

"호랑이가 돌아다니다가 어디 찔리기라도 했나? 화살이나 칼자국도 아니고, 티도 안 나는데 이 정도도 안 돼요?"

"흠집이 없어야 상급이지."

"아니 이만한 대호를 어찌 흠집도 없이 잡는담?"

"그러니까 비싸지."

채화가 잘근잘근 입술을 깨물었다. 평소 거래하던 토끼 따위야 얼마 하지도 않을 뿐더러 가격이 훤하니 이런 과정을 거쳐 본 적이 없었다. 그러나 호피는 달랐다. 살면서 대호 가죽을 구할 거라고 상상도 해본 적이 없으니 관심이 없어 시세 따위 알지 못했다. 게다가 장사 따위도 해본 적이 없으니 난감하기 짝이 없었다. 통통한 부인이 몰래 미소 지었다.

사실, 이만한 상급 호피를 구하기란 여간 어려운 일이 아니었다. 게다가 엄청난 크기의 대호였다. 임금님께 진상하면 냉큼 벼슬이라도 받을 수 있지 않을까 싶을 만큼 거대한 대호. 상대는 장사의 장도 모르는 풋내기였다. 간만에 찾아온 돈 냄새를 맡은 부인이 몰래 미소 지었다. 그런데 그 부인에게는 불행한 사실이 하나 있었다. 그것은 겸이 흡혈귀란 것이었다. 인간의 솜털 한 가닥 움직이는 것도 잡아내는 눈썰미를 지닌 흡혈귀 말이다.

잔뜩 난감해하는 채화를 앞에 두고 부인은 상자를 열어 돈 꾸러미를 꺼내 들었다.

"자, 백 냥."

"배, 백 냥이요?"

"그래, 백 냥."

채화가 눈을 빛냈다. 백 냥이라니 생각지도 못한 거금이었다.

"감……."

"삼백 냥."

채화가 고맙다고 넙죽 고개를 숙이려는데 겸이 끼어들었다. 장사치가 콧방귀를 뀌었다.

"안 사."

"그럼 말고."

겸은 냉큼 호피를 챙겨 들고 일어서며 채화에게 말했다.

"갑시다."

"이봐!"

채화가 소리쳤지만 겸은 아무 미련이 없어 보였다. 채화가 보기에 부인의 표정엔 일말의 변화도 없었다. 백 냥이 아니면 절대로 사줄 것처럼 보이지 않았다. 그러나 채화의 생각은 착각이었다. 겸은 분명하게 보았다. 호피를 챙겨 들고 등을 돌리던 그 순간, 부인의 손끝이 파르르 떨리고 있었다. 안색도 미묘하게 창백해졌다.

"됐습니다. 어차피 그쪽 덮으라고 구해 온 거지 팔라고 구해 온 거 아닙니다."

"아무리 그래도……."

채화는 겸과 부인의 얼굴을 번갈아 살펴보았다. 아깝기 짝이 없었다. 하지만 이불 대신 덮으라고 구해 왔다는 말에 슬그머니 마음이 바뀌었다.

겸과 채화가 나란히 마당에 내려서자 부인이 크게 말했다.

"좋아, 이백 냥."

겸이 씩 웃으며 뒤돌았다.

"삼백 냥."

"안 돼, 이백 냥."

"안녕히 계십시오."

겸이 다시 몸을 돌려 성큼성큼 걸었다. 채화는 그제야 겸이 홍정을 걸고 있다는 걸 알았다.

"알았어. 삼백 냥!"

결국 진 것은 부인이었다. 겸이 생긋 웃으며 호피를 내밀었다.

"자, 가서 팔아 와요."

"응? 아, 응."

채화는 얼결에 호피를 받아 들고 부인에게 갔다. 부인은 돈 상자를 열어 꾸러미 두 개를 더 꺼냈다.

"물욕이 없어야 할 스님이 홍정을 잘하십니다."

"홍정을 잘하는 게 아니라 배짱이 좋은 거지요."

호피를 비싸게 판 덕분인지 기분 좋아진 겸이 받아쳤다. 부인이 피식 웃었다.

"스님이 잡으셨소?"

"그렇습니다."

"재주도 좋으시오. 앞으로 계속 거래를 했으면 좋겠는데……."

"혹 또 생기면 찾도록 하지요."

부인이 씩 웃었다.

"처자는 운도 좋네."

"예?"

"어여 가. 아무리 스님이래도 집에 사내가 들어와 있는 걸 누가 보면 좋은 소리 안 나올 테니."

"예. 안녕히 계세요."

넙죽 감사 인사를 하고 대문을 나온 채화는 나오자마자 겸의 바랑을 가리켰다.

"좀 줘봐."

겸은 군말 없이 바랑을 내밀었다.

"돈이 이렇게 무거운 건지 몰랐네."

투덜거린 채화가 꾸러미에서 엽전 몇 개를 풀어내고 나머지는 죄 몰아넣었다. 삽시간에 바랑은 묵직해졌다. 겸이 다시 그것을 들쳐 멨다.

"소매치기 조심해."

"흡혈귀의 소지품을 훔쳐 갈 수 있을 능력 좋은 인간이 있을지 의문이군요."

"하긴……."

"그럼, 이제 이불 사러 가는 겁니까?"

채화가 어리둥절한 얼굴을 했다.

"왜 그렇게 이불에 집착해?"

겸은 대답할 수 없었다. 자신도 왜 그러는지 알 수 없었으니까. 채화는 굳이 겸의 대답을 기다리지 않고 어딘가로 바삐 발을 놀렸다. 겸은 말없이 그 뒤를 따랐다. 겸은 채화가 어디를 가는지 알지 못했다. 채화는 또 여기저기 골목을 바삐 걸을 뿐이었다. 그렇게 아무 생각 없이 따르다가 주막을 보았다.

"밥, 안 먹습니까?"

"밥?"

"어제부터 식사하는 걸 본 기억이 없는 거 같아서……."

"됐어. 가마솥에 호랑이 고기 넣어두고 왔어. 형님이 수시로 봐주시기로 했고."

"그럼 이불은 안 삽니까?"

"아, 거 또 이불! 대체 왜 그래?"

"왜는 왭니까, 간밤에 보니 웅크리고 자더이다."

순간 채화는 간밤을 떠올렸다. 바로 옆에 겸이 드러누워 있는 탓에 잠들 수 없었다. 더구나 자꾸만 옷을 갈아입던 겸이 떠올랐다. 저절로 얼굴이 화끈거렸다. 흡혈귀가 대단히 예민하다는 걸 알고 있기에 들킬까 조마조마했었다.

간밤의 기억을 떠올리자 저절로 겸의 나신이 떠올랐다. 순식간에 얼굴로 피가 몰렸다. 겸이 얼굴을 찡그렸다.

"거 보십시오. 또 열이 나지 않습니까."

겸은 민망해서 얼굴을 붉히는 정도의 미미한 열기도 감지하는 예민한 감각의 소유자였다. 그렇다면 간밤에도……. 채화의 몸이 굳었다.

"혹 물에 빠진 것 때문에 병이라도 난 거 아닙니까?"

겸은 진심으로 걱정되는 듯 보였다. 얼른 정신을 차린 채화가 팔을 휘저으며 극구 부인했다.

"그런 거 아니니까 신경 꺼!"

"아니긴 뭐가 아닙니까? 아까부터 얼굴이 빨개서는……."

"아! 그런 게 있다고!"

채화는 홱 몸을 돌려 다시 발길을 재촉했다. 인상을 찡그린 겸은 인간이란 도통 알 수 없는 생물이라 중얼거리며 뒤를 따랐다.

결국, 이불과 먹을거리는 구경도 못 한 채 채화는 종이와 붓을 샀다. 묵묵히 따르던 겸은 채화가 그대로 돌아갈 기미를 보이자 가로막았다.

"밥 먹고 갑시다."

"너는 먹지도 않을 거면서 왜 자꾸 그래?"

"벌써 해가 저물어가는데 오늘도 종일 굶지 않았습니까?"

"집에 가서 먹으면 된다니까?"

"내가 아는 한, 인간이 이리 오래 굶어서 좋을 건 없습니다."

"진짜 왜 그러는 거야? 이유나 좀 알자. 나는 어차피 계속 이렇게 살아와서 상관없다니까?"

"내가 못 보겠습니다."

"뭐?"

채화는 어리둥절한 얼굴이었다. 겸은 잠시 머뭇거렸지만 말하기를 멈추진 않았다.

"나는 햇빛이 괜찮다고 했지만 그쪽은 물속에까지 처넣었지요. 비슷한 겁니다."

채화는 할 말을 잃었다. 멍하니 서 있던 채화의 얼굴이 또 슬그머니 붉어졌다. 그러니까 지금 눈앞의 흡혈귀는 자신을 걱정하고 있는 거였다.

겸이 걱정스러운 얼굴로 재차 말을 이었다.

"……또 열이 납니다. 굶어서 병이 난 건 아닙니까?"

"아, 아냐!"

당황한 채화가 크게 반박했지만 어쩐지 기분은 좋았다. 그래서 호탕하게 소리쳤다.

"뭐, 네가 그렇게까지 나오니까 먹으러 가준다!"

주막은 멀지 않았다. 평상에 자리 잡은 두 사람은 이윽고 나온 음식을 받아 들었다. 자신의 앞에도 펄펄 김이 나는 국밥이 놓이는 것을 보고 겸이 물었다.

"안 먹는 거 빤히 알면서 왜 시킵니까? 돈 아깝게."

"그럼 두 사람이 왔는데 한 사람 것만 시켜? 먹는 시늉이라도 좀 해."

"흙…… 먹어봤습니까?"

"뭐?"

"누군가 그러더군요. 우리가 음식을 먹는다는 건 인간들이 흙을 퍼먹는 것과 비슷하지 않겠느냐고."

채화가 황급히 주위를 둘러보았다. 다행히 아무도 없었다. 그러다 상대가 흡혈귀임을 새삼 기억해 냈다. 굳이 둘러보지 않아도 사람이 없다는 걸 알고 한 것이리라. 민망해졌다.

채화는 겸이 들지도 않은 숟가락을 들어 국밥 그릇에 담갔다.

"이렇게 먹은 티라도 좀 내란 의미였어. 나는."

"아…….."

겸이 코를 찡긋거렸다. 덕분에 콧잔등 위로 살짝 주름이 졌다. 당혹감과 민망함이 합쳐질 때면 짓곤 하는 특유의 묘한 표정이었다. 밥 한 숟갈을 떠 넘기며 물끄러미 겸을 바라보던 채화는 문득 그 표정이 어린아이 같다는 생각을 했다. 아무 의미 없이, 아무 생각 없이 했던 자신의 행동이 나쁜 짓이어서 혼이 났을 때 짓는 꼬마 아이의 표정.

채화가 물었다.

"너, 몇 살이야?"

"먹을 만큼 먹었습니다."

인간이 흡혈귀로 인해 변화된 경우 말고 순수 혈통의 흡혈귀가 태어나는 과정은 인간과 비슷하면서도 다르다. 인간과 거의 같은 기간 엄마의 뱃속에 있던 아이는 태어난 후 또 일 년을 가수면 상태로 보내며 폭발적인 성장기를 거친다. 그 기간이 끝나면 겉모습은 이미 성인이 되는 것이다. 그러나 사고는 딱 돌쟁이와 마찬가지라 이후로 한동안 특별한 교육을 받는다. 이 시기의 흡혈귀들이 주로 사고를 치곤 했다. 겸은 그 교육 기간을 끝마친 지 얼마 안 된 사실상의 애송이로 인간으로 치자면 채 열대여섯이 될까 말까였다.

이곳에 오기 전 조선에 대해서 따로 교육을 받은 덕분에 겸은 자신의 나이를 밝히는 게 얼마나 불리한 것인지 잘 알고 있었다. 그래서 적당히 넘어가려 했다. 그러나 채화는 계속해서 물었다.

"특별한 몇몇 경우가 아니고서야 거의 불사에 가깝다던데 백 살? 이백 살?"

겸은 차마 대답해 줄 수 없었다. 그가 아는 한 눈앞의 이 여인이 자신보다 나이가 많을 것임은 자명한 사실이었다. 상대가 백 살, 이백 살이 넘을지도 모르는 것을 빤히 알고도 이리 막 대하는데…….

순간 겸은 억울해졌다.

"왜 반말을 하는 겁니까?"

"뭐?"

"그쪽은 줄곧 제게 반말을 하고 있지 않습니까?"

"왜, 존댓말을 들으셔야겠어요?"

아무리 눈치가 없다 한들 비아냥임을 모를 정도는 아니었다. 밥 한 숟갈을 또 떠 넘긴 채화가 대꾸했다.

"외모를 봐라. 누가 봐도 넌 스무 살이고 난 서른 살인데 꼭 그렇게 백 살, 이백 살 대접을 받으셔야겠어요?"

"비아냥거리지 마십시오. 나이 든 대접을 해달라는 게 아니라 상호 존중을 하자는 겁니다. 그쪽은 계속……."

"그냥 누님이라고 해라."

"예?"

"자꾸 그쪽 그쪽 하지 말라고 듣는 그쪽 기분 나쁘니까. 이름을 못 부르겠으면 누님이라고 하던가."

"아니 제가 왜 누님이라고……."

"아까도 말했지? 세상천지 누가 와서 봐도 넌 스무 살, 난 서른 살."

"서른 살처럼 안 보입니다."

겸의 기습 공격에 채화는 할 말을 잃었다. 눈앞의 흡혈귀는 이렇듯, 종종 사람을 당황하게 하는 구석이 있었다. 그래서 더더욱 어린아이 같다는 생각을 지울 수 없었다. 얼른 당황을 수습한 채화가 다시 말을 이었다.

"말이 그렇다는 거지. 설마 내가 열다섯처럼 보이진 않을 거 아냐?"

"그렇긴 합니다만……."

'그렇게 보입니다'라고 대답할 거라 여긴 건 아니었으나 채화는 어쩐지 김이 새는 기분이었다.

"자, 그러니까 이제 계산 끝. 앞으로 누님이라 부르고 나는 계속 반말, 너는 계속 존댓말."

"아니, 왜 그게 그렇게 되는 겁니까?"

"내가 그렇게 하기로 했으니까."

채화가 씩 웃었다. 겸은 할 말을 잃었다. 채화는 다시 국밥 그릇에 코를 박았다. 배가 고팠던 건 아니었는데 막상 밥 한 술이 들어가고 보니 허기가 찾아왔다. 채화는 눈앞에 앉아 있는 존재를 까맣게 잊고 밥을 먹었다. 채화가 열심히 먹는 모습을 물끄러미 바라보며 겸은 뭔지 모를 흐뭇함을 느꼈다.

어느덧 한 명 두 명 손님이 늘어났다. 겸은 삿갓을 고쳐 쓰며 고개를 숙였다.

"주모! 여기 술 한 병!"

자리에 앉기도 전부터 술을 주문한 사내들은 자리에 앉으면서 큰 소리로 떠들기 시작했다.

"그 양반 새장가 들었다며?"

"누구?"

"그 왜, 남산 밑에 사는 이 교위."

"아, 하필 강도가 든 곳이 안채라 그 집 부인이 목을 맸다던?"

"그래 그 집. 근데 자네 소문 들었는가?"

말문을 연 사내가 주위를 휘 둘러보더니 목소리를 낮췄다. 그러나 워낙 기본 목청이 좋은지라 별 소용이 없었다.

"그 집 안채에 숨어든 그 괴한 말이야, 이 교위 사주를 받은 거란 소문이 있던데?"

"뭐? 왜?"

"왜는 왜야. 새장가 들 그 계집이 자기는 본처 아니면 안 하겠다고 했다고, 근데 조강지처를 이유도 없이 내쫓을 수는 없잖아? 그래서 수를 쓴 거라고……."

"아이고 나쁜 놈! 아무리 계집이 좋아도 그렇지."

두 사내의 수다는 계속해서 이어졌다. 어느덧 채화는 수저질을 멈추고 있었다.

"왜 그러십니까?"

"그냥 밥맛이 뚝 떨어졌어."

겸이 수다쟁이 사내들을 힐끔거렸다.

"저쪽이 시끄러워서 그렇습니까?"

"시끄러운 건 괜찮은데 내용이 밥맛 떨어지네. 가자."

채화는 그대로 수저를 내려놓고 자리에서 일어났다.

과부촌에 도착한 채화는 집집마다 돌아다니며 호피 판 돈을 나누어주었다. 놀랍게도 그 누구 하나 거절하는 법이 없었다.

"공동체라도 되는 겁니까?"

"응?"

"보통은 돈을 내밀면 거절하는 법 아닙니까?"

"음, 다 같은 일을 하고 있거든. 활동은 주로 내가 하는데 다른 건 여기 동네 사람들 도움을 좀 받고 있어."

겸은 채화를 처음 만났던 날, 검은 복면을 떠올렸다. 그런 복장을 하고 돌아다니며 할 일은 겸의 생각으로 딱 하나였다.

"혹시 밤이슬을 맞는 겁니까?"

"밤이슬 맞고 다니는 건 사실인데 도둑질은 아니다."

머릿속에라도 들어갔다 나온 듯, 딱 자른 채화의 대답에 겸은 무안해졌다.

"그럼 뭘 하고 다니는 겁니까?"

채화는 대답하지 않았다. 겸은 더 캐묻고 싶었지만 하지 않았다. 채화는 주막에서부터 계속 기분이 좋아 보이지 않았다. 뭔가 다른 생각을 하고 있는 것 같았다. 가만히 뒤를 따르던 겸이 입을 열었다. 채화를 그냥 저렇게 기분이 나쁜 채로 내버려 두고 싶지 않았다.

"이 교위 때문입니까? 새장가를 들기 위해……."

마치 기다렸다는 듯 채화가 속사포처럼 쏟아냈다.

"내가 화가 나는 건 이 교위란 개망나니 때문이 아니라 자진했다는 그 부인 때문이야."

겸은 어리둥절했다.

"그 부인이요?"

"그래. 자기가 무슨 잘못을 했다고 목숨을 끊어?"

겸으로선 이해할 수 없는 노릇이었다. 목숨을 끊은 것이 안타까울 수는 있겠으나 그게 왜 화가 날 일이란 말인가? 화는 당연히 그런 상황을 유도해 낸 이 교위한테 내야 하는 것이 아니던가?

막 사립문을 밀던 채화가 우뚝 멈추어 서서 홱 몸을 돌렸다.

"그 여자 입장에서 괴한의 침입은 천재지변이야. 홍수나 가뭄, 산사태 같은 거. 그런데 왜 바보처럼 목숨을 끊어?"

그제야 겸은 채화가 왜 화를 내는지 어렴풋이 이해할 수 있었다. 그러나 콕 찍어 말하기는 어려웠다. 그래서 아무 말도 할 수 없었다. 물끄러미 겸을 바라보던 채화가 한숨을 한 번 내쉬고 다시 몸을 돌렸다.

"어차피 너도 사내라 이해 못 할 거야. 애쓰지 마."

채화가 던진 말이 묘하게 거슬렸다. 이유를 알 수 없어 반박할 수 없기에 더더욱.

가져온 짐을 여기저기 부려놓은 채화는 바로 부엌으로 갔다. 배가 고파서 그런 것이 아니었다. 이미 해가 저물고 잠자리에 들 시간. 채화는 아궁이에 분주히 장작을 쑤셔 넣었다. 겸이 퉁명스럽게 말했다.

"그러다 통구이가 되고 말 겁니다."

채화는 겸의 기분을 아는지 모르는지 평소와 다르지 않은 투로 대꾸했다.

"고뿔이 오려는지 한기가 돌아서 그래. 그게 아니고서야 장작 아깝게 내가 왜?"

삽시간에 겸의 얼굴에 그림자가 드리워졌다.

"……아픈 겁니까?"

채화가 피식 웃었다.

"걱정해 주는 거야?"

겸이 정색했다.

"혼자 사는 사람이 아파 쓰러지면 병 수발을 누가 들겠습니까? 같이 사는 내가 할 테니 걱정이 될 수밖에요."

흡혈귀인 자신이 인간을 걱정하다니 가당치도 않은 일이었다. 겸의 대답에 마음 상한 채화가 쏘아붙였다.

"걱정 마라. 너 말고도 병 수발 들어줄 사람 많으니!"

찬바람을 휘날리며 채화가 쾅 소리가 나게 부엌문을 닫고 나가 버렸다. 굳게 닫힌 문을 보며 겸이 중얼거렸다.

"또 휘말렸어. 대체 왜 그러는 거냐, 겸?"

탄식을 해봤자 알 수 있을 리 없었다.

조선이 아닌 아일랜드였다면 이제 한참 작전을 수행하러 분주해질 시간이건만, 조선에선 할 수 있는 게 없었다. 흡혈귀의 존재 자체를 들키지 않아야 하다 보니 더더욱 그러했다. 겸은 한참 고민을 하다가 겨우 방문을 열었다. 불 꺼진 방 안에서 채화는 불쌍하리만치 웅크린 자세로 잠들어 있었다.

삿갓을 벗어 잘 걸어둔 겸은 이내 장삼을 벗었다. 마찬가지로 옷걸이에 걸려던 겸은 멈칫했다. 추워서 그런 것인지 채화가 부스럭, 몸을 움츠렸다. 겸이 한숨을 내쉬더니 장삼을 덮어주었다. 햇빛을 가리기 위해 두툼하게 만든 것이니 따뜻하리라.

겸은 털썩 주저앉았다. 흡혈귀도 수면은 필요하지만 굳이 인간처럼 매일 해야 하는 건 아니다. 회복력이 좋다 보니 피로 또한 쉽사리 느끼지 않는 탓이다. 잠이 올 리도 없고……. 겸은 밤새도록 앉아 채화를 내려다보았다.

어쩐지 채화에게서 풍기는 그 향기가 오늘은 묘하게 기분을 좋게 했다. 신기한 일이었다. 그렇게 시간 가는 줄 모르고 채화를 바라보다가 문득, 방이 식고 있다는 생각을 했다. 아무래도 아궁이의 불이 꺼진 모양이었다. 겸은 조심스레 일어나 부엌으로 향했다. 그리고 아궁이를 살펴보았다. 역시나, 불이 잦아들고 있었다. 겸은 장작을 집어다 채워 넣었다. 가득가득 아궁이가 터질 만큼 채워 넣고는 뿌듯해하며 다시 방으로 돌아왔다. 장삼 덕분인지 아궁이의 불씨를 살린 덕분인지 채화는 더는 웅크리고 있지 않았다. 겸의 얼굴에 미소가 떠올랐다. 묘하게 뿌듯했다. 그때까지도 겸은 자신이 이상한 짓을 하고 있다고는 눈곱만큼도 깨닫지 못하고 있었다.

날이 밝았다. 겸은 몇 번 더 부엌과 방을 오가며 아궁이를 살폈다. 채화는 달게 자는 것처럼 보였다.

밖에서 인기척이 느껴졌다. 귀를 세워보니 나이 든 광주댁과 그 딸이었다.

"길동이 있는가?"

겸은 대답하지 않았다. 채화를 깨우려는 그녀의 행동이 못마땅했다. 지난밤과 달리 채화는 죽기라도 한 것처럼 달게 자고 있었다. 채화 또래였던 딸이 작게 웃는 소리가 들렸다.

"왜 웃어, 이년아?"

광주댁이 타박을 놓는 소리도 들렸다.

"저거 봐요."

두 사람이 뭘 보고 있는지 겸은 알 수 없었다. 뒤이어 낄낄 웃는 소리가 들렸다.

"스님이랑 만리장성을 쌓았나 보네."

"그러게 말이에요. 피곤하겠어요."

"아, 길동이! 해가 중천이야!"

"아이고, 엄니! 그러지 마요. 얼마나 민망하겠어."

"이럴 때가 아니면 길동이를 또 언제 놀리누? 어이, 길동이! 안 나오면 내가 들어간다아!"

대화 내용 따위, 무슨 내용인지 궁금하지도 않았다. 겸은 그저 단잠을 깨우려는 두 여자가 마음에 들지 않았다. 그래서 벌컥, 문을 열었다. 광주댁이 과장되게 놀라는 척을 했다.

"아니 스님! 주무시는 거 아니었소?"

"잡니다."

겸의 말투는 싸늘했다. 어찌나 싸늘한지 두 여인은 움찔 몸을 떨었다. 겸은 아차 싶었다. 흠흠, 헛기침을 한 그는 목소리를 가다듬었다.

"집주인은 달게 자고 있으니 깨우지 마시고 돌아가세요. 제가 전해 드리겠습니다."

"아이고, 우리 길동이 많이 피곤한가 보네?"

그새 겸의 기운이 풀어진 것을 느낀 광주댁이 낄낄거렸다. 겸이 눈살을 찌푸렸다.

"피곤할 일 없습니다. 밤새 잘 자고 있었으니."

"아무 일도 없었다고?"

광주댁은 의아한 얼굴이었다.

"뭘 말하는지 모르나 아무 일 없었습니다."

"진짜 아무 일도 없었어?"

"대체 무슨 일을 바라시는 겁니까?"

겸이 까칠하게 되물었다. 광주댁의 얼굴에 근심이 떠올랐다.

"아무 일도 없었는데 이 시간까지 잔다고? 우리 부지런한 길동이가?"

광주댁은 말을 마치자마자 마당으로 들이닥치더니 문 앞에 서 있던 겸까지 밀쳐 내고 방에 들었다.

"아이고 스님! 어찌 이리 무심하시오!"

광주댁이 탄식했다. 겸은 의아한 표정이었다.

"이리 열이 펄펄 끓는데 어찌 아무것도 안 했단 말이오!"

광주댁이 매섭게 겸을 나무랐다. 겸은 그 자리에서 굳어버렸다.

"고뿔이 오려는지 한기가 돌아서 그래. 그게 아니고서야 장작 아깝게 내가 왜?"

분명 어제 그리 말했었다. 그런데 자신은 왜 아플 거란 생각을 눈곱만큼도 하지 않았을까?

광주댁이 분통을 터뜨렸다.

"안산댁 이년을 그냥! 또 빨래를 시킨 게지! 넌 거기서 뭐 하냐! 어서 물 안 떠오고!"

광주댁은 멀거니 서 있던 딸에게 호통쳤다. 그 호통이 자신에게 향한 거 같아서 겸은 앉은 자리가 가시방석이었다.

밤새 열기를 느끼긴 했었다. 하지만 방이 뜨거워 그러려니 했다. 전날에도 수시로 체온이 오르락내리락하지 않았던가? 인간은 원래 그런 모양이라고 여기고 있던 게 탈이었다. 배운다고 배웠는데 이 모양이라니……. 겸은 스스로가 원망스러웠다. 왜 진작 그걸 몰랐을까?

광주댁의 딸이 세숫대야를 들고 들어왔다. 광주댁은 망설임 없이 채화의 옷을 벗겨내더니 뜨거운 물수건으로 닦기 시작했다. 괜히 민망해진 겸은 얼른 방을 나왔다. 한참 후, 그 딸이 세숫대야를 들고 나왔다. 툇마루에 앉아 햇볕을 피하고 있던 겸이 벌떡 일어났지만 딸은 눈길조차 주지 않고 부엌으로 사라져 다시 뜨거운 물을 채워 들어갔다.

그 딸이 몇 번인가 더 부엌을 오가며 이런저런 것들을 들여갔다. 꼭대기에 떠 있던 해가 어느덧 서쪽으로 기울어 갔다. 겸은 아무것도 할 수 없는 스스로를 원망하며 하늘만 보았다.

"무슨 일 있어요?"

사립문 밖에서 안산댁이 고개를 내밀었다.

"형님이 안 계시기에 혹시 여기 계시나 해서 와봤는데……."

안산댁의 시선이 댓돌 위에 닿았다. 아무렇게나 놓인 짚신들이 있었다. 덜컹 문이 열리더니 광주댁이 나왔다. 안산댁이 물었다.

"형님, 여기서 뭐 하세요?"

광주댁이 눈을 흘겼다.

"이년아, 서방 죽은 지 십 년이 됐으면 청승 좀 그만 떨어라. 길동이가 고뿔에 걸렸잖냐."

"아……."

안산댁이 미안한 표정을 했다. 겸은 그보다 더욱 미안한 표정을 했다. 빨래 때문이 아닌 것을 아는 사람은 겸뿐이었다.

"스님."

광주댁이 불렀다. 겸이 화들짝 놀랐다.

"왜 놀래요? 죄지었수? 대충 열은 내린 거 같은데 우리도 일 때문에 더는 있지 못하니까 스님이 좀 살펴요."

"병간호를…… 해본 적이 없습니다."

"별거 없어. 그냥 이마에 물수건이나 갈아주다가 혹 또 열이 오른다 싶으면 옷 벗기고 뜨거운 물수건으로 닦아주면 돼. 그러다 정신이 좀 들거든⋯⋯. 그래, 호랑이 국물! 딱이네! 그거 먹이면 되고."

"옷을⋯⋯ 벗기고 말입니까?"

광주댁이 깔깔 웃었다.

"아니, 만리장성을 쌓으란 것도 아니고 병간호를 하라는 건데 그것도 못 해?"

"아, 아닙니다."

겸은 얼른 고개를 숙였다. 이제야 붉은 눈을 들켰을지 모른단 생각이 들었다. 다들 왜 아무 말을 않을까? 분명 붉은색을 봤을 텐데⋯⋯.

"그럼 잘 부탁해요."

세 여자가 넙죽 허리를 숙이고는 종종걸음으로 사라졌다. 겸은 난감해하며 방으로 들었다.

장삼을 덮고 누운 채화는 조금 편안해진 얼굴이었다. 미안하기 짝이 없었다. 밤새도록 지켜봐 놓고 아픈 것도 모르다니⋯⋯.

겸은 물수건을 새로 갈아주었다. 채화의 얼굴은 발그레했다. 향기 또한 달큰해져 있었다. 약한 신음이 들려오자 겸의 죄책감은 더욱 커졌다. 그런데 할 수 있는 게 아무것도 없었다. 채화는 여전히 보통의 인간들보다 뜨거운 상태였다. 열이 내려야 한다는데⋯⋯.

문득, 자신의 차가운 몸이 떠올랐다. 아일랜드의 인간들은 종종 추위에 오래도록 노출된 사람을 살리기 위해 자신의 체온을 나누어주기도 했다. 그 반대도 가능하지 않을까? 생각을 마치기 무섭게 겹은 옷을 벗었다. 뒤이어 채화의 옷도 벗기려 손을 뻗었다가 잠시 머뭇거렸다. 어쨌든 채화는 여인이고 자신은 사내였다. 괜히 타박을 받지나 않을까 걱정스러웠다.

"사람이 죽어가는데 무슨……."

겹은 피식 웃으며 옷고름을 풀었다. 겹의 기준으로 삼강오륜은 절대로 사람의 목숨보다 먼저가 아니었다.

술술 망설임 없이 옷을 벗겼으나 혹여 깨어난 채화가 놀랠까 가슴띠와 속바지는 내버려 두고 옆에 누웠다. 그리고 온몸으로 안아주었다. 태양을 끌어안기라도 한 것처럼 후끈한 열기에 순간 숨이 막힐 것 같았다. 그래도 그냥 안고 있었다. 겹은 진심으로 간절하게 채화가 어서 낫기만을 바랐다.

열기 때문인지 달큰해진 채화의 체취가 겹의 코끝을 간질였다. 분명 처음엔 흡혈 욕구를 자극한다 여겼건만, 며칠 사이에 익숙해졌는지 묘하게 기분이 좋았다. 인간의 체취란 참 묘한 것이라는 생각을 하는 사이 겹 또한 슬그머니 잠이 들었다.

'아씨…….'

깊은 밤, 채화가 화들짝 놀라 뒤를 돌아보았다. 아무도 없었다. 그러나 분명 낯익은 목소리였다.

'아씨…….'

채화는 목소리의 주인을 찾고자 이리저리 뛰어다녔다. 그러나 사람이라고는 머리카락 한 올 보이지 않았다. 목소리는 이내 흐느끼기 시작했다. 채화의 눈에서도 눈물이 흘러내렸다.

"계월아!"

채화가 소리쳐 불렀다. 그 소리에 화답하듯 울음이 그쳤다. 순간 정적이 찾아왔다. 채화는 숨을 죽였다. 등골이 오싹했다. 휙 돌아보았다. 채화는 비명을 지르며 주저앉았다.

소복을 입고 머리를 풀어 헤친 여인이 피눈물을 흘리고 있었다.

경기라도 일으킨 것처럼 몸부림친 채화가 벌떡 일어났다.

"이제 정신이 좀 듭니까?"

부드러운 목소리였건만 채화는 깜짝 놀란 얼굴로 돌아보았다. 겸이 눈살을 찌푸렸다.

"귀신이라도 본 것 같은 표정이네요."

"아……. 겸."

현실로 돌아온 채화는 가슴을 쓸어내렸다. 그런데 쓸어내리는 손바닥 느낌이 이상했다. 채화의 눈치를 살핀 겸이 민망한 듯 헛기침을 몇 번 하더니 변명했다.

"간밤에 열이 심해서 체온을 내리려고 그랬습니다."

그러고는 주섬주섬 자신의 옷을 챙겼다. 헐벗은 상반신이 채화의 뇌리를 강타했다. 동시에 얼굴이 붉어졌다.

"무, 무슨 짓을 한 거야!"

버럭 내지른 채화가 목침을 집어 던졌다. 날쌔게 받아낸 겸이 어리둥절한 얼굴로 대답했다.

"체온이 낮아진 사람을 구하기 위해 인간들은 자신의 체온을 이용하곤 하지 않습니까? 나 또한 그 반대로 열을 내리려 한 것뿐입니다."

그래서 옷을 다 벗고 안아주었단 말인가? 채화의 얼굴이 금방이라도 터질 듯 붉게 달아올랐다. 겸이 고개를 갸웃거렸다.

"뭡니까? 언제는 멀뚱히 보는 앞에서 훌훌 옷을 벗던 사람이 갑자기……."

"나가!"

채화가 버럭 내지른 소리에 겸이 깜짝 놀란 얼굴을 했다.

"아니, 계속 간병한 사람한테 고맙단 말은 못할망정……."

"어차피 너 때문에 걸린 병이잖아! 나가!"

겸은 대꾸하지 못하고 물끄러미 채화를 바라보다가 순순히 밖으로 나갔다. 겸이 나가고 없음에도 옷을 챙겨 입는 채화는 허둥지둥거렸다.

얼굴의 열기는 좀처럼 가라앉을 기미가 보이지 않았다. 자꾸만 겸의 벗은 몸이 떠올랐다. 앞뒤로 번갈아 가며 자꾸만 채화를 괴롭혔다. 채화가 머리털을 쥐어뜯었다.

단 한 번도 이런 적이 없었는데 하필, 인간도 아니고 흡혈귀라니……. 난감하기 짝이 없었다. 그러거나 말거나, 아무것도 모르는 겸이 다시 벌컥 문을 열고 들어왔다.

"왜 또!"

채화가 버럭 소리를 내질렀다.

"옷도 다 입었는데 왜 자꾸 화를 냅니까? 정신 차리면 이걸 좀 마시게 하라고 했습니다."

겸은 사발 가득 고기 국물을 담아 들어온 참이었다. 소반도 없이 덜렁 대접만 손에 든 채였다.

"아, 미안."

무안해진 채화가 얼른 사발을 받았다. 그러나 금세 얼굴을 찡그려야만 했다.

"윽."

"왜요?"

"호랑이 고기가 이런 거였어? 누린내가……."

"어쨌든 산중 대왕이라는 호랑이 아닙니까? 몸에 좋을 테니 그냥 드십쇼."

"야, 그래도 이건 좀……."

"다 먹지 않으면 아무 데도 못 가게 할 겁니다. 나이 많은 부인에게 혼나기 싫습니다."

겸은 단호한 표정이었다. 물끄러미 그 얼굴을 바라본 채화가 피식 웃었다.

"오냐, 정성을 생각해서 마셔준다."

채화는 벌컥벌컥 국물을 들이켰다. 겸이 빙그레 미소 지었다. 마치 막걸리라도 마신 듯 캬! 소리와 함께 사발을 내려놓은 채화가 소매로 입가를 쓱쓱 문질렀다.

가볍게 고뿔을 이겨낸 채화는 당장 남장을 하더니 헛간으로 들어가 활과 화살을 꺼내 들었다.

"어딜 가려는 겁니까?"

"사냥."

"호랑이 고기 아직 많이 남았던데요?"

"먹으려고 그러는 건 아니고……."

열심히 채비를 하던 채화가 홱 고개를 돌려 겸을 바라보았다.

"나 뭐 하나만 묻자. 너희들도 이성이 있는 사람이란 건 아는데 혹시나 해서 말이지."

"뭔데요?"

"혹시…… 사방팔방 피투성이면 미친 듯이 날뛰고 그래?"

"내가 짐승입니까? 아니, 짐승도 그러는 건 보질 못했습니다."

겸은 대단히 불쾌한 얼굴이었다.

"진짜지?"

"아무리 배를 곯은 거렁뱅이라 하더라도 잔칫집 대문 앞에서는 기웃거리며 적선을 기다리지 칼 들고 뛰어들어 가진 않습니다."

채화가 피식 웃었다.

"오래 굶다가 칼 들고 산적이 되는 사람들도 있으니 그 비유는 적절치 못한 거 같다만, 이해는 했어. 가자."

"어딜 갑니까?"

"사냥, 네 덕분에 좀 수월할 거 같긴 하네. 시합할래?"

"무슨 시합 말입니까?"

"누가 더 많이 잡는지 내기하자고. 토끼랑 꿩."

겸이 피식 웃었다.

"산중 토끼와 꿩이 죄다 사라지는 꼴을 보고 싶은가 봅니다."

채화의 두 눈이 휘둥그레졌다.

"그 정도야?"

겸은 그저 어깨를 으쓱하는 것으로 대신했다. 채화가 곰곰이 생각에 빠졌다. 잠시 후, 생긋 웃으며 채화가 한마디 했다.

"스무 마리!"

말을 마치기 무섭게 용수철처럼 튀어나갔다. 홱 뒤를 돌아본 채화가 한마디를 더 했다.

"누가 먼저 잡나 시작!"

분명 평범한 인간이었다면 대단하다 여길 만한 순발력이었다. 그러나 겸은 피식 웃을 뿐이었다. 잠시 후, 겸은 그대로 자취를 감췄다.

순식간에 내달려 산에 도착한 채화가 활시위를 당겼다. 운 좋게 바로 토끼를 발견했다. 조심스럽게 숨을 고르며 활시위를 당기고 시위를 놓으려는데…….

크앙!

갑자기 나타난 겸이 채화의 곁에서 포효했다. 화들짝 놀란 채화의 화살이 슝, 하고 날아가 토끼를 놀래켰다. 겸이 씩 웃더니 날쌔게 튀어나가 토끼를 낚아챘다. 활이고 화살이고 다 필요 없었다. 슝, 하고 날아가서 휙, 하고 낚아채는 게 끝이었다.

"겸 일 승!"

"너 반칙이야!"

분해 죽겠는지 채화가 바락바락 소리를 질렀다.

"그렇게 시끄럽게 굴면 사냥감이 죄다 달아날 겁니다!"

온 산이 울리도록 크게 웃은 겸이 다시 자취를 감췄다. 저 멀리서 '호랑이가 나타나면 또 잡아가겠습니다!' 하는 소리가 메아리쳤다. 겸이 사라진 방향을 바라보고 열심히 귀 기울인 채화가 씩 웃었다.

"네가 자꾸 그렇게 행동하니까 어린아이 같다고 하는 거야."

채화는 키득거리며 다시 활과 화살을 갈무리하고 오던 길을 되짚었다. 정확히 집으로 돌아가는 길이었다.

집으로 돌아온 채화는 옷을 갈아입고 툇마루에 털썩 주저앉았다. 그리고 다리를 흔들흔들하며 멀거니 시간만 보냈다. 오래지 않아 겸이 나타났다. 신이 났던 건지 삿갓은 훌렁 넘어간 상태였다. 토끼며 꿩, 그리고 멧돼지까지 있는 대로 마당에 집어 던진 겸이 이상하단 얼굴로 채화를 바라보았다.

"설마 벌써 잡아온 겁니까? 사냥감은 어디에 있습니까?"

채화는 겸이 부려놓은 짐승들을 가리켰다.

"이건 제가 잡아온……."

겸이 뒤늦게 얼굴을 붉혔다.

"나이가 아무리 많으면 뭐하냐고, 하는 짓은 딱 꼬맹인데."

채화는 콧노래를 부르며 내려와 짐승들을 살폈다. 겸이 인상을 구기며 물었다.

"나를 이용한 겁니까?"

"이용한 게 아니라 도움을 받은 거지. 사냥의 귀재 흡혈귀가 있는데 뭐하러 땀 빼? 이렇게 순식간에 해치울걸."

"어쨌든 이용한……!"

겸이 말을 멈췄다.

채화가 겸의 머리를 쓰다듬으며 말했다.

"잘했어."

당황한 겸이 얼른 몸을 뺐다. 얼굴이 묘하게 일그러져 있었다. 뭐라도 말해야 한다고 생각했지만 아무 말도 할 수 없었다. 지금 이 상황은 겸의 이해 범주 밖이었다.

어느새 쭈그려 앉아 사냥감을 훑어보던 채화가 휙 고개를 돌렸다. 겸은 얼른 표정을 가다듬었다.

"왜요!"

그러나 목소리를 가다듬는 데는 실패했다.

"진짜 피 보고도 안 날뛰는 거지?"

겸이 홍, 콧방귀를 뀌더니 평상 위에 털썩 주저앉았다.

"내가 무슨 미치광이인 줄 압니까?"

"알았어. 미안해."

순순히 사과한 채화는 몸을 일으키더니 헛간에 들어가서 아이 머리통만 한 항아리 하나를 들고 나왔다. 단단하게 봉인된 뚜껑이 달린 항아리였다. 사냥감 옆에 항아리를 내려놓은 채화는 치맛자락을 들치고 다리에 매여 있던 칼을 꺼내 들었다.

"당최 뭘 하려는 건지……."

여전히 이용당한 것에 상한 기분을 풀지 못한 겸이 중얼거렸다. 채화는 씩 웃더니 항아리의 뚜껑을 열고 토끼 한 마리를 집어 들었다.

"다시 한 번 묻는데 피가 낭자한 걸 봐도 괜찮다는 거지?"

"아, 몇 번을 말합니까? 천성입니까? 햇볕도 그렇고 이것도 그렇고 몇 번씩 확인해야 하는 성미입니까?"

"미안해. 근데 나도 죽기 싫으니까 그러지."

"내가…… 미쳐 날뛰어 당신을 죽일까 봐 걱정된단 말입니까?"

순간 겸은 등골이 오싹해졌다. 이유는 알 수 없었다. 채화가 미안한 얼굴로 얼른 손사래를 쳤다. 토끼를 들고 있던 손이라 축 늘어진 토끼가 이리저리 흔들리는 게 상당히 우스꽝스러워 보였으나 채화는 그런 것을 생각할 겨를이 없었다. 순간 겸은 상처받은 것처럼 보였다. 그것을 보는 순간 채화는 자신이 너무했나 싶었다.

"아냐, 그런 거. 미안해. 정말로."

"······아닙니다."

겸은 멍한 얼굴이었다. 왜 자신이 채화를 죽일지도 모른단 생각을 하고 등골이 오싹했는지 이유를 알 수 없었다. 내면으로 파고들며 그 원인을 찾기 위해 겸이 헤매고 있는 사이 겸의 눈치를 몇 번 살핀 채화가 마당에 쭈그려 앉아 일을 시작했다.

이유가 무엇이었을까? 자신이 채화를 죽인다는 사실이 중요했던 걸까? 채화가 죽는다는 사실이 중요했던 걸까? 자신이 이성을 잃고 누군가를 죽인다는 사실이 중요했던 걸까? 이리저리 생각을 짜 맞추던 겸은 비릿한 피 냄새에 정신을 차렸다. 그렇게 채화가 하는 짓을 확인한 겸이 얼굴을 구기더니 한마디 내뱉었다.

"먹을 거 가지고 장난치면 안 된단 말 못 들어봤습니까?"

"응?"

피투성이 칼을 들고 채화가 고개를 돌렸다. 잠시 멍하니 있던 그녀가 이내 큰 소리로 웃음을 터뜨렸다.

"야, 너 이번엔 웃겼어."

채화의 깔깔깔 웃는 모습이 나쁘지 않아 겸도 빙그레 미소를 머금었다.

"지금 무얼 하는 겁니까?"

"피를 모으고 있어."

"대체 그걸 어디다 쓰려는 겁니까? 아깝게."

"그만해, 농담은 한 번이면 족해."

"······네."

겸은 그새 침울해했다. 토끼의 피를 다 뺀 채화가 휙 겸에게 던졌다.

"심심하면 가죽이나 벗기든가."

"가죽 장사를 할 셈인 겁니까?"

"음…… 당장 중요한 건 피를 모으는 거지만 뭐 가죽이랑 고기를 버릴 필요는 없겠지?"

잠시 말을 멈춘 채화가 묘한 표정을 짓더니 말을 이었다.

"아깝게."

채화는 겸의 표정과 목소리를 흉내 내고 있었다. 그 모습이 어찌나 우스꽝스러운지 겸은 그만 웃음을 터뜨리고 말았다.

"그만 웃고 일이나 해. 밥값은 해야지."

"저 먹을 건 알아서 구하고 있는데요."

"그래 그럼 방값이라고 치자."

채화가 꿩 한 마리를 들고 칼로 목을 벴다. 주룩 피가 흘러내렸다. 굉장히 무시무시한 광경이어야 하건만, 겸은 그저 큭큭큭 웃을 따름이었다.

주거니 받거니 되도 않는 농담을 해대며 열심히 일한 채화의 집 담장에 토끼 가죽들이 나란히 자리를 잡았다. 꿩은 깃털을 뜯어내고 덤으로 잡아왔던 멧돼지 또한 손질을 끝냈다. 채화는 이번에도 집집마다 돌아다니며 나눠주었다.

"우리 길동이 요즘 기운이 넘치나 봐? 그 기운 엉뚱한데 쓰지 말고 스님한테 좀 써."

"형님, 또 그 소리!"

채화가 버럭 성질을 냈다.

"아니, 왜 성질을 내고 그런대? 강한 부정은 강한 긍정이라는

데 혹시 벌써 쓴 거야?"

"형님!"

광주댁과 그 딸이 깔깔깔 웃음을 터뜨렸다. 채화는 얼굴을 붉힌 채 냅다 토끼 몇 마리를 던지고 도망치듯 빠져나왔다.

"대체 어디다 힘을 쓰라는 겁니까?"

채화의 뒤를 따르던 겸이 물었다. 채화가 잔뜩 구겨진 얼굴로 말했다.

"부려먹었다고 너도 나 놀리는 거냐?"

"놀리다니요?"

겸은 정말로 아무것도 모르겠다는 표정이었다. 채화가 고개를 갸웃거렸다.

"너 정말 몰라?"

"그러니까 뭘 말하는 건지 알아야 대답을 할 거 아닙니까."

눈치가 없는 건지 아니면 정말 모르는 건지 채화는 감을 잡을 수 없었다.

"모르면 됐어."

채화는 난처한 얼굴로 다시 발길을 재촉했다. 그렇게 어느덧 집으로 돌아왔다. 겸이 잡아온 꿩을 구워 포식한 채화는 겸에게 마당에서 기다리라 말하고 방에서 옷을 갈아입었다. 그사이 겸은 평상에 앉아 계속해서 생각했다. 대체 광주댁은 자꾸만 뭘 하라고 하는 걸까?

문이 열리고 채화가 다시 나왔다. 머리부터 발끝까지 검은 옷이었다.

"어딜 갑니까 이 밤중에?"

"이 교위 집."

"무얼 하려는 겁니까?"

채화는 말없이 씩 웃더니 피를 담아둔 항아리를 번쩍 들었다. 겸이 얼른 손을 내밀었다.

"제가 하겠습니다."

"됐어. 내 일인데 왜 네가 해?"

"그러다 넘어져 아까운 피를 죄다 흘리는 꼴은 못 보겠습니다."

"……너 농담을 너무 진지하게 하는 거 아냐?"

겸은 그저 씩 웃으며 항아리를 빼앗을 뿐이었다.

이 교위는 아무래도 세도가의 친인척쯤 되는 모양이었다. 그의 집은 으리으리하기 짝이 없었다. 채화는 집 안팎을 조심스럽게 살피며 구조를 파악하더니 다시 나와 대문 밖에서 신을 벗었다.

"뭐 하는 겁니까?"

겸이 속삭이듯 물었다. 채화는 그저 쉿, 한 번 하는 걸로 대답을 대신했다. 채화가 손을 흔들었다. 그 손짓을 알아들은 겸이 항아리를 내려놓았다. 항아리의 뚜껑을 연 채화는 신을 벗은 발을 담그더니 조심스럽게 뺐다. 겸이 눈살을 찌푸렸다. 마저 다른 발도 항아리에 담근 채화는 그대로 대문 앞에 똑바로 섰다. 뒤이어 손도 살짝 담갔다 꺼냈다.

"아, 깜빡했네. 안에 들어가서 빗장 좀 풀어봐."

겸은 말 잘 듣는 강아지처럼 채화의 말이 끝나기 무섭게 담장을 넘었다. 채화가 작게 키득거렸다.

덜커덕 가로대 치워지는 소리가 났다. 채화가 피 묻은 손으로 대문을 밀었다. 한 사람이 들어갈 만큼 열린 대문에 붉은 손자국이 선명하게 남았다. 채화는 조심스럽게 대문을 넘었다. 처음 서 있던 자리에 남은 붉은 발자국이 달빛을 받아 무시무시해 보였다.

"항아리 들고 따라와."

겸은 얌전히 시키는 대로 했다.

채화는 조심스럽게 걸었다. 정확히 안채를 향한 방향이었다. 발에 묻은 피가 마르면 다시 항아리에 담갔다. 대문이 나타나면 손에 피를 묻혀 밀어 손자국을 만들어냈다. 겸이 씩 웃었다.

"귀신놀이를 하는 거군요."

채화가 씩 웃었다.

"눈치가 아예 없는 건 아니구나?"

두 사람은 작게 낄낄거렸다.

채화는 열심히 안채까지 발자국을 찍었다. 댓돌 위에서 한 번 멈춘 듯한 발자국을 찍은 후에 툇마루에도 피 묻은 발자국을 찍었다. 이제 이 교위와 새 부인이 잠들어 있을 안방이 눈앞이었다. 채화는 정성스럽게 손에 피를 묻힌 후 창호지 위에 손자국을 찍고 죽 그었다.

이제 할 일은 끝났다. 품에 욱여넣었던 발감개를 꺼낸 채화가 피가 묻지 않은 한 손으로 감아보려 했다. 그러나 잘될 리 만무했다. 손에 묻은 피와 발에 묻은 피, 둘 다 다른 곳에 튀면 말짱 황이었다. 보다 못한 겸이 냉큼 발감개를 빼앗았다. 나지막하게 혀를 찬 겸은 꼼꼼하게 채화의 발을 감아주었다. 민망함에 한 발을 들고 서 있던 채화가 휘청거렸다. 그것을 놓칠 겸이 아니었다. 바람보다도 더 빠르게 움직인 겸이 몸을 일으켜 채화의 허리를 감싸 안았다.

"그러다 귀신놀이 다 망칩니다."

누가 들을까, 겸이 채화의 귓가에 장난스레 속삭였다. 채화의 얼굴이 빨개졌다. 겸은 또 열이 난다며 타박하려고 입을 열었다가 다물었다. 안에서 잠꼬대가 들려왔다. 지척에 사람이 있다는 걸 새삼 일깨운 두 사람은 조용히 입을 다물고 뒷마무리를 한 후 빠져나왔다. 그 누구도 두 사람이 친 장난을 본 사람은 없었다.

일을 마치고 숲길을 걷는 채화의 발걸음은 가벼워 보였다.

"어찌 혼을 내지 않고 이런 장난을 칩니까?"

"혼을 내서 어쩌게? 그런다고 그 사람들이 바뀌나?"

겸이 빙그레 웃었다. 아일랜드의 전쟁 통에서 보았던 수많은 고문 방법이 떠올랐지만 어쩐지 채화라면 그런 방법을 싫어할 거 같단 느낌이 들었다. 동시에 채화답다는 생각이 들었다.

"귀신놀이에도 아무 반응을 보이지 않으면 어쩔 겁니까?"

"이 교위는 몰라도 그 새 부인은 안 그럴걸?"

"그걸 어찌 압니까?"

"이미 다아ー 알아보고 한 거랍니다."

병으로 집에 누워 있기만 했다. 깨어난 후엔 사냥을 한 게 전부다. 물론 사냥은 겸 자신이 했으나 어쨌든, 그사이 한양까지 오간다는 건 불가능했다. 겸이 본 것은…….

"아, 마을 사람들이 도와준 겁니까?"

사냥을 하러 가기 전, 잠깐 아낙들이 교대로 들락였다.

"이런저런 정보를 알아내기에 아낙들의 수다만 한 게 없지."

"거기서 알아낸 겁니까?"

"응. 그 집 새 부인이 어찌나 철석같이 귀신을 믿는지 무당이란 무당은 모르는 사람이 없더란다. 이번에 조강지처가 목을 맨 것도 귀신이 되어 해코지할까 봐 큰돈 들여 굿판을 벌였다던데?"

"그렇게 굿판을 벌였는데 귀신이 나타나다니⋯⋯. 도리어 더 안 믿는 거 아닙니까?"

"뭐, 세상엔 돌팔이 무당도 많은 법이니까."

채화가 큭큭거렸다. 그런 채화를 보며 겸도 나지막하게 웃음 지었다.

콧노래까지 불러가며 집에 돌아온 채화는 우물가에 철퍼덕 주저앉았다.

"무얼 하게요?"

"뭐하긴 씻어야지."

채화는 피 묻은 손을 활짝 펴고 흔들었다. 겸이 피식 웃었다.

"맛있어 보여서 좋은데 왜 씻습니까?"

채화의 얼굴에서 웃음이 사라졌다. 겸은 아차 싶었다. 그래서 얼른 깊이 머리 숙여 사죄했다.

"미안합니다. 인간에게 흡혈귀의 그런 농담이 어떤 식으로 비쳐질지 미처 생각지 못했습니다."

"응?"

채화가 바보 같은 얼굴로 되물었다. 겸은 잔뜩 가라앉은 목소리로 대답했다.

"그렇게 긴장하지 않으셔도 됩니다. 내가 당신을 잡아먹을 일은 없을 테니까."

어쩐지 거북스러웠다. 이런 사실을 새삼 일깨워야 하는 현실이 마음에 들지 않았다. 그 마음이 자꾸만 겸의 안색을 어둡게 했다. 그런데 또 채화의 몸에서 열이 났다. 겸은 눈살을 찌푸리더니 휙 부엌으로 들어가 버렸다.

홀로 남은 채화는 멍하니 서 있다가 자신의 뺨을 찰싹찰싹 소리가 나게 때렸다. 손에 피가 묻어 있다는 걸 망각한 덕분에 얼굴까지 피투성이가 되고 말았지만 채화는 거기까지 신경 쓸 정신이 없었다.

"정신 차려, 채화야."

한번 나간 정신은 쉽사리 돌아오지 않았다. 벌떡 일어난 채화는 우물물을 길어냈다. 옆에 놓인 함지가 가득 차도록, 물이 튀어 옷이 다 젖도록 열심히 물을 펐다. 채화의 머릿속엔 온통 '겸이 아무것도 몰라서 다행이다'라는 생각뿐이었다.

그는 정말로 자신이 '먹히는' 것에 두려워하고 있다고 느낀 것처럼 보였다. 그게 아니라고 말해주고 싶었으나 그럴 수 없었다. 그걸 자기 입으로 말해줄 수 있는 여자가 있긴 할까?

"변태냐? 왜 그 말에 그걸 떠올려? 미친년."

"누가 미친년이란 겁니까?"

채화가 꺅 비명을 지르더니 철퍼덕 주저앉았다.

"……내가 그리 무섭습니까?"

겸은 정말로 상처받은 얼굴이었다.

"무, 무, 무서워서 그런 게 아니라 갑자기 나타나니까 놀래서 그런 거지! 왜 나왔는데!"

"또 열이 나는 거 같은데 찬물로 씻으려 그랬잖습니까. 부엌에서 뜨거운 물을 가져왔습니다."

그의 손에 들린 것은 아직도 뜨거울 게 분명한 가마솥이었다. 함지나 대야에 담아오면 되는데 무식하게 그걸 통째로 들고 온 건 둘째치더라도 화상을 아랑곳하지 않았다는 데 채화는 기겁했다.

"얼른 내려놔!"

채화가 소리를 지르자 겸은 겸연쩍은 얼굴로 가마솥을 내려놨다. 채화가 얼른 겸의 손을 잡았다.

"너 바보야? 화상을 입으면 어쩌려고……."

"저 흡혈귀입니다."

"그런다고 상처를 안 입는 건 아니잖아!"

채화는 여전히 버럭버럭 소리를 지르고 있었다. 민망한 생각을 했었단 사실은 이미 저 멀리 달아나고 없었다.

"저를…… 걱정해 주는 겁니까?"

채화는 순간 멈칫했다.

원래 산짐승이고 들짐승이고 살아 있는 모든 것을 귀하게 여기던 채화였다. 어린 시절, 채화와 싸운 막내 오라비가 채화가 아끼던 영산홍을 죄다 꺾어놓았을 적에는 꽃이 불쌍해 목 놓아 울기까지 했었다. 하도 서럽게 우는 통에 막내 오라비는 슬그머니 다가와 미안하다고 사과를 했었더랬다.

처음엔 그래서 그런다고 생각했다. 아마 그래서 그저 고통을 자처하는 게 못마땅한 거였을 거다. 그러나 채화는 지금 이 순간, 그의 화상을 염려하는 자신의 마음이 평소와 조금 다르다는 것을 알았다. 우습게도 채화는 그 이유를 잘 알고 있었다. 그래서 아무것도 대답할 수 없었다.

자신의 물음에 채화가 아무 대답이 없자 겸이 삐쭉거렸다.

"아니면 아니라고 대답하면 될 것을 그리 당황할 것은 없잖습니까?"

그는 내심 서운한 눈치였다. 채화는 얼른 겸의 손을 뿌리쳤다. 겸의 눈이 동그래졌다.

"화난 겁니까?"

채화는 홱 몸을 돌려 주저앉아 겸이 가져온 뜨거운 물을 섞어 세수를 시작했다. 환한 달빛에 물이 연하게 핏빛으로 물들어 가는 걸 볼 수 있었다. 채화는 그제야 자신이 피투성이였음을 깨달았다.

'이 몰골로……'

생각이 떠오르기 무섭게 채화는 자책했다. 이 와중에도 겸에게 잘 보이길 바라고 있다니……. 채화는 두 눈을 감고 어푸어푸, 온 사방에 물을 튀겨가며 열심히 세수를 했다. 그 뒷모습을 멀거니 바라보고 있는 겸은 맛있다고 했던 자신의 농담이 이렇게까지 화를 낼 만한 것인지 고민하고 있었다.

이 교위의 집은 예상했던 대로 난리가 났다.

"아, 그 새파랗게 젊은 처가 조강지처의 무덤에 찾아가서 석고대죄를 한다고 난리를 피더라니까요?"

"근데 웃긴 건 하루 만에 자진 철수했단 거예요. 아무도 모르게."

젊은 아낙 둘이 까르르 웃음을 터뜨렸다.

채화의 집 마당에 모여 앉은 여자들은 겸이 잡아왔던 꿩과 멧돼지를 구워 먹으며 이 교위의 집에 대한 수다를 떨기에 여념이 없었다. 겸은 삿갓을 푹 눌러쓴 채 툇마루에 앉아 가만히 귀를 기울이고 있었다.

"그다음 날엔 곳간을 있는 대로 털어 절에 가더라."

"어? 내가 들은 건 굿을 하는 거였는데요?"

"굿뿐이랴? 뒤뜰에 정화수 떠놓고 비나이다 비나이다 손바닥이 닳았겠다더라."

"귀신이 그렇게 무서운가?"

"지은 죄가 많으니까 그렇겠지."

여자들이 또 한 번 와하하 웃음을 터뜨렸다. 한차례 고기가 담긴 그릇이 오고 갔다.

"근데 난 걱정이네."

안산댁이 걱정스레 말문을 열었다.

"뭐가요?"

채화가 물었다.

"이 교위는 귀신을 안 믿는다잖아. 그래서 장난친 놈이 어느 놈이냐고 부리는 사람들을 죄다 모아놓고 으름장을 놓았다더라. 본보기로 한 명 물고를 내겠다고도 했다던데……."

"저도 그 소문은 들었어요."

"좋은 생각이라도 있어?"

"방법을 바꿔보려고요."

"어찌할 건데?"

"아, 길동이가 어련히 알아서 하지 않겠어?"

광주댁이 크게 외치자 삽시간에 분위기가 살아났다. '그럼 그럼! 길동이가 누군데!' 따위의 동조가 오가고 다시 화기애애해졌다. 그렇게 다시 즐거워진 분위기 속에서 아낙들은 배부르게 먹고 마시다가 각자의 집으로 돌아갔다.

그제야 겸이 슬그머니 평상으로 내려와 그릇을 치우는 채화를 도우며 투덜거렸다.

"어찌 제게는 먹어보란 말 한마디 안 한답니까?"

"너 어차피 안 먹잖아."

"저들은 제가 사람인 줄 알고 있지 않습니까? 한데 어찌 먹어보란 말 한마디가 없느냐 이겁니다."

"아……. 내가 말 안 했구나."

"무엇을 말입니까?"

채화는 여전히 분주하게 평상을 치우며 대꾸했다.

"저 사람들, 너 흡혈귀인 거 다 알걸? 류를 만나봤으니까."

겸은 더더욱 이해할 수 없다는 표정을 지었다.

"그럼 흡혈귀인 걸 다 알고도 그리 이상하게 쳐다본 거란 말입니까?"

"이상하게 쳐다보다니?"

겸이 흠흠, 헛기침을 했다. 그리고 조금 민망한 얼굴로 대답했다.

"다들 나를 남자로 보고 있지 않았습니까? 근데 내가 흡혈귀임을 알고도 그랬다니……. 이해할 수가 없어서 말입니다. 혹시 당신도 그렇습니까?"

채화의 얼굴이 화르륵 달아올랐다. 겸이 두 눈을 크게 떴다.

"왜…… 그러는 겁니까?"

채화는 아무 말도 할 수 없었다. 이리저리 눈알을 굴리던 그녀는 마치 아무 일 없었다는 듯 다시 그릇들을 챙겼다. 가만히 바라보던 겸의 표정에 슬그머니 미소가 떠올랐다.

"혹시 그랬던……."

겸의 말이 채 끝나기도 전에 채화가 버럭 소리 질렀다.

"아니거든!"

그러고는 홱 몸을 돌려 챙겨놓은 그릇을 들고 성큼성큼 우물가로 가서 씻기 시작했다. 겸은 당혹스러웠다. 그냥 늘 하던 대로 농담 따 먹기를 하려던 것뿐이었는데 왜 저런 반응을 보인단 말인가? 멍하니 서 있던 겸의 뇌리에 순간 뭔가가 번뜩였다. 그간 오락가락하던 채화의 체온, 그것이 고뿔 때문인 줄 알았었는데……. 그랬단 말인가? 세상에!

순간 기분이 좋았다. 겸은 자신의 상태를 이해할 수 없었다. 왜 기분이 좋단 말인가? 그러나 상관없었다. 기분이 좋은 게 더 중요했다.

채화는 그릇이 부서져라 설거지를 하고 있었다. 이 추운 날 또 찬물로……. 겸은 얼른 채화의 곁에 주저앉아 그릇을 빼앗으며 농을 건넸다.

"뭐, 흡혈귀가 인간에게 크게 관심을 두지 않는 것은 사실이나, 불가능한 건 아니니 정 필요하다면 말씀하세요."

"뭐?"

겸의 말을 이해하지 못한 채화가 되물었다. 겸은 잠시 손을 멈추고 고민했다.

"그러니까, 그 왜, 과부들이 허벅지를 바늘로 찌른다든가 어쨌다든가……."

"에라이!"

채화는 냉큼 소반을 들어 겸의 등짝을 후려쳤다. 불행히도 부서진 것은 소반이었다. 겸이 채화를 째려보았다.

"아, 또 왜 때립니까!"

"이상한 소리를 지껄이니 맞아야지!"

"농담도 못 합니까?"

채화는 꿀 먹은 벙어리가 되었다. 농담이었다고? 순진한 줄만 알았던 겸의 입에서 그런 농담이 나오다니, 채화는 믿을 수 없었다. 동시에 그간 겪어온 자신의 고민 또한 눈치챈 건 아닌가 싶어 등에서 식은땀이 다 날 지경이었다.

채화는 모르쇠 하기로 결정하고는 얌전히 다시 설거지를 하려 했다. 한창 설거지를 하고 있던 겸이 채화가 다시 찬물에 손을 담그려 하자 그 앞에 놓인 그릇을 몽땅 자기 쪽으로 옮겨놓으며 말했다.

"고뿔 걸립니다. 내버려 두세요."

"됐어. 나는 악덕 집주인이 아니야."

"그러다 또 열이……."

무심코 말을 뱉던 겸이 하던 말을 멈추더니 씩 웃었다.

"그간에 오르락내리락하던 거 말입니다."

"뭐가 오르락내리락해?"

"열 말입니다. 고뿔이 다 나았는데도 자꾸 열이 나서 전 병이 난 줄 알았지 뭡니까? 근데 그게 그런 거였습니까? 저를 보면 그렇게……."

채화가 들고 있던 채반으로 겸의 머리를 후려쳤다. 버럭, 겸이
성질을 부렸다.

"아, 왜 자꾸 때립니까!"

"그러니까 왜 자꾸 그렇게 헛소리를 하냐고!"

"내가 언제 헛소리를 했다고 그럽니까? 나는 있는 사실을 그대
로……."

다시 한 번 채화가 채반을 휘둘러 겸의 입을 막으려 했다. 한
번은 당해도 두 번은 당할 수 없었던 겸이 날쌔게 움직여 채화의
손에서 채반을 획, 빼앗았다. 그 바람에 채화가 균형을 잃고 쓰
러졌다. 쭈그려 앉아 있던 탓에 발에 쥐까지 나서 채화로서는 어
찌해 볼 도리가 없었다. 그렇게 채화는 겸의 품으로 풀썩 쓰러지
고 말았다.

겸이 씩 웃었다.

"그렇게 좋습니까?"

물론, 겸 또한 채화가 일부러 그런 게 아니란 걸 알고 있었다.
이번에도 역시나 그저 농담에 불과했을 뿐이었다.

"헛소리!"

채화가 얼른 겸의 품에서 벗어나 벌떡 일어났다. 여전히 다리
에 쥐가 나 있는 상태였지만 코끝에 침을 발라 대충 무마했다. 겸
이 큭큭거리고 웃었다. 채화가 붉어진 얼굴로 소리쳤다.

"설거지나 빨리해! 할 일이 있으니까!"

"네네, 알아 모시겠습니다요."

겸은 웃으며 분주히 손을 놀렸다. 채화는 쿵쾅쿵쾅 난폭하게

걸어 방 안으로 들어가 버렸다. 채화에게서 또 열이 나고 있었다. 이제는 그것이 고뿔 때문인 게 아닌 것을 알았기 때문에 겸은 걱정하지 않았다. 그저, 자신의 그런 농담이 먹힌다는 게 즐거울 뿐이었다.

그게 단순히 놀려 먹기 좋아서가 아닌 것을 겸은 여전히 모르고 있었다.

설거지를 마치자 채화는 겸을 이끌고 산으로 올랐다.

"산에서 하는……."

"농담은 거기까지 해라. 너무 간다."

앞서가던 채화의 단호한 말에 겸이 얼른 입을 다물었다. 가끔, 채화의 말은 따를 수밖에 없게 하는 힘이 있었다.

"어딜 갑니까?"

"적당한 나무 찾으러."

"뭘 하려는 건데요?"

"이 교위 놈 매달아놓으려고."

"……그렇게 해서 뭐가 득이 됩니까?"

"내일 장날이거든. 장터 한복판에 매달아놓을 거야. 그리고 그 아래 내 이름도 써넣을 거야."

"더는 아랫것들을 추궁하지 못하게?"

"응."

"그러다 당신을 잡겠다고 나서면 어쩔 건데요?"

"절대로 잡힐 일 없어."

"어째서 그리 확신합니까?"

채화가 살짝 얼굴을 찡그렸다.

"사람들은 여자가 그런 짓을 할 수 있다고는 생각도 못 하는 거 같더라고."

겸은 물레방앗간에서 옷을 갈아입던 채화를 떠올렸다. 왜 더 멀리 도망가지 않고 그러했는지 이제 확실히 알았다. 동시에 채화의 체취가 코를 간질였다. 덕분에 갈증이 느껴졌다. 겸은 얼른 다른 것으로 신경을 돌려야 할 필요를 느꼈다.

"근데 대체 뭘 하고 다니는 겁니까?"

겸은 복면을 하고 밤이슬을 맞고 다니며 도적질 말고 뭘 하고 다닌 걸까? 문득 위험하진 않을까, 순간 겸은 진심으로 걱정되었다.

"위험한 일을 하고 다니는 건 아니겠죠?"

"지붕을 타다가 미끄러진 적은 있어도 누구한테 공격당해서 위험해 본 적은 없어."

"하지만 밤에 여인 혼자 돌아다니다니요. 산적도 있고 산짐승도 있고 목숨이 아깝지도 않은 겁니까?"

"어차피 한 번 죽었는데 두 번 죽은들 뭔 대수야?"

채화는 정말 아무렇지 않은 투였다. 겸은 기분이 상했지만 자신이 나서 무어라 해줄 수 없는 일인지라 더 말을 잇지 않았다.

"저거다!"

한참이나 산을 헤매는 듯 보이던 채화가 소리치며 달려갔다. 겸은 영문도 모른 채 그 뒤를 따랐다.

"이게 딱이네!"

채화는 곧게 자란 기다란 나무를 위아래로 훑어보며 주변을 한 바퀴 돌았다. 겸보다 서너 배는 더 커 보이는 나무였다.

"이걸 뭐에 쓰려는 겁니까?"

"장터에 사람이 매달릴 만한 말뚝이 없거든. 새로 만들어야지."

"이 거대한 걸 가져가겠단 겁니까? 당신이?"

"내가 이걸 왜 들어?"

"그럼 누가 듭니까?"

"너."

채화는 너무나 당연하다는 얼굴이었다. 겸이 한숨을 폭 내쉬며 고개를 절레절레 흔들었다.

"내가 싫다고 하면 어쩔 건데요?"

"싫다고 하려고?"

채화는 두 눈을 크게 뜨고 '진짜 그럴 거야?'라고 반복해서 물었다. 배짱을 한번 부려보려던 겸의 마음이 슬그머니 사그라졌다.

"아니, 뭐 꼭 그런 건 아니고……."

"그래, 그래야 착한……."

채화가 겸의 머리를 쓰다듬으려 했다. 겸은 순식간에 채화의 뒤로 자리를 이동했다.

"그 어린아이 취급 좀 그만하십쇼."

"아니, 애를 애 취급하지 그럼 어른 취급해?"

"애 아니라고 몇 번을 말합니까? 내가 그리 어려 보입니까?"

겸은 철판을 깔기로 했다. 실제로 태어난 지 십오륙 년밖에 안 되었다고는 하나 인간의 기준으로 외양은 완벽한 성인이었다. 채화가 자신의 나이를 알 수 없다고 겸은 확신했다.

"아닌데, 어린애 같던데……."

채화는 팔짱까지 끼고 겸을 위아래로 훑었다.

"어디가 애 같다는 겁니까? 이렇게 건장한 애 보았습니까?"

"누가 겉모습이 애 같다고 했니? 하는 짓이 애 같다고 했지."

"내, 내가 언제 애 같이 굴었습니까?"

"진짜 나이 든 사람은 애 같다는 말에 그렇게 정색 안 한다. 어려 보이느냐고 좋아하지."

겸은 또 말문을 잃었다. 민망해졌다. 얼른 몸을 돌려 흠흠, 헛기침을 했다. 키득거리던 채화는 그런 겸을 툭툭 쳐서 다시 자신을 바라보게 만들었다.

"그러니까 흡혈귀 꼬마님, 얼른 이 나무 좀 베어주십쇼. 딱 이쯤이면 좋겠는데?"

채화가 나무 밑동을 가리켰다. 겸은 여전히 민망한 얼굴로 흥, 콧방귀를 뀌더니 팔을 휘둘렀다. 나무가 흔들거리더니 천천히 쓰러지기 시작했다.

"와! 잘한다!"

채화가 박수를 짝짝짝 치며 좋아했다. 겸이 슬그머니 미소 지었다. 흘깃 쳐다본 채화가 씩 웃더니 말을 이었다.

"자, 하는 김에 가지도 좀 쳐내고 요기 한 번 더 잘라내고……."

채화가 여기저기를 가리키며 하는 지시에 겸이 분주히 움직였다. 날카로운 손톱은 도끼도 되었다가 대패도 되었다가 톱도 되었다. 채화는 태연하게 이런저런 지시를 계속하면서 터지려는 웃음을 꾹 눌러 참았다.

"자, 이제 집으로 가자!"

채화가 앞장섰다. 겸은 당연하다는 듯이 기다란 나무를 들고
그 뒤를 따랐다.

겸이 스스로 바보 같은 짓을 했음을 깨달은 건 이미 그 나무가
채화의 집 마당에 놓인 후였다. 또 휘말리고 말았다며 길게 탄식
한 겸이 채화를 따라 방으로 들어왔다. 채화는 지필묵을 꺼내놓
고 먹을 갈기 시작했다.

"이젠 또 뭐 하려는 겁니까?"

다시는 휘둘리지 않으려는 마음에 단단히 무장한 물음이었다.

"걱정 마. 이건 내가 할 거니까."

채화가 그것을 모를 리 없었다. 겸은 겸연쩍은 얼굴로 채화의
옆에 앉았다.

한참이나 정성스럽게 먹을 갈아낸 채화는 방바닥에 종이를 펼
치고 일필휘지, 내용을 적어가기 시작했다.

'조강지처를 살해한 이 사람을 고발합니다'라는 내용으로 시작
되는 글 속에는 이 교위가 괴한을 고용해 안채를 습격하게 한 것
과 그로 인해 자진한 조강지처의 억울함을 호소하는 내용이 담겨
있었다. 채화는 마지막에 자신의 서명을 적는 것도 잊지 않았다.

"열녀문착분자(烈女門着糞者)?"

언문을 몰라 멀거니 바라만 보고 있던 겸은 드디어 자신이 아
는 한자가 나온 것에 기뻐하며 또박또박 읽어보고는 눈살을 찌푸
렸다.

"설마, 열녀문에 똥을 뿌리고 다닌 겁니까?"

어쩐지 냄새가 나는 것 같아 겸은 슬그머니 코를 막았다.

"아니, 똥물."

그 대답이 너무 담백하여 겸은 아연실색하였다.

"그런 짓을 왜 하는 겁니까? 열녀문은 여인의 정절을 기려 나라에서 내려준 기념비 아닙니까?"

"정절을 기릴 거였으면 살아 있을 때 주지 왜 죽어야 주는 건데?"

말미에 나지막하게 욕설이 덧붙었다. 겸은 얼른 입을 다물었다. 열녀문과 관계된 채화의 사정이 뒤늦게 떠올랐다. 채화는 흥분한 듯 격하게 말을 이었다.

"웃기지 않아? 정조를 지키려면 상호 간에 지켜야지 왜 여자만 지켜? 남자는 조강지처가 죽으면 바로 새 부인을 들이는 것도 모자라 살아 있을 때조차 첩을 두는데 왜 여자는 정조를 지키기 위해 목숨까지 버려야 해?"

속사포처럼 쏘아대는 채화의 말에 겸은 할 말을 찾을 수 없었다.

"죽은 후에 내려줄 거면 여자를 그렇게 키운 친정 가문에다 줘야지 왜 시댁에다 주냐고! 시집 귀신? 개나 주라 그래! 정작 죽은 여자는 이름 한 자 못 남기고 어디의 누구 씨만 기억되고, 열녀문을 하사받은 집안은 또 열녀문 하사받았다고 명예가 높아진단다. 여자의 정절이 숭고하면 숭고할수록 벼슬도 준다니 그게 말이 된다고 생각해? 그 때문에 살아 있는 멀쩡한 여자들이 죽음을 강요당할 걸 그 똑똑하신 나라님은 왜 예상을 못 해?"

울분에 가득 찬 채화의 불만이 계속해서 이어졌다. 뒤로 갈수록 점점 목소리가 높아지는 통에 겸은 안절부절못하게 되었다.

"류가 구해줬으니 망정이지 내가 죽어서 받은 열녀문으로 시어머니가 떵떵거렸을 거 생각하니까 눈앞이 캄캄하더라. 냉골에 처박고 하루에 한 끼도 안 줬어. 몰래 죽어라 죽어라 고사까지 지냈다고 하더라. 근데 그런 사람들이 내 죽음으로 떵떵거리는 거? 절대로 못 봐! 만약 그런 일이 생겼다면 내 열녀문에 누가 불이라도 싸지르기 전엔 편히 눈을 못 감겠지 싶더라. 그래서 시작했어. 억울하게 죽어버린 여자들도 다 나 같은 심정이지 않을까 싶어서. 근데 불은 옮겨붙으면 큰일이니까……."

다행히 채화는 다시 차분해졌다. 그런데 이제는 거꾸로 겸이 흥분하고 있었다.

"냉골에 가두고 밥을 굶겨요? 누가요?"

아무것도 눈치채지 못한 채화가 흥, 하더니 받아쳤다.

"누군 누구야. 강릉에 살고 계신 내 잘난 시어머니 말이다. 처음엔 순순히 받아들였어. 시집오자마자 집안의 두 기둥이 동시에 죽었어. 나라도 싫겠구나 싶었지. 근데 그게 왜 내 탓이야? 내가 병들게 한 건 아니잖아? 그 병, 나중에 알고 보니까 한두 달 지난 후에야……."

채화가 말을 멈췄다. 그제야 채화 또한 겸이 잔뜩 흥분하고 있다는 걸 알았다. 입술을 질끈 깨문 그의 붉은 두 눈이 무섭게 번뜩이고 있었다.

"……야, 무섭게 왜 그래?"

채화가 슬쩍 겸을 찔러보았다. 정신을 차린 겸이 미소 지었다.

"미안합니다. 당신한테 화낸 게 아니었습니다. 당신이 냉골에 갇혀 고생했을 것을 상상하니 나도 모르게 그만……."

채화의 얼굴이 달아올랐다. 자신을 걱정했단 말인가? 고생했을 자신을 생각하고 보니 그렇게까지 화가 났단 말인가? 묘하게 기분이 좋았다. 반면 겸은 자신이 왜 화가 났는지 도통 모르는 눈치였다. 그러나 그의 화와 고민은 채화의 한마디에 한순간에 날아가 버렸다.

"고마워."

부드러운 목소리였다. 푸근하게 풀어진 얼굴로 겸이 되물었다.

"뭐가 고맙단 말입니까?"

"내 이야기 듣고 그렇게 화내준 사람 네가 처음이야."

"아니, 그게 뭐 대단하다고……."

겸이 배시시 웃었다. 채화도 따라 미소 지었다. 그리고 덧붙였다.

"그러니까 저 나무 들고 따라와 줄 거지?"

겸은 활짝 웃으며 대답했다.

"물론이죠."

뒤늦게 또 휘말리고 만 것을 깨달았지만 이미 말을 뱉은 후였다.

어둠이 깔렸다. 부엉이만 부엉부엉 우는 깊은 밤, 하얀 달빛을 받으며 두 사람이 숲을 달렸다. 한 명은 기다란 무언가를 들고 있었는데 자기 키의 서너 배에 달하는 길이에도 불구하고 움직임에 전혀 거리낄 게 없어 보였다.

"야, 조심해!"

홱 자세를 낮추며 채화가 숨죽여 외쳤다. 나무를 어깨에 멘 채로 몸을 돌렸던 겸의 행동에 채화는 뒤통수를 가격당할 뻔했다.

겸이 낼름 혀를 내밀었다. 어영부영 또 이렇게 휘말린 것에 대한 작은 복수였다. 가늘게 눈을 흘긴 채화가 다시 몸을 날렸다. 킥킥 웃은 겸이 그 뒤를 따랐다.

순라군들의 눈을 이리저리 피하며 이동하던 두 사람이 드디어 지붕 위에서 바닥으로 내려왔다.

"여기다 벽서 붙여야 하니까 이 자리에다가 해. 사람이 몸부림쳐도 쓰러지지 않게끔 깊이 박아야 해. 알았지?"

채화는 말을 마치기 무섭게 다시 지붕으로 뛰어올랐다. 겸이 한숨을 내쉬었다.

"얼마나 걸릴지 좀 물어나 볼 것이지 그렇게 가버립니까……."

겸은 이내 마음을 접었다. 자기가 없는 사이 그녀가 위험해지면 어쩌나 하는 생각이 잠시 들었지만 털어냈다. 자신을 만나기 훨씬 전부터 하고 다닌 일이라지 않던가? 위험할 일 없다고 애써 스스로를 위로했다.

나무 기둥을 똑바로 세워놓은 겸은 잠시 고민에 빠졌다.

"사람이 몸부림쳐도 쓰러지지 않을 깊이라……."

겸이 보기에 최소한 나무 기둥의 절반은 땅속에 들어가야 했다. 겸이 주위를 둘러보았다. 가만히 귀도 기울여 보았다. 다행히 근방엔 아무도 없었다. 걱정스러운 것은 지척의 초가집들이었다. 분명 사람들이 자고 있을 텐데…….

겸은 고민에 빠져들었다. 소리 없이 볼품없게 쭈그려 앉아 땅을 파느냐, 요란하게 하는 대신 있어 보이게 한 방에 해치우느냐, 겸으로서는 대단히 심각한 고민이었다.

한편, 겸에게 일거리를 안겨주고 날렵하게 몸을 날린 채화는 이미 이 교위의 안채 지붕 위에 있었다. 주변은 쥐 죽은 듯이 고요했다. 다들 깊은 잠에 빠져 있을 시각이었으니 당연했다. 채화는 날렵하게 마당으로 내려섰다. 최대한 발소리를 죽여 대청마루에 올랐다. 복면을 한 번 더 매만진 다음 안방 문을 조심스레 열었다.

고른 숨소리를 내며 잠들어 있는 두 사람이 보였다. 날이 추운 탓인지 머리끝까지 이불을 뒤집어쓰고 있었다. 채화는 잠시 고민했다. 이 교위를 납치하는 동안 과연 그 부인이 가만히 있어줄까? 새가슴이라 했으니 칼을 들고 위협하면 조용해지지 않을까? 고민은 길지 않았다. 갑자기 이 교위가 벌떡 몸을 일으켰다. 채화는 깜짝 놀라 휙 몸을 날려 대청마루까지 튀어나갔다.

안방에서 따라 나온 사람은 둘이었다. 이 교위와 새 처가 아니었다. 칼을 꼬나 쥔 둘은 딱 봐도 한가락씩 하는 전문가였다. 한 번도 이런 식으로 반응하는 사람들이 없었는데…….

'제길…….'

채화도 칼을 꺼내 들었다.

장터 한복판에서 열심히 땅을 파던 겸은 저절로 욕설이 튀어나오려는 것을 애써 눌러 참았다. 꼴사납게 이게 뭐하는 짓이란 말인가? 수시로 오가는 순라군들의 기척까지 신경 써야 해서 꼭 뭐 마려운 뭐 같은 모양새가 영 맘에 들지 않았다.

지붕 위에 엎어져 있던 겸이 작게 욕설을 지껄였다. 길가로 밀어둔 나무는 다행히도 걸리지 않았으나 하마터면 열심히 파고 있던 구덩이에 순라군 하나가 빠질 뻔했다. 빠지지 않았더라도 조금만 신경 써서 봤더라면 들킬 뻔한 위기였다.

심장이 떨어질 거 같아서 더는 이 짓거리를 할 수 없었다. 순라군이 멀어진 것을 확인한 겸이 날렵하게 뛰어내렸다. 그리곤 잽싸게 눕혀 놓았던 나무를 팔뚝 길이만큼 파여 있는 구덩이에 대충 찔러 넣었다.

겸은 에라 모르겠다, 훌쩍 뛰어올랐다. 그리고 온 힘을 다해 나무 기둥을 발로 밟았다. 놀랍게도 두부에 젓가락이 박혀 들어가듯 나무 기둥이 땅속으로 푹 박혀 들었다. 다행히 큰 소리는 나지 않았다. 발로 나무를 밟는 순간 둔탁한 소리가 한 번 울렸을 뿐이었다. 겸은 조심스레 귀를 세웠다. 혹 이 소리를 듣고 누군가 오지 않을까 싶어서였다. 다행히 아무도 오지 않았다. 나무 기둥은 좀 덜 들어간 듯싶었다. 겸은 한 번 더 훌쩍 뛰어올라 나무를 밟았다. 이번에도 쑥, 나무가 땅속으로 박혀 들었다.

"이만하면 됐겠지?"

뿌듯한 얼굴로 위아래를 훑어본 겸은 이내 쭈그려 앉아 파놓았던 흙을 모아 구덩이의 틈을 메우고 다독다독거렸다. 일을 마치곤 훌쩍 지붕 위로 몸을 날렸다. 얼른 가서 채화를 도와야지 하는 마음뿐이었다.

지붕에서 지붕을 넘나들며 겸은 이 교위의 집을 찾았다. 초가집은 분명 아니었고 기와집이었는데……. 따위의 생각을 하면서 이리저리 헤매다가 채화의 체취를 맡았다.

"진작 이렇게 찾을걸."

겸은 빙그레 미소 지으며 방향을 틀었다.

안방에서 튀어나온 두 남자는 무예 실력이 보통이 아니었다. 오라비들의 어깨너머로 보고 배운 채화로서는 도저히 상대할 수가 없어 보였다. 몇 번 간신히 공격을 막아낸 채화는 입술을 질끈 깨물고 도망가기로 했다. 두 사람에 비해 자신의 실력이 턱없이 모자라다는 것을 그저 몇 번의 방어만으로 뼈저리게 깨달았다. 다행한 것은 덩치 큰 사내들인지라 날렵함만큼은 채화만 못하단 사실이었다. 거기에 희망을 걸고 채화는 마당으로 몸을 날렸다. 뒤이어 훌쩍 지붕으로 뛰어오를 심산이었는데…….

채화는 그대로 얼어버렸다.

네모 모양으로 빙 둘러싼 이 교위의 집 지붕 위에 수없이 많은 군사들이 모습을 드러냈다. 일개 교위 주제에 어디서 이런 병력을 구했을까? 심지어 정복을 차려입은 병사들이었다. 채화가 입술을 깨물었다. 병사들은 하나같이 활시위에 활을 먹여놓고 있었다.

요란한 소리를 내며 대문이 열리고 이 교위가 들어섰다.

"내가 이래 봬도 영의정의 처조카 사위란 말이지. 감히 내 집에서 그런 장난을 쳐?"

기세등등한 이 교위의 뒤에서 젊은 새 처가 잔뜩 몸을 떨며 눈알을 굴리고 있었다.

"아, 이거 좀 놔! 저기 봐! 저게 귀신이야? 사람이지?"

이 교위는 처의 그런 행태가 마음에 들지 않는 모양이었다. 잔뜩 주눅이 들어 있는 새 처가 슬그머니 고개를 내밀고 마당을 확인했다. 복면을 뒤집어쓴 채화와 눈이 마주치자 갑자기 그녀의 몸짓이 당당해졌다.

"세상에! 어찌 인두겁을 쓰고 그런 짓을!"

"인두겁 운운은 내가 해야 될 소리 같은데?"

욱하는 성미에 한마디 내뱉은 채화가 뒤이어진 이 교위의 말에 얼른 입을 다물었다.

"목소리를 들어보니 딱 기생오라비같이 생긴 놈이겠구나. 네놈의 면상을 볼 필요도 없겠다."

이 교위가 씩 웃었다. 채화는 등골이 오싹했다. 설마, 아니겠지? 그저 귀신 장난 조금 했다고 사람을…….

"쏴라!"

이 교위의 말이 끝난 것과 채화가 몸을 날린 것은 거의 동시였다. 하늘에서 소낙비처럼 화살이 쏟아졌다. 채화는 두 눈을 질끈 감았다. 이렇게 가는구나……. 갑자기 주마등처럼 모든 기억들이 스쳐 지나갔다. 우습게도 만난 지 얼마 되지도 않은 겸과의 기억이 태반이었다. 채화는 눈물을 흘렸다. 동시에 불같은 통증이 느껴졌다.

채화의 체취가 짙어졌다. 겸은 콧노래라도 부르고 싶은 심정으로 날다가 채화가 날아오르는 걸 보았다. 동시에 이 교위의 집 지붕에 늘어서 있는 군사들도 보았다. 그것이 무엇을 의미하는지조차 파악하지 못한 겸의 눈앞에서 수없이 많은 화살이 채화를 향해 날아가기 시작했다.

채화가 위험했다. 인지한 순간 피가 끓어올랐다. 전신의 모든 힘을 끌어 올려 겸이 달려들었다. 시간이 천천히 흐르는 것처럼 느릿느릿 화살들이 움직이는 게 보였다. 겸은 날쌔게 채화의 주위를 휘돌았다. 거칠게 펄럭이는 장삼 자락에 화살들이 우수수 땅바닥으로 떨어졌다. 그러나 겸이 제아무리 날고 기는 흡혈귀라 한들, 모든 화살을 막아낼 수는 없었다.

몇 개의 화살에 맞은 채화의 입에서 신음이 터졌다. 훌쩍 뛰어오르던 채화가 도로 낙화했다. 겸은 얼른 채화를 낚아채 빠르게 몸을 날렸다. 분노로 피를 태운 흡혈귀의 능력은 감히 인간이 따라올 수 없는 경지라 모두의 눈에 비친 것은 하늘로 솟아오르던 채화가 훌쩍 자취를 감췄단 것뿐이었다.

"저것 봐요! 귀신이 맞다니까!"

새 처가 호들갑을 떨었다. 이 교위는 난폭하게 팔을 휘둘렀다. 새 처가 마당에 나뒹굴었다. 뺨이 빨갛게 물들었다. 이 교위는 분노를 억제하지 못하고 씩씩거렸다.

"멀리 가지 못했을 것이다! 당장 찾아내!"

병사들이 일사불란하게 사방으로 흩어졌다.

하지만 겸은 이미 한양을 빠져나간 후였다.

겸은 혼란스러웠다. 품 안의 채화가 죽어가고 있었다. 순식간에 채화의 집으로 돌아왔지만 뭘 해볼 수가 없었다. 다급하게 채화의 등에 박힌 세 개의 화살을 조심스레 부러뜨렸다. 하나하나 부러뜨릴 때마다 겸에게 기대 있는 채화의 입에서 신음이 새어 나왔다. 조심스럽게 상의를 벗겼다. 최대한 화살을 건드리지 않도록 정말 조심스럽게 벗겨냈다. 채화는 겸의 어깨에 머리를 묻은 채 뜨거운 숨결을 뿜어내고 있었다. 온몸에 열이 올랐다. 겸이 입술을 깨물었다.

난감하기 짝이 없었다. 대체 어찌 살려야 한단 말인가? 겸은 우선 화살부터 빼내야겠다고 생각했다. 무릎 꿇고 앉아 있는 겸의 품에 축 늘어진 채화의 손에는 여태 칼이 들려 있었다. 장검이라기엔 짧고 단검이라기엔 좀 긴 칼이었다. 겸은 그 칼을 이용하기로 마음먹었다. 그런데 채화는 정신이 없을 텐데도 절대로 칼을 놓으려 하지 않았다. 겸은 눈물이 날 것만 같았다. 입술을 깨물고 꾹 참은 그가 나지막하게 말했다.

"이제 놓으셔도 됩니다."

채화는 여전히 뜨거운 숨을 내뱉으며 고통스러워할 뿐 아무런 대꾸도 행동도 없었다. 상처를 피해 조심스럽게 안아준 겸이 채화의 귓가에 다시 한 번 속삭였다.

"겸입니다. 이제 내려놓으셔도 됩니다."

"겨엄……."

채화가 나지막하게 중얼거렸다.

"예. 접니다. 이제 안전합니다."

마치 어린아이를 달래듯 토닥토닥 상처 입지 않은 어깨를 두들겨 줬다. 그러자 채화의 손이 슬그머니 풀어졌다. 이내 채화는 두 눈을 감고 완전히 정신을 놓았다. 겸은 얼른 그녀가 쓰러지지 않고 온전히 자신에게 기댈 수 있도록 했다.

"최대한 고통스럽지 않게 하도록 노력하겠습니다만, 마취제가 없어서……."

겸이 얼굴을 찡그렸다. 그녀가 고통스러울 것을 생각하고 보니 저절로 그리되었다. 겸은 무릎으로 일어섰다. 뜨거운 채화의 숨결이 겸의 가슴에 닿았다. 겸은 차가운 자신의 체온이 조금이나마 도움이 되길 바라며 상처를 살폈다.

어깨에 하나, 옆구리에 하나, 견갑골에 하나. 총 세 개의 화살이 박혀 있었다. 어쩌면 대단히 위험한 상황일지도 몰랐다. 겸은 조심스럽게 칼을 세워 어깨에 박힌 화살 주위를 칼로 쨌다. 채화의 입에서 신음이 흘렀다. 겸은 자신의 망설임이 채화에게 더욱 큰 고통을 줄 것임을 잘 알고 있었다. 그래서 안타까웠지만 두 눈을 질끈 감고 나머지 두 개의 상처 부위도 망설임 없이 그었다. 채화가 몸을 떨었다. 다시 자세를 낮춘 겸이 채화의 귓가에 속삭였다.

"이제 화살을 뺄 것입니다."

채화가 대답할 수 있을 리 만무했다. 이미 정신을 잃은 상태였다. 겸은 입술을 질끈 깨물고 빠르게 손을 움직였다. 고통을 최소화하고 싶은 마음에 흡혈귀가 낼 수 있는 최대한의 속도로 한꺼번에 세 개의 화살을 뽑아냈다. 채화가 비명을 터뜨렸다. 겸이 얼른 채화를 꼭 안아주었다.

쉬, 쉬, 갓난쟁이를 달래듯 꼭 안고 달래주었다. 채화의 떨림이 조금 잦아들었다. 그러나 아직도 갈 길이 험난했다. 몸에서 열이 오르고 있다는 건 감염이 되고 있단 소리였다. 항생제……. 조선에 그런 게 있을까? 있다 해도 겸으로선 알 수 있을 리 없었다. 채화의 심장박동에 맞춰 상처에서 피가 흘러내렸다. 어느덧 방바닥에 깔아둔 멍석이 흥건하게 젖어들고 있었다. 평소라면 아무렇지 않을 장면이건만 흘러내린 그것이 마치 자신의 피인 양 고통스러웠다.

지혈이라도 해볼 양으로 상처를 꾹 누르고 있던 겸의 눈에 자신의 팔에 생겼던 상처가 들어왔다. 쏟아지는 화살을 막아내던 중 채화의 급소를 노리고 달려들던 화살 하나를 채 쳐낼 시간이 없어 급한 대로 팔을 뻗어 몸으로 막았었다. 그리고 과부촌까지 달려오는 와중에 아무렇지 않게 화살을 뽑아내 버렸다. 그 상처는 이미 다 아물고 연하게 흉터만 남아 있었다. 아마 조만간 흉터조차 사라질 텐데…….

겸은 번개처럼 스쳐 지나가는 생각을 붙들었다. 미치광이라 불린 아버지, 도. 그가 흡혈귀를 인간으로 만들고 말겠다는 기이한 연구를 하는 과정 중 우연히 발견해 낸 인간 치료법. 그것이 번쩍, 겸의 뇌리를 강타했다. 겸은 망설임 없이 자신의 엄지손가락을 물어뜯었다. 붉은 피가 주룩 흘러내렸다. 겸은 조심스럽게 그 피를 채화의 상처에 문질렀다.

"우리의 피가 인간에게 어찌 작용하는지 아느냐? 신기하게도 이렇게 소량만 사용하면 놀라운 치료제가 된다. 신기하지 않으냐?"

참 어이없는 일이라고 생각해 왔던 아버지의 괴벽이 이럴 때 도움이 될 줄이야……. 겸의 심장이 쿵쿵거렸다. 조심해야 했다. 흡혈귀의 피가 과하게 투입되면 죽을 수도 있었다. 생각이 거기에 미치자 겸은 충격을 받았다.

흡혈귀인 자신이 왜 인간에 불과한 채화의 상처와 병에 이다지도 민감하게 되었단 말인가? 아일랜드에선 그저 들짐승 산짐승처럼 안색 하나 변하지 않고 해치웠던 인간이 아니던가? 대체 왜? 어찌하여?

겸의 고민은 길게 이어지지 않았다. 시험 삼아 피를 바른 어깨의 상처가 눈에 띄게 빠른 속도로 아물고 있었다. 그저 그것이 기뻐서 겸은 모든 고민을 한순간에 잊었다. 그는 완전히 다 아물어 버린 자신의 엄지손가락에 다시 상처를 냈다.

치료가 끝나고 겸은 뜨거운 물을 떠 와 채화의 몸에 묻은 피를 닦아냈다. 옷을 다 벗긴 것을 알면 채화가 기겁할 일이겠지만 차마 피 묻은 더러운 몰골로 내버려 두고 싶지 않았다.

채화의 몸은 아직도 열이 오르고 있었다. 그것은 채화의 몸속에서 벌어진 전쟁의 증거였다. 그저 소량에 불과한 흡혈귀의 피가 침입하여 벌어진 전쟁.

채화가 연신 신음했다. 그때마다 겸의 분노가 조금씩 상승했다.

"망할 인간들……."

그 분노가 삽시간에 '망할 인간들'에게 쏟아졌다. 감히, 감히! 채화에게 상처를 입히다니! 다시금 피가 끓었다. 겸은 도무지 치미는 화를 참을 수 없었다. 이성 따위 찾아볼 수 없게 된 겸이 순식간에 문을 열고 튀어나갔다. 덜커덩 비명을 내지른 방문이 삐그덕, 슬그머니 닫혔을 때 그는 이미 찾아볼 수 없게 된 뒤였다.

쥐 죽은 듯이 고요한 밤. 한참의 시간이 흘러 겸은 잔뜩 피비린내를 풍기며 돌아왔다. 방문 앞에서 한 번 숨을 고른 그는 평온해진 얼굴로 문을 열었다. 그리고 밤새도록 채화의 곁을 지켰다.

3장
철없는 견우와 넝청한 직녀

아침 해가 뜰 때쯤 비로소 채화의 숨결이 안정을 찾았다. 겸은
안도의 한숨을 내쉬었다. 장삼을 끌어 목까지 잘 덮어주고 아궁
이를 살폈다. 이제 봄 날씨가 완연했지만 아직 아침저녁은 쌀쌀
했다.

새근새근 고른 숨소리를 내며 자는 채화의 뺨이 발그레했다.
완전히 상처가 나은 증거였다. 긴장이 풀어진 겸도 어느덧 꾸벅
꾸벅 졸았다.

기분 좋은 새소리가 평화로운 아침이 지나가고 따뜻한 햇살이
온 사방에 퍼질 무렵, 광주댁이 다급하게 들이닥쳤다.

"길동이!"

그녀는 사립문을 거칠게 열고 득달같이 마당으로 뛰어들어서
는 망설임 없이 방문도 열어젖혔다. 겸이 화들짝 놀라 눈을 떴

다. 부스스 채화도 눈을 뜨고는 몸을 일으켰다. 겸이 냉큼 일어나 채화를 부축했다.

"고마워."

"다행입니다."

"응."

채화는 간밤의 일을 가물가물 모두 기억하고 있었다. 어떻게 상처를 낫게 했는지는 모르지만 귓가에 속삭이던 겸의 목소리와 뜨겁게 들끓는 와중에 기분 좋았던 시원함을 드문드문 기억하고 있었다. 그래서 진심으로 고마워했다.

"둘이 그러고 있을 때가 아니야!"

광주댁이 달려들어 두 사람 사이에 끼어들었다. 겸과 채화가 겸연쩍은 얼굴로 얼른 떨어져 앉았다.

"길동이 너, 간밤에 무슨 짓을 하고 온 거야?"

"무슨…… 짓이라니요? 그저 이 교위를 납치하러 갔다가 공격을 당해서……."

"공격을 당해? 네가 공격한 거 아니고?"

"그게 무슨 말이에요?"

"너 어제 다쳤었어?"

광주댁이 황급히 채화의 이곳저곳을 살폈다. 그러나 어디 하나 다친 곳 없이 멀쩡해 보였다. 이상하다 여긴 찰나, 찐득하게 남아 있는 멍석 위의 핏자국을 발견했다. 한눈에 봐도 엄청난 양의 피였다.

"세상에!"

광주댁의 얼굴이 사색이 됐다. 그녀는 자신이 뭔가 놓친 게 있는 건 아닌지 채화의 옷을 홀딱 벗겨서라도 확인해 볼 것처럼 보였다.

"제가 다 치료했습니다."

난처해진 겸이 얼른 끼어들었다.

"치료했다고? 스님이?"

"네."

"저렇게 심한 걸 어찌 치료해?"

"그런 방법이 있습니다."

광주댁은 겸을 의심하는 눈치였다. 채화가 얼른 팔다리를 움직여 보였다.

"보세요. 멀쩡해요. 사실이에요."

"그럼 어젯밤에 죽을 뻔한 걸 스님이 살린 거야?"

"그렇다니까요."

"그럼 어제 그건 누가 한 거야?"

순간 광주댁의 시선이 겸에게로 향했다. 겸이 얼른 시선을 돌렸다.

"형님!"

집 밖에서 젊은 아낙들의 목소리가 들렸다. 한꺼번에 들이닥친 두 젊은 아낙은 숨을 몰아쉬었다.

"큰일 났어요!"

"이 교위 집이."

"아주 쑥대밭이 됐어요!"

"이 교위가 불러 모았던 포졸들도."

"한 명도 남김없이 모두가 죽었대요!"

헐레벌떡 뛰어오느라 거칠어진 숨을 몰아쉬며 두 사람이 교대로 말을 이었다. 그 순간 두 사람의 눈 또한 겸에게 향해 있었다.

"이 교위의 집에 있던 사람들이 다 죽었다고?"

"그게 차마 인간의 짓이라 할 수 없었…… 다고 해요. 간밤에 호랑이가 다녀간 건 아닐지, 다들 의심하고 있는…… 눈, 눈치라고……."

채화를 제외한 사람들의 시선이 겸에게 꽂혔다. 덩달아 채화도 겸을 바라보았다. 겸은 어딘지 모르게 불편한 얼굴이었다. 천천히 채화의 얼굴도 사색이 되었다.

"설마…… 네가 그랬니?"

겸은 대답하지 않았다. 묵묵히 고개만 숙이고 있을 뿐이었다. 두 사람 사이에 잔뜩 날 선 긴장이 끼어들었다. 살벌한 기운을 느낀 광주댁과 젊은 두 아낙은 슬금슬금 방을 빠져나가 문을 굳게 닫아버렸다.

"네가 그런 거야? 그 사람들, 다 네가 죽였니? 왜?"

내내 꿀 먹은 벙어리처럼 앉아 있던 겸은 채화가 이유를 묻자 지체 없이 대답했다.

"그들이 당신을 다치게 했습니다."

"그저 화살에 맞았을 뿐이야. 그리고 네가 살렸잖아?"

"내가 아니었으면 당신은 이미 저승 문턱을 넘었을 겁니다."

"어쨌든 난 살았는데?"

"간밤에 당신이 얼마나 많은 피를 흘렸는지 아십니까? 그걸 지켜보면서 내가 얼마나 화가 났는지 아십니까?"

"그러니까 어쨌든 난 이렇게 멀쩡하잖아?"

채화는 차분하게 같은 말을 반복했다. 겸은 채화가 자신을 이해하지 못한다는 걸 깨달았다.

"당신이 죽을 뻔했습니다! 나도 모르게 화가 났습니다! 그래서 그런 것뿐입니다!"

겸이 바락바락 소리를 질렀다. 채화는 질끈 두 눈을 감았다. 환하게 웃던 겸이 떠올랐다. 그런 겸이 그리 잔인하게 사람을 해쳤다니……. 도저히 믿어지지 않았다. 더불어 그 이유가 자신 때문이라니……. 다른 상황이었다면 기분이 좋아야 했다. 그가 자신을 그리 걱정하고 아낀단 증거이니 기뻐야 당연한 상황이었다. 그러나 지금은 그럴 수 없었다. 인간의 목숨을 그리 하찮게 여길 줄이야……. 새삼 겸이 흡혈귀임을 깨달았다. 차가운 체온, 붉은 눈동자, 언뜻 보이는 송곳니조차 그저 귀여울 뿐이었는데…….

채화가 중얼거렸다.

"……꼴도 보기 싫어."

겸은 채화의 입에서 나온 말을 도저히 믿을 수 없었다.

"뭐…… 라고요?"

채화가 매섭게 두 눈을 치켜뜨고 소리쳤다.

"내 눈앞에서 사라지라고!"

겸은 이 상황이 믿어지지 않는 듯 얼굴을 잔뜩 찡그리고 채화를 노려보았다. 설마 진짜 그런 건 아니겠지, 하는 눈치였다. 채화는 그 시선을 피하지 않았다. 곧 흘러내릴 듯 눈물이 그렁그렁한 눈으로 끝까지 매섭게 쏘아보았다. 겸 또한 점차 시선이 매서워졌다. 이해할 수 없었다. 용납할 수 없었다. 다 저를 위한 일이었건만 어찌 이리…….

"좋습니다! 꺼져 드리지요!"

말을 마치기 무섭게 방문이 덜컹거렸다. 겸은 그렇게 바람처럼 사라져 버렸다. 그제야 채화는 햇살 환한 한낮임을 깨달았다. 이제 봄인데……. 햇살이 따가울 텐데……. 햇빛을 막는 게 목적이었을 장삼은 여전히 반쯤 채화의 몸을 덮고 있었다. 삿갓 또한 얌전히 바닥에 놓여 있었다. 눈에서 주룩 눈물이 흘러내렸다.

복잡하기 짝이 없는 감정들이 뒤섞여 휘몰아쳤다. 채화는 그가 남기고 간 장삼 자락을 부여잡고 눈물을 흘렸다. 열린 문밖에서 동네 아낙들이 그런 채화를 물끄러미 바라보고 있었다.

장삼을 두고 온 탓에 겸은 얌전히 숲속 동굴에 처박혀 있었다. 봄날의 따스한 햇살은 삿갓도 없이 덜렁 바지저고리 차림만으로 버텨내기엔 조금, 아니 조금 많이 귀찮은 존재였다. 그렇게 종일 음침한 동굴에 갇히게 된 겸은 생각하고 또 생각했다. 어느덧 깊은 밤이 내려앉을 때까지 요지부동이었다. 아무리 생각해도 이 상황을 이해할 수 없었다. 채화의 행동은 물론이거니와 자신의 감정도 마찬가지였다.

분명 아일랜드에서 작전을 수행하던 때, 인간을 죽이면서 단 한 번도 양심의 가책을 느껴본 적이 없었다. 십오륙 년밖에 안 되는 기간, 그의 손에 죽어간 인간은 무수히 많았다. 심지어 그는 인간에게 분노조차 느껴본 적도 없었다. 중요한 건 그거였다. 인간은 그에게 그 어떤 감정도 불러일으킬 수 없는 하찮은 존재에 불과하다는 것. 그런데 왜? 대체 왜 인간 때문에 분노하고 인간 때문에 즐거워하게 되었단 말인가?

처음엔 그저 갈증 때문이었다. 그녀만 보면 갈증이 나는 게 신기해서, 그 이유를 도무지 알 수 없어서, 미치광이 도의 아들인 탓인지 그 호기심을 억누를 수 없어서, 단지 그뿐이었다. 더불어 시조 위의 명령도 따라야 했다. 그녀는 두 가지를 한꺼번에 충족시킬 수 있는 희귀한 존재에 불과했다. 그런데 이렇게 되었다. 대체 왜?

가끔 인간들과 친밀한 관계를 유지하는 흡혈귀들이 드물게 있어 왔다. 그런 녀석들조차 막상 전투가 시작되면 가차 없이 그들을 도륙했다. 겸은 가만히 생각해 보았다. 시조 위가 그녀를 죽이라고 명령을 내린다면 자신은 죽일 수 있을까? 순간 심장이 철렁 내려앉는 기분이 들었다. 동시에 시조 위를 피해 그녀를 데리고 도망가는 자신을 상상했다.

과거, 토끼와 꿩을 잡아오게 되었던 날 '네가 미쳐 날뛰어 내가 죽을까 봐 그러지'라는 채화의 말이 왜 그리 충격적이었는지 겸은 이제 이해했다. 자신이 이성을 잃고 미쳐 날뛰게 될 거라 말해서가 아니었다. 그녀가 죽는다는 사실이, 그리고 그 죽음이 자신으로 인한 거란 사실이 충격적이었음을 이제 겸은 확실히 알았다.

그것을 깨달았음에도 겸은 자신의 마음이 무엇을 의미하는지 알지 못했다. 어찌 보면 그것은 무척이나 당연한 일이었다. 흡혈귀들에게는 부부 관계도 연인 관계도 존재하지 않았다. 간혹 변화된 자들이 과거 습관을 버리지 못하고 흉내 내는 걸 보기는 했으나 나면서부터 흡혈귀인 자들은 그런 그들의 행동을 천박하다며 멸시했었다. 겸 또한 다르지 않았다. 흡혈귀로 태어나 흡혈귀로 길러진 그로서는 그런 그들을 이해하지 못하는 게 당연했다.

그래서 그는 여전히 자신의 마음을 깨닫지 못하고 있었다. 심지어 상대가 흡혈귀도 아닌 인간이니 진심을 깨닫기란 더욱 요원한 일이었다. 그래서 고민은 더더욱 깊어지기만 했다.

오랜만에 맞이하는 혼자인 이 밤이 겸은 못내 낯설었다. 늘 그녀의 달콤한 체취가, 그녀의 따스한 체온이 주위를 맴돌고 있었는데 지금은 아무것도 없었다. 겸의 주위에는 싸늘한 밤공기와 동굴 속 습한 공기뿐, 채화는 없었다.

겸이 두 눈을 감았다. 아련하게 채화의 체취가 느껴지는 것 같았다. 아무리 멀리 있어도 도저히 떨어질 수 없을 것 같은 그녀의 향기…….

겸이 두 눈을 떴다.

"꼴 보기 싫다고 했지 떠나라고는 안 했잖아?"

말을 마치기 무섭게 그가 씩 미소 지었다. 그랬다. 그녀는 떠나라고 하지 않았다. 보기 싫다고만 했을 뿐이다. 그것을 깨닫자 겸은 기분이 좋아졌다.

채화는 어째선지 지끈거리는 머리를 싸매고 하루를 꼬박 방에 처박혀 있었다. 동네 아낙들이 교대로 들락이며 이것저것 수다도 떨고 먹을 것도 챙겨주고 비위를 맞춰주려 무던히도 애를 썼지만 채화의 가라앉은 기분은 도무지 나아질 기미가 보이지 않았다.

사람 목숨을 파리 목숨만큼이나 하찮게 여기는 존재.

그가 만난 류는 인간을 동등한 시선으로 보는 흡혈귀였다. 최초로 만난 흡혈귀가 그러했으니 어쩌면 채화가 흡혈귀에 그다지

적대적이지 않았던 것은 당연할지도 몰랐다. 그래서 겸에게도 아무런 경계 없이 다가갈 수 있었다. 그러다 정이 들었다. 더 나아가 그만 사랑하게 되어버렸다.

채화는 자신이 바보라는 생각을 했다. 상대가 흡혈귀임을 빤히 알고도 어찌 그에게 빠질 수 있단 말인가? 그것은 개가 고양이를 보고 사랑에 빠지는 것과 같은 게 아닌가? 어이없었다. 다 알면서도 왜 막지 못했단 말인가?

광주댁이 하도 간절히 청하여 억지로 먹었던 죽이 얹혔는지 속이 메슥거렸다. 엄지와 검지 사이를 꾹 눌러보니 눈물이 찔끔할 만큼 아팠다. 무쇠도 씹어 먹을 강철 위장이라고 늘 놀림 받았었는데 겨우 이만한 일로 체기라니……. 허탈해서 웃음이 다 나왔다.

피투성이 멍석이 눈에 들어왔다. 이제 붉은 기를 다 잃은 갈색이었다. 자신을 치료하던 겸이 떠올랐다. 귓가에서 그가 속삭일 때, 고통에 정신이 혼미한 와중에도 온몸에 소름이 돋았더랬다. 단지 그 속삭임만으로도 묘하게 흥분되어 고통이 희석됐더랬다. 온몸에 열이 올라 정신이 오락가락할 때 서늘한 이마의 감촉이 열기에 휩싸인 정신을 단단히 붙들어주었더랬다. 심지어 옷을 벗기고 정성스럽게 닦아줄 때는 저승 문턱에 한 발 걸치고 있으면서도 쾌감을 느꼈더랬다.

또 눈물이 흘러내릴 것만 같았다. 채화는 꿋꿋하게 이겨냈다. 삿갓과 장삼은 이미 삼층장 속에 깊숙이 넣어둔 지 오래였다. 채화가 벌떡 일어났다. 순간 핑그르르 세상이 돌았다. 채화는 가만히 서서 어지럼증이 사라지기를 기다렸다. 그리고는 피 묻은 멍석을 들어냈다. 황토색 흙바닥이 드러났지만 개의치 않았다. 둘둘 만 멍석을 들고 끙끙거리며 방문을 열었다. 당장에 아궁이에 처넣을 심산이었다. 활짝 방문이 열리자 눈이 부셨다. 환한 빛에 눈이 익숙해지기 무섭게 평상 위에 놓인 덩치 큰 물건 하나가 채화의 눈을 사로잡았다.

채화는 자신의 눈을 의심했다. 그것은 이불이었다. 솜으로 만들어 하얗고 까만 무명천으로 덧댄 두툼한 요와 이불이었다. 채화는 그대로 멍석을 팽개치고 툇마루에 주저앉았다. 그리고 두 손으로 얼굴을 가리고 흐느꼈다.

어찌 이리 바보 천치 같은 존재가 있을 수 있단 말인가?

겸의 마음이 가련해서…….

그 마음을 받아줄 수 없는 자신이 불쌍해서…….

어찌 인간과 흡혈귀가 서로에게 연정을 품게 했는지 하늘이 원망스러워서…….

채화는 또 그렇게 한없이 흐느꼈다.

"당분간 몸 사려."

채화의 집 마당이 사랑방이라도 되는 것인지 잔뜩 몰려든 아낙들이 채화를 둘러싸고 떠들어댔다.

"그래 당분간 밤이슬 맞는 건 그만둬. 한양이 어수선해. 잡히면 괜히 몰려서 교수형을 당할 거야."

"하도 기이한 일이라 임금님도 범인을 기필코 잡아야 한다고 하셨다더라."

"맞아 맞아. 잡히면 바로 임금님 앞에 끌려갈걸?"

채화가 난처한 얼굴로 웃음 지었다.

"설마 임금님께서 무고한 사람을 범인으로 몰아 죽이겠어요?"

"너 고문 안 당해봤지? 의금부에 끌려가면 다 범인이 되어 나온다더라. 네가 그걸 버틸 수 있을 거 같아?"

순간 채화가 고개를 돌렸다. 채화를 둘러싸고 떠들어대던 아낙들이 이상한 얼굴을 했다.

"뭐야? 왜 갑자기? 그쪽에 뭐 있어?"

채화가 다시 고개를 돌리더니 활짝 웃었다.

"아니에요. 무슨 소리가 나서 쳐다봤는데 잘못 들은 건가 봐요."

"청설모 아냐?"

아낙들이 채화가 쳐다본 방향을 뚫어지라 살폈다. 채화는 '안보일 거예요'라는 말을 꾹 눌러 삼켰다. 고문 운운하는 순간 살기가 느껴졌다. 틀림없는 겸의 기운이었다. 당한 것도 아니고 그저 당할지도 모른다는 말을 했을 뿐인데 살기를 터뜨리다니…….채화가 고개를 절레절레 흔들었다.

"왜?"

광주댁이 물었다. 채화가 얼른 미소 지었다.

"아무것도 아니에요."

"길동이 요즘 이상해."

"스님이 없어서 그런가 봐."

젊은 아낙 중 하나가 입을 열자 늘 같이 다니던 다른 젊은 아낙이 슬쩍 옆구리를 꼬집었다. 먼저 입을 열었던 아낙이 얼른 어색한 웃음을 지었다.

"아, 아니, 못 들은 걸로 해요. 하하하."

어찌나 웃음소리가 어색한지 채화는 풋, 웃음을 터뜨렸다.

"괜찮아요. 난 아무렇지 않으니까."

"정말 아무렇지 않아?"

안산댁이 묻자 채화가 고개를 끄덕였다.

"예. 그는 흡혈귀잖아요."

"그치만⋯⋯."

모두의 안색이 어두워졌다. 채화가 일부러 활짝 웃으며 몸을 일으켰다.

"자, 언제까지 다들 여기 계실 거예요? 이렇게들 한가하실 때가 아닐 텐데요? 봄이잖아요!"

채화의 목소리는 무척 쾌활하게 들렸다. 채화의 기분을 잘 알고 있는 아낙들 또한 부러 쾌활하게 말했다.

"그래, 나물이 지천에 깔렸을 텐데 그거나 캐러 가볼까?"

"누가 더 많이 캐는지 내기할래요?"

"그럼 바구니들 챙겨오라고!"

그렇게 아낙들이 각자의 집으로 흩어졌다. 사립문 앞에서 그들을 배웅한 채화 또한 바구니와 녹슨 칼을 챙겨 들었다.

아낙들의 조언대로 당분간 열녀문착분자는 휴식을 취해야 했다. 그런 일이 벌어졌으니 한양의 감시가 심해졌을 것은 불 보듯 뻔한 일이요 괜히 잡혔다가 죄를 뒤집어쓸 확률도 있었다. 채화가 쓰게 웃었다.

"이기적인 년."

그날 죽은 사람들은 한둘이 아니었다. 이 교위의 집 식솔은 물

론이거니와 아랫것들을 포함하여 채화를 수색하기 위해 돌아다
니던 포졸들까지 죄다 목숨을 잃었다. 마치 아무 일 아닌 것처럼
말해왔으나 실상은 한양이 발칵 뒤집힌 큰 사건이었다. 그리 많
은 사람들이 죽었는데⋯⋯. 한양이 자기 때문에 공포에 휩싸였는
데⋯⋯.

눈물이 날 거 같아서 채화는 얼른 하늘을 바라보았다. 새파란
하늘은 눈이 부실 만큼 깨끗했다.

"뭐해? 가자."

채화와 동년배인 광주댁의 딸 보리가 살갑게 팔짱을 꼈다. 채
화는 얼른 웃음 지었다. 저 멀리 다른 아낙들도 바구니를 하나씩
옆에 끼고 모습을 드러냈다.

"그럼 누가 가장 많이 캐는지 어디 볼까요?"

"좋아! 제일 많이 캔 사람 집에서 저녁 먹기! 어때?"

"어째 그거 벌칙 같은데요?"

"뭐 아무렴 어때?"

다들 까르르 웃음을 터뜨리며 산으로 향했다. 뉘엿뉘엿 해가
저물어갔다. 한참의 시간이 흘러 짙은 노을이 깔릴 때쯤 산어귀
가 다시 소란스러워졌다. 푸릇한 봄이 가득 담긴 바구니를 하나
씩 옆구리에 낀 아낙들이 삼삼오오 모여 내려와서는 이내 각자의
집으로 흩어졌다. 채화 또한 그중에 끼어 있었다.

보리와 사이좋게 팔짱을 끼고 돌아온 채화는 평상을 바라보고
멈추어 섰다.

"이, 이게 웬 거야?"

함께 왔던 보리의 눈이 휘둥그레졌다. 채화가 한숨을 푹 내쉬

었다. 평상 위에는 푸른 산나물이 산더미처럼 쌓여 있었다.

"있어. 철없는 꼬마."

"꼬마?"

보리는 그게 무슨 소리냐는 듯 채화를 바라보았다. 채화는 그냥 난처한 얼굴로 웃을 따름이었다.

보리가 돌아가고 채화는 산나물을 일일이 하나하나 깨끗하게 씻고 다듬어 데친 후 있는 채반 없는 채반 다 끌어모아 펼쳐 툇마루에 늘어놓았다. 그 때문에 다 함께 먹을 저녁 시간에 늦게 되었지만 후회는 없었다. 시간이 흘러 시들어 버리면 버려야 되는 부분은 늘어나는 법, 채화는 잎사귀 하나도 아까워 버리고 싶지 않았다.

술까지 거나하게 곁들어진 저녁 식사를 마치고 집에 돌아온 채화는 방에 들기 전 나란히 자리 잡은 채반들을 바라보았다. 잠시 잠깐, 그렇게 멍하니 서 있던 채화가 문을 열었다. 새 멍석을 깔아둔 방바닥 위에 두툼하게 깔려 있는 이불이 채화를 맞이했다. 이불 위에 털썩 주저앉은 채화가 긴 한숨을 내쉬었다. 그렇게 불도 켜지 않고 멍하니 있다가 힘없이 중얼거렸다.

"장삼도 삿갓도 없이 한낮에 어찌 그리 싸돌아다니니? 바랑도 여기 있는데……."

멀거니 고개를 들어 벽에 걸린 바랑을 바라보았다. 주인 잃은 바랑은 그날 이후 그 자리에서 한 번도 움직인 적이 없었다.

채화가 몸을 일으켜 삼층장을 열었다. 그리고 잠시 멍한 표정을 지었다. 이내 그 얼굴에 웃음이 떠올랐다. 참 다행한 일이라고 채화가 중얼거렸다.

삼층장에는 삿갓도 장삼도 사라지고 없었다.

비슷한 일은 계속해서 벌어졌다.

밥을 짓다 말고 삭정이가 부족해 '나무나 주우러 가야겠다'라고 한마디 중얼거렸을 뿐인데 바로 그날 마당에 온 산의 삭정이는 다 주워 온 듯 나무가 수북이 쌓여 있었다. 쌀을 푸다 바닥 긁는 소리가 났을 뿐인데 다음 날 열어본 쌀독엔 쌀이 가득 차 있었다. 목욕을 위해 헛간에 목욕통을 꺼내 놓고 그 통을 닦기 위한 물을 뜨러 갔다 왔을 뿐인데 말끔하게 씻겨진 목욕통에 김이 모락모락 나는 물이 한가득, 심지어 입욕제로 말려 둔 꽃까지 뿌려져 있었다. 어찌나 예리하게 살펴보는지 밥상 위에 온통 나물밖에 없게 된 다음 날부터 사나흘에 한 번씩 토끼나 꿩 같은 것들이 놓여 있기도 했다. 심지어 손질까지 다 된 상태로. 처음 벌거벗은 벌건 토끼가 놓여 있던 날, 아침에 문을 열고 나와 화들짝 놀랐더니 그다음부터는 커다란 잎사귀에 곱게 싸여 있기까지 했다.

오늘은 꿩이었다. 꼼꼼하게 싸맨 꾸러미를 풀어보니 털이 몽땅 뽑혀 말끔하게 손질된 꿩 한 마리가 있었다. 꿩을 손에 든 채 채화는 미동도 하지 않고 가만히 서 있었다. 이런 식으로 계속 엮일 순 없었다. 그는 그의 일을 하러 가야만 했다.

"겸."

채화가 불렀다. 겸은 나타나지 않았다.

"잠시 이야기 좀 하자."

큰 소리도 아니었다. 나지막하게 바로 옆에 있는 사람에게 하는 것처럼 작은 소리였는데 겸이 나타났다.

"눈앞에 나타나지 말라면서요?"

겸은 잔뜩 불퉁한 표정이었다. 여전히 꽁해 있는 어린아이 같았다.

"설마 눈에만 보이지 않으면 된다고 생각한 거야?"

"상관없습니다."

"나는 상관있어."

"나는 상관없습니다."

겸은 단호했다. 어찌나 단호한지 채화는 할 말을 잃었다. 그렇게 멍하니 겸의 얼굴을 바라보았다. 붉은 눈동자가 슬쩍 채화에게 향했다. 눈이 마주쳤다. 채화는 얼른 고개를 돌렸다. 심장이 떨려왔다. 며칠 안 보는 사이 가라앉았을 거라 여겼건만, 몸이 멀어지면 마음이 멀어진다더니 죄다 거짓말이라고 생각했다.

"어차피 류는 안 와."

"이제 상관없습니다."

"네 시조의 명령이라며? 시조라는 건 왕이나 다름없는 거라고 류가 그랬어. 그 명령을 어기고도 네가 무사할 거 같아?"

"흡혈귀에 대해 반만 알고 있는 티 좀 내지 마세요. 시조께서는 언제까지 데려오라 못 박지 않으셨습니다. 우리에게 백 년쯤, 아무것도 아닙니다. 인간의 수명이 백 년 이상인 것은 아니지 않습니까? 나는 그 잠깐, 당신의 곁에 있고 싶을 뿐입니다."

"내…… 곁에?"

채화가 꿈이라도 꾸는 것 같은 얼굴로 중얼거렸다. 순식간에 겸과 함께하는 삶이 떠올랐다. 그저 상상에 불과했는데 몸서리

치게 행복했다. 그러나 이내 마음 깊은 곳에서 호통이 들려왔다.

'그는 흡혈귀야. 그리고 너는 인간이라고!'

그 내면의 외침에 행복했던 상상이 깡그리 지워졌다. 채화는 입술을 질끈 깨물며 힘겹게 입을 열었다.

"너는……."

그러나 겸이 잽싸게 채화의 말을 가로챘다.

"나는 당신이 뭐라 해도 당신 곁에 있을 겁니다."

채화가 일그러진 얼굴로 물었다.

"대체 왜?"

"내가 그러고 싶으니까."

단호했다. 채화가 두 눈을 감았다. 이러면 안 된다는 걸 알면서도 가슴 한편, 부풀어 오르는 행복을 막을 수 없었다.

"그렇게까지 내 곁에 있고 싶니?"

"예."

"나는……."

채화는 잠시 말을 멈췄다. 차마 입 밖으로 말이 나와주질 않았다. 한참을 머뭇거리던 그녀는 이를 악물고 말을 이었다.

"나는 네게 마음을 줄 생각이 없어."

붉은 눈동자가 흔들렸다. 채화는 분명히 그것을 보았다. 가슴이 아팠다. 하지만 그것은 오래가지 않았다. 겸은 이내 원래의 무표정으로 돌아와서는 무심하게 대꾸했다.

"상관없습니다. 내 마음이 더 중요하니까."

채화의 눈가가 붉어졌다. 하지만 눈물은 흘러내리지 않았다. 채화는 온 힘을 다해 눈물이 나는 것을 막았다.

"그럼 약속해. 다시는 살인을 하지 않겠다고."

겸은 망설임 없이 대답했다.

"다시는 살인하지 않겠습니다."

"그 정도론 안 돼."

"무얼 어찌해야 믿어줄 겁니까?"

채화가 홱 몸을 돌려 툇마루에 올라 방문을 열었다.

"들어와."

겸도 따라 방에 들었다.

채화는 지필묵을 꺼내 들었다. 정성 들여 한참 동안 먹을 갈아낸 채화가 붓을 적셔 건네주었다.

"자."

"무얼 하라는 겁니까?"

"다시는 살생을 하지 않겠다고 적어."

"각…… 서입니까?"

그제야 겸은 채화가 얼마나 간절한지 알았다. 눈으로 보이는 약속이라야만 믿을 수 있을 만큼 그녀는 살생이 싫은 거였다. 이해하기 어려웠다. 그게 대체 무어라고? 먹고 살자면 인간 또한 끊임없이 살생을 해야 하지 않던가? 그러나 이것은 납득의 문제가 아니었다. 채화가 요구하는 거였다. 채화가 싫다면 이유 따위는 전혀 필요 없었다.

"좋습니다."

겸이 붓을 받아 들었다. 살생금단(殺生禁斷). 힘찬 필체로 네 글자를 적어내린 겸은 그것으로 그치지 않았다. 간절한 채화의 마음을 그것으로 충족시킬 수 없다고 여겼다. 그래서 겸은 손톱을 세웠다.

"잠깐만 난 그거면……."

채화가 채 말릴 새도 없이 겸은 자신의 손바닥을 그었다. 붉은 피가 뚝뚝 떨어졌다. 채화는 잔뜩 놀란 얼굴이었다. 차가운 몸을 가진 터라 피 또한 다를 거라 여겼거늘……. 네 글자 옆에 붉은 손자국이 진하게 생겨났다. 인간과 하등 다를 바 없는 핏빛이었다.

"하늘에 맹세코 다시는 살인을 하지 않겠습니다."

채화의 눈에서 굵은 눈물이 뚝뚝 떨어졌다.

"이 바보야. 왜 이렇게까지 하는 거야."

채화는 얼른 겸의 손을 잡았다. 그 순간 겸은 자신의 생각이 짧았음을 인정해야만 했다. 햇빛에 노출되어 고통스러울 거라고 그리 닦달을 하던 여자였다. 눈앞에서 직접 상처를 내 붉은 피를 보게 했으니 그 마음이 오죽할까?

"이미…… 다 나았습니다. 보세요."

겸은 얼른 손바닥을 장삼에 문질러 피를 닦아내 보여주었다. 놀랍게도 이미 붉은 흉터만 남아 있는 상태였다.

"그래도…… 아팠을 거잖아."

채화의 뜨거운 눈물이 겸의 활짝 펼친 손바닥 위로 뚝뚝 떨어졌다.

"미안…… 합니다."

겸이 소리 죽여 사죄했다. 눈물 젖은 눈으로 채화가 겸을 바라보았다.

"너 자신도 아끼겠다고 약속해."

"약속…… 합니다."

다짐을 받고도 채화는 뭐가 그리 서러운지 겸의 손을 부여잡고 펑펑 눈물을 쏟아냈다. 그런 채화를 물끄러미 바라보며 겸은 미소 지었다.

그렇게 얼핏 두 사람의 사이는 다시 예전으로 돌아가는 것처럼 보였다. 그러나 예리한 감각의 소유자인 겸은 뭔가 다르다는 것을 깨달았다. 미묘하게 달랐다. 늘 함께이건만, 늘 뭔가 부족했다. 곁에만 있으면 끝일 거라 여겼던 자신의 계획 어디가 잘못된 것인지 겸은 도무지 알 수 없었다.

그렇게 쏜살같이 봄이 지나고 여름이 되었다. 그즈음, 겸은 채화가 자신에게 거리를 두려 하고 있다는 것을 비로소 깨달았다.

깊은 밤, 창문도 방문도 활짝 열려 있었다. 연신 모기가 날아들었다. 마당에 모기향을 피워두긴 했으나 과연 효과가 있긴 한 것인지, 겸은 못마땅한 얼굴로 연신 부채를 휘저었다. 모기가 겸의 피를 훔친다는 건 어불성설. 겸이 못마땅한 이유는 모기가 노리는 것이 채화이기 때문이었다.

"감히, 나도 한 번 못 마셔본 걸……."

스스로 꺼낸 농담이 재미있었는지 씩 웃었다. 채화는 아무 대꾸가 없었다. 그녀는 아까부터 새근새근 고른 숨소리를 내는 참이었다. 겸은 쓰게 웃었다. 자는 척하고 있다는 걸 그가 모를 리 없었다. 그러나 내색하지 않았다. 굳이 그 사실을 일깨워 이 상황마저 망가뜨리고 싶지 않았다.

겸이 채화를 지키기 위해 부채를 들기 시작한 것은 이미 오래

전부터였다. 첫 모기를 발견한 그 날부터 겸은 밤마다 부채를 잡았다. 그 부채는 모기를 쫓는 위풍당당한 무기가 되기도 하고 채화에게 기분 좋은 바람을 보내주는 도구가 되기도 했다.

연신 부채질을 하며 물끄러미 채화를 바라보던 겸의 얼굴에는 빙그레 미소가 떠나지 않았다. 멍석 바닥 위에 두툼한 솜이불이 깔려 있었다. 한여름이니 보통은 필요 없다 치우게 마련이건만, 채화의 집 방바닥엔 늘 이 요가 깔려 있었다. 채화가 거리를 두려 할 때마다 속이 상했지만 이런 사소한 것들이 있어 겸은 버틸 만했다.

살랑살랑 연신 부채질을 하며 채화의 향기에 취해 있던 겸이 문득 허리를 곧추세웠다. 활짝 열린 창문 너머에서 기묘한 소리가 들려왔다.

부채질까지 멈춘 겸이 귀를 기울였다. 앵앵거리는 모깃소리가 거슬려 부채를 휘둘렀다. 모깃소리가 사라지자 기묘한 소리는 더욱 또렷이 들려왔다. 그것은 어린 아기의 울음소리였다.

채화를 한 번 살핀 겸이 슬그머니 몸을 일으켜 마당으로 나왔다. 저 멀리 산중에 횃불이 어지러이 돌아다니고 있었다. 대충 봐도 한둘이 아니었다.

"무슨 일이야?"

채화가 따라 나왔다. 겸이 팔을 들어 횃불들을 가리켰다.

"아기 울음소리가 납니다."

"아기?"

채화가 고개를 들어 산을 살폈다. 불행히도 채화의 귀에는 아기 울음소리가 들리지 않았다.

"확실히 들리니?"

겸이 고개를 끄덕였다. 채화는 망설임 없이 뛰쳐나갔다. 그 뒤를 겸이 따랐다.

한참을 산을 타고 오르다 보니 드디어 채화의 귀에도 가느다란 아기 울음소리가 들리기 시작했다. 그것은 다 자란 아이의 소리가 아니었다. 태어난 지 얼마 안 된 어린 아기의 울음소리였다. 더불어 '저기다!' 하는 소리들도 같이 들려왔다. 마음이 다급해진 채화가 다시 달리려 했다. 겸이 그런 채화를 가로막았다.

"왜?"

채화가 조금 불쾌한 얼굴로 물었다.

"살기가 느껴지지 않습니까? 한둘이 아닙니다."

채화가 시선을 돌려 횃불들을 바라봤다. 확실히 심상치 않은 기운이 풍기고 있었다. 드문드문 번뜩이는 하얀빛은 틀림없는 칼이었다.

"알아."

"그래도 가겠다는 겁니까?"

"아기만 확인하면 돼."

겸이 인상을 찌푸렸다.

"당신이 위험해지면 어쩔 겁니까?"

"너 있잖아."

채화는 자신이 무슨 말을 했는지 아는지 모르는지 그렇게 말을 남기고 휙 달려 나갔다. 겸이 씩 웃으며 그 뒤를 따랐다.

어둠에 몸을 감춘 채화가 나무를 넘나들었다. 날다람쥐처럼 휙휙 나무를 탄 끝에 드디어 육안으로 상황을 확인할 수 있었다.

어린 아기를 싸맨 강보를 안고 있는 젊은 여자가 무릎 꿇고 울고 있었다. 연신 죄송하다고, 미안하다고, 아기를 부여잡고 중얼거렸다. 여자의 주위를 건장한 칼잡이들이 에워싸고 있었다.

"우리를 탓하지 마시오. 우리 또한 그저 명을 받은 것뿐이니."

칼잡이 중 하나가 입을 열자 여자가 애원했다.

"아기님만은 제발……."

칼잡이가 칼을 쳐들었다. 채화는 망설이지 않았다. 나무 위의 겸이 짧게 탄식했다. 이리 무모하게 뛰어들다니……. 채화의 실력이 제아무리 뛰어나다 한들 혼자서 스물이라……. 반면, 조금은 기분이 좋기도 했다. 그만큼 자신을 믿고 있다는 말일 테니까.

일시에 스무 명의 칼잡이가 칼을 꺼내 들었다. 채화에게는 다행스럽게도, 아기와 여자에게는 불행하게도 그들의 칼끝은 여자와 아이를 향하고 있었다. 채화는 나뭇가지 하나를 주워 들고 온 힘을 다해 칼날들을 쳐냈다. 칼잡이들은 조금도 당황하지 않았다. 채화를 견제하는 한편 끈질기게 여자와 아이를 노렸다. 그러나 채화로 인해 자꾸만 자신들의 공격이 무산되자 칼끝이 채화를 향하는 횟수가 조금씩 늘어났다. 겸이 칫, 하는 소리를 내며 뛰어내렸다.

죽일 생각은 눈곱만큼도 없었다. 채화를 위협하는 그들을 당장에 찢어 죽여도 시원찮을 테지만 각서를 무시할 생각은 없었다. 다시는 같은 일로 채화를 눈물짓게 하지 않을 거라고 스스로도 다짐을 한 터였다. 그래서 겸이 선택한 것은 위협이었다.

겸은 있는 대로 살기를 개방했다. 상대는 전문가였다. 분명 겸의 기운이 범상치 않음을 알아볼 터, 겸의 계산은 적중했다. 날카롭게 칼을 휘두르던 자들이 행동을 멈추고 겸을 노려보았다. 겸은 씩 웃었다. 깊은 밤, 붉은 안광이 번뜩였다. 칼잡이들의 눈빛이 흔들렸다. 한 명, 두 명, 한 발, 두 발 물러났다. 서로 눈짓을 주고받던 그들은 이내 모두 자취를 감춰 버렸다.

"잘했어."

채화가 슬쩍 지나가는 말로 칭찬했다. 그들을 쫓아내서가 아니라 죽이지 않아서 한 말이라는 것을 겸은 충분히 알고 있었다.

불행히도 여자는 거의 숨이 넘어가기 직전이었다. 채화가 막는다고 막아보았으나 혼자서 스물을 막기엔 무리가 있었다.

"아기님을…… 대비마마께……."

여자는 채 말을 다 잇지 못하고 숨이 끊어졌다. 어린 아기는 지치지도 않는지 여전히 시끄럽게 울고 있었다.

채화가 아기를 겸에게 내밀었다. 겸이 대꾸했다.

"제가 하겠습니다."

겸은 자신이 무척 많이 변했다는 것을 여자가 죽는 순간 깨달았다. 여자가 숨을 거둔 순간 양심의 가책을 느꼈다. 충분히 여자까지도 지켜줄 능력이 겸에게는 있었다. 굳이 살인을 하지 않더라도 충분한 일이었다. 그러나 겸은 그래야겠다는 생각 자체를 하지 못했다. 칼에 찔리는 여자를 분명히 봤지만 그것은 그저 채화의 뒤로 펼쳐진 배경에 불과할 뿐이었다. 뒤늦게 여자가 숨을 거두고 나서야 그것이 채화에게 혼날 만한 일이 될 수도 있다는 걸 깨달았다. 더불어 양심의 가책을 느꼈다.

인간의 죽음을 보고 양심의 가책을 느끼는 흡혈귀라니……. 다른 흡혈귀들이 들으면 깔깔거리고 웃을 일이었다.

채화가 무엇을 위해 아기를 내밀었는지도 이제는 훤히 알 수 있었다. 그래서 자신이 그 일을 하기로 했다. 채화는 말없이 아기를 안고 물러났다. 여자의 죽음에 대해 겸을 나무랄 기미는 보이지 않았다. 겸은 다행이라 여기며 햇살이 잘 비칠 만한 자리를 골라 땅을 팠다. 산짐승이 파헤치지 못하도록 깊이 판 그는 죽은 여자를 들어 얌전히 눕힌 후 다시 흙을 메웠다. 주변의 묵직한 돌을 주워 그 위를 단단하게 덮어주었다. 어느새 아기는 울다 지쳐 잠이 들어버렸다.

두 사람은 말없이 아기를 안고 집으로 돌아왔다.

집에 돌아온 채화는 난감하기 짝이 없었다. 아기라고는 그냥 아낙들이 안고 다니는 걸 본 게 전부였다. 무얼 어찌해야 하는지 아는 거라곤 하나도 없었다.

"혹시……."

채화는 간절히 겸을 바라보았다. 겸은 단호하게 말했다.

"모릅니다."

이불 위에서 아기는 새근새근 자고 있었다. 그냥 이대로 자게 내버려 둬야 하나 고민하는 사이 갑자기 깨어난 아기는 또 울기 시작했다. 채화는 잔뜩 난처한 얼굴로 이러지도 저러지도 못했다. 보다 못한 겸이 끼어들었다.

"배가 고픈 것 아닐까요?"

"아, 배."

채화가 벌떡 일어났다. 겸이 따라 일어났다.

"제가 하겠습니다."

"네가 미음을 쑤겠다고?"

"미음…… 이요?"

겸은 바보 같은 얼굴이 되어서는 슬그머니 다시 주저앉았다. 그는 미음이 뭔지도 몰랐다.

"아기나 잘 봐."

채화가 방을 빠져나갔다.

아기와 단둘이 남겨진 겸은 난처하기 짝이 없었다. 아기는 시끄러웠다. 지치지도 않는지 우렁차게 울어댔다. 순간순간 확 입을 막아버리고 싶었다. 겸은 아기를 위협해 보기로 했다.

"시끄러."

잔뜩 찡그린 얼굴로 매섭게 아기를 노려보았다. 효과가 있었다. 아기는 울음을 멈추더니 겸과 눈을 맞췄다. 그리곤 이내 방실방실 웃었다. 겸은 당황스러웠다. 비록 살기가 없었다고는 하나 화를 내고 있는 흡혈귀를 보고 웃는 인간이라니?

아이는 조막만 한 손을 뻗으며 버둥거렸다.

"왜? 뭐?"

아기는 뭔가를 잡으려는 것처럼 보였다. 겸으로서는 그게 뭔지 알 턱이 없었다. 뭔가를 간절히 잡고 싶어 하는 그 움직임이 기분을 묘하게 해서 겸은 슬그머니 손가락을 내밀어주었다. 아기는 온 힘을 다해 꽉, 손가락을 잡고 매달렸다.

"요놈 보게. 힘이 장사일세."

슬그머니 손을 들어 올리자 아기는 그대로 딸려 올라오다 툭 떨어졌다. 겸은 화들짝 놀랐다. 여리기 짝이 없는 인간의 아기였다. 저 작은 몸뚱이와 저 보드라운 살결로 어찌 자신을 보호할 수 있을까? 순간 심장이 철렁했다. 그 짧은 낙하에 아기가 다쳤을까 봐 겸은 얼른 아기를 여기저기 만져 보았다.

그런데 아기가 묘한 반응을 보였다. 이리저리 살피느라 겸의 손가락이 뺨을 건들자 입을 오물거리며 얼굴을 돌렸다. 겸은 그 기이한 반응이 신기했다. 가만히 바라보던 겸이 반대편 볼을 콕 찔러보았다. 아기는 다시 입을 오물거리며 고개를 돌렸다. 신기한 겸은 계속해서 이쪽저쪽 찔러보았다. 몇 번이고 반복하던 아기는 이내 얼굴을 찡그리더니 울음을 터뜨렸다.

아이 좀 달래보라는 채화의 목소리가 들려왔다. 방을 찜통으로 만들 수 없어 마당에 따로 만들어둔 화덕 근처에서 연신 분주히 오가는 채화의 발소리가 들려왔다. 겸은 심각하게 고민을 했다. 아이를 어찌 달래란 말인가? 아이는 또 눈물이 그렁한 얼굴로 입을 오물거렸다. 겸은 아기가 하는 모든 행동이 신기하기만 했다. 그래서 무방비하게 손가락을 아이에게 내주었다. 아이는 겸의 손가락을 두 손으로 꽉 잡더니 입에 물고 오물거렸다. 가슴이 뭉클했다. 난생처음 느껴보는 기묘한 감정이었다. 정체 모를 뭔가에 취해 있던 겸이 코를 킁킁거렸다. 그리고 얼른 코를 막았다. 그는 냉큼 일어나 마당으로 나왔다. 이제 겨우 희뿌옇게 밝아오는 마당에서 채화는 열심히 솥 안에 든 것을 젓고 있었다.

"저기……."

"왜?"

채화는 눈길조차 주지 않고 물었다.

"냄새가 납니다."

"무슨 냄새?"

"그니까 그…… 똥…… 냄새가…….”

"기저귀 갈아주면 되겠네."

"기…… 저귀요?"

채화가 두리번거리다가 빨랫줄에 걸린 무명수건을 가리켰다.

"임시로 저거라도 써야겠다. 따뜻한 물 가져다가 엉덩이 닦아주는 거 잊지 말고."

겸은 석상처럼 서 있었다. 흘깃 쳐다본 채화가 물었다.

"왜?"

"지금…… 그걸 나더러 하라는 건가요?"

"그럼 여기 너 말고 또 누가 있어?"

이번에도 채화의 말에는 거역할 수 없는 무언가가 있었다. 겸은 시무룩한 얼굴로 채화 옆 또 다른 화덕 위의 거대한 솥뚜껑을 열고 뜨거운 물을 펐다.

"너무 뜨겁지 않게 조심해."

"그 정돈 저도 압니다."

겸은 축 가라앉은 목소리로 대답하곤 우물가로 가서 대야에 뜨거운 물을 부었다. 뒤이어 우물물을 퍼 적당히 섞었다. 대야를 든 채로 빨랫줄에 걸린 수건 두 장을 걷어낸 겸은 크게 심호흡을 하고 방 안으로 들었다. '가만있으라고 이놈아!' 따위의 투덜거림이 방에서 들려왔다. '으아악!' 하는 비명도 들려왔다. 기저귀를 가는 게 아니라 흡사 전쟁이라도 벌이는 듯 요란했다. 채화가 자신도 모르게 큭큭 웃음을 터뜨렸다. 활짝 열린 방문 너머로 슬쩍 겸이 고개를 돌리는 게 보였다. 채화는 얼른 정색하고 주걱을 움직였다. 고개를 갸웃한 겸은 다시 아기에게 집중했다.

한참이 흘러 겸이 똘똘 뭉친 기저귀를 손끝으로 들고 나왔다.

채화는 무심하게 말했다.

"그건 빨면 돼."

순간 겸의 눈썹이 파르르 떨렸다. 그러나 채화는 끝까지 모른 척했다. 겸은 시무룩한 얼굴로 우물가에 앉아 똥 기저귀를 빨기 시작했다.

채화를 등지고 쭈그려 앉은 겸의 뒷모습은 무척이나 처량해 보였다. 그것을 흘깃 쳐다본 채화가 자신도 모르게 조그맣게 웃음을 터뜨렸다. 스스로 그것을 깨닫기 무섭게 이내 정색했지만 기저귀를 빨고 있는 겸의 얼굴엔 이미 빙그레 미소가 얹혀 있었다.

채화는 여전히 감정을 드러내지 않으려 노력했지만 시간이 지날수록 조금씩 경계가 풀어지고 있었다. 겸은 그것을 확실하게 느끼고 있었다. 그래서 그는 희망을 가졌다. 언젠간 다시 예전처럼 될 수 있을 거라는 희망을…….

덕분에 기저귀를 빠는 그의 손길은 흥겹기만 했다.

요리에 소질이 없기론 겸 못지않은 채화였다. 어찌어찌 한 솥 가득 미음을 끓이고 적당히 식을 때까지 기다린 그녀가 한 사발을 떠 왔을 때는 이미 해가 중천이었다. 아기는 울다 지쳐 잠들었다가 또 깨서 울기를 수차례 반복한 후였다.

"이러다 탈진하겠네."

안쓰러운 얼굴로 채화가 아기를 품에 안았다. 그나마 가장 작은 숟가락을 가져와 아이의 입에 미음을 흘려 넣어 보았다. 그러나 흘리는 게 태반이었다. 안타깝기 그지없는 일이었다. 그 광경을 한참 바라보던 겸이 조심스럽게 입을 열었다.

"이렇게 하면 어떨까요?"

"좋은 방법이 있어?"

겸은 잠시 망설이다가 이내 손가락을 미음 사발에 담갔다.

"너 뭐 해?"

겸은 말없이 손가락을 아이 입에 댔다. 아기는 입을 벌리고 겸의 손가락을 물고 빨았다. 겸은 손가락을 빼서 다시 미음 그릇에 담갔다가 아기의 입에 대주었다. 채화가 중얼거렸다.

"분명 흘리지도 않고 아이 입에 다 들어가는 것 같지만 어느 천년에⋯⋯."

"방법이 없잖습니까."

겸은 끈질기게 같은 행동을 반복했다. 채화는 속 터져 죽겠다는 얼굴로 가만히 바라보기만 했다.

"길동이 있는가!"

광주댁의 목소리가 들렸다. 채화는 아기가 놀랠까 봐 대답도 못 한 채 안절부절못했다. 이내 광주댁과 보리가 쑥 고개를 디밀었다.

"오셨어요?"

방 안의 기묘한 광경을 쳐다본 광주댁의 눈이 화등잔만 해졌다.

"뭐야? 설마 둘이 그새⋯⋯."

"아닙니다."

겸이 단호하게 대답했다. 광주댁이 씩 웃었다.

"웬 아기야?"

채화는 무어라 말해야 할지 몰라 대답하지 못했다. 난처한 채화를 흘깃 바라본 겸이 대신 대답했다.

"간밤에 숲에서 주웠습니다."

"숲에서? 간밤에?"

광주댁과 보리가 의미심장한 얼굴로 서로를 바라보았다.

"무슨 일이에요?"

그들의 표정에서 심상치 않음을 읽어낸 채화가 물었다. 보리가
대답했다.

"간밤에 한양에서 피바람이 불었다더라고."

순간 채화의 시선이 겸에게로 향했다. 겸이 눈살을 찌푸렸다.

"간밤에 내내 같이 있었잖습니까."

채화는 얼른 미안한 표정으로 고개를 돌렸다. 광주댁이 깔깔
거리고 웃었다.

"아니, 이번엔 그런 거 아니고, 대궐 말이야. 대궐에서 피바람
이 불었다던데?"

"대궐이요?"

"그래. 광안대군이 어제 살해당했대."

현재 조선을 다스리는 임금은 말도 많고 탈도 많은 인물이었
다. 선대왕이 승하하시던 날, 판도를 뒤집어야겠다는 생각을 품
은 몇몇이 세자를 살해하고 현 임금을 왕으로 추대했다. 유약하
기 짝이 없어 왕이 될 거란 생각을 꿈에도 가져 보지 못했던 왕
자는 그렇게 임금이 되었다. 임금을 추대한 자들은 공신이 되어
떵떵거렸으나 불안한 싹을 안고 있었다. 광안대군이 살아 있기
때문이었다.

광안대군은 현 임금의 조카였다. 과거 세자의 아들이었던 어

린 광안대군을 세자의 충신들이 청나라로 대피시켰다. 어린아이는 그렇게 청나라에서 장성하여 혼례도 올리고 행복하게 사는 듯 보였다.

그냥 영원히 그대로 행복했으면 얼마나 좋았을까?

임금은 최근 목소리를 내기 위해 노력하고 있었다. 그런 임금을 열렬히 지지하는 것은 새 중전이었다. 어찌어찌 공신의 딸이 아닌 이를 중전으로 들인 후로 임금은 점점 힘을 갖기 위해 노력했다. 공신들은 그런 임금을 탐탁찮게 여겼다. 임금은 포기하지 않았다. 왕위의 정당성을 갖는 게 우선이라 여긴 임금은 광안대군을 조선에 돌아오게 함으로써 피붙이에게 해를 입힌 적이 없는 도덕적인 군주임을 만천하에 공표하고자 했다.

핑계도 하루 이틀, 지속되는 임금의 명령에 광안대군은 돌아올 수밖에 없었다. 세월이 흘렀으니 공신들 또한 명분 없이 피바람을 불러일으키지는 않을 거란 막연한 희망도 가지고 있었다.

그러나 그 희망은 그저 희망에 불과했다.

"광안대군이 죽었어요?"

"그래. 대군의 사가에서 어제 난리도 아니었다더라."

"대군이랑 부부인이랑 그 자리에서 죽었대."

채화는 공신들을 이해할 수 없었다. 그렇게 드러내 놓고 죽이면 어쩌자는 것인가? 명분이 중요한 조선이 아니던가.

"웃긴 건 지난번……."

광주댁이 잠시 말을 끊고 겸의 눈치를 살폈다. 겸은 그녀의 시선을 모른 척하고 아기에게 미음을 먹이는 데 집중했다.

"이 교위 집 일 말이야. 그것처럼 꾸미려고 애쓴 흔적이 있다더

라. 그럼 뭐해? 만천하가 실상을 다 아는데."

"하늘 같은 임금님을 협박했다고 장터가 아주 난리야, 난리."

광주댁과 보리의 수다는 이어졌다. 서서히 자신들의 입지가 좁아져 감을 느낀 공신들이 임금을 협박한 거라고, 더불어 자신들의 수족이나 다름없는 세자 이외에 남김없이 죽일 작정이라고, 그러다 조선을 말아먹으려 드는 거라고, 서서히 수다는 허무맹랑함의 끝을 향해 달려갔다.

"아참, 근데 대비께서 아기를 찾는다네?"

채화는 태연하기 짝이 없는 얼굴로 되물었다.

"대비마마께서 아기를요?"

"부부인께서 조선에 오자마자 몸을 푸셨는데 그 아기가 간밤에 감쪽같이 사라졌대."

광주댁과 보리는 한참을 더 수다를 떠는가 싶더니 이내 할 일이 있다며 가버렸다.

아기는 눈물이 그렁한 얼굴로 잠들어 있었다. 미음이 성에 안차 울고 보채다 든 잠이었다.

"아무래도 귀찮은 일에 휘말린 거 같은데요."

겸이 말했다. 채화는 대답하지 않았다. 한순간의 치기로 이게무슨 낭패란 말인가? 예전이었다면 몸을 사렸을 일이었다.

"너 있잖아."

겸이 위험하다고 만류했을 때 자신이 했던 말도 또렷하게 기억했다. 세상에, 그런 말을 직접적으로 내뱉다니, 자신이 위험해지면 겸이 또 무슨 짓을 할지 모르는데……. 언제부터 이리 이기적이 되었을까? 채화는 입술을 깨물었다.

"왜…… 그러십니까?"

겸이 물었다. 채화는 얼른 미소 지었다.

"아냐, 아무것도. 아무래도 미음은 안 되겠다 싶어서."

"그럼 어찌합니까?"

"젖동냥을 가야지."

채화가 밖을 살폈다. 아직 환했다. 하지만 젖동냥을 하려면 밤에 움직일 수 없었다. 해가 지면 다들 잠들 게 분명했으니까.

"너, 약 발라."

"무슨 약이요?"

"햇빛 차단 약. 한양에 가봐야 해."

겸이 흘깃 밖을 살폈다. 다행히 오늘은 살짝 날이 흐렸다.

"이 정도면 참을 만……."

"잔소리 말고 바르라면 발라."

겸은 냉큼 바랑을 열고 커다란 통 하나를 꺼냈다. 얼핏 보면 여인네들이 쓰는 분첩처럼 생겼으나 그 크기만큼은 분첩은 갖다 댈 것이 아니었다.

"거기 계실 겁니까?"

"응?"

"옷 벗을 건데요?"

겸이 씩 웃었다. 채화는 살짝 눈살을 찌푸리더니 아기를 안고 일어섰다.

"나 먼저 갈 테니까 다 바르고 따라와."

"어? 그냥 기다렸다가……."

채화는 이미 마당에 내려선 후였다. 겸은 입을 삐쭉거렸다.

채화가 나가자 슬쩍 바깥의 동태를 살핀 겸이 부스럭부스럭 부산을 떨었다. 그러나 정작 약을 바르지는 않았다. 무척 귀한 약이었다. 조선엔 존재하지도 않았다. 만약의 경우를 대비해 남겨놓아야만 하는데 무턱대고 써버릴 수는 없었다. 때문에 겸은 화상을 입으면 바로 눈에 띌 얼굴과 목 그리고 손에만 살짝 바르고 나머지는 그냥 옷을 껴입고 버티기로 했다. 어차피 햇빛으로 인한 고통엔 이골이 난 터, 건강한 흡혈귀라면 충분히 버틸 수 있어야 했다.

일을 마친 겸은 약통을 대충 바랑에 쑤셔 넣고는 원래의 자리에 걸었다. 그리고 쏜살같이 튀어나갔다. 채화는 이미 까마득히 먼 곳에서 걷고 있었으나 이내 그녀의 곁엔 기다란 인영 하나가 더 생겨났다.

역시나 한양은 어수선했다. 두 사람만 모여도 다들 간밤에 벌어진 광안대군 댁 이야기를 입에 담았다. 그렇게 평소 알고 지내던 젊은 애기엄마의 집에 도착했을 때, 두 사람은 한양의 모두가 그러하듯 그 사건의 전문가가 되어 있었다.

"형님이 어쩐 일이세요?"

툇마루에 앉아 갓난쟁이에게 젖을 물리고 있던 아낙이 뒤늦게 따라 들어오는 겸을 보고 냉큼 몸을 돌렸다.

"넌 잠시 나가서 기다려."

눈썰미 좋은 겸이 상황을 이해 못 했을 리 없었다. 그는 군소리 없이 사립문 밖으로 나갔다. 그제야 애기엄마가 다시 몸을 돌렸다.

"웬 아기예요?"

채화가 평상에 앉아 아낙의 아기를 살펴보았다. 열심히 젖을 빠는 모습이 귀여웠다.

"젖동냥하러 왔어."

"설마 형님 애는 아니죠?"

아낙이 장난스레 웃었다. 채화가 손가락으로 아낙의 이마를 툭 밀어냈다.

"너 많이 컸다?"

아낙은 헤헤헤 천진하게 웃었다.

과거 과부촌에 살던 아낙이었다. 종종 나무를 하러 산에 오르던 나무꾼과 눈이 맞아 이렇게 한양에 살림을 차린 지 얼마 되지 않았다. 광주댁은 네가 선녀냐며 몇 날 며칠을 두고두고 놀렸었다. 그렇게 그녀는 바로 한 달 전 떡두꺼비 같은 아들 돌이를 낳았다.

돌이는 배가 부른지 이내 잠이 들었다. 평온하게 잠든 모습이 채화가 안고 있는 아기와 대비되었다. 돌이 엄마는 능숙하게 아기를 받아 안더니 반대편 젖을 물려주었다. 오는 내내 힘없이 칭얼대던 아기는 갑자기 천국이라도 만난 듯 온 힘을 다해 젖을 빨았다.

"세상에 오래 굶었나 보네."

"오래는 아닌데……."

"얼마나 굶었는데요?"

"간밤…… 부터?"

"아이고 형님! 애를 굶겨 죽일 작정이셨소? 당장에 데려오시지 그랬어요!"

"내가 애를 키워봤어야 알지."

"하여튼, 형님도 참."

돌이 엄마는 자신의 아기를 연신 챙기면서도 귀여운 듯 품 안의 아기를 이리저리 살펴보았다.

"근데 형님 그 소식 들었어요? 간밤에……."

말문을 열려던 돌이 엄마가 말을 멈췄다. 이내 그녀는 깜짝 놀란 표정을 지었다.

"형님. 혹시 이 애기……."

"거기까지. 더 알면 다친다."

"요즘 열녀문도 조용하던데 대체 어디서……."

"아주 소문을 내라. 열녀문착분자가 여기 있다고."

돌이 엄마가 배시시 웃었다. 아직 앳된 기가 채 가시지 않은 터라 그 웃음은 천진난만해 보였다.

돌이 엄마는 애기가 예뻐 죽겠는 모양이었다. 배 아파 낳은 아기가 아닌데도 연신 눈을 맞추며 환히 웃어주었다. 채화의 눈에는 그 모습이 무척 생소했다. 십 년 가까이 나이 차이가 나는 어린 동생인데도 그녀에게는 채화가 도저히 흉내 낼 수 없는 무언가가 있었다.

채화의 아기도 드디어 배가 부른지 만족스러운 얼굴로 잠이 들었다.

"아기, 데려가실 거예요?"

"그럼 데려가야지. 이 집도 그다지 풍족하지가 않잖아."

"에이, 젖은 넘쳐요. 젖몸살 때문에 아주 죽을 지경이라니까?"

"……그래도 괜찮을까?"

"그 산속에서 하루에 열댓 번씩 내려오는 게 가능하겠어요? 밤에도 먹어야 하는데?"

채화가 난감한 얼굴을 했다.

"그렇게 자주 먹어? 하루에 두세 번이면 되는 거 아냐?"

"아니 이러다 애 잡겠네! 그냥 놔두고 가요. 내가 젖 뗄 때까지 배불리 먹여줄 테니."

"서방은 어쩌게?"

돌이 엄마가 피식 웃었다.

"그이는 내 말이라면 껌뻑 죽으니까 상관없어요. 정 불안하면 하루에 한 번씩 와서 확인해 보시든가."

"미안해서 그러지."

"괜찮아요. 형님 아니었음 우리 돌이는커녕 나도 이 자리에 없었을걸?"

채화가 씩 웃었다.

"그래, 그럼 은혜 갚는 셈 쳐라. 내가 매일 우족 하나씩 가져다주마."

"아이고, 망할 놈의 우족!"

돌이 엄마가 인상을 찡그리더니 코를 막았다. 채화는 영문을 몰랐다.

"왜 그래? 우족 싫어? 젖 잘 나오게 하려면 그거 고아 먹어야 한다던데?"

"애 낳고 지겹도록 먹었네요. 없는 살림에 대체 어디서 뭔 수로 구하는지……. 이제 우족 국물만 봐도 토가 나올 거 같아."

과장된 돌이 엄마의 행동에 채화가 소리 내어 웃었다.

"알았어. 그럼 다른 거 가져올게."

"소 돼지 말고 토끼랑 꿩이요. 과부촌에선 누린내가 나서 싫던 게 왜 한양에 오니 먹고 싶은지 몰라."

"오냐, 내 우족만큼 지겨워 토 나올 때까지 구해다 주마."

돌이 엄마와 채화가 서로를 마주 보고 깔깔거리며 웃었다. 어린 아기 둘이 그 소리에 칭얼거렸다. 두 사람은 황급히 웃음을 거뒀다. 어쨌든 아기란 존재는 자고 있을 때가 제일 예쁜 법이었다. 채화가 몸을 일으켰다.

"벌써 가게요?"

"응. 할 일이 좀 있어."

돌이 엄마가 잠든 채화의 아기를 흘깃 쳐다보았다.

"아기 때문에?"

"응."

"몸조심해요."

"오냐. 애기 잘 부탁한다."

채화는 빙긋 웃으며 사립문을 밀었다. 돌이 엄마는 그새 아기들에게 빠져 채화가 가거나 말거나 관심이 없어 보였다.

"들었지? 토끼랑 꿩이래."

내내 근처 큰 나무 그늘 아래 서 있던 겸이 키득거리며 웃었다.

"약은 잘 발랐어?"

"벗어서 보여줘요?"

겸은 정말로 옷을 다 벗어버릴 기세였다. 채화는 차갑게 고개를 돌렸다.

"됐어. 가자."

겸 또한 이미 예상했던 반응이라 크게 개의치 않았다. 요즘엔 다시 예전처럼 구는 횟수가 늘긴 했지만 여전히 종종 저렇게 차가웠다.

냉큼 뒤를 따르며 겸이 물었다.

"어딜 가요?"

"대낮에 한양에 나와본 게 하도 오랜만이라 구경하려고 그런다."

"그러게 낮에 돌아다녀도 괜찮다니까요? 왜 사서 고생을 해요?"

"그러게 집에 가만히 앉아서 기다리래도 누가 말을 안 들으니 그럴 수밖에."

도저히 말로는 채화를 이길 수 없다는 생각에 겸은 얼른 입을 다물었다.

한양은 어딜 가나 가는 족족 광안대군의 이야기로 시끄러웠다. 이미 들은 이야기들은 확대되고 과장되어 누가 들으면 세상이 뒤집어진 줄 알 법한 이야기로 변해가기 시작했다. 겸은 연신 귀를 쫑긋거렸다. 아이를 채화가 데리고 있는 이상 그 또한 이 일을 무시할 수만은 없었다.

채화는 굳이 한양에 볼일이 있는 건 아닌 모양이었다. 마치 장을 보러 나온 듯 이 집 저 집 들락이며 이것저것 물어보다가 하는 일은 결국 수다였다. 겉보기엔 여느 아낙과 다를 바 없는 수다였지만 채화는 직접 이런저런 이야기를 능숙하게 유도해 내고 있었다.

"그래서 뭘 얻으려는 겁니까? 이미 들은 이야기 또 듣고 또 듣고 그러는 거 같던데?"

겸의 말대로 채화는 전혀 만족스러워 보이지 않았다. 뭔가 깊은 생각에 빠져 있던 채화를 겸이 홱 낚아챘다. 순식간에 겸의 품에 안기게 된 채화가 정신을 차렸을 때 커다란 말 여러 필이 바람을 휘날리며 채화가 서 있던 자리를 지나갔다. 대궐에서부터 튀어나온 그들은 이내 사방팔방 뿔뿔이 흩어졌다.

"정신을 어디다 팔고 다니는 겁니까?"

채화는 얼른 심장을 다독이며 떨어져 나왔다. 잠시 채화의 안색을 살핀 겸은 문득 궁금해졌다. 과연 저 당황은 놀라서일까 품에 안겼기 때문일까?

'곁에만 있으면 된다더니……'

겸은 쓰게 웃으며 이내 아무렇지 않게 말했다.

"저 사람들 찾고 있었던 거 아닙니까?"

"응?"

"딱 봐도 왕실이나 조정에서 뭔가 급한 전갈을 보내는 거 같은데요?"

이미 멀어졌지만 채화 또한 그들이 제대로 복장을 갖춘 파발마라는 걸 알 수 있었다.

"그리고 아까부터 은밀하게 돌아다니는 사람들도 있었습니다."

겸이 목소리를 낮추고 채화에게만 들릴 만한 소리로 말했다.

"그 집, 괜찮습니까?"

채화는 문득 돌이 엄마의 집이 있는 쪽을 바라보았다. 그리고 이내 고개를 끄덕였다.

"괜찮아."

겸은 별다른 말을 덧붙이지 않았다. 채화가 그렇다면 그런 것이리라.

"뭐 어쨌든, 은밀하게 찾는 사람들도 있고 대놓고 찾는 사람들도 있고 대비마마께서 아이를 찾는다는 건 확실해 보이네요."

채화가 놀란 토끼 눈이 됐다. 겸이 씩 웃었다.

"그거 알고 싶었던 거잖아요. 확실하게."

이내 채화도 미소 지었다.

"우리 겸, 많이 똑똑해졌네."

말을 마친 채화의 표정이 확 굳어졌다. 겸은 내색하지 않았다. 이제는 채화가 자신에게 거리를 두려 하고 있다는 걸, 그러나 이따금 이렇게 실패하고 만다는 걸 잘 알고 있었다. 당장은 거기에 만족하기로 한 지 오래였다.

"가요. 더 어두워지기 전에."

"응."

채화는 무뚝뚝해진 얼굴로 발걸음을 재촉했다.

노을이 지기 시작할 때까지 한양에 있었던 터라 두 사람이 한양을 벗어났을 때는 이미 사방이 캄캄했다. 채화와 겸은 말없이 걷기만 했다. 겸은 채화가 심각해 보이니 입을 다문 것에 불과했으나 채화는 달랐다.

채화의 머릿속은 복잡하기 짝이 없었다. 아기의 일 만큼이나 겸의 일 또한 채화를 어지럽게 했다. 그날 이후 겸에게 거리를 두어야겠다고 다짐했었다. 그러나 그것은 생각했던 것만큼 쉽지 않았다. 이미 채화의 마음 또한 겸에게 달려가기 시작한 지 오래였다. 이따금 그를 그저 바라보는 것만으로도 미소가 떠오를 지경이었다. 그것을 겸이 눈치채면 어쩌나 조마조마하기 짝이 없건만, 이렇듯 무의식중에 대놓고 실수까지 해대니 난감하기 짝이 없었다.

그가 인간이기만 했어도……. 긴 한숨이 저절로 새 나왔다. 하늘이 두 쪽이 난 데도 어려운 일이 아니던가?

터벅터벅 힘없이 걷던 채화를 겸이 낚아챘다. 하루에 두 번이나……. 당황한 채화가 비명을 내지르려는데 겸이 입을 막았다.

"칼잡이들입니다."

조금 전까지 채화와 겸이 걷고 있던 그 길을 검은 옷을 입고 복면을 한 사내들이 내려오고 있었다. 채화는 등골이 오싹했다. 일을 마치고 오는 것처럼 보이는 그들은 복면을 한 자도 있고 그렇지 않은 자도 있었다. 채화는 복면을 하지 않은 자들을 똑똑히 알아볼 수 있었다. 지난밤, 아기와 여자를 죽이려 하던 칼잡이들이 틀림없었다.

겸 또한 그들을 보고 눈살을 찌푸렸다. 그들에게선 피 냄새와 더불어 익숙한 냄새가 났다. 채화가 입욕제로 쓰고 있는 꽃향기. 그것이 의미하는 바가 무엇일까? 겸은 차마 그 사실을 채화에게 말해줄 수 없었다.

두 사람은 칼잡이들이 완전히 보이지 않게 될 때까지 나무에서 내려오지 않았다. 이윽고 그들이 자취를 감추자 채화가 먼저 나무에서 뛰어내렸다. 여태껏 터덜터덜 걷던 것과 달리 다급해진 채화를 겸이 뛰어들어 가로막았다.

"왜?"

채화가 매섭게 쏘아보았다.

"이런 말, 어떻게 들릴지 모르겠습니다만⋯⋯."

채화가 눈살을 찌푸렸다. 겸은 입술을 깨물고 말을 이었다.

"마음을 단단히 먹으세요."

"뭐?"

채화가 혼란스러운 눈으로 겸을 바라보았다. 겸은 그 눈을 피하고만 싶었다. 채화가 물었다.

"네 눈에는 뭐가 더 보인 건데?"

겸은 입술만 깨물었다. 생각하고 있는 것이 차마 말이 되어 나와주지 않았다. 채화는 찬바람을 휘날리며 겸을 지나쳤다. 겸이 그 뒤를 따랐다.

거의 달리다시피 걸어 도착한 과부촌을 앞에 두고 채화는 불안함을 감추지 못했다. 불을 밝힌 집이 없었다. 완전히 어둠이 내려앉은 과부촌은 실낱같은 빛 하나 보이지 않았다. 불안해진 채화는 가장 가까운 안산댁의 집으로 뛰어갔다.

문지방 위에 엎어진 사람이 있었다. 캄캄하기 짝이 없건만 채화의 눈에는 피투성이 치마와 이리저리 흩어진 짚신이 맺혔다. 아무 말도 아무 생각도 할 수 없었다. 채화의 머릿속은 텅 비어버렸다. 홱 몸을 돌렸다. 다음 집으로 뛰었다. 어둠 속을 내달리다 돌부리에 걸려 넘어질 뻔하면서도 채화는 멈추지 않았다. 그렇게 도착한 곳에서 수다스럽기 짝이 없던 광주댁과 보리가 나란히 엎어져 있는 걸 보았다. 똑같이 피 칠갑을 한 상태였다. 채화는 입술을 질끈 깨물고 또 달렸다. 다음 집도 그리고 그다음 집도 채화를 맞이하는 것은 어둠 속에 쓰러져 있는 피투성이 시신이었다.

채화는 그대로 땅바닥에 주저앉았다.

"나 때문이야……."

아기를 구하지 않았더라면…….

채화는 그대로 넋을 놓았다. 한참 후에 나타난 겸이 그런 채화를 보며 눈살을 찌푸렸다. 그리고는 마당에 쓰러져 있는 아낙의 시신을 번쩍 들었다.

"어딜 가려는 거야!"

채화가 악을 썼다. 겸이 무심하게 대꾸했다.

"이대로 내버려 둘 참입니까?"

채화는 겸이 무슨 말을 하는지 알아듣지 못한 얼굴이었다. 겸은 묵묵히 걸었다. 채화가 그 뒤를 흐느적거리며 따라갔다. 겸이 도착한 곳은 산어귀였다. 그곳에 이미 죽어버린 다른 아낙들이 별빛을 받으며 나란히 누워 있었다. 겸은 마지막으로 들고 온 시신을 그 옆에 내려놓았다.

겸이 묵묵히 땅을 팠다. 땅은 푹푹 파여 갔다. 채화는 멀거니 보기만 했다. 겸은 차근차근 할 일을 해 나갔다. 하얀 달이 사방을 비추었다. 겸에게는 그 정도면 충분했다.

어느 사이엔가 다섯 개의 무덤이 나란히 자리했다. 겸은 온 산을 헤집어 돌과 꽃을 주워다 무덤들을 덮었다. 모든 것을 마친 겸이 채화를 바라보았다. 채화는 여전히 멍한 얼굴로 앉아만 있었다. 겸이 묵묵히 다가와 채화를 일으켜 세웠다. 채화는 인형처럼 겸이 이끄는 대로 일어나 걸었다.

채화의 집에도 발자국이 가득했다. 겸은 채화를 평상 위에 앉혀두곤 방 안을 정리했다. 이불에 묻은 흙 발자국을 탈탈 털어내고 방에 널브러진 집기들도 모두 제자리에 정돈했다. 그러고 나서야 채화를 데려와 이불 위에 눕혔다. 채화는 얌전히 모로 누워 눈을 감았다. 옆에 앉아 물끄러미 바라보던 겸이 이내 그 옆에 누워 채화를 꼭 안아주었다. 채화는 아무 움직임도 없었다. 겸이 말했다.

"오늘 같은 날은 그냥 우셔도 됩니다."

채화는 여전히 미동도 없었다.

"오늘 같은 날까지 거리를 두기 위해 그리 애쓰지 마십시오. 오늘 하루쯤, 모두 다 잊어드릴 수 있습니다."

서늘한 겸의 품속에서 나지막한 그의 속삭임을 듣자 채화는 그대로 무너져 내렸다.

채화가 소리 내어 울었다. 훌쩍훌쩍 흐느낌으로 시작되었던 울음은 어느덧 대성통곡으로 바뀌었다. 그런 그녀가 진정될 때까지 겸은 말없이 꼭 안아주었다.

반짝 아침 해가 떠올랐다. 미처 휘장까지 챙기지 못한 탓에 햇살이 쏟아졌다. 이리저리 움직이는 통에 약이 다 지워져 햇살에 닿은 부분이 고통스럽기 시작했지만 겸은 꼼짝도 하지 않았다.

채화는 잠이 들었는데도 약하게 흐느끼고 있었다. 그런 채화가 너무 안쓰러워서, 너무 가련해서, 겸은 자신의 고통 따위 되새

길 정신이 없었다.

하얀 소복을 입은 과부촌 아낙들이 저만큼 앞서 걷고 있었다.
"기다려요!"

채화는 돌부리에 채여 넘어져 무릎에 피를 흘리면서도 이를
악물고 그 뒤를 따랐다. 마을 사람들은 그런 채화가 쫓아오거나
말거나 꿋꿋이 앞만 보고 걸었다.

"같이 가요!"

무예 따위 아무 소용이 없었다. 훌쩍 몸을 날려봐도 숨이 턱까
지 차도록 달려보아도 거리는 좁혀지지 않았다.

"제발!"

채화가 울부짖었다. 그 소리가 가서 닿았는지 다섯 여인 중 한
명이 멈추어 섰다. 분명 보리였다. 채화는 헐레벌떡 뛰어가 소맷
자락을 붙들었다. 보리가 홱 몸을 돌렸다. 시뻘건 피눈물을 흘리
며 보리가 외쳤다.

"네가 아기만 안 데려왔어도 우리는 죽지 않았어!"

채화가 몸부림치며 일어났다. 벌떡 일어나 자리에 앉아서도 계
속해서 비명을 질렀다. 바람처럼 겸이 나타났다.

"꿈입니다."

어린 아기를 달래는 것처럼 겸은 몸부림치는 채화를 끌어안고
기다려 주었다. 채화의 비명이 서서히 잦아들었다.

"……겸?"

"예. 겸입니다. 무슨 꿈을 그리 험하게 꾸십니까?"

채화의 안색이 어두워졌다. 커다란 눈에 눈물이 가득 차올랐다.

"나 때문이야."

"아닙니다."

"아냐 내가 아이만 데려오지 않았어도……."

"데려오지 않았으면 아이는 죽었겠지요. 설마 그걸 바라시는 건 아니겠죠?"

"하지만 마을 사람들이……."

"제가 아는 아낙들이라면 분명 아기를 구하라고 했을 겁니다. 그렇지 않습니까?"

너 때문이라고 외치던 피투성이의 보리가 떠올랐다. 채화는 몸을 떨었다.

"하지만 꿈속에서 보리가……."

"당신의 죄책감이 만들어낸 환상입니다."

"하지만……."

"잘 생각해 봐요. 꿈속의 그 여자, 정말 그 여자가 맞긴 합니까?"

겸은 채화가 무슨 꿈을 꾸었는지도 모르면서 끈질기게 설득했다. 묘하게도 그 설득은 먹혀들었다.

가만히 생각하던 채화는 그녀가 보리가 아니라고 여기기 시작했다. 늘 환히 웃고 늘 재잘대던 보리였다. 동년배이면서도 그저 생일이 몇 달 느리단 이유로 형님 형님 하며 살갑게 따르던 보리였다. 특히나 시어머니에게 쫓겨나는 과정에서 무려 여덟 달이나 뱃속에 품고 있던 아이를 잃은 보리였다. 그런 보리는 절대로 아이를 구했다고 원망할 리 없었다.

"정말…… 그럴까? 다들 아기를 구한 것을 잘했다고 칭찬해 줄
까?"

채화가 간절한 눈빛으로 겸을 바라보았다. 겸이 어울리지 않는
인자한 미소를 지어 보였다.

"분명 잘했다 이년아, 라고들 해줄 겁니다."

채화가 피식 웃었다.

"하나도 안 비슷해."

"저도 압니다."

채화가 그대로 겸의 품에 안겨들었다.

'오늘까지만…….'

거리를 두어야 한다는 걸 알고 있으면서도 채화는 딱 하루만
모른 척하자고 생각했다.

"이제 괜찮으시면 아기를 보러 가야죠. 어제 돌이 엄마한테 약
속하지 않았습니까? 토끼와 꿩을 가져다주겠다고. 제가 이미 다
잡아서 손질까지 해두었습니다. 어서 채비하세요."

채화는 그제야 햇살 쨍쨍한 한낮임을 깨달았다.

"약은?"

"당연히 발랐죠. 누구 분부신데."

겸이 씩 웃었지만 채화는 무표정하게 고개를 돌렸다. 겸은 심
장을 찌르는 작은 통증을 느껴야만 했다.

두 사람은 말없이 산을 내려갔다. 소식을 들은 돌이 엄마는 대
성통곡을 했다. 채화는 그런 돌이 엄마를 달래다가 스스로도 안

정을 되찾았다. 토끼와 꿩을 건네주고 며칠만 더 아기를 봐달라 부탁한 채화와 겸은 다시 집으로 돌아왔다. 두 사람은 묵묵히 온 동네를 돌아다니며 집 안을 정리했다. 다들 없는 살림이나마 정 갈하게 보살피던 이들이었다. 그들의 집을 그리 엉망진창으로 내 버려 두고 싶지 않았다.

그렇게 또 하루가 지나갔다. 별빛 반짝이는 하늘을 바라보며 겸이 물었다.

"아이를 어찌 돌려주실 작정입니까?"

"글쎄……."

잠시 채화는 말이 없었다. 깊어 보이는 눈매가 뭔가를 생각하 는 듯 보였다. 물끄러미 바라보던 겸은 문득, 갈증을 느꼈다. 향 기에 익숙해져 이제 좀 덜하나 싶었건만, 어째선지 최근 들어 채 화를 볼 때마다 갈증은 더더욱 심해졌다.

억지로 고개를 돌린 겸은 가까스로 마음을 다스렸다.

"대궐에 들어가야겠어."

"대궐이면 왕이 사는 곳 아닙니까? 그곳은 아무나 들어갈 수 없는 곳일 텐데요?"

"담을 넘어야지."

겸이 깜짝 놀란 얼굴로 채화를 바라봤다. 채화는 여전히 밤하 늘을 바라보는 중이었다.

"미쳤습니까?"

드디어 채화도 고개를 돌렸다.

"그게 왜 미친 짓이야? 남의 집 담 넘는 거 맨날 하던 일인 데?"

"대궐 담을 넘는 게 어찌 여염 담을 넘는 것과 같단 말입니까?"

"좀 더 어렵긴 하겠지. 그래도 어째? 방법이 없는걸?"

채화는 정말 너무나 아무렇지 않아 보였다. 겸은 속이 터졌다.

"제가 가겠습니다!"

겸이 소리쳤다. 채화가 눈을 크게 떴다.

"네가?"

"예!"

"그래. 그럼 같이 가자."

"됐습니다. 저 혼자 갈 겁니다."

"……위험할 텐데?"

"저 흡혈귀입니다. 특히나 밤중이라면 어찌 인간이 저를 막을 수 있겠습니까?"

"괜찮겠어?"

"걱정 붙들어매십쇼. 임금님께 가면 되는 겁니까?"

"대비마마께 가. 가서 우리가 궐 안에 들어가든, 아니면 대비마마가 바깥으로 나오든 방법을 정해주십사 청해. 절대로 애기가 어디 있는지는 알려주지 말고. 알았어?"

"예. 그리 전하기만 하면 되는 거지요?"

"그래."

"그럼 쇠뿔도 단김에 빼랬다고, 다녀오겠습니다. 위험한 일 하지 말고 꼭 집에 붙어 계셔야 됩니다!"

겸은 신신당부했다. 채화가 빙긋 웃으며 고개를 끄덕였다.

"알았어. 너 올 때까지 여기서 꼼짝도 하지 않을게."

채화가 툇마루를 통통 두들겼다. 겸이 씩 웃었다.

"그럼 다녀오겠습니다."

"응."

그렇게 겸이 사라졌다. 한참을 물끄러미 겸이 사라진 방향을 보고 있던 채화가 중얼거렸다.

"고마워."

그 얼굴에 씩 장난꾸러기 같은 미소가 떠올랐다.

"내가 아무리 간이 배 밖에 나왔어도 그렇지 어쩜 그리 대궐 담을 넘을 거라고 철석같이 생각할 수가 있니?"

채화가 다리를 흔들며 키득거리다 깜짝 놀란 것처럼 미소를 지워냈다. 홀로 오래도록 심각하게 침묵하던 채화가 말을 뱉어냈다.

"이기적인 년……."

그러곤 마루에 길게 드러누웠다.

깊은 밤, 반짝반짝 별들이 금방이라도 쏟아져 내릴 듯 아름다웠다. 마치 겸의 눈빛 같았다. 채화가 중얼거렸다.

"깨어 있다가 돌아오면 칭찬해 줘야 하는데……."

스스로를 이기적이라 여겼던 마음은 그새 어디로 사라졌을까? 채화는 잠들지 않으려 애를 써보았지만 이겨낼 수 없었다. 그렇게 채화는 겸이 무사히 돌아올 거라 철석같이 믿으며 잠이 들었다.

그러나…….

쏟아지는 햇살에 잠이 깼을 때, 겸은 그곳에 없었다.

4장
고래 싸움

우는 억지로 미소를 짓느라 얼굴에서 경련이 일어날 지경이었다.

"냉혈인은 분명 존재합니다."

청나라에서 온 사신을 환대하는 연회 자리였다. 그러나 화기애애하게 흘러가던 연회는 사신이 꺼낸 냉혈인 이야기로 삽시간에 굳어버렸다. 마치 그것을 나무라기라도 하듯 대소신료들 사이에서 나지막한 웃음소리가 들렸다. 분명한 비웃음이었다. 우는 임금으로서 사신을 비웃은 그들을 좌시할 수만은 없었다. 하여 근엄한 얼굴로 꾸짖었다. 신료들은 황급히 고개를 숙였다.

우는 사교적인 미소를 머금었다.

"미안합니다. 사람의 피를 주식으로 삼는 사람에 대한 이야기가 믿어지지 않아 그런 것이니."

우는 정중히 사신에게 사죄했다. 사신은 눈살을 찌푸렸다.

"아무리 그러셔도 원병은 하셔야 할 겁니다."

또 누군가 크게 비아냥거렸다.

"냉혈인이 존재하지 않는데 냉혈인과의 전쟁에 원병이라니요. 만백성이 비웃을 일입니다."

사신이 휙 고개를 돌렸다. 이미 말을 마친 후라 그가 누군지 알아낼 도리는 없었다. 기어코 원병 요청을 승인받아야 하는 그는 단호한 얼굴로 품에서 무언가를 꺼냈다. 우는 지그시 그가 꺼내 놓은 것을 보았다.

"윤도(輪圖 : 나침반)가 아니오?"

사신이 고개를 가로저었다.

"아닙니다. 윤도와 비슷하지만 그 역할이 다르지요. 이것은 지혈철(指血鐵)입니다."

"지혈철? 피를 가리킨다?"

"흡혈귀의 피를 먹인 자철광으로 만든 겁니다."

"이것이 냉혈인을 가리킨단 의미요?"

"예. 근처에 냉혈인이 있다면 가리켜 알려줍니다. 서역의 전쟁에서 유용하게 사용 중인 물건이지요. 제가 조사해 본바, 조선에도 분명 냉혈인이 있습니다."

"어찌 그리 확신하시오?"

"최근 범인이 오리무중인 사건이 하나 있다고 들었습니다."

광안대군을 떠올린 우는 눈살을 찌푸렸다. 조선의 사정을 익히 잘 아는 사신이 얼른 덧붙였다.

"냉혈인에 대해 전문가인 제 소견으로 근자에 일어난 일은 냉혈인의 소행이 아닙니다."

"과인도 그리 생각하오."

우는 단호히 말하며 대소신료들을 훑어보았다. 분명 두 사람의 대화가 들렸을 텐데 그 누구 하나 얼굴색이 변하는 자가 없었다.

"하나, 근자의 범인들이 흉내 낸 이전의 사건은 필시 냉혈인의 짓입니다."

우는 아무 말도 하지 않았다.

우 또한 사신이 말하는 사건이 무엇인지 익히 잘 알고 있었다. 영의정의 처조카 사위가 사사로이 군 병력을 이용했다가 정체불명의 괴한에게 떼죽음을 당한 사건이었다. 병사들의 목숨도 목숨이지만 영의정의 힘을 믿고 교위에 불과한 자가 사사로이 병력을 차출한 것이 마음에 들지 않았다. 그런데도 그 누구 하나 그 부분에 대해선 일언반구도 하지 않았다. 때문에 우는 모든 일을 명명백백히 조사하라 명을 내린 터였다. 그 과정에서 영의정에 대한 약점 하나쯤 나오겠거니 하는 의도였다. 불행히도 소득은 없었다.

사신은 열변을 토했다.

"분명 한양에 냉혈인이 있습니다. 제가 그를 잡아다 보여드리겠습니다."

현실로 돌아온 우가 다시 빙그레 미소 지었다.

"냉혈인은 월등히 뛰어나 창칼은 물론이거니와 서역의 뛰어난 무기도 소용없다 하지 않았소? 그런데 어찌 잡는단 말이오?"

여전히 그의 말을 믿지 않는단 얼굴이었다. 그러나 우는 양심의 가책을 느꼈다. 사실 그는 냉혈인에 대해 이미 잘 알고 있었다.

조선이 제아무리 변방의 소국이라고는 하나 당당한 하나의 국가였다. 전 세계가 냉혈인으로 인해 시름하고 있으니 조선의 왕실 또한 이미 오래전부터 그들의 존재를 알고는 있었다. 다만, 백성들이 동요할까 그 사실을 비밀에 부쳤을 뿐이었다. 공신들 중에서도 몇몇은 암암리에 그 존재를 알고 있을 터, 그러나 원병을 보낼 수는 없기에 이렇듯 임금과 공신들은 하나가 되어 시치미를 떼고 있었다.

외부의 적 때문에 내부의 적과 뭉친 꼴이라니……. 우는 쓴웃음이 나왔다.

우의 질문에 사신은 허리를 꼿꼿이 세우고 대답했다.

"냉혈인도 사람인 이상 약점은 있게 마련입니다. 저는 그 분야의 전문가입니다. 냉혈인을 찾기만 한다면 바로 이 자리에서 그를 잡아 보이겠습니다."

우는 사신의 당당함이 못마땅했다. 그 또한 이 교위 사건의 범인이 냉혈인일지도 모른다고 생각하기에 더욱 그러했다. 그런데 그 순간 지혈철의 침이 움직였다. 우의 심장이 뛰었다. 그는 초인적인 인내를 발휘했다. 절대 스스로 냉혈인의 존재를 인정해선 안 됐다.

우가 태연하게 지혈철을 가리키며 미소를 머금었다.

"그렇다면 지금 당장 움직이셔야겠습니다."

아무렇지 않은 듯 껄껄껄 웃음까지 터뜨렸지만 우는 남몰래 주먹을 움켜쥐었다. 이 상황에 진짜로 냉혈인이 나타날 줄이야…….

지혈철의 침은 요란하게 흔들리다가 이내 방향을 잡더니 천천히 움직이기 시작했다.

사신이 벌떡 일어나 외쳤다.

"당장 산탄총을 가져오거라!"

우는 제발, 저 지혈철이 고장 난 것이기를 간절히 빌고 또 빌었다.

사신은 수하들을 잔뜩 불러들였다. 그리고 도무지 뭐에 쓰는지 알 수 없을 명령들을 내리기 시작했다. 산탄총이라 불린 기묘한 무기를 하나씩 챙긴 병사들과 뿔피리처럼 생긴 것을 든 병사들이 사신의 뒤를 따랐다. 우 또한 옷자락에 손바닥을 문질러 땀을 닦으며 그 뒤를 따랐다. 사신은 연신 지혈철을 쳐다보며 발을 놀렸다.

저 멀리 대궐 담이 보일 때쯤 겸은 자신이 또 채화에게 놀아난 것임을 깨달았다. 그러나 딱히 기분이 나쁘지 않았다. 어쨌든 저 위험하기 짝이 없는 대궐 담을 넘을 사람은 채화가 아닌 자신이기 때문이었다.

깊은 밤, 대궐의 경비는 삼엄했으나 겸에게는 그다지 위협적이지 못했다. 인간의 동체 시력으로 흡혈귀의 움직임을 잡아채기란 하늘의 별을 따는 것만큼이나 어려웠다.

다만 아주 사소한 문제가 하나 있었다.

겸이 주위를 휘 둘러보았다. 모두가 똑같이 생긴 기와지붕, 똑같은 기둥들, 똑같은 문지기들……. 임금의 처소를 감추기 위한 가짜 처소들까지 더해진 탓에 겸의 혼란은 더욱 가중되었다.

"젠장, 대비전이 어디야?"

지붕 위에 납작 엎드린 채로 겸은 사방을 훑어보았다. 조선의
궁성은 모두가 하나같이 소박해서 도저히 짐작이 가지 않았다.
어쨌든, 겸은 큰 전각 위주로 탐색을 해보기로 했다.

겸은 누군가에게 들키지 않기 위해 발소리를 죽이고 날렵하게
움직였다. 그러나 그것은 그저 '몰래' 잠입한 것에 대한 무의식적
인 행동일 뿐, 긴장해서가 아니었다. 조선에는 흡혈귀에 대해 아
는 이가 없다고 확신했기 때문이다. 그래서 그는 그만 방심하고
말았다.

겸은 많은 사람들이 지척에서 다가오고 있는 것을 미처 알아채
지 못했다.

"저기다!"

누군가 외쳤다. 겸은 태연한 얼굴로 귀를 쫑긋거렸다. 설마 자
신이 들켰을 거라고는 생각지 않는 눈치였다. 그러나 뒤이어 당혹
스러운 표정을 지었다. 한 무리의 사람들이 똑바로 자신이 있는
쪽으로 달려오고 있었다.

"제길, 어떻게 안 거지?"

한 방에 다 해치워 버리면 그만이건만, 그에겐 해야 할 일이 있
었다. 그래서 겸은 잽싸게 몸을 날렸다. 얼른 자취를 감추기 위
해서였다. 그러나 그는 볼품없이 도로 땅바닥에 처박혀야 했다.

겸이 귀를 막았다. 고막이 터질 것만 같았다. 칼날처럼 날카로
운 소음이 겸을 괴롭혔다. 한둘이 아니었다. 온 사방에서 대기를
찢으며 날카로운 소리들이 울려 퍼졌다. 겸은 귀를 막고 비틀거
렸다.

"발사!"

요란한 총성이 울려 퍼졌다. 겸의 잇새로 신음이 터졌다. 흡혈
귀에게 악영향을 미치는 소리에 대해 알고 있는 자라면 저 총은
산탄총일 터, 그렇다면 그 총알엔……

'빌어먹을……'

사방에서 쏟아지는 탄환에 맞은 겸은 그대로 볼품없이 쓰러져
버렸다. 우는 놀란 표정을 감출 수 없었다.

"보셨지요? 인간도 충분히 냉혈인을 상대할 수 있습니다."

바닥에 쓰러진 사내를 발로 차며 사신이 말했다. 우는 눈을
가늘게 뜨고 쓰러진 자를 살펴보았다. 한밤중에 왜 대궐에 침입
했는지는 알 수 없으나 다행스럽게도 그는 평범한 스님처럼 보였
다. 우는 가까스로 표정을 관리했다. 삽시간에 사교적인 얼굴로
돌아온 그가 평범힌 이조로 밀했다.

"내 눈에는 인간으로 보이오만."

눈살을 찌푸린 사신이 겸의 옷깃을 잡아당기며 내관에게 손짓
했다. 내관은 냉큼 다가와 등을 비추었다. 겸의 옷에는 작은 구
멍들이 무수히 나 있었다.

"여기 구멍 보이십니까? 은으로 도금한 산탄총의 쇠구슬이 뚫
은 자리입니다. 한데……."

사신은 그대로 옷을 풀어 헤쳤다. 매끈한 겸의 상체가 드러났
다.

"보십시오. 여기는 아무 상처가 없지 않습니까? 탄환이 체내에
들어간 겁니다."

신료 중 하나가 끼어들었다.

"애초에 그자가 그대의 사주를 받은 자로 미리 그런 옷을 입고 있었다면 어찌합니까?"

사신이 벌떡 일어나 소리쳤다.

"나는 대청의 사신이오! 감히 내가 그런 수작을 부렸을 거라 생각한단 말이오?"

신료는 얼른 손사래를 치며 능글맞게 웃었다.

"아니, 내 말은, 구미호만큼이나 허무맹랑하기 짝이 없는 이야기를 믿으라 하니 그러는 것 아닙니까. 방금 상황도 그렇습니다. 우리 눈에는 그냥 멀쩡히 서 있던 건장한 사내가 혼자 몸부림치다 쓰러진 것으로밖에 안 보입니다."

우는 저 신료가 틀림없이 냉혈인에 대해 모를 거라 확신했다. 그 신료의 얼굴에 서린 것은 확실한 비아냥, 조소였다.

사신이 목에 핏대를 세웠다.

"처음 이자가 멈칫한 이유는 인간이 듣지 못하는 소리를 들었기 때문입니다. 이 피리가 바로 그 소리를 만들어내는 것입니다!"

사신은 곁에 서 있던 병사의 손에서 홱 피리를 낚아채 보여주었다. 뒤이어 또 다른 병사의 손에 들려 있던 총도 빼앗아 들고 외쳤다.

"이 총은 산탄총이라 불립니다. 작은 쇠구슬을 한꺼번에 쏘지요. 흡혈귀에게 상해를 입힐 수 있는 유일한 물질인 은으로 탄환을 도금하고 거기에 사혈(死血)을 묻혀서 쏘는 겁니다. 이자가 쓰러진 건 그 죽은 피 때문이란 말입니다!"

아까의 신료가 계속해서 비웃었다.

"아니 그걸 다 어찌 증명한단 말이외까?"

그에게 동조하듯 몇몇 신료들이 낮게 웃었다. 묵묵히 서 있던 우는 그 정도면 충분하다 여기곤 근엄하게 꾸짖었다.

"어찌 대청의 사신에게 그리 무례하게 군단 말이오?"

분노하기보다는 나지막이 타이르는 모양새였다. 신료들이 얼른 자세를 낮추며 예를 표했다.

임금이 나선 탓에 신료들에게 계속 화를 낼 명분을 잃은 사신이 가까스로 표정을 관리하며 우에게 말했다.

"그렇다면 증거를 보여드리겠습니다."

사신이 고개를 들어 우를 바라보았다.

"이자를 제가 데려가도 되겠습니까?"

부탁이라 하기엔 지나치게 단호한 눈빛이었다.

우는 고민했다. 상대가 냉혈인임은 확실해 보였다. 그러나 냉혈인의 존재를 믿지 않는다고 주장하는 만큼, 지금 쓰러진 사내가 조선의 백성이라는 전제하에 대답해야 했다.

"내 어찌 나의 백성을 함부로 그대에게 내어준단 말이오?"

"뜰에 묶어두는 것 이외에 그 어떤 짓도 하지 않을 것을 맹세하겠습니다."

사신의 얼굴은 단호했다. 그래서 더는 거절할 명분이 없었다.

"좋소. 그에게 더 해를 끼치지 않는단 전제하에 데려가도록 하시오."

사신이 꾸벅 고개를 숙이더니 이내 수하들을 불러 겸을 데려가게 했다. 사신이 우를 비롯하여 대소신료들을 휘 둘러보더니 말했다.

"내일 정오에 인정전 뜰에서 뵙지요."

겸이 없는 걸 확인하기 무섭게 채화는 한양으로 내달렸다. 딱히 무슨 방법이 있는 것도 아니면서 대궐문 앞에서 서성였다. 문지기들은 그런 채화를 이상하단 눈으로 한 번 바라보는 게 전부였다.

"곧 사신이 수작을 부린 것이 들통나겠지요?"

"그렇겠지요. 햇빛에 타들어가는 인간이 있을 리가 없지 않습니까?"

채화가 깜짝 놀라 고개를 들어 주위를 살폈다. 붉은 옷을 입은 신료 몇이 지나가며 이야기를 나누고 있었다.

"또 무슨 수작을 부려 그리 보이게 할지 모르니 정신들 똑똑히 차리십쇼. 냉혈인의 존재를 인정한 순간 원병을 보내는 것은 기정사실이 될 테니."

"아, 무슨 수작을 부리든 말든 무조건 아니라고 잡아떼야지요."

"암요."

그들은 무슨 농담이라도 주고받은 듯 호탕하게 웃으며 대궐 안으로 사라졌다. 채화의 얼굴에서 핏기가 사라졌다. 저게 대체 무슨 소리란 말인가?

"훠어이 물럿거라!"

쩌렁쩌렁 요란한 행렬이 대궐 앞에 멈추어 섰다. 채화는 얼른 길가로 비켜서 다소곳이 머리를 숙였다. 사인교가 멈추어 서고 늙은 신료가 몸을 일으켰다. 사인교 곁에서 따르던 젊은 관료가 소리 죽여 물었다. 채화는 온 신경을 두 사람에게로 쏟았다.

"간밤에 잡힌 이가 정말 냉혈인입니까?"

늙은 신료는 대답하지 않았다. 젊은 신료는 호기심이 가득한 얼굴로 되물었다.

"아버님께서 그러셨습니다. 아무래도 지난번 그 일이 냉혈인의 짓 같다고……. 설마 냉혈인이란 존재가 정말 있는 겁니까?"

늙은 신료가 혀를 찼다.

"입조심하란 말은 듣지 못한 모양이구나."

늙은 신료가 슬쩍 주위를 둘러보았다. 채화는 널뛰는 심장을 부여잡고 그들이 얼른 지나가기만을 기다렸다. 두 사람이 사라지고도 채화는 한동안 그 자리에서 움직일 수 없었다.

청에서 원병을 요청하고 있다는 사실은 이미 모두가 다 아는 사실이었다. 냉혈인에 대해서도 얼핏 소문이 돌긴 했으나 모두가 허무맹랑한 이야기라 여기고 있었다. 조선에서는 그 이유로 원병을 거절하고 있다는 소문 또한 들어 알고 있었다.

'가짜겠지…….'

설마 겸이 잡혔을 거라곤 상상조차 할 수 없었다. 어찌 인간이 흡혈귀를 잡는단 말인가?

"정오에 인정전, 가보실 겁니까?"

"아, 뭐하러 갑니까? 가짜일 게 뻔한데!"

"그러게나 말입니다. 사람이 사람의 피를 빨아 먹어 연명한다는 게 말이 됩니까? 가본들, 사신이 장난질을 치는 것밖에 볼 게 없을 겝니다!"

세 사람은 호탕하게 웃으며 입궐했다. 이번엔 푸른 옷을 입은 신료들이었다. 채화의 심장은 점점 더 빨리 뛰기 시작했다. 아예 대궐에서 벗어나야겠다고 여겼다. 계속 있다간 무슨 짓을 벌일지 모르겠다고 생각했다. 믿을 수 없었다. 겸이 잡힐 리 없었다. 게다가 인정전? 정오? 대체 그곳에서 그 시간에 무슨 일이 벌어질 예정이란 말인가?

절대로 겸일 리 없다고 여기고 있으면서도 어느 순간 채화는 대궐 담을 넘고 있었다.

기척을 죽였다 한들 훤한 대낮에 발견되지 않을 수가 없을 텐데 묘하게 대궐 전체가 어딘가에 정신이 팔려 있었다. 채화는 입술을 깨물었다. 대궐이 온통 냉혈인이라는 존재에 술렁이고 있다는 증거였다.

덕분에 채화는 인정전이 어디인지 금방 알 수 있었다. 사람들은 삼삼오오 모이기만 하면 그 이야기를 했고 시간이 흐르자 다들 어딘가로 모여들었다. 채화는 주의 깊게 사람들의 시선을 피하며 인정전에 침입했다. 그리고 드디어 겸을 찾아낼 수 있었다.

겸을 보자마자 채화는 비명을 내지를 뻔했다. 가까스로 심장을 다독여 참사만은 막았다. 그러나 하염없이 쏟아지는 눈물은 막을 길이 없었다.

인정전 앞뜰에 겸이 묶여 있었다. 그 무엇도 그를 속박하는 것은 없었다. 그는 그저 그늘 한 점 없는 뜰 한가운데에 묶여 쓰러져 있을 뿐이었다. 햇빛 아래 드러난 상체는 차마 눈 뜨고 볼 수 없을 지경이었다.

산 채로 타들어갔다가 치료되기를 반복하는 고통에 겸의 눈동자는 흐리멍덩했다. 건강했다면 비록 이런 상황에 처했더라도 충분히 도망칠 수 있었다. 그러나 청나라 사신은 겸이 정신을 차리려 할 때마다 산탄총을 들었다. 상해를 입히지 않겠다 약조를 했으나 그는 애초에 그것을 지킬 생각이 없었다. 어쩌면 당연할지도 몰랐다. 그의 머릿속 겸은 냉혈인이었고 냉혈인은 조선의 백성일 리 없었으니까. 해가 뜨길 기다리는 동안 흡혈귀에게 독약이나 다름없는 죽은 피에 절은 총알이 몸에 박힐 때마다 겸의 정신은 점점 몽롱해졌다.

그래서였다. 그래서 겸은 이 위기를 극복할 수 없었다. 그냥 내버려 두기만 해도 저절로 회복이 될 텐데…… 인간들은 겸이 회복되길 바라지 않는 듯 이렇게 뙤약볕 아래 버려두었다. 심지어 하늘엔 구름 한 점 없었다. 채화의 눈에서 흐르는 눈물도 햇볕만큼이나 뜨거웠다.

"보십시오! 햇빛에 타 들어가지 않습니까? 냉혈인이라는 증거입니다!"

사신이 외쳤다. 도열해 있던 신료 중 하나가 반박했다.

"간밤에 무슨 약을 먹인 걸지도 모르지요!"

사신은 품에서 칼을 빼 들었다.

"잘 보십시오!"

그가 겁 없이 겸에게 다가갔다. 만약의 경우를 대비해서인지 산탄총을 든 병사가 뒤를 따랐다. 사신은 망설임 없이 울긋불긋 엉망으로 타버린 가슴에 칼을 대고 그었다. 은도금한 칼이었다. 겸의 가슴팍에 붉은 상처가 단번에 생겨났다. 겸이 신음했다. 흘러내린 피가 햇빛에 타들어갔다. 동시에 상처가 서서히 아물었다.

"이래도 냉혈인이 아니라 할 겁니까!"

신료들이 소란을 피웠다.

"전하! 저자는 간밤에 상해를 입히지 않겠다 약조하고 데려갔나이다. 한데 보십시오! 이는 우리 조선을 업신여긴 증거입니다! 본보기를 보이시옵소서!"

사신은 지지 않았다.

"냉혈인은 조선의 백성이 아닙니다! 어찌 이리 눈앞의 명명백백한 증거를 보고도 인정들을 못 하신단 말입니까!"

"서역에는 사람을 기만하는 마술사란 자들이 있다던데 어디서 그런 기술을 배워 온 게 아니오! 냉혈인이라니! 말이 되는 소리를 해야지!"

드디어 사신의 얼굴이 벌게졌다.

"이걸 보라고! 이게 어떻게 속임수야! 아무리 조선이 미개하기로 이걸 어찌 몰라봐!"

사신은 연거푸 겸의 가슴팍에 상처를 만들어냈다. 그때마다 겸이 신음했다. 거듭 반복되는 고통에 급기야 겸은 비명까지 내질렀다.

채화의 눈에서 불꽃이 튀었다. 동시에 앞뒤 재지 않고 뛰어내렸다. 갑자기 벌어진 어이없고 황당한 상황에 사람들은 다들 멍하니 보기만 했다.

평범한 여염집 아낙이었다. 잔뜩 낡고 더러운 무명옷을 걸친 쪽찐 머리의 아낙이 사신을 공격해 칼을 빼앗더니 순식간에 그를 제압했다.

"한 번만 더 그 칼을 휘두르면 네놈 목숨이 달아날 줄 알아라."

채화의 목소리에 살기가 가득했다. 졸지에 채화는 사신을 인질로 삼은 꼴이 되었다.

"저, 저, 저, 뭐하느냐 당장 저년을 잡아라!"

누군가 소리쳤다. 채화는 그제야 상황을 깨달았다. 겸이 내지른 비명에 이성을 잃고 저지른 바보 같은 일이 아닐 수 없었다. 채화는 입술을 깨물었다. 멍청한 년, 속으로 자책해 보았지만 이미 엎질러진 물이었다. 다행히 한 손에는 청나라 사신이, 한 손에는 은도금한 칼이 잡혀 있었다. 자신에게 유리한 것이 또 뭐가 있을까, 사방을 둘러보는데 늙은 대신 몇이 수하들로부터 귀엣말을 건네받는 것이 보였다. 채화는 그 수하들이 과부촌을 습격하고 아기를 죽이려 했던 자들임을 확신했다. 채화는 사신을 깔아 제압한 상태로 고개를 들어 외쳤다.

"조선의 왕실은 은혜를 이런 식으로 갚는가 봅니다!"

어디서 그런 배짱이 솟아났는지 우렁찬 소리였다.

"저, 저, 저년이 무어라 지껄이는 게야!"

정황을 모르는 몇몇 신료들이 삿대질을 하며 소리쳤다. 채화는 아랑곳하지 않았다.

"대군마마의 아기님을 돌려드리러 온 자입니다. 대궐에 아기를 해치려는 자들이 많은 것 같아 몰래 대비마마를 만나러 온 자입니다. 몰래 들어온 것이 죄인 줄은 잘 알고 있으나 어찌 조사도 없이 사람을 이리 막 대한단 말입니까!"

채화의 말에 신료들이 술렁였다. 우는 재빠르게 신료들을 살폈다. 나이 든 공신들의 표정을 읽는 것은 보통 사람들에게 어려운 일이겠으나 우는 오랜 기간 그들을 대해 온 경험 덕분에 크게 동요하고 있다는 걸 쉽게 알 수 있었다.

우가 물었다.

"행방불명된 광안대군의 아이를 네가 데리고 있단 것이냐?"

"예! 그런데 왕실이 이리 무참할 줄은 꿈에도 몰랐습니다! 아이를 구한 탓에 죽어야 했던 마을 사람들이 원통하여 무덤에서 일어날 것입니다!"

"네 이년! 감히 뉘 앞이라고 입을 함부로 놀리는 게야! 네가 데리고 있는 그 아이가 대군마마의 아기씨라고 누가 그러더냐!"

우가 방금 소리친 신료를 매섭게 쏘아보았다. 임금의 시선을 느낀 그가 얼른 자세를 낮췄다. 다시 시선을 돌린 우가 조용조용 물었다.

"그래. 그 아이가 광안대군의 아이임을 우리가 확신할 수 있는 증거가 있느냐?"

"광안대군께서는 이런 일이 있을 것을 미리 알고 계셨던 듯하더이다."

"그게 무슨 소리일꼬?"

"아이의 몸에 증거를 남겨두셨으니 드리는 말씀입니다."

우는 깊은 생각에 빠져들었다. 임금이 그럴 때 괜히 분란을 일으키면 불호령이 떨어진다는 걸 모두가 알고 있었기에 감히 그 누구도 끼어들지 않았다.

우로서는 생각지도 못한 수확이었다. 저 여인만 있으면 광안대군의 일을 빌미로 공신들을 모두 몰아낼 수도 있지 않을까? 길이 보이지 않던 일이었는데 어렴풋이 손에 잡힐 듯 말 듯 뭔가가 보이기 시작했다.

우가 빙그레 웃으며 물었다.

"아기를 해치려 한 자들을 보았느냐?"

"예."

단호한 채화의 대답을 들은 우가 팔을 들어 병사들을 물렀다. 채화를 겨누고 잔뜩 긴장하고 있던 병사들이 고개를 숙이며 원래의 자리들로 돌아갔다. 살살 눈치를 본 채화가 몸을 일으켰다.

"청나라의 사신이다. 그만 놓아주도록 하여라."

"저는 죽기 싫습니다."

"내가 보는 앞에서 너를 죽이려 시도하는 자는 없을 것이다."

우는 마치 들으라는 듯 휘 둘러보며 힘주어 말했다. 모두가 그 말에 머리를 조아렸다. 채화는 머뭇거리다 사신을 놓아주었다. 청나라 병사가 얼른 뛰어와 사신을 부축해 갔다.

"그 칼잡이들의 얼굴을 기억하느냐?"

"또렷이 기억하옵니다."

우가 미소 지었다. 공신들의 얼굴에 또다시 동요가 스쳐 갔다.

"그자들이 이 자리에 있느냐?"

공신들이 일제히 우를 바라보았다. 잔뜩 긴장한 표정들이었다. 채화가 대답했다.

"네."

"나머지도 보면 알아낼 수 있느냐?"

"저보다 이자의 눈이 더 정확할 겁니다."

채화는 겸을 가리켰다. 무슨 이유를 대서라도 겸을 살리고 싶었다. 솔직히 채화는 몇몇은 몰라도 스무 명을 모두 기억하는 건 무리였다.

겸을 가리키며 다시 바라보게 된 채화의 눈에 눈물이 차올랐다. 여전히 눈 뜨고 볼 수 없을 지경이었다. 채화는 입술을 깨물며 참았다. 이 상황에서 울음을 터뜨려 모든 것을 망치고 싶지 않았다.

가늘게 실눈을 뜨고 있던 겸의 얼굴이 일그러졌다. 채화를 알아본 그가 본능적으로 아무렇지 않은 척, 미소를 지으려 노력한 결과였다. 결국, 채화는 눈물을 막지 못했다.

우는 채화의 눈물을 똑똑히 보았다. 채화와 겸이 주고받은 시선 또한 심상치 않음을 충분히 알 수 있었다. 우는 얼굴에 떠오르는 미소를 막지 못했다. 호박이 넝쿨째 굴러 들어올 줄이야…….눈앞의 저 여인만 잘 회유한다면 냉혈인을 수하로 얻게 되는 건 시간문제인 것처럼 보였다. 그들이 가진 놀라운 능력을 생각해 본다면……. 청나라의 원병 문제는 어느덧 다음 문제로 밀려나 있었다.

"그래. 아이의 몸에 남겨놓았다던 증거가 무엇일꼬?"

우의 목소리는 인자했다. 공신들은 이제 당혹감을 감추려는 시도조차 하지 않았다. 얼른 눈물을 닦아낸 채화가 다시 임금에게로 몸을 돌렸다.

"그것은 임금님께서 말씀해 주셔야겠습니다."

우가 빙그레 웃으며 되물었다.

"어째서?"

"그것을 모르신다는 것은 광안대군께옵서 믿지 않으셨다는 증거, 아기님 또한 맡기길 원하지 않으실 테니까요."

채화는 단호했다. 우는 그 배짱이 마음에 들었다. 여인이 아니었다면 얼마나 좋았을꼬……. 자신이 광안대군이 남겨놓은 증거를 모른다는 건 다음 문제였다.

우가 근엄하게 나무랐다.

"어서 말하라. 이것은 왕명이다."

채화는 잠시 고민했다. 임금과 공신들의 대립은 어차피 명명백백한 일이었다. 하지만 과거, 임금이 공신들에게 휘둘렸던 것 또한 사실이었다. 공신들의 눈치를 보느라 아기를 보호해 주지 못한다면 어쩐단 말인가?

채화는 입술을 깨물었다. 만약 자신의 추측이 맞는다면 아기는 절대로 넘겨줄 수 없었다. 겸도 겸이지만 아기 또한 소중한 생명이었다.

이 기회를 넘길 공신들이 아니었다.

"전하, 거짓이 들통날까 싶어 입을 다문 것 보십시오. 이것은 필시……."

"내가 대답해도 되겠습니까. 주상?"

모두의 시선이 일제히 소리가 난 쪽으로 돌아갔다. 그곳에 백발이 성성한 대비가 서 있었다. 우 또한 자리에서 일어나 정중히 허리를 숙였다.

"어찌 이곳까지 오셨나이까? 어마마마께서 보실 만한 것이 못 되옵니다."

대비는 아무렇지 않다는 듯 겸을 바라보았다. 나이는 허투루 먹은 게 아닌 듯 눈썹 하나 꿈쩍하지 않았다.

"이 나이가 되어 놀랄 만한 게 무에 있다고……."

대비는 천천히 걸어 채화에게 다가갔다.

"위, 위험하옵니다. 대비마마!"

신료들이 만류했다. 그러나 대비는 거리낌이 없었다. 채화 앞에 선 대비가 빙긋이 웃었다.

"저들이 듣길 원하지 않는걸 보면 진정으로 아이의 안위를 위하는 모양이구나. 기특한지고."

채화는 아무 대답도 하지 않았다. 딱히 그런 칭찬을 듣고자 한 행동이 아니었다.

"그럼 이 늙은이가 대답해도 될까?"

채화는 고개를 끄덕였다. '저, 저, 저, 저런 버릇없는 년을 보았나!' 따위의 소리들이 사방에서 쏟아졌다.

대비가 한 발자국 더 다가와 작게 속삭였다.

"아이의 왼 다리 허벅지 안쪽, 자라 그림이 맞느냐?"

이번에도 채화는 고개만 끄덕였다. 대비가 빙그레 웃으며 몸을 돌렸다.

"맞다는군요. 주상, 이제 어찌하시겠습니까?"

우 또한 빙그레 웃었다.

"왕실의 은인을 이리 대할 수는 없지요. 여봐라! 당장 저자를 풀어주고 치료하도록 하여라!"

"명 받들겠나이다!"

우렁찬 외침이 뜰을 가득 채웠다. 대비와 임금이 만족한 미소를 머금었다. 채화 또한 안도하며 눈물을 흘렸다. 청나라 사신 홀로 발악했지만 이제 그에게 신경 쓰는 이는 아무도 없었다.

이부자리 위에 얌전히 누운 겸의 몰골은 참담해서 차마 볼 수 없을 지경이었다. 채화는 쿵쿵 가슴을 때리며 눈물 흘렸다. 심장이 터질 것만 같았다. 바보처럼 왜 이리되었는지 깨어나면 머리통이라도 휘갈기고 싶은 심정이었다. 그러자면 겸이 어서 깨어날 수 있도록 할 수 있는 걸 해야 했다.

벌떡 일어난 채화가 장지문을 열었다. 복도에 서 있던 나인 하나가 화들짝 놀랐다. 왕명을 받고 채화를 돕기 위해 배정된 나인이었다.

"검은 휘장이 필요합니다."

"휘, 휘장이요? 알겠습니다!"

나인이 쏜살같이 달려 나갔다.

"저기요!"

당황한 채화가 나인을 불러보았지만 그녀는 이미 모퉁이를 지나 모습을 감춰 버리고 말았다. 휘장이 어디에 얼마나 필요한지는 알고 가야 할 것이 아닌가? 잠시 멍한 얼굴로 서 있던 채화는 알아서 가져오려나 보다 싶어 다시 방으로 들었다.

겸은 놀랍게도 그 잠깐 사이 훨씬 좋아져 있었다. 흡혈귀의 놀라운 회복력이 새삼 반가워지는 순간이었다. 채화는 휘장이 오기 전, 임시방편으로 병풍을 옮겨 창문에서 들이치는 햇살을 막았다. 그러고도 안심이 되질 않아 겸이 누워 있는 이부자리를 끌어 구석 자리로 옮겨놓았다.

채화는 문갑 위에 놓여 있던 부채를 가져와 겸을 향해 부쳤다. 열기나마 가라앉혀 고통을 덜어주고 싶은 간절한 마음에서였다.

문밖에서 헛기침 소리가 들려왔다. 무슨 일인가 싶어 문을 열어보았다. 나이 지긋한 신료가 서 있었다. 뒤를 따르는 자로 미루어 보니 어의인 모양이었다. 흡혈귀를 치료할 수 있을 리 없건만, 전혀 도움이 안 된다는 걸 알면서도 누군가 겸을 위해 준단 사실에 마음의 무게가 조금 덜어졌다. 채화가 얼른 옆으로 비켜 섰다.

겸이 쿨럭이더니 피를 토했다. 어의가 얼른 겸의 몸을 옆으로 돌렸다. 따르던 의녀는 황급히 세숫대야를 가져다 댔다. 겸은 연신 쿨럭이며 피를 한참이나 뱉어내더니 다시 조용해졌다. 채화가 눈물이 그렁한 얼굴로 겸의 얼굴을 닦아냈다.

어의가 부드럽게 물었다.

"냉혈인에 대해 아는 것이 있소?"

채화는 순간 자신 또한 아는 게 그다지 많지 않다는 걸 알았다.

"······그리 많이 알지는 못합니다."

대답하면서 또 눈물이 나올 뻔했다. 어의는 아무 감정 없는 얼굴로 말을 이었다.

"조금이라도 괜찮으니 말해주시겠소?"

채화는 꿋꿋하게 눈물을 참아내고 자신이 아는 몇 가지 사소한 사실들을 말해주었다. 피를 마신다는 것, 체온이 낮다는 것, 그러나 피는 붉다는 것, 회복력이 빠르다는 것, 겨울 볕은 버틸 만하나 여름 볕은 아니라는 것까지······.

"제가 아는 것은 이것뿐입니다."

어의가 고개를 끄덕였다. 그가 의녀를 손짓해 겸이 토해낸 피를 받아낸 세숫대야를 가져오게 했다. 기분이 나쁘도록 검붉은 피였다. 기다란 침 하나를 들어 휘휘 젓자 자잘한 은구슬들이 이리저리 눈에 띄었다. 은구슬은 모두 거무튀튀하게 변한 상태였다. 침 또한 금세 검게 물들어 갔다.

"약불명현(藥弗暝眩) 궐질불추(厥疾弗瘳)라."

"명현 반응이란 말씀이십니까?"

어의가 슬쩍 채화를 비라보았다. 그런 걸 아는 게 신기한 모양이었다. 그러나 이내 시선을 돌리며 다시 근엄하게 말했다.

"지난밤, 산탄총이란 것으로 작은 은구슬을 쏘아 쓰러뜨렸다고 들었소. 상처가 금방 아물어 버리는 바람에 구슬들이 체내에 갇혔다더군. 자세히는 모르나 그 때문에 중독 증상을 보였다고 하더이다. 그걸 뱉어내는 게 아닌가 싶어 하는 말이오."

명현 반응, 중독 증상, 그렇다면 지금 토해내는 것은 그를 뱉어내기 위한 자정작용이란 말인가? 채화는 감격했다. 주책 맞게 또 눈물이 주룩 흘러내렸다. 얼른 눈물을 닦아내고 넙죽 엎드렸다.

"감사합니다!"

뭐 해준 게 없는데도 채화는 연신 고맙다며 거듭거듭 감사를 했다. 어의는 그것이 민망한 듯 얼른 자리에서 일어나며 화상 치료에 대한 몇 가지 처치들을 일러주었다. 그러나 이내 겸을 흘깃 바라보고는 민망한 웃음을 지었다.

"그러나 필요가 없을 듯하군. 그냥 지켜만 보면 될 듯하오."

채화도 겸을 바라보았다. 이제 화상 자국은 거의 남아 있지 않았다. 자꾸 울어 퉁퉁 부은 채화의 얼굴 위로 미소가 떠올랐다.

"그럼 나는 내일 다시 오리다."

어의는 흠흠 헛기침을 하곤 처소를 떠났다. 채화는 연신 고맙다고 허리를 숙였다. 어의가 돌아간 후 다시 부채질을 시작하며 겸을 바라보았다. 화상이 다 나아 잘생긴 얼굴로 돌아와 있었다. 지극히 당연한 사실이라는 걸 알면서도 어찌나 좋은지 눈물이 나면서도 배시시 웃음이 났다. 내일이면 일어날 거라고, 틀림없이 일어나 환하게 웃어줄 거라고 채화는 굳게 믿었다.

그때까지도 휘장을 가지러 간 나인은 돌아오지 않았다.

슬슬 채화는 걱정이 되었다. 장지문을 열고 이따금 바깥을 살피기도 했다. 초조함에 복도를 지나 뜰까지 나가보기도 했다. 그러나 저 멀리 대비전의 나인들만 보일 뿐, 자신의 부탁을 받고 나갔던 나인은 보이지 않았다. 채화는 이상하단 생각을 했지만 딱히 뭔가를 걱정하진 않았다. 잘 익은 감빛 노을이 퍼져 나가고 있었다. 위기를 넘겼으니 저 정도 햇살은 괜찮으리라……. 채화는 겸의 곁으로 돌아갔다.

밤을 꼬박 새웠다. 할 수 있는 것도 없으면서 도저히 잠들 수 없었다. 이따금 겸이 토해내는 피를 받아내고 더러워진 겸의 얼굴을 닦아냈다. 이불이 더러워지는 게 마음에 들지 않았다. 내일 아침, 나인이 돌아오면 새 이불을 달래야겠다고 생각했다.

그러나 아침 해가 다시 떠올라도 나인은 돌아오지 않았다. 왕명을 받은 자가 아니었던가? 어째서 오지 않는 것인지 채화로선 이해할 수 없었다. 아무래도 직접 찾아 나서야 되나 싶어 문을 열었다. 문 앞에 검은 무명이 둘둘 말려 놓여 있었다. 나인은 없었다. 뭔가 당황스러웠다. 하지만 일단 필요한 물건이 왔으니 상관이 없었다.

문을 닫은 채화가 검은 천을 펄럭여 크게 펼쳤다. 펄럭, 노란 종이 몇 장이 떨어졌다. 부적이었다. 팔락팔락 춤을 추던 부적이 겸의 얼굴 위로 떨어졌다. 채화는 난감한 얼굴로 부적을 집어냈다. 이걸 왜 넣었을까? 혹시 나인의 부적이 딸려온 것일까? 채화는 문갑 위에 얌전히 부적들을 올려놓았다.

가위를 찾을 수 없었던 채화는 손과 이로 죽죽 찢어가며 임시방편으로 휘장을 만들었다. 여타 다른 도구가 없는 통에 살짝 문을 열었다 끼우는 방법으로 햇살을 가렸다. 장마철처럼 어둑어둑한 실내를 만들자 뿌듯해졌다.

겸은 여전히 잠들어 있었다. 겉 보기엔 전혀 문제가 없었다. 더는 피도 토해내지 않았다. 채화는 언젠간 깨어나겠지, 희망을 갖고 열심히 겸을 향해 부채질을 했다. 임시 휘장을 거느라 문과 창을 다 닫아버린 통에 바람이 불지 않아 방은 무척 더웠다.

늦은 오후가 되었다. 찜통 같은 방 안에 방치되어 있던 피가 부패되어 가는지 슬슬 묘한 냄새가 났다. 환기도 시킬 수 없는데 그대로 내버려 둘 수 없다고 생각한 채화는 세숫대야를 들고 밖으로 나왔다. 나인은 여전히 없었다. 임금이 명을 내리는 걸 직접 본 채화로서는 이해할 수 없는 일이었으나 뭔가 일이 있겠거니 하여 머리에서 지웠다.

그렇게 처소 밖으로 나왔으나 문제가 있었다.

"이보오."

채화가 대비의 처소를 지키던 나인 중 하나를 슬쩍 불렀다. 무의식중에 고개를 돌린 나인의 얼굴이 사색이 되었다. 채화는 피가 가득 들어 있는 세숫대야 때문인가 싶었다.

"아, 미안해요."

채화는 얼른 풀숲 구석에 대야를 내려놓고 돌아왔다. 나인은 여전히 똥 마려운 강아지처럼 안절부절못하고 있었다.

"뒷간이 어디인지 혹시 알 수 있겠습니까?"

나인은 난감한 표정이 역력했다. 나이 지긋한 상궁 하나가 흘 긋 쳐다보더니 명령했다.

"직접 데려다주고 오너라."

"하, 하오나!"

놀랍게도 나인은 크게 소리쳐 항변했다. 상궁이 '어허!' 하며 꾸짖자 나인은 울상이 되어 앞섰다.

"따라오시게."

뒷간을 데려다주는 게 그리 싫은 일이란 말인가? 대궐 사람들 은 참 희한하구나, 하며 채화는 얼른 세숫대야를 집어 들고 따랐 다. 나인이 어찌나 빨리 걷는지 세숫대야의 피가 이리저리 튀는 통에 채화의 옷이 온통 피투성이가 되었다.

"저곳이 뒷간이네."

한참을 이리저리 뱅글뱅글 돌아 안내한 나인은 손가락으로 저 멀리 어딘가를 가리켰다. 제법 거리가 있어 정확히 어디를 가리 키는지 알 수 없었으나 나인은 그대로 몸을 돌려 바람처럼 사라 졌다.

"사람 인심하고는……."

채화가 눈살을 찌푸렸다.

나인이 가리켰던 방향의 문을 죄다 열어본 끝에 뒷간을 찾아 낸 채화는 핏물을 부어버렸다. 대야는 비워졌으나 피가 뚝뚝 떨 어졌다. 씻어내고 싶었다. 그러나 마찬가지로 우물이 어디 있는 지 알 리가 없었다. 한결같이 인심 더러운 나인을 연달아 만나고

고래 싸움   195

보니 또 길을 물어볼 생각에 한숨이 먼저 나왔다. 그래도 피를 뚝뚝 흘리는 대야를 그냥 들고 갈 수는 없었다. 채화는 시끄럽게 수다를 떨며 지나가는 나인 둘을 불러 세웠다.

"이보시오."

고개를 돌린 나인 두 사람은 채화를 바라보더니 이내 '히익!' 비명을 지르고 냅다 도망가 버렸다. 채화가 물끄러미 세숫대야를 바라보았다. 별생각 없이 한 손으로 세워서 들고 있었는데 그 때문에 피가 뚝뚝 떨어지고 있었다.

"너 바보냐?"

채화는 한숨을 푹 내쉬며 대야를 똑바로 들어 더는 피가 떨어지지 않게 한 후 바닥의 핏자국을 발로 문질러 지워냈다. 뒷간까지 죽 이어진 핏자국도 모두 문질러 없애 버렸다.

이번엔 상궁이 눈에 띄었다. 채화가 얼른 뛰어가 그를 불렀다.

"이보시오!"

상궁은 채화를 보고 움찔 놀라는 듯싶었으나 아무래도 연륜이 있는 탓인지 도망가진 않았다.

"무, 무슨 일이시오?"

그러나 말을 더듬는 것까지는 어떻게 안 된 모양이었다. 채화는 부러 활짝 웃었다.

"혹시 우물이 어디 있나요?"

다행히 우물가는 근처인 모양이었다. 상궁이 팔을 들어 '저쪽 모퉁이를 돌아가면 있소'라고 말해주었다. 채화는 넙죽 감사를 표하고 우물가로 갔다. 상궁은 채화가 가는 반대 방향으로 서둘러 발을 놀렸다.

우물가에서 할 일을 마친 후에도 같은 일은 반복되었다. 대비는 대체 뒷간을 어떻게 가는 것인지 대비전에서 뒷간까지의 거리는 제법 되었다. 그것도 골목골목 정신없이 지나쳤었다. 가만히 생각해 봐도 도통 기억이 나질 않아 길가는 애기나인을 붙들었다. 어린 나인은 사색이 되더니 줄행랑을 쳤다.

'입성 때문에 그런가?'

자신의 몰골을 살핀 채화는 치마를 이리저리 움직여 최대한 핏자국이 보이지 않게 하고는 오가는 나인 상궁들을 붙들고 물어물어 가까스로 처소에 돌아왔다.

황당한 일은 그곳에서 또 기다리고 있었다.

처소 문에 부적이 덕지덕지 붙어 있었다. 휘장에 딸려왔던 것과 같은 문양이었다. 채화의 얼굴이 험상궂게 일그러졌다.

"여기에 괴물이 있다며?"

"말도 마라. 사람을 잡아먹는 괴물이래!"

"세상에! 구미호야?"

"바보야! 구미호는 간이잖아!"

지나가던 나인들의 수다가 들려왔다. 채화의 얼굴이 벌게졌다.

그러니까 지금껏 채화를 보고 기겁했던 이유가 피 때문이 아니라 겸 때문이었다. 그저 겸을 돌보고 있다는 이유만으로도 그들에겐 공포였던 거다.

화가 났다. 꽉 쥐어진 주먹이 바들바들 떨렸다. 겸이 괴물 취급당한 것이 너무 화가 났다. 겸이 얼마나 다정한데, 겸이 얼마나 착한데, 알지도 못하면서…….

"진정하자⋯⋯."

채화는 크게 심호흡했다. 당장 급한 것은 겸이 깨어나는 것이
었다. 홀로 겸을 데리고 돌아갈 수도 없을 뿐더러 어의라도 있는
이곳이 채화로선 훨씬 나은 선택이었다. 한참을 어깨까지 들썩이
며 마음을 다스린 끝에 가까스로 진정할 수 있었다.

차분해진 채화는 장지문이 상하지 않게 조심하며 부적을 모조
리 떼어냈다. 다행히 방 안에는 아무것도 없었다. 쓴웃음이 나왔
다. 겸이 누워 있는 방문을 차마 열 수가 없었던 거겠지. 또 화가
나려는 걸 간신히 참았다.

"밥이오!"

누군가 내지르는 소리 뒤로 후다닥 도망가는 발소리가 이어졌
다. 채화는 입술을 질끈 깨물고 문을 열었다. 채화를 위해 준비
된 식사가 곱디고운 조각보에 덮여 있었다. 꼬박 하루를 굶은 터
라 배고팠던 채화는 군말 없이 주저앉아 식사를 시작했다.

밥 한 술을 크게 떴다. 채화로서는 보기 힘든 흰쌀밥이었다.
문득 옛날 일이 생각났다. 시어머니는 오랫동안 사용하지 않아
엉망진창인 별당에 채화를 가두곤 밥 한 끼 제대로 주지 않았었
다. 그런데 가끔 들어오는 그 밥상이 흰쌀밥에 고깃국이었다. 번
듯하게 잘사는 양반가라 흰쌀밥과 고깃국이 없는 밥상은 아예
생각지도 못하는 모양이었다. 어차피 같은 값인데 찬 없는 보리
밥이나마 끼니마다 주면 좋으련만, 하는 생각을 했었더랬다. 설
움이 밀려왔다. 아무래도 궁인들에게 이런 대접을 받고 보니 비
슷했던 경험이 떠오른 모양이었다.

채화는 세차게 머리를 흔들곤 씩씩하게 밥그릇을 싹싹 비워냈

다. 반찬도 남김없이 다 먹어버렸다. 마지막으로 숭늉을 들었다. 그릇을 드는 순간 바닥에 가라앉아 있던 뭔가가 떠올랐다. 검고 얇은, 뭔가 재 같은 것이 있었다. 부뚜막에서 태워 먹은 뭔가가 날려 들어갔나 하는 생각을 했으나 실수로 들어갔다기엔 너무 많았다. 숟가락으로 휘휘 저어보았다. 채 타다만 조각 하나가 보였다. 노란색이었다.

채화는 요란한 소리가 나도록 숭늉 그릇을 내려놓았다.

"이 사람들이 진짜!"

부적을 태워 그 재를 섞은 숭늉이었다. 간신히 가라앉힌 화가 불같이 치밀었다. 채화는 밥상을 들고 처소 밖으로 나섰다. 뭔가 그리 무서운지 건물 안에도 못 들어오고 밖에서 안절부절못하고 있던 나인이 채화를 보더니 움찔 놀랐다.

"너!"

채화가 득달같이 달려들었다. 나인은 그 기세에 눌려 꼼짝도 하지 못했다.

"이거 네 짓이야?"

나인이라면 아무리 어리다 해도 품계를 받은 궁중 여인이다. 품계는커녕 이제 양반조차 아닌 채화는 당연히 존대를 해야 했다. 그러나 채화는 말을 높여줄 기분이 아니었다. 난폭하게 밥상을 내려놓은 채화는 숭늉 그릇을 들어 나인의 코앞에 내밀었다. 나인은 이렇다 할 저항 한 번 하지 않고 금방이라도 울 것 같은 얼굴로 고개를 흔들었다.

"그래? 그럼 누가 한 건데?"

"모, 모릅니다요……."

채화의 서슬에 나인이 도리어 말을 높이고 있었다.

"그으래애?"

채화는 잔뜩 심술이 났다.

"한 번만 더 이딴 거 들여오면 콱 잡아먹을 테니 그리 알아! 알았어?"

나인은 고개가 떨어져 나가라 끄덕였다.

"그럼 냉큼 밥상이나 치워!"

나인은 밥상을 들고 줄행랑쳤다.

채화는 잠시 속이 시원함을 느꼈다. 통쾌함에 취해 개선장군처럼 성큼성큼 복도를 지나 겸이 있는 방문을 열려는데 훌쩍이는 소리가 들렸다. 슬그머니 까치발을 하고 작은 창문 너머를 살펴보았다. 저 멀리에 나인 둘이 서 있었다. 한 명은 울고 한 명은 위로해 주고 있었다. 울고 있는 나인 곁에 자신이 먹은 밥상이 놓여 있었다. 통쾌함은 사라지고 미안함이 찾아왔다. 채화는 침울한 얼굴로 방문을 열었다. 겸은 여전히 자고 있었다.

"언제 일어날래?"

털썩, 겸의 옆에 주저앉았다. 말끔한 얼굴의 겸은 피가 튄 이불만 제외한다면 자는 것처럼 보일 지경이었다. 흡혈귀도 잠을 자던가? 그러고 보면 한 번도 겸이 자는 모습을 본 적이 없었다.

어린아이들은 잠을 잘 때가 가장 예쁘다더니…….

"얼굴 야윈 것 좀 봐."

겸의 볼이 홀쭉했다. 채화가 겸의 뺨을 쓰다듬었다. 까칠하니 푸석푸석했다. 뭔가 이상했다. 아침나절만 해도 이렇게 푸석하지가 않았다. 곰곰이 생각해 보니 그때는 이리 비쩍 말라 있지도 않았다.

그것을 깨달은 순간, 마치 채화를 놀리기라도 하듯 겸이 말라 들었다.

"겸아!"

채화가 사색이 되어 소리쳤다. 동시에 문밖에서 헛기침 소리가 들렸다. 채화가 얼른 문을 열었다. 나인이 없는 통에 이러지도 저러지도 못하고 있던 어의였다. 채화가 냉큼 어의의 손을 잡아끌었다. 어의는 당황한 기색이 역력했다.

"이것 좀 보십시오. 대체 왜 이런 것입니까?"

겸의 얼굴을 보고 이불까지 들쳐 본 어의는 의녀를 불렀다. 다소곳이 다가온 의녀는 새하얀 사기그릇의 뚜껑을 열었다. 그 안에 들어 있는 것은 붉은 피였다.

"이, 이게 무엇입니까?"

"선지요."

"이것을 왜……."

"주상전하께옵서 사신을 닦달하시어 이것저것 알아내셨소. 피가 많이 필요할 거라 하더군. 하지만 당장 구할 수 있는 게 선지뿐이라 가져왔소."

"피가 많이 필요하다고요?"

"흡혈귀의 생명은 체내의 피에 있다더군. 그들이 힘을 쓸 때나 회복을 할 때 피가 사용된다고 하더이다."

"그럼……."

채화의 얼굴이 창백해졌다. 어의가 고개를 끄덕였다.

"내부의 상처를 치료하는 데 피가 모자라서 말라가는 게요."

어의의 말이 끝나기 무섭게 채화가 선지 그릇을 빼앗았다. 겸을 일으켜 자신의 몸에 기대게 한 채화는 이내 숟가락으로 선지의 핏물을 떠서 겸의 입에 대주었다.

"좀 마셔봐."

간절한 음성이었다. 그러나 겸은 옴짝달싹도 하지 않았다. 그저 채화의 눈앞에서 바싹 말라가고 있을 뿐이었다.

"정신 좀 차려보라고!"

겸이 신음했다. 채화는 희망을 가졌다.

"그래, 정신 차리고 이것 좀 먹어봐. 제발!"

겸의 코끝이 움찔거렸다. 피 냄새를 맡는가 싶었다. 입술도 달싹였다. 채화가 냉큼 벌어진 틈으로 숟가락을 들이밀었다. 용케도 꿀꺽하는 소리가 들렸다. 채화는 멈추지 않았다. 연거푸 피를 떠먹였다. 겸은 열에 아홉은 반응하지 않았다. 그러나 채화는 나머지 하나를 위해 계속해서 시도했다.

겸이 제대로 먹지 못하고 흘릴 때마다 채화는 속이 터졌다. 겸은 연신 입술을 움직였고 피를 마시게 될 때마다 신음했다. 분명 뭔가 있을 텐데……. 송곳니가 언뜻 보였다. 채화가 고개를 번쩍 들었다.

"혹시 살아 있는 짐승을 얻을 수는 없을까요?"

어의가 눈살을 찌푸렸다.

"그것은 좀……."

아무리 겸을 보살피라는 왕명을 받은 어의로서도 그것은 좀 꺼려지는 모양이었다.

"이런 식으론 어려워요. 아기들도 숟가락보다는 직접 젖을 빨

때 더 잘 먹잖아요."

"노력은 해보리다. 하지만 구할 수 없다면 선지라도 계속 보내주겠소."

여전히 표정은 떨떠름했다. 그제야 의녀의 표정도 경악에 가깝다는 걸 알았다. 그녀의 시선은 점점 피투성이가 되어가는 겸의 입술에 닿아 있었다.

어의와 의녀가 나갔다. 채화는 겸에게 피를 먹이느라 배웅하지 않았다. 어의는 몇 번 더 선지를 보내왔다. 채화는 화가 났다. 간단한 방법이 있는데 왜 굳이…….

겸은 차도가 없었다. 자꾸만 말라갔다. 먹지 못하고 흘린 피에 이불이 피투성이가 되고 있었지만 이제 거기엔 아무 관심이 없었다. 채화의 머리엔 온통 살아 있는 닭이나 개 혹은 돼지를 구할 생각뿐이었다.

꿋꿋하게 선지 몇 그릇을 다 먹인 채화는 조심스레 겸을 내려놓고 벌떡 일어났다. 피투성이가 된 몰골이 신경 쓰였으나 갈아입을 옷이 없었다. 채화는 냉큼 저고리와 치마를 뒤집어 입었다. 꼴이 말이 아니었지만 피투성이일 때보단 훨씬 나았다. 채화는 처소 밖으로 나갔다. 나인은 없었다. 대비전 쪽을 살펴보았다. 대비가 출타 중인지 두 사람이 입구에 서 있을 뿐 아무도 없었다.

"이보시오."

채화는 조심스럽게 다가갔다. 두 나인은 눈에 띄게 몸을 떨었다. 채화는 최대한 미소를 지으려 노력했다.

"혹시 어디서 닭 한 마리 얻을 수 없겠습니까?"

채화는 불같이 요동치는 마음을 억누르고 정중히 요청했다. 나인 중 하나가 더듬더듬 입을 열었다.

"우, 우리는 이 자리를 떠날 수 없소!"

순간 말이 되는 소리를 하라고, 니들은 뒷간도 안 가느냐는 소리가 튀어나올 뻔했다. 채화는 간신히 감정을 감췄다.

"그럼 혹시 어디서 구할 수 있는지 아십니까?"

"그걸 우리가 어찌 아오!"

그래도 제법 나이가 있어서 그런가 두려워하는 기색이 역력하면서도 나인은 또랑또랑 할 말을 다 했다. 채화는 멱살을 잡고 흔들어서 협박하고 싶었다. 그러나 대비전의 나인이었다. 괜히 대비마마를 건드려 좋을 건 없었다. 채화는 하하, 억지웃음을 지으며 물러 나왔다.

"저 여자, 홍단이를 잡아먹겠다고 했다며?"

"여자는 구미혼가 봐!"

"당장에 요절을 내야 되는 거 아니니? 대궐에 왜 저런 요사스러운 걸……"

들으라고 하는 소리인지 두 나인의 수다가 들려왔다. 채화는 치맛자락을 움켜쥐며 간신히 마음을 다스렸다.

사방을 둘러보아도 개미 새끼 한 마리 보이지 않았다. 이리저리 찾아다녀 볼까 했지만 또 길을 잃고 괴물 취급 받아가며 돌아오고 싶지 않았다. 자신이 자리를 비운 사이 누군가 겸에게 해코지를 할지 모른다는 것도 두려웠다. 나인을 협박했던 자신의 행동이 후회스러웠다. 괜히 구미호가 되는 바람에 자칫하면 겸까지 해를 입게 생겼다.

방에 돌아온 채화는 겸을 보고 울컥했다. 선지를 마시고 조금 돌아오는가 싶었던 겸은 다시 바싹 말라 있었다. 인간이 피죽도 못 먹고 내도록 굶은 몰골이었다.

피…… 살아 있는 짐승의 피…….

방 안을 분주히 서성이던 채화가 딱 멈추어 섰다.

"살아 있는 짐승……."

방 안에도 하나 있다는 걸 깨달았다. 채화는 득달같이 달려 선지 그릇에 남아 있는 덩어리들을 다 먹어버렸다. 역겨웠지만 꾹 참았다.

치마 속에 감추었던 칼을 꺼내 잘 챙긴 채화는 겸을 일으켜 앉혔다. 겸의 뒤에서 그를 감싸듯 안아 앉은 채화는 겸을 자신에게 기대게 한 후 칼을 빼 들었다. 그리고 크게 심호흡을 한 번 한 후, 입술을 깨물며 자신의 손바닥을 그었다. 저절로 신음이 흘렀다. 동시에 손바닥에서 붉은 피가 흘렀다. 채화는 칼을 내려놓고 겸을 한 번 더 보듬어 똑바로 앉히고 피 흘리는 손을 겸의 입에 가져다 댔다. 겸이 움직였다. 코를 움찔움찔거리는가 싶더니 이내 입술이 달싹였다.

"제발……. 제발 겸아……."

채화는 간절한 소망을 담아 자신의 피를 겸의 입안으로 흘려 넣었다. 그래도 겸이 크게 반응을 보여주지 않자 숫제 그 손으로 코와 입을 막고 소리쳤다.

"좀 먹어보라고!"

드디어 겸이 반응을 보였다. 천천히 채화의 피를 빨았다. 채화는 감격했다. 전혀 두렵지 않았다. 상대는 겸이었다. 겸을 두려워

한다는 건 있을 수 없는 일이었다. 천천히 소극적으로 피를 맛보던 겸이 두 눈을 번쩍 떴다. 핏빛 눈동자가 붉게 번뜩였다. 두 손으로 채화의 손을 잡은 그는 젖먹이가 엄마 젖을 빠는 것처럼 온 힘을 다해 빨기 시작했다. 피가 빨려 나가는 걸 느낄 수 있을 정도였다. 채화는 기뻤다. 겸이 정신을 차린 것이 너무 좋아서 자신의 피 따위 아랑곳하지 않았다.

묘하게 기분이 좋았다. 하여 멍하니 지켜보다 보니 세상이 가물해졌다. 그제야 생명의 위협을 느꼈다. 죽음이 두려운 건 아니었다. 자신을 죽였다고 자책할 겸이 걱정되었다. 그러나 겸은 손을 놔줄 생각이 없어 보였다.

"겸아, 잠깐만⋯⋯."

채화가 중얼거렸다. 점점 몸에 힘이 빠졌다. 눈앞이 아득해지기 시작했다. 이러다 정말 죽겠구나 싶었다. 채화는 온 힘을 다해 팔을 빼려 했다. 그러나 흡혈귀의 힘을 이겨낼 수 있을 리 없었다. 그래도 포기하지 않았다. 이러다 팔이 부러지면 어쩌나 싶을 만큼 비틀어보았다. 겸이 움찔거리는 게 느껴졌다. 그러나 더 버틸 수 없을 성싶었다. 이제 앞이 보이지 않을 지경이었다. 채화는 마지막 발악을 해보기로 했다.

"겸아, 그만!"

온 힘을 다해 소리친 채화는 그대로 혼절했다.

겸은 나른함을 느꼈다. 제대로 기억하지도 못하는 가수면 상태의 어린아이가 된 겸은 뜨거운 온천에 드러누워 있었다. 머리부터 발끝까지 물에 담근 겸은 조금씩 자라났다. 몸이 커질수록 정신도 또렷해졌다. 이윽고 때가 되어 몸을 일으켰다. 습하기 짝이 없는 후끈한 대기 속에 꽃향기가 섞여 있었다. 겸은 뭔가에 홀린 듯 두 눈을 감고 꽃향기를 따랐다.

열기가 사라졌다. 습기도 사라졌다. 햇볕이 쨍쨍 내리쬐는데 벌거벗은 몸은 아무 고통도 느끼지 못했다. 겸이 느낄 수 있는 것은 그저 꽃향기뿐이었다.

듣기 좋은 새소리에 눈을 떴다. 눈앞에 꽃밭이 펼쳐져 있었다. 겸을 매혹케 하는 달콤한 향기가 가득했다.

새하얀 꽃 틈에 홀로 붉게 빛나는 꽃이 있었다. 유독 높이 솟아오른 꽃봉오리가 어찌나 크고 탐스러운지 겸은 그 꽃을 갖고 싶었다. 붉은빛이 눈동자에 맺힌 순간 도저히 참을 수 없는 갈증이 솟아났다. 매혹적인 향기 또한 자꾸만 겸을 부추겼다.

겸은 꽃을 향해 달렸다. 그사이 벌어진 꽃봉오리에서 뜨거운 피가 흘러내리기 시작했다. 겸은 정신없이 그 피를 받아 마셨다. 황홀했다. 이토록 달콤한 피는 맛본 적이 없었다. 한 방울도 남김없이 전부 다 마시고 싶었다. 그 욕망이 지나쳐 점점 이성을 잃어 갔다.

"겸아, 그만!"

꽃이 소리쳤다. 겸은 깜짝 놀라 고개를 들었다.

그곳은 꽃밭이 아니었다. 아직도 꿈인가 싶었다. 두 눈을 깜빡여 보았다. 등 뒤에서 열기가 느껴졌다. 태양같이 뜨거운 열기였다. 자신의 손에 뭔가 쥐어져 있는 것도 알았다.

'손?'

잠시 기억이 오락가락했다. 등 뒤의 뜨거운 열기가 자신에게 기대왔다. 달큰한 향기가 훅 겸의 코끝을 스쳤다. 등골이 오싹했다.

"채화!"

벌떡 몸을 일으킨 겸이 홱 뒤돌아 채화를 품에 안았다. 채화의 안색은 파리하다 못해 파랬다. 겸은 경악했다. 모든 기억이 한꺼번에 찾아왔다. 채화의 왼 손바닥을 확인한 순간 자살이라도 하고 싶은 심정이었다.

"무슨 짓을 하신 겁니까!"

버럭 소리를 내지른 겸이 얼른 자신의 엄지손가락에 상처를 내 채화의 손바닥 상처를 봉했다. 채화는 아무 반응을 보이지 않았다. 분명히 숨을 쉬고 있고 심장이 뛰고 있는데 그 기세가 너무 미약했다. 곧 죽어버리면 어쩌나, 심장이 벌렁거렸다. 당장 뭔가를 해야 했다. 겸은 채화를 안고 일어서 창문의 휘장을 걷어버렸다. 햇살이 쏟아졌다. 저절로 신음이 나왔다. 얇은 속적삼 한 겹만으로 막기엔 너무 뜨거운 한낮, 한여름의 태양이었다. 겸은 차갑게 식어가는 채화를 뜨거운 태양이 내리쬐는 자리에 곱게 눕혀놓았다. 그리고 자신은 주춤주춤 뒤로 물러났다.

좀 더 긴장했어야 했다. 조선이라고 위협적인 적이 없을 거라고 너무 방심한 벌을 받고 있다고 생각했다. 하늘이 원망스러웠다. 잘못은 자신이 했는데 어찌 벌은 채화가 받는단 말인가! 태양도 원망스러웠다. 당장 채화를 위해 무언가를 해야 하는데 나갈 수가 없었다. 겨울이기만 했어도……

머리털을 쥐어뜯으며 자괴감에 빠져 있는 겸의 날카로운 귓가에 두런두런 사람 소리가 들려왔다.

"그들을 어찌하실 생각이십니까?"

늙은 여자의 목소리였다. 뒤이어 젊은 남자가 대답했다.

"그 둘을 이용해 공신들을 몰아낼 생각입니다."

여자가 되물었다.

"청나라의 원병 요청은 어찌하실 생각이십니까?"

남자는 아무 대답도 하지 않았다. 한참 기다리던 여자가 말을 이었다.

"공신들의 세력이 과하긴 했습니다. 조선은 왕실과 조정이 균형을 이룰 때에야 비로소 태평성대를 이룰 수 있는 나라입니다. 당연히 균형을 잡아야겠지요. 하여 그 여인이 필요하다는 건 충분히 이해합니다. 하지만 냉혈인은 아닙니다."

"하오나 이미 냉혈인의 존재가 만천하에 드러났습니다. 더는 원병 요청을 막을 방도가 없습니다."

잠시 대화가 멈추었다. 오래지는 않았다.

"룽히는 말입니다. 확실하지 않은 일을 섣불리 보고하거나 하는 위인은 아닙니다. 하여 인정전에서의 일을 아직도 보고하지 않았다고 하더군요."

"그게 무슨 의미이신지요? 설마……, 사신의 전령을 제거하신 겁니까?"

"남의 나라 싸움에 애꿎은 백성들의 피를 바칠 수는 없는 노릇 아닙니까?"

대화는 또 끊어졌다. 이번에는 제법 길었다. 오랜 침묵을 남자가 먼저 깼다.

"하오나 그자의 능력이 탐이 납니다. 요긴하게 쓰일 것입니다."

여자는 기다렸다는 듯 대꾸했다.

"그자는 인간이 아닙니다. 어찌 인간의 일에 인간이 아닌 자의 손을 빌리려 하십니까?"

남자는 말문이 막힌 듯 아무 대답이 없었다. 여자가 쐐기를 박 듯 단호하게 말했다.

"괴물의 손을 빌려 왕실의 존엄을 훼손하지 마세요."

겸이 쓰게 웃었다. 괴물이라……. 아주 오랜만에 듣는 말이었 다.

"인간들이란……."

지금 눈앞에서 다 죽어가는 덕분에 겸의 애간장을 녹이고 있 는 채화 또한 인간이란 사실은 이미 뇌리 밖이었다.

겸은 더는 두 사람의 대화를 듣고 싶지 않아 귀를 닫았다. 당 장 이곳을 빠져나가야 했다. 두 사람의 대화로 미루어 뭔가 좋지 못한 일이 벌어질 것은 불 보듯 뻔했다. 그냥 있다간 자신이 위험 해지는 것은 물론이거니와 괜히 자신 곁에 있는 채화 또한 위험 해질지도 몰랐다.

창밖 하늘은 여전히 파랬다. 채화 또한 그 하늘만큼이나 파랬 다. 저절로 신음이 나올 만큼 다급했지만 차분히 기다리는 것 이 외에 겸이 할 수 있는 것은 없었다.

서서히 노을이 번져 갔다. 새하얀 창호지가 붉게 물들었다. 건 강했다면 충분히 참을 수 있었을 텐데……. 조급함이 커졌다. 그 러나 참아야 했다. 아직 회복도 덜 됐을 뿐더러 자신을 위협할 만한 누군가가 이곳에 있었다. 최대한 은밀하게 나가야 했다. 겸 은 초인적인 인내심을 발휘했다. 인고의 시간이 흐르고 흘러 드 디어 까만 하늘의 새하얀 달이 붉은 눈에 맺혔다. 채화를 조심스럽게 품에 안은 겸은 휙 어둠 속으로 몸을 날렸다.

대궐을 빠져나오는 데는 아무 어려움이 없었다. 그러나 대궐을 빠져나온 직후엔 난감했다. 어디로 가야 할까? 갈 만한 곳이 없었다. 과부촌엔 돌아가 본들 혼자서 무얼 할 수 있을까?

겸이 알고 있으면서 채화와 절친한 사람……. 겸은 돌이 엄마를 떠올렸다. 채화를 안은 채 순라군들의 눈을 피해 겸은 이리저리 골목을 뒤지고 뒤져 돌이 엄마의 집을 찾아냈다.

훌쩍 담을 넘어 마당에 착지했다. 불은 이미 다 꺼진 후였다. 겸은 귀를 세웠다. 새근새근 고른 숨소리가 들려오는 것을 보니 둘 다 잠든 게 틀림없었다. 깨워야 하는데……. 지척에 집들이 많았다. 괜히 소란을 피워 들키고 싶지 않았다. 이리저리 겸이 고민하는 사이 아기 울음소리가 들렸다.

돌이가 깨어난 듯 방에 불이 켜졌다. 이내 아이를 어르는 소리가 들리고 젖을 물리는 그림자가 비쳤다. 툇마루에 다가선 겸이 흠흠 헛기침을 했다. 그림자가 움찔 놀라는 게 느껴졌다.

"과부촌에서 왔습니다."

겸은 최대한 목소리를 낮추었다. 돌이 엄마가 남편을 흔들어 깨워 나가보라고 했다. 문이 열렸다. 부스스한 몰골의 남편이 바깥을 살피더니 화들짝 놀랐다.

"이 밤중에 웬일이오?"

깊은 밤중이건만, 약한 호롱 빛에 의지해 보아도 채화는 당장 죽어갈 몰골이었다. 두 내외가 화들짝 놀라 얼른 뛰쳐나왔다.

"아무리 생각해도 도움을 받을 곳이 생각나지 않았습니다."

겸이 잔뜩 일그러진 얼굴로 대답했다. 그의 몰골 또한 과히 좋지는 않았다. 속적삼만 덜렁 걸치고 있었는데 그마저 피투성이였으니……. 그러나 돌이 엄마와 남편은 거기에는 크게 신경 쓰지 않았다. 두 사람의 눈에 비치는 것은 오직 채화뿐이었다. 겸은 그것이 무척 고마웠다.

어느새 아기는 다시 잠이 들어 있었다. 돌이 엄마는 황급히 마루 건너 작은방 문을 열었다.

"당신은 가서 불이나 때요. 환자한테 냉골은 안 좋아."

남편은 얼른 고개를 끄덕이며 집 옆으로 돌아갔다. 이내 불 냄새가 풍겼다. 작은방에 들어간 돌이 엄마가 얼른 이부자리를 폈다. 뒤따라 들어간 겸이 조심스레 채화를 눕혔다.

"이게 웬일이래요? 마마님들이 아기를 데려가기에 이제 다 끝났구나 싶었는데……."

"그럴 만한 일이 있었습니다."

"아이고! 우리 형님 얼음장이네! 이를 어째!"

돌이 엄마는 금방이라도 떨굴 듯 두 눈에 눈물이 그렁그렁했다. 겸도 채화를 보며 입술을 깨물었다. 태어나 난생처음 자신이 흡혈귀임을 저주했다. 흡혈귀가 아니었다면 채화의 피를 빨아 죽음의 문턱으로 밀어버리지도 않았겠지만 지금 이 순간, 따스한 체온으로 채화를 덥혀줄 수도 있었을 거다. 그러나 자신은 흡혈귀. 그가 할 수 있는 건 멀거니 보는 것뿐이었다.

방이 후끈해졌다. 일을 마친 남편이 돌아와 채화를 이리저리 살피더니 고개를 갸웃거렸다.

"상처가 어디에 있는 거지?"

"무슨 소리예요?"

"아니 옷도 피투성이고 대충 봐도 피를 많이 흘린 몰골인데 상처가 없잖아."

돌이 엄마의 시선이 흘깃 겸을 향했다. 겸은 그 시선이 창검처럼 아파서 얼른 눈을 돌렸다.

"하여튼 내 얼른 의원을 불러오리다."

"이 밤에 가능하겠습니까?"

겸의 목소리는 잔뜩 떨리고 있었다. 돌이 아빠가 씩 웃었다.

"어쩌겠소? 이분이 죽으면 평생 마누라한테 구박받을 텐데 데려와야지."

"고맙습니다."

겸이 넙죽 엎드렸다. 남자는 민망해하며 얼른 방을 빠져나갔다. 사립문까지 남편을 배웅한 돌이 엄마가 돌아와 물었다.

"무슨 일이에요?"

"……제가 상처를 입었습니다. 회복하자면 피가 필요했는데 구할 수 없었던 모양입니다."

대답하는 동안 심장을 후벼 파는 기분이었다.

"형님이 직접 피를 먹였단 거예요?"

겸은 눈살을 찌푸렸다. 채화의 무모함이 원망스러웠다. 그러다 죽을 수도 있었다. 채화를 이렇게 만들고도 회복이 안 된 것을 보면 이성이 없는 상태였을 터, 그렇다면 채화를 죽여서라도 생존하려 했을 텐데…….

등골이 오싹했다.

이제야 무슨 일이 벌어질 뻔했는지 확실히 인식했다.

'내가 채화를 죽일 수도 있었다.'

깨닫기 무섭게 눈물이 흘러내렸다.

"나는 어찌하여 흡혈귀로 태어나서 당신을 이렇게 만들었을까요? 신은 왜 나를 흡혈귀로 태어나게 해놓고 당신을 만나게 했을까요? 차라리 만나질 않았다면 이리될 일도 없었을 것을……."

가슴 절절한 그 말에 돌이 엄마도 눈시울을 붉혔다.

"힘내세요. 아직 숨이 붙어 있잖아요. 분명 살아날 거예요. 형님이 얼마나 강한데요."

겸이 눈물을 닦아내며 씩 웃었다.

"그렇겠죠?"

"예. 그러니까 어서 그 전에 씻고 옷부터 입으셔야겠어요."

겸이 자신을 내려다보았다. 피투성이의 속적삼 차림이었다.

"미안…… 합니다."

돌이 엄마도 여인이다. 얼마나 민망했을까? 돌이 엄마가 씩 웃으며 농을 건넸다.

"형님은 어쨌는지 몰라도 난 달라요. 애까지 낳았는데 기껏 사내 속적삼 차림에? 어림없지. 난 형님이 깨어나서 그 몰골 보고 도로 기절할까 봐 한 말이에요."

겸의 얼굴에 작은 미소가 떠올랐다. 채화는 절대로 그 정도에 기절할 만한 여자가 아니었다. 그러나 돌이 엄마의 마음 씀씀이가 고마웠다. 그래서 얌전히 주는 옷을 받아 들고 안방으로 건너갔다. 문을 닫고 옷을 갈아입으려다 문득 잠든 아기를 보았다. 아이가 홀로 잠들어 있는 방에 흡혈귀를 들여보내는 애 엄마라…….

어쩐지 이 돌이 엄마는 철석같이 믿어도 될 거 같단 생각이 들었다.

돌이 아빠의 닦달에 자다 말고 끌려온 의원은 내내 불퉁한 얼굴이었다. 그러나 정작 채화의 진맥을 해본 후엔 달라졌다.

"피를 많이 흘린 게로군."

"아, 근데 상처가 없……."

호들갑 떨려는 남편을 돌이 엄마가 꼬집어 입을 막았다.

"왜……."

부인은 얼른 손가락을 세워 입술에 댔다. 다행히 의원은 채화의 진맥에 집중하느라 이미 딴 세상에 가 있었다.

진맥을 마친 의원이 침통을 꺼내 들었다. 조선의 의술에 무지한 겸의 눈에는 참 미덥지 않은 상황이 벌어졌다. 여기저기 잔뜩 침을 찔러 넣은 그가 하나하나 침을 빼며 그 끝을 확인하고는 또 여기저기 찔러 넣었다. 한 방울 피도 아까울 판에 무슨 짓을 하고 있는지…….

"딱히 내가 해줄 수 있는 건 없고, 정신을 차리게 해서 잘 먹이는 것밖에 답이 없네."

"잘 먹이라고요?"

"상처가 없어 희한한 일이네만 어디서 피를 많이 흘린 증세야. 다행히 목숨엔 지장이 없어 보이는데……."

겸이 가슴을 쓸어내렸다.

"부작용이 있을 거야."

"부작용이요?"

돌이 엄마가 눈을 크게 뜨고 물었다.

"그러니까 움직임이 부자연스러워진다거나 시력이 좀 떨어진다거나 심할 경우에 몸이 마비가 되기도 하고……."

겸이 득달같이 달려와 의원의 멱살을 잡았다.

"그리되지 않게 하려고 당신을 부른 게 아니오!"

있는 대로 살기를 뿜어냈다. 붉은 눈동자가 번쩍 빛을 발했다. 당사자인 의원은 물론이거니와 돌이 엄마, 아빠도 몸을 움츠렸다. 가까스로 용기를 낸 돌이 엄마가 겸을 달랬다.

"이, 이러지 마시고, 형님을 먼저 살려야죠."

돌이 엄마의 만류에 겸의 기세가 수그러들었다. 그러자 위기를 벗어난 의원은 살기에 억눌렸던 호기심을 드러냈다.

"눈이……."

겸이 의원의 말에 화들짝 놀라 손을 풀었다. 그러고는 얼른 기지를 발휘했다.

"외가의 먼 친척분이 색목인입니다."

"색목인?"

"예."

겸을 위아래로 훑어본 의원은 고개를 갸웃했지만 이내 수긍한 듯 다시 돌이 엄마를 보고 말했다.

"제일 좋은 건 소의 생간인데……."

잠시 집을 훑어본 의원이 혀를 찼다. 아무리 봐도 소의 생간은 고사하고 약 한 첩 구하기 어려워 보였다.

"그나마 구하기 쉬운 건 시금치, 그리고 좀 여력이 되거들랑 삼백초 달인 물을 수시로 마시게 하고 인삼도 좋긴 한데 굳이 해먹일 필요는 없고."

"잘 먹고 푹 쉬면서 몸을 보하면 된다. 이 말씀이시죠?"

돌이 엄마가 재차 확인했다. 의원이 고개를 끄덕였다. 돌이 엄마가 연거푸 허리를 숙여댔다.

"아이고 감사합니다. 이제 우리 형님은 살았습니다."

"내가 한 게 뭐 있다고……."

의원은 민망한 듯 씩 웃었다. 돌이 아빠도 그제야 현실적인 문제를 떠올렸다.

"치료비는……."

한 번 더 집을 훑어본 의원이 웃으며 말했다.

"그냥 나무나 한 짐 해다 주시게."

"아이고, 감사합니다."

아낙은 연신 허리를 굽실거리며 문밖까지 의원을 배웅했다. 남편은 등 하나를 챙겨 들고 의원을 따라갔다.

한시름 덜은 겸은 바로 사냥을 나갔다. 흡혈귀의 존재를 들킬지도 몰라 최대한 죽이지 않으며 흡혈을 했던 과거는 잠시 잊기로 했다. 대궐에서 들었던 두 사람의 대화가 떠올랐다. 조만간 큰일이 생길지도 몰랐다. 그전에 체력을 회복해야 했다.

겸은 온 산을 뒤졌다. 그리고 만족할 만한 짐승을 찾아냈다. 거대한 덩치의 호랑이였다. 채화를 위해 잡았던 대호에 비하면 작았지만 이만하면 훌륭했다. 눈을 빛낸 겸이 먼저 몸을 날렸다. 호랑이는 불시의 기습에 속절없이 쓰러졌다. 겸은 호랑이의 동맥을 찾아 이를 박아 넣었다. 겸의 손에 들린 호랑이의 버둥거림이 잦아들었다. 온 힘을 다해 한 방울도 남김없이 빨아먹은 겸이 고개를 들었다. 아직도 부족했다. 새삼 채화가 살아난 게 기적임을 깨달았다. 이 정도로 심각한 상태였는데 채화를 죽이지 않다니……. 겸은 하늘이 도왔다고 생각했다.

이윽고 두 마리의 호랑이를 더 해치운 겸은 한 마리를 챙겨 들고 과부촌으로 갔다. 어느덧 해가 떠올라 있었다. 채화의 집에 들러 바랑 속 약을 꺼내 꼼꼼하게 발랐다. 그리고 채화가 있는 집으로 향했다.

휙휙 달리고 싶은 마음은 굴뚝이었다. 그러나 이제 사람들이 돌아다니고 있었기에 그럴 수 없었다. 겸은 자꾸만 빨라지는 다리를 부여잡았다. 길을 걷는 내내 호랑이 때문에 시선이 쏠리는 게 신경 쓰였다.

"에구머니나!"

겸이 내려놓은 호랑이를 보고 돌이 엄마가 혼비백산했다. 호랑이의 머리는 아직도 살아 있는 것처럼 무시무시해 보였다.

"이게 웬 호랑이요?"

"돈이 필요할 듯하여 잡아왔습니다."

"세상에······."

부부가 존경스러운 얼굴로 겸을 바라보았다. 조상 중 색목인이 있다는 핑계가 제법 그럴듯했는지 돌이 아빠는 붉은 눈에 아무 감흥이 없어 보였다.

"호피 하나면······."

돌이 아빠의 손이 부들부들 떨렸다.

"전 필요 없습니다. 아무래도 병자를 살리자면 돈이 많이 들 듯하여······."

"그래도 이거 너무 많이······."

"남는 건 좋을 대로 하셔도 됩니다. 전 상관없습니다."

"아이고, 아무리 스님이셔도 그렇지 이리 비싼 걸······."

돌이 아빠는 은근 좋아하는 눈치였다. 돌이 엄마가 사정없이 옆구리를 꼬집었지만 택도 없었다. 돌이 엄마가 미안한 듯 입을 열었다.

"일단 이걸로 형님부터 살리고 남은 건 그때 가서 생각해 보는 걸로 해요."

"좋을 대로 하십시오. 그리고 저는 잠시 헛간을 빌렸으면 합니다."

어느덧 해가 중천이었다. 애기가 있는 안방도, 채화가 누워 있는 작은방도 자신이 있으면 거치적거릴 게 뻔했다. 돌이 아빠가 얼른 손사래를 쳤다.

"아이고, 어찌 손님을 헛간에……."

"아닙니다. 저는 도움을 받아야 하는 처지의 객이 아닙니까? 헛간도 괜찮습니다."

돌이 엄마는 굳이 말리려 하지 않았다. 슬쩍 하늘을 쳐다보는 걸 보니 햇빛에 대해 그녀도 아는 게 분명했다.

"따라오세요."

돌이 엄마가 앞서고 겸이 그 뒤를 따랐다. 헛간에 들어간 돌이 엄마가 이것저것 물건을 치워 놓자 겸은 얼른 고마움을 표하곤 자리를 잡았다. 그리고 마음을 놓기 무섭게 잠이 들었다. 죽은 듯 잠들었던 겸이 다시 깨어났을 때, 그는 몰라 보게 몸이 좋아진 것을 느꼈다. 다 세 마리나 되는 호랑이를 잡아먹은 덕분이었다.

5장
갈등의 의미

채화는 여전히 소식이 없었다. 밤이 되어 쉬러 들어간 부부를 대신해 겸이 채화의 곁에 자리를 잡았다. 호피를 팔아 돈을 마련했으나 깨어나지 않으니 소용이 없었다. 전해 들은바, 하루 종일 먹인 거라곤 미음 약간이 전부라고 했다.

겸은 석상처럼 채화의 앞에 앉아 있는 것밖에 할 수 있는 게 없었다.

시간이 자꾸만 흘러갔다. 설마 이대로 날이 밝는 건 아니겠지, 설마 날이 밝을 때까지 깨어나지 않는 건 아니겠지……. 겸은 조마조마했다. 팔을 뻗어 채화의 뺨을 쓸어보았다. 늘 태양처럼 뜨거웠었는데 지금은 그렇지 않았다. 울컥 눈물이 날 뻔했다. 겸은 푹 고개를 숙였다. 소리 없이 흐느꼈다. 툭툭 눈물이 떨어졌다.

"겸아……."

겸이 씁쓸하게 웃었다. 이제 하다 하다 환청까지……

"뭐…… 해……?"

깜짝 놀란 겸이 고개를 들었다. 파리한 얼굴의 채화가 자신을 바라보고 있었다.

"채화!"

겸이 바짝 다가가 앉았다.

"누님…… 이라고 하랬지…… 버릇없게…….”

채화가 힘없이 웃었다. 겸의 얼굴에 미소가 떠올랐다. 동시에 굵은 눈물도 같이 떨어졌다.

"울다가 웃으면…….”

채화는 말을 잇지 못했다. 겸이 와락 채화를 끌어안았다.

"어찌 그리 무모하십니까? 어찌 그리 목숨을 귀하게 여기지 않으십니까? 그러다 죽으면 어쩌려고 하셨습니까? 나 같은 거 그냥 죽게 내버려 두지 왜 그러셨습니까? 당신을 죽이고 내가 온전한 정신으로 살아갈 수 있을 거라 여겼습니까?"

겸의 서늘한 품에 안긴 채화의 눈에도 눈물이 고였다.

"미안…… 해."

"미안해도 쌉니다!"

"나도 어쩔 수 없었어."

겸이 품 안의 채화를 내려다보았다. 채화의 검은 눈을 똑바로 바라보며 겸이 말을 이었다.

"어쩔 수 없을 것은 또 뭡니까? 나는 흡혈귀입니다. 인간을 잡아먹는 괴물이란 말입니다!"

채화의 얼굴이 구겨졌다.

"그렇게 말하지 마. 너는 괴물도 아니고 내 생명과 맞바꿀 가치가 있어."

"내게는 당신의 목숨이 더 중합니다!"

채화가 쓰게 웃었다.

"네가 죽고 없어진 이 세상을 나는 온전히 살아갈 수 있을 거 같니?"

겸이 멍한 표정을 지었다. 채화가 얼굴을 붉혔다. 겸이 되물었다. 여전히 어리둥절한 모양이었다.

"그게…… 무슨 말입니까?"

"두 번은 말 안 할래."

겸은 여전히 멍하니 앉아 있었다. 이게 무슨 소리일까, 무슨 의미일까?

겸의 얼굴에 함박웃음이 떠올랐다. 기쁨을 주체할 수 없어 와락 채화를 끌어안았다. 채화가 윽, 하는 소리를 냈다. 기쁨에 겨워 그만 힘을 너무 준 모양이었다. 겸이 깜짝 놀라 팔을 풀었다.

"미, 미안합니다."

"미안하면 가서 밥이나 좀 가져와. 나 배고파 죽겠어."

"예!"

겸은 조심스레 채화를 다시 눕혀 놓고 부엌으로 갔다. 돌이 엄마는 혹여 형님이 깨어나면 이리 저리 하라고 신신당부를 해놓은 터였다. 겸은 미음을 한 사발 퍼다가 숟가락을 챙겨 개다리소반에 올려 들고 왔다.

겸이 다시 채화를 일으켜 앉혀주었다. 채화가 얼굴을 찡그렸다.

"이게 뭐야?"

"미음부터 먹어야 할 거라고 했습니다."

"누가?"

"의원하고 그…… 아이를 맡겼던 아낙이 그랬습니다."

"칫. 환자는 먹을 게 중요한데……."

채화는 장난스럽게 투덜거렸다. 그런데 이내 그 표정이 심각하게 변했다.

"왜 그러십니까?"

눈썰미 좋은 겸이 물었다. 채화는 입술을 깨물고 오른손을 노려보았다. 오른손은 부들부들 떨리고 있었다.

"부작용이 있을지도 모르네."

겸은 의원의 말을 떠올렸다. 설마…….

"혹, 움직이지 않는 건……."

채화는 대꾸하지 않았다. 잔뜩 얼굴을 찌푸린 채로 식은땀을 흘릴 뿐이었다. 그 덕분인지 가까스로 사발 높이까지 팔을 들어올렸지만 수저까지는 쥐지 못했다.

겸이 입술을 깨물었다. 그러나 슬픔을 드러낼 수 없었다. 얼굴 표정을 가다듬은 그가 채화의 곁에 다가왔다.

"오래 누워 있어서 그런 모양입니다."

그러고는 주저 없이 숟가락을 들어 미음을 떴다. 채화의 팔이 다시 툭 떨어졌다. 동시에 채화가 길게 한숨을 쉬었다.

"그런가 봐. 너무 힘이 드네."

"그냥 제가 떠 드릴게요."

채화가 피식 웃었다.

"오냐, 나도 네 수발 한번 받아보자."

채화가 농담을 건네자 겸은 또 눈물이 날 뻔했다. 눈물이 채 떨어지기 전에 채화가 말했다.

"빨리 줘. 나 배고파."

겸이 빙그레 웃으며 열심히 숟가락을 놀렸다. 지금 이 순간만큼은 채화가 깨어난 게 마냥 좋을 뿐이었다.

채화는 참새 새끼처럼 넙죽넙죽 잘도 받아먹었다. 그 모습이 뿌듯한 한편, 겸의 마음속 한구석에선 걱정이 솟아났다. 채화는 일으켜 앉힐 때도 딱히 스스로 몸에 힘을 주고 있는 것 같지 않았다. 설마 저대로……. 순간 소름이 끼쳤다. 활발한 여자였다. 잠시도 쉬는 법 없이 늘 뭔가를 하던 여자였다. 아버지가 있었다면 방법을 찾아냈을지도 모르는데…….

채화는 대견하게도 미음 한 사발을 다 비웠다. 겸은 빈 사발을 정리하며 여전히 혼자만의 생각에 빠져 있었다. 채화가 그런 겸을 물끄러미 바라보았다. 겸은 그것조차 알지 못한 채 생각하고 또 생각했다.

의사가 필요했다. 가장 뛰어난 의사는 어디에 있을까? 생각해볼 필요도 없었다. 뛰어난 의사는 언제나 지배자의 곁에 있었다. 조선도 마찬가지일 터. 어의, 어의가 필요했다. 어의를 어찌 데려와야 한단 말인가? 겸은 어의가 어찌 생겼는지도 몰랐다. 누가 어의인지 알아볼 방법도 없었다.

"제장."

"왜?"

물끄러미 겸을 바라보던 채화가 물었다. 겸은 화들짝 놀라며 얼른 미소 지었다.

"아무것도 아닙니다."

채화가 궁금해 죽겠다는 눈빛을 보냈지만 겸은 자신의 계획을 말해줄 생각이 없었다. 그러나 계속 마주 보고 있다간 결국엔 실토할 것임을 잘 알고 있는지라 얼른 사발과 소반을 챙겨 방을 빠져나왔다.

기껏 도망친 곳에 또 기어들어 가야 하다니……. 마음에 들지 않았으나 겸은 이미 왕을 협박하여 어의를 보내게 하겠다는 계획까지 세운 후였다.

이제 관건은 채화에게 그 계획을 들키지 않는 것이었다. 겸으로서는 각고의 노력이 필요한 일이었다. 다행히 채화를 살리겠다는 의지가 강했던 터라 무사히 아침 해를 맞이할 수 있었다.

해가 뜨자마자 채화는 겸을 창고로 내쫓았다. 인정전 뜰에서의 장면이 너무 강렬했던 모양인지 다시는 햇빛 아래 노출시키지 않겠다는 의지가 너무 강했다. 계속 곁에 있고 싶었으나 채화의 마음을 너무나도 잘 알고 있기에 겸은 따를 수밖에 없었다. 홀로 창고에 머물러 있으면서도 겸의 모든 신경은 채화에게 향해 있었다. 완전히 회복된 것이 아니니 휴식이라도 취하면 좋으련만, 겸은 초조하기만 했다.

그렇게 해가 저물었다. 겸은 그것을 확인하자마자 번개처럼 채화에게 달려갔다. 겸을 본 채화의 얼굴에 미소가 떠올랐다. 이제 더는 마음을 감출 생각이 없는 모양이었다. 그 미소가 너무 좋아서 겸도 배시시 웃음 지었다.

"바보 같은 거 알아?"

겸이 얼른 웃음을 지워냈다.

"저녁은요?"

"먹었어."

"다 먹었어요?"

"걱정 마라. 반찬에 국까지 싹싹 비웠으니까."

겸이 빙그레 웃으며 팔을 뻗었다.

"참 잘하셨습니다."

쓱쓱, 겸이 채화의 머리를 쓰다듬었다.

"너 많이 컸⋯⋯."

채화가 겸의 팔을 쳐내려 했는지 몸을 움직이다가 픽 쓰러졌다. 겸이 얼른 받아내지 않았더라면 맨바닥에 머리를 찧을 뻔했다. 겸은 당혹스러움을 최대한 감추며 말했다.

"밥 더 먹어야겠는데요?"

채화도 얼른 표정을 가다듬었다.

낮에 의원이 다녀갔었다. 표정이 심상치 않아 물어보았으나 의원은 도통 채화 앞에선 입을 열 생각이 없어 보였다. 채화가 닦달한 끝에 가까스로 입을 열었는데 그 말이 청천벽력이었다.

부작용이라고 했다. 의원은 연거푸 고개를 갸웃거렸다. 모든 증상이 과다 출혈을 가리키고 있는데 상처가 없으니 이상하다고도 말했다. 왼 손바닥의 상처는 흉터조차 없이 사라지고 말았으니 의원이 의아해하는 것도 무리는 아니었다.

그것을 알게 된 채화는 스스로보다 겸을 더 걱정했다. 자기 때문에 이리된 것을 알면 얼마나 마음이 아플까…….

"어의를 모시러 다녀올까 합니다."

"어의를 무슨 수로?"

"임금님을 알현할 생각입니다."

겸은 끝까지 몰래 들어가는 것만큼은 비밀로 하고자 했다.

"설마 낮에 가겠다는 거야?"

채화가 눈살을 찌푸렸다. 인정전에서의 비참한 모습이 뇌리에 각인된 터라 앞으로는 절대 햇빛 아래에서 돌아다니게 하지 않을 심산이었다. 겸이 고개를 저었다.

"감히 누구 분부라고 어기겠습니까? 밤에 만나기로 미리 약조가 되어 있습니다."

"정말?"

채화는 겸의 눈동자를 샅샅이 살폈다. 겸은 빙긋이 미소를 지으며 거짓을 감추기 위해 혼신의 힘을 다했다.

"조심해서 다녀와. 괜히 또 험한 꼴 당하지 말고."

"그때는 방심해서 그랬습니다. 설마 조선에 그런 자가 있을 줄 몰랐으니까요. 하지만 이제는 있는 걸 알았으니 절대로 당할 일 없을 겁니다."

겸은 최대한 주절주절 채화를 안심시켰다.

"알았어. 지금 갈 거야?"

"예. 오늘 밤 뵙기로 했으니까요."

거짓말이 술술 잘도 나왔다. 채화는 그것도 모르면서 잘 다녀오라고 환히 웃으며 배웅해 주었다. 겸은 금방 다녀오겠노라 거듭 다짐을 하며 채화를 도로 눕혀주고 나왔다.

머리가 복잡한 탓에 업무를 볼 수 없었던 우는 일찌감치 침소에 들었다. 그러나 잠 또한 오지 않았다. 이런저런 생각들이 꼬리에 꼬리를 물고 이어지는 탓에 정신은 더더욱 또렷해지기만 했다.

두 사람이 도망을 쳤다. 하루가 다르게 회복되는 것을 보고받으며 놀라워하고 있던 참이었다. 그런데 깨어나자마자 그가 한 일은 도망치는 것이었다. 이해는 되었다. 그리 죽을 만큼 고통스럽게 했으니 도망가고 싶었으리라.

우가 한숨을 내쉬었다. 안타까웠다. 한순간에 공신들을 제압할 기회도 지루하게 이어져 오던 청의 원병 문제를 해결할 기회도 모두 날아가 버렸다. 그 생각만 하면 한숨이 나오고 머리가 지끈거려 일상생활이 불가능할 지경이었다.

우는 억지로 잠을 청해보기로 했다. 요 며칠 제대로 일을 하지 못한 탓에 쌓인 일이 산더미였다. 이제 더는 미룰 수 없었다.

가만히 자리에 누워 눈을 감고 머리를 비우기 위해 노력했다. 그리고 그 노력이 드디어 결실을 내려는 듯 가물가물 정신이 흐려지려는 찰나, 소리 없이 문이 열렸다. 우는 눈살을 찌푸렸다. 잠을 방해받은 것도 화가 났지만 감히 누가 명도 없이, 허락도 없이 함부로 왕의 침전에 든단 말인가?

몸을 일으키려던 우는 싸늘한 살기를 느꼈다. 문소리를 듣고 살기를 느끼기까지 걸린 시간은 찰나였다. 그를 지키던 운검 또한 당황한 듯, 침전 한편에서 칼을 뺀 채 날을 세우고 있었다.

"저놈 내보내."

붉은 안광이 번뜩였다. 그 순간 우는 쾌재를 부르짖을 뻔했다.

그러나 날카로운 냉혈인의 손톱이 목숨줄을 쥐고 있는 이상 섣불리 감정을 드러낼 수는 없었다. 우는 운검을 향해 나가서 바깥을 단속하라 일렀다.

겸은 우의 명령이 다소 이상하다고 생각했다. 그냥 나가라는 것도 아니고 바깥을 단속하라니?

"무슨 꿍꿍이야?"

"너야말로 무슨 일로 과인을 찾았느냐?"

겸은 어쨌든 상관없다고 생각했다. 감각을 최대한 열어둔 상태였다. 한 번은 몰라도 두 번은 당하지 않을 자신이 있었다. 해서 운검의 일은 신경 쓰지 않기로 했다.

"어의가 필요해."

"어의? 보아하니 회복이 된 것 같은데 어의가 필요한가? 더구나 어의는 냉혈인에 대해 아는 것이 없다."

"내가 필요한 게 아니야. 잔말 말고 어의나 보내."

우는 차분하게 생각했다. 이건 기회였다. 수색을 하고 있음에도 실마리조차 찾지 못하고 있었다. 그런데 이리 제 발로 걸어 들어온 것도 모자라 뭔가를 요구하고 있었다. 이건 일생일대의 기회였다.

"어의를 보내주면 나는 무엇을 얻을꼬?"

"보내지 않으면 죽는다."

겸은 단호했다. 우는 그 말이 거짓이 아님을 실감했다. 날카로운 손톱이 목을 그었다. 따끔했다. 일종의 협박이었다. 우는 또 생각했다. 어의가 필요한 이유가 무엇일까? 어찌하여 끔찍했던 대궐에 다시 들어와 한 나라의 수장인 자신을 직접 협박하고 있는 걸까? 어의를 만나고 싶었다면, 그가 어디 있는지 알고 싶었다면 질문의 대상이 왕이어야 할 필요는 없었다. 대궐 안 많은 사람들이 어의의 집이 어딘지 알고 있었으니까.

우는 그가 아끼는 누군가가 크게 다친 게 아닐까 하는 생각을 했다. 그렇지 않고서야 이리 앞뒤 재지 않고 임금에게 먼저 달려올 리 없었다. 대번에 그 여인이 떠올랐다.

"여자가 다쳤나?"

붉은 눈동자가 크게 흔들렸다. 우는 확신했다.

"임금인 나를 겁박하여 과연 원하는 걸 얻을 수 있을까?"

크르르, 짐승 같은 소리가 들렸다. 우는 식은땀을 흘렸다. 그러나 물러날 수 없었다. 이제 더는 공신들을 내버려 둘 수 없었다. 청나라의 압박도 더는 버텨내기 힘들었다. 눈앞의 이 냉혈인으로 인해 더는 댈 핑계도 없었다.

"소용없는 일을 하고 있구나. 나는 태어나 단 한 번도 겁박에 굴복해 본 적이 없다."

순간 양심의 가책을 느꼈다. 어린 시절, 멋모르는 공신들의 협박에 어영부영 왕이 된 전적이 있었다. 사랑하는 아내를 살리고 싶다면 왕이 되라고, 그렇지 않으면 부인은 죽을 상황이라고, 당시 열세 살이었던 우는 겁박을 당했었다. 그렇게 왕이 되었지만 부인은 중전이 되지 못했다. 날마다 우를 그리워하던 부인은 외로움을 이기지 못하고 병이 들어 죽었다.

이후로 우는 어떤 겁박에도 넘어가지 않겠노라 다짐했다. 어린 나이, 공신들에게 휘둘리지 않으려 노력했으나 버거웠다. 그럼에도 그 한 가지만은 확실히 지켜냈다. 절대로 협박하는 자의 말은 듣지 않았다.

겸은 갈등했다. 왕은 완강했다. 죽음을 목전에 두고도 이리 당당하다니……. 죽음을 걸고 협박하면 당연히 들어줄 거라 여겼다. 하여 이후는 생각해 본 적도 없었다. 채화와의 각서 때문에 죽일 수도 없었다. 낭패였다.

겸이 이러지도 저러지도 못하는 사이 흔들리는 눈빛을 우는 확실하게 잡아냈다. 우는 속으로 빙그레 미소 지었다.

우가 짐짓 아무것도 모르는 척, 태연하게 말을 걸었다.

"거래를 하는 것은 어떨까?"

복잡한 생각에 빠져 있던 겸이 우를 노려보았다.

"거래?"

"그래 거래."

"무슨 거래를 말하는 거지?"

"어의를 보내주겠다. 대신에 내가 원하는 것을 하나 들어주는 거지."

자신이 요긴하게 쓰일 인재라 말했던 사내. 겸은 그자가 눈앞의 임금과 동일인일 거라는 데 생각이 미쳤다. 냉혈인을 요긴하게 쓸 만한 일…….

"좋아. 단 살인은 예외야."

말을 마친 겸은 손톱을 갈무리하고 우에게서 떨어져 나왔다. 목을 어루만지며 우는 의외라는 표정을 지었다.

"살인은 예외라고? 참으로 인간적인 냉혈인이로구나."

인간적? 겸은 의외의 말에 크게 흔들렸으나 이내 마음을 다잡았다.

"수작 부리지 말고 원하는 거나 말해봐."

우가 크게 미소 지었다.

겸에게 협박받는 사이 쏜살같이 지나가는 기억이 있었다. 과거 아주 어린 꼬마였을 때 누군가 냉혈인에 대해 이런 말을 한 적이 있었다.

"그들은 인간을 자신과 같은 냉혈인으로 바꿀 수 있는 능력이 있단다."

하도 오래전이라 누가 해줬는지 어떤 상황에서 해준 말인지는 기억나지 않았으나 내용만은 또렷했다. 그 순간 우는 눈앞의 이 자유분방한 냉혈인을 수하로 만드는 것보다 더욱 좋은 방법이 있다는 걸 깨달았다.

"내 수하를 냉혈인으로 바꿔주었으면 좋겠군."

겸이 쓰게 웃었다.

"말했지. 살인은 예외라고."

"이게 어째서 살인인 거지?"

"너 또한 우리에 대해 여전히 모르는 게 많은 모양이군. 정신력이 특별히 강건하지 않다면 이성적인 냉혈인이 될 확률은 삼 할 정도에 불과해."

우는 '이성적인 냉혈인'이라는 표현에 주목했다.

"나머지 칠 할은 어떻게 되는 거지?"

"첫째, 죽거나, 둘째, 미치광이 냉혈인이 되는 거지. 후자의 경우 곤란한 일이 될 거야. 통제할 수 없을 테니까."

우는 자신도 모르게 침을 삼켰다. 통제할 수 없이 날뛰는 냉혈인이라……. 냉혈인에 대항할 만한 수단과 방법이 전무한 조선에서 그런 일이 벌어진다면……. 우는 얼른 마음을 다스렸다.

"미치광이가 된 자를 자네가 처리하는 건 어떨까?"

"말했지? 난 살인은 하지 않는다고."

참으로 난감한 냉혈인이었다. 서역에서는 냉혈인의 냉혹함에 인간들이 하루에도 수십 수백 명씩 죽어 나간다던데 이자는 어찌하여 이렇단 말인가?

"살인의 범주는 어찌 되는가? 인간과 냉혈인 모두 포함인가?"

약속의 범주라……. 채화가 화를 냈던 것은 인간을 도륙했을 때였다. 과연 흡혈귀도 포함되는 것인가? 아닌 것인가? 겸은 고민스러웠다. 그러나 어의가 꼭 필요한 이상 그로서는 억지로라도 흡혈귀는 범주에 들지 않는다고 주장해야만 했다.

우는 잔뜩 갈등하고 있는 그를 보며 자신의 승리를 확신했다.

"과인은 그 조건이 아니면 어의를 내줄 마음이 없다."

"내가 너를 죽인다고 해도?"

"내가 죽는다 해도."

우가 단호하게 말을 맺었다. 겸이 신음했다. 우는 자신이 이겼음을 알았다.

"……좋다. 단, 어의를 먼저 보내."

"아니. 너희가 어의의 집으로 가야 할 거다."

"어째서?"

"공신들은 지금 그 여인을 눈에 불을 켜고 찾고 있다."

겸의 눈동자가 번뜩였다.

"왜?"

"과인에게 그들을 제거할 무기를 쥐어줄 여인이기 때문이지."

우가 몸을 일으켜 손수 불을 켜고 지필묵을 준비했다. 겸은 묵묵히 지켜보기만 했다. 이윽고 할 일을 끝낸 우가 약도를 건넸다.

"어의의 집이다. 내 미리 언질해 둘 것이니 내일 밤 찾도록 하라."

겸은 낚아채듯 약도를 받아들고는 칫, 하는 소리를 내며 사라졌다. 우가 빙그레 웃었다.

"그 여인과의 거래는 별도라는 말을 내가 빼먹었구나."

우는 떠오르는 미소를 막을 수 없었다.

"어의 영감의 집으로 가자고?"

"예. 그곳에 가면 치료를 받을 수 있다 하였습니다."

"그것 때문에 임금님을 뵙고 온 거야?"

겸은 묵묵히 고개만 끄덕였다. 괜히 입을 열었다 실수라도 하면 욕 한 사발로 끝날 일이 아니었다.

"하긴 어의만큼 뛰어난 의원이 없긴 하겠지……."

채화는 영 떨떠름한 얼굴이었다. 새삼 겸이 괴물 취급 받던 일이 떠올랐다. 어의 영감의 집에서도 그런 대접을 받으면 어쩌나, 걱정이 태산이었다.

"공신들의 눈을 피해야 하기에 밤에 몰래 가기로 하였습니다."

"응."

채화는 별다른 질문을 하지 않았다. 이미 채화는 자신이 그들의 표적이 되었음을 짐작하고 있는 상황이었다.

채화에게 먹이겠다고 온갖 것들을 사러 장에 나갔던 돌이 엄마가 알려주었다. 삼삼오오 모인 칼 찬 무사들이 웬 아낙과 눈동자 색이 다른 사내를 찾아다닌다고, 자신에게도 물어보았었는데 들킬까 봐 심장이 아주 그냥 벌렁벌렁했다고 말이다.

돌이 엄마는 믿음직한 사람이지만 심성은 유약했다. 그런 일이 발생했다면 한 번은 몰라도 두 번은 어려웠다.

"그래서, 어떻게 갈 건데?"

"제가 업고 가야죠."

"안고 가는 건 힘들까? 뒤통수만 보고 있긴 싫은데?"

채화가 씩 웃었다. 겸 또한 따라 피식 웃었다.

"그게 좋으시다면 원하는 대로 합지요."

다소 우스꽝스러운 손동작을 크게 섞은 말이었다. 아일랜드의 '기사'들이 '레이디'에게 하는 행동이었으나 그것을 알 리 없는 채화는 깔깔깔 웃음을 터뜨렸다. 겸은 예리하게 채화를 주시했다. 다행히 몸의 움직이는 범위가 조금 더 커졌다. 희망이 생긴 것이 너무 기뻐서 겸은 빙그레 미소 지었다.

"뭐가 그렇게 좋아서 웃니? 내가 그리 좋은가?"

채화는 이제 스스럼이 없었다. 겸은 그것이 너무 좋았다.

"네."

겸의 단호한 대답에 채화가 얼굴을 붉혔다. 그녀의 상기된 얼굴을 보며 겸은 행복한 와중에 불편함을 느꼈다.

피에 대한 갈증이 또 솟아났다. 불행하게도 예전보다 훨씬 더 심했다. 이렇게 심해진 것은 대궐에서 나온 이후였다. 채화의 향기에 늘 약한 갈증을 느끼고는 있었으나 이제는 과연 자제할 수 있을까, 의문스러울 지경이었다. 대체 왜 그러는지 겸은 그 이유를 알 수 없어 속이 답답했다.

상기하고 싶지 않지만 채화의 피는 환상적이었다. 단순히 미각만 즐거운 게 아니었다. 온몸으로 퍼져 나가는 과정 하나하나를 느낄 수 있을 정도였다. 흡혈의 쾌락 또한 그간 느껴온 것들에 비해 수백 배, 아니, 수천, 수만 배 더욱 컸다. 강렬한 쾌락은 그대로 겸의 영혼에 각인되고 말았고 아마도 그래서 갈증이 더욱 증폭되었나 보다, 짐작만 할 따름이었다.

겸은 얼른 마음을 가다듬었다. 또다시 채화를 위기에 빠뜨리고 싶은 생각은 눈곱만큼도 없었다.

채화에게서 멀어질 핑계로 자리에서 일어난 겸이 슬쩍 창문으로 다가가 휘장을 들쳐 보았다. 채화가 위험해졌다는 걸 알게 된 이상 떨어져 있고 싶지 않았다. 채화가 바득바득 우겨보았지만 겸 또한 절대로 물러서지 않았다. 그래서 결국, 검은 천을 구해다 휘장을 쳤다. 돌이 아빠가 무슨 해괴한 짓이냐는 식으로 쳐다보았으나 그냥 대충 얼버무렸다. 대물림되는 병 운운했더니 대번에 이해한 눈치였다.

서서히 가을로 접어드는 중이었다. 길었던 한낮은 눈에 띄게 짧아져 있었다. 그것을 증명하듯 벌써 노을이 지고 있었다. 가을이 목전인 탓인지 훨씬 더 깊이가 있는 노을이었다.

"얼른 안 내릴래? 햇빛 들잖아."

채화가 그런 겸을 내버려 두지 않았다. 겸은 그저 씩 웃으며 휘장을 내렸다. 예전이었다면 괜찮다거나 회복이 다 되었다거나 한마디 던졌을 법한건만, 이젠 굳이 그러지 않았다. 자신이 햇살에 노출되는 것만으로도 채화는 고통스러워했다. 그때마다 임금을 죽이지 못한 것이 한스러웠다.

"한데, 정말로 말하지 않고 몰래 갈 생각입니까?"

"응."

"믿을 만한 사람인 거 같았습니다만……."

"믿을 만한 사람이지만 속마음이 고스란히 얼굴에 드러나는 사람이기도 해. 혹여 운이 없어 누가 우리에 대해 알고 있는 거 아니냐고 추궁이라도 하면 아마 대번에 표가 날 거야."

"……어서 회복되어 칼자루를 넘기는 게 최선이겠군요."

채화는 대답하지 않았다. 문이 열리고 돌이 엄마가 들어왔다. 큼직한 밥상이 먼저 펼쳐지고 뒤이어 줄줄이 진수성찬들이 들어왔다. 분주히 움직인 끝에 상다리가 부러질 만한 밥상이 준비되었다.

"이거 다 나 먹으라고?"

"다 먹으란 소린 아니고요. 골고루 많이 먹어야 한댔잖아요."

돌이 엄마는 살가운 얼굴로 국과 찌개의 뚜껑을 열고 한 그릇씩 덜어서 채화의 앞에 내려놓았다.

"덕분에 우리도 모처럼 맛난 걸 먹을 수 있어 좋네요. 어여 드세요."

씩 웃은 돌이 엄마가 겸을 향해 꾸벅 고개를 숙이더니 문을 닫고 나갔다. 물끄러미 닫힌 문을 바라보던 겸이 말했다.

"많이 서운해할 겁니다."

"괜찮아 어서 일 끝내고 말해주면 돼."

겸이 빙그레 웃었다.

"그럼 어서 낫는 게 관건이니 빨리 드세요."

"오냐! 남김없이 다 먹어주마!"

채화는 씩 웃었다. 이제 간신히 숟가락을 들 정도는 되었으나 젓가락질은 힘들었기에 겸 또한 다가앉았다.

채화는 열심히 노력했지만 호언장담했던 만큼 많이 먹진 못했다. 조금이라도 더 먹여보려고 겸이 애를 써보았으나 채화가 배가 터질 것 같다며 한사코 거부하는 끝에 목적을 달성하지는 못했다. 그러나 겸은 꿋꿋하게 붙어 앉아 소의 생간만큼은 남김없이 다 먹이는 데 성공했다. 의원이 부족한 피를 채우는 데 가장 좋은 것이 소의 생간이라고 한 말을 똑똑히 기억하고 있었다. 채화는 그 정성이 갸륵해 눈살을 찌푸리면서도 넙죽넙죽 다 받아먹었다.

생간 때문에 채화의 입술이 피투성이가 되었다. 겸은 무의식 중에 손가락으로 채화의 입술을 문질러 닦아냈다. 그러곤 그 손을 자신의 입속으로 넣었다.

"야!"

채화가 빨개진 얼굴로 소리쳤다.

"왜요?"

겸은 채화가 왜 그러는지 전혀 이해하지 못한 얼굴이었다. 그것을 알게 된 채화는 얼른 고개를 돌렸다.

"아, 아냐."

"싱겁기는……."

겸이 다시 팔을 뻗었다. 아직 피가 남아 있었다. 채화가 움찔 놀라 몸을 뺐지만 성치 않은 몸인지라 겸의 손길을 피할 수는 없었다. 한 번 더 피 묻은 채화의 입술을 손가락으로 닦아낸 겸이 눈살을 찌푸렸다.

채화의 입술은 여전히 피범벅이었다. 마음에 들지 않았다. 그래서 겸은 손가락보다 훨씬 더 효과적이라 여기는 것을 이용해 채화의 입술을 닦아내기로 했다. 그렇게 혓바닥으로 낼름, 채화의 입술을 남김없이 핥으며 쪽, 빨았다. 덕분에 겸은 고막이 터져 나갈 만한 경험을 해야 했다.

"이…… 미친 흡혈귀야!"

만약 몸이 성했더라면 밥상이 날아와 겸을 덮쳤을지 모를 만큼 채화는 성질을 부렸다. 겸은 냉큼 몸을 뺐다. 뒤늦게 자신이 한 행동이 무슨 의미인지 깨달았다.

채화는 곧 터질 듯 얼굴을 붉힌 채 씩씩거렸다. 이도 저도 못하고 있던 겸이 머리를 긁적이며 말했다.

"미안…… 합니다."

"뭐?"

채화는 겸의 사죄가 당혹스러운 모양이었다. 겸이 말을 이었다.

"인간들에게 무슨 의미인지 미처 생각하지 못한 행동이었습니다. 난 그저 피를 닦으려고……."

"돼, 됐어! 밥상이나 치워!"

채화는 홱 몸을 돌려 버렸다. 겸은 또 그녀를 화나게 하고 만 것이 안타까웠다. 그래서 묵묵히 밥상을 치우기 시작했다. 채화는 여전히 고개를 돌리고 있었다.

채화는 엄마에게 잔뜩 혼이 난 아이처럼 시무룩한 얼굴로 밥상을 치우는 겸을 곁눈질했다. 그러나 도저히 참을 수 없는 열기에 이내 시선을 돌리곤 이불 속에 숨은 두 주먹을 꼭 움켜쥐었다.

배가 부른지 꾸벅꾸벅 졸고 있던 채화를 겸이 나지막한 목소리로 깨웠다.

"일어나십시오. 해가 졌습니다."

"으응……."

분명 대답은 했는데 여전히 잠에 취한 상태였다. 겸은 또 갈증을 느꼈다. 얼른 이를 앙다물었다. 그리고 다시 한 번 채화를 깨워보았다.

"일어나십시오."

이번엔 대답조차 없었다. 겸은 짧게 한숨을 쉬었다. 인간들은 잠이 들 시간이니 어쩔 수 없으리라. 게다가 환자가 아니던가? 건강한 사람들보다 버티기 어려운 것은 어찌 보면 당연한 일이었다.

소리가 나지 않도록 주의 깊게 방문을 연 겸은 조심스럽게 채화를 품에 안았다. 혹 풍기는 채화의 향기에 또 갈증이 치밀었다. 아무래도 어의의 집으로 옮긴 후, 사냥을 다녀와야겠다는 생각을 하며 겸은 마루로 나섰다. 겸이 몸을 돌려 다시 문을 닫으려는데 안방 문이 열렸다.

"아……."

겸은 뭘 해야 할지 몰라 멍하니 서 있기만 했다. 돌이 엄마였다.

"가시나 봐요."

"아, 네."

"잠시만요."

돌이 엄마는 다시 방에 들더니 커다란 꾸러미와 삿갓을 들고 나와서 꾸러미는 겸의 바랑에 쑤셔 넣고 삿갓은 그의 머리에 씌워주었다.

"이걸 왜 제게……."

"바랑에 넣은 건 장삼이에요. 형님이 부탁했었는데 하마터면 드리지 못할 뻔했네요. 어쩐지 서두르고 싶더라니……."

"미안합니다."

겸은 괜히 고개를 들지 못했다. 아낙이 환히 웃었다.

"아니에요. 제가 원래 거짓말을 잘 못해요. 그래서 누가 물으면 실수라도 했을 거예요. 형님도 그걸 잘 아실 테니 당연한 선택이겠죠. 그래서 어디로 가시는지 묻지 않을 거예요."

"일이 다 끝나면 찾아오겠다고 했었습니다."

채화는 여전히 겸의 품에서 달게 자고 있었다. 아낙 또한 채화를 물끄러미 바라보았다.

"어서 회복되었으면 좋겠네요. 형님은 열녀문에 해코지하고 다닐 때가 제일 행복해 보였는데 이래서는……."

아낙의 눈에 눈물이 맺혔다.

"치료할 수 있는 곳으로 가는 것이니 염려 마십시오."

"어서 가세요. 더 계시다간 어디 간다고 말씀하시겠네요."

겸이 작게 미소 지었다.

"그럼 감사했습니다."

아낙은 고개를 꾸벅하더니 어여 가라고 손짓했다. 겸은 한 번 더 고개 숙여 감사를 표하곤 몸을 날렸다.

어의의 집은 당연한 것이겠지만 양반님네들이 모여 산다는 북촌에 있었다. 덕분에 임금이 언질한 대로 최대한 기척을 숨겨야 했다. 대소신료들은 물론이거니와 공신들도 살고 있다 보니 아무래도 예리한 칼잡이들이 많기 때문이었다. 겸은 잔뜩 긴장하며 미리 외워둔 약도대로 어의의 집을 찾아 훌쩍 담을 넘었다. 약속대로 어의의 집은 딱 한 건물에만 불이 켜 있었다. 그럼에도 임금을 믿지 않았던 겸은 여전히 기척을 감춘 채로 오감을 최대한 열고 조심조심 다가갔다.

다행히 임금은 약속을 지켰다. 부리는 이 하나 없이 어의 홀로 별채를 지키고 있었다.

"많이 늦었군."

겸이 기척을 내자 어의가 직접 문을 열고 나왔다. 방 안은 이미 채화가 기거할 모든 준비가 완료된 상태였다.

"입이 무거운 의녀 하나가 시중을 들 것이오. 공식적으로 나 또한 병환 중인 터라 함부로 오갈 수는 없소. 최대한 자주 찾겠지만 혹여 급한 상황이 생긴다면 의녀에게 기별을 넣으면 되오."

어의가 잠시 사방을 둘러보았다.

"최대한 안채 깊숙한 곳을 선택하긴 했으나 운이 없게도 온 사방이 공신들의 집이니 가급적 처소 밖으론 나오지 않는 것이 좋겠소."

겸은 꾸벅 고개를 숙였다.

"추워……."

채화가 중얼거렸다. 아무래도 날다시피 달려온 탓에 찬바람을 맞아 추운 모양이었다. 겸이 얼른 채화를 이부자리 위에 내려놓으려는데 채화가 품으로 파고들었다. 어의가 흠흠 헛기침을 하며 방을 나섰다. 겸의 얼굴엔 당혹감이 떠올랐다. 자신의 품 안으로 파고들어 본들, 따스해질 리 없건만 채화는 이후로 꼭 따뜻해졌다는 듯 평온한 얼굴로 다시 잠이 들었다. 동시에 겸은 또 갈증을 느꼈다. 그래서 얼른 채화를 이부자리 위에 내려놓고 이불을 덮어주었다.

대청마루에서 어의가 기다리고 있었다.

"식구들에게도 자세한 정황은 말하지 않았으니 유의하시오."

"명심하겠습니다. 하오면 저는 잠시 나갔다 와도 되겠습니까?"

"곧 의녀가 올 테니 그때까지는 내가 지키고 있겠소. 한데 어딜 가시려고?"

겸은 굳이 대답해 주지 않았다. 흡혈귀임을 알고 있는 이상 사냥이라는 단어로 상대의 공포심을 자극할 필요는 없었다.

꾸벅 고개 숙여 예를 표한 겸은 휙 날아올랐다. 떨어뜨릴까 조심해야 할 누군가를 안고 있는 것도 아닌지라 겸의 발길은 가벼웠다. 순라군은 겸이 바로 지척으로 지나가는데도 그냥 슬쩍 고개를 돌렸다가 갸웃하는 게 다였다.

휙휙 몸을 날린 겸은 삽시간에 산에 도착했다. 그간 너무 많이 잡았는지 이제 호랑이는 거의 보이질 않았다. 아무래도 오늘은 멧돼지로 만족해야 하나 하는 생각을 하기 무섭게 눈살이 찌푸려졌다.

호랑이로도 달랠 수 없었던 갈증을 겨우 멧돼지로 다스릴 수 있을까? 그러나 선택의 여지가 없었다.

언제나 그랬듯 멧돼지를 찾는 건 어렵지 않았다. 멧돼지는 겸을 보자마자 등을 돌리고 내뺐다. 그래봤자 독 안에 든 쥐였다. 날쌔게 멧돼지를 낚아챈 겸이 목덜미를 물어뜯었다. 거친 털이 불쾌했지만 갈증 해소가 우선이었다.

시원한 목 넘김, 그러나 겸은 얼마 안 가 돼지를 집어 던졌다. 얼굴이 더욱 심하게 일그러졌다. 입가가 온통 피투성이가 되었지만 닦을 생각도 하지 않았다.

호랑이 때도 그러했듯 갈증은 전혀 해소되지 않았다. 아무래도 이 망할 갈증은 채화의 피를 마셔야만 해결될 모양이었다. 도통 이해할 수 없었다. 딱히 특정 누군가의 피를 요구해 본 적은 단연코 없었다. 그런데 어째서 채화에게만 이런단 말인가? 단 한 번도 맛본 적 없을 만큼 황홀한 맛이긴 했으나 그렇다고 해서 흡혈귀들이 피의 맛을 따지는 것도 아니건만……

"제엔장!"

겸이 하늘을 올려다보며 길게 소리 질렀다. 숨이 거칠어졌다. 갈증이 더욱 심해졌다. 참을 수 없을 지경이었다. 이러다 미쳐 버리는 건 아닐까 걱정스럽기까지 했다. 입가에 묻은 피를 거칠게 문질러 내던 겸은 잠시 멈칫했다. 채화의 입술 감촉이 떠올랐다. 왜 하필 지금 그것이 생각난 것일까? 동시에 갈증이 폭발했다. 참을 수 없어진 겸이 어둠 속으로 녹아버렸다.

밤새 산을 누비던 겸은 새벽녘이 되어서야 채화의 처소로 돌아왔다. 휘장으로 문과 창을 죄다 막아둔 방 안에서 희미한 불빛이 새 나오고 있었다.

"어딜 다녀와? 걱정했잖아."

채화가 깨어 있었다. 이불 위에 반듯하게 앉아 있는 모습이었다.

"사냥을 다녀왔습니다."

"너무 오래 걸렸잖아. 그렇게 피가 많이 필요해? 혹시 회복이 덜 된 거야?"

채화의 얼굴에 근심이 서렸다. 겸이 얼른 미소 지었다.

"회복이 덜 되어 그런 것이 아닙니다. 다만 힘을 축적해 두어야겠다는 생각이 들어 미리미리 챙기는 것뿐입니다."

당신을 대할 때마다 갈증이 납니다, 라고 겸은 차마 말해줄 수 없었다.

"왜 그렇게 멀리 있어?"

겸은 뜨끔했다. 본의 아니게 채화에게서 가장 먼 문 앞에 앉아 있었다. 비록 작은 방이나마 눈에 띄지 않을 수 없는 자리였다. 겸은 엉거주춤 채화의 곁으로 다가와 앉았다. 체취가 진해지자 갈증도 심해졌다.

겸을 물끄러미 바라보던 채화가 다시 자리에 누우려 했다. 겸이 얼른 다가와 그런 채화를 도왔다. 채화가 완전히 자리를 잡자 겸은 냉큼 원래의 자리로 돌아갔다.

"너 이상해."

겸은 어색하게 미소 지을 뿐이었다.

사실 채화는 그런 겸을 일찌감치 깨닫고 있었다. 어의의 집에 오기 훨씬 전부터 뭔가 묘하게 거리를 두려는 느낌이 어렴풋이 있었다. 속이 상했지만 내색하지 않았다. 분명 뭔가 이유가 있을 거라고 여기고 있었다. 언젠간 말해주겠지, 채화는 그리 생각하고 있었다. 그러나 어쩐지 심술이 나는 것만은 막을 수 없었다.

채화가 누운 채로 자신의 옆자리를 톡톡 쳤다.

"이리와 봐."

겸은 슬금슬금 눈곱만큼 앞으로 다가와 앉았다.

"아니, 그러지 말고 더 가까이 와봐."

겸의 표정이 눈에 띄게 굳어버렸다. 채화는 그것을 봐놓고도 아무 내색하지 않고 태연하게 한 번 더 자신의 옆자리를 톡톡 치며 이불을 걷었다.

"얼른."

또 엉거주춤 다가와 앉던 겸은 이불을 걷고 있는 채화의 왼손을 보았다.

"이불은 왜 그러고 있는 겁니까?"

"이리 와 누우라고."

채화는 일말의 망설임도 없었다. 겸이 이리저리 눈알을 굴렸다.

"……꼭 그래야 합니까?"

"자다가 눈을 떴는데 낯선 곳이야. 근데 너도 없었어. 내 기분이 어땠을 거 같아? 그러니까 어서 와. 난 위로가 필요해."

어찌나 논리 정연한지 겸으로선 따지고 들 방법이 없었다. 낯선 곳이라는 걸 염두에 두었어야 했는데……. 자신의 갈증 해소가 우선이라 미처 거기까지는 생각하지 못한 게 미안했다.

"죄송…… 합니다."

"알았으면 됐어. 어서 이리 와."

채화는 한 번 더 옆자리를 톡톡 쳤다. 겸은 조심스레 옆에 드러누웠다. 채화는 기다렸다는 듯 그대로 겸의 품을 파고들었다.

"그러다 감기 걸립니다."

자신의 품이 차가울 거라는 데 생각이 미친 겸이 움찔 몸을 움직여 빼려 했다. 채화는 팔을 뻗어 그런 겸을 도로 끌어당겼다.

"그렇게까지 차갑지 않아. 바닥도 따뜻하고."

"하지만 서늘하지 않습니까? 인간에게는 따뜻한 게 좋은 거라 들었습니다. 특히나 환자라면……."

"마음이 따뜻한 게 더 중요해."

채화는 그대로 눈을 감아버렸다. 겸은 그런 채화를 차마 밀어낼 수 없었다. 딱히 기분이 나쁘지도 않았다. 어느덧 겸 또한 팔을 들어 채화를 안고 있었다. 채화의 체취가 물씬 풍겼다. 여전히 달큰했다. 동시에 갈증이 느껴졌다. 심각하진 않았다. 단순히 피가 필요한 것과는 뭔가 달랐다. 아련한 꿈속의 향기인 것처럼 묘하게 사람을 취하게 하는 향기였다. 겸은 몇 번이고 숨을 들이켜 채화의 체취를 음미했다.

서늘한 겸의 품에서 다시 스르륵 잠들려던 채화는 문득 묘한 걸 느꼈다.

이리저리 꿈틀대다 서로의 몸이 닿았다. 그때만 해도 아무 생각이 없었다. 그런데 자세를 편하게 하기 위해 몇 번 더 움직이다가 비로소 깨달았다.

비록 경험은 없지만 시집가기 전날, 모친과 함께 하룻밤을 보내며 합방에 대한 이런저런 이야기를 들어 남녀 간의 관계에 대해 대충은 알고 있었다. 그런데 겸의 몸이 지금…….

채화가 확 얼굴을 붉히며 겸의 품에서 빠져나왔다. 그때까지도 채화의 향기에 취해 있던 겸이 눈을 떴다.

"왜…… 그러십니까?"

몸을 일으킨 채화는 여전히 얼굴이 빨갰다. 겸은 영문을 모르는 눈치였다. 겸의 아무렇지 않은 얼굴을 보며 채화는 한참을 머뭇거리다가 손을 들어 가리켰다.

"인간…… 여자한테 반응 안 하는 거 확실한 거야?"

말을 마친 채화의 얼굴이 더더욱 빨개졌다. 채화가 가리킨 곳을 바라본 겸이 몸을 일으켜 앉더니 민망하게 웃었다. 사타구니가 불룩해져 있었다. 채화는 민망한 듯 얼른 고개를 돌려 버렸다. 난처한 얼굴로 한참을 머뭇거리던 겸이 힘겹게 입을 열었다.

"갈증…… 때문입니다."

"갈증?"

채화가 슬쩍 눈길을 줬다가 다시 돌렸다. 아직도 얼굴이 빨간 상태였다.

"흡혈이라는 건 단순히 음식을 먹는 게 아닙니다. 이게 좀 설명하기 복잡한데 인간들도 맛있는 음식을 먹으면 좋아하지 않습니까? 그 비슷한 쾌락을 우리도 흡혈 중에 느낍니다. 그 쾌락이 강해지면 이렇게 신체적인 변화가 동반되기도 합니다."

직접 설명하면서도 겸은 의아했다. 쾌락이 먼저요, 변화가 후자다. 그러나 지금은 그 반대가 아닌가? 왤까? 겸은 도저히 그 이유를 알 수 없었다. 그러나 채화는 달랐다. 겸과 달리 채화는 순식간에 조각나 있던 그림을 짜 맞출 수 있었다.

그 순간 겸의 염려대로였다면 분명 죽음이 두려워야 했다. 그러나 채화의 얼굴에는 미소가 떠올랐다. 겸은 여전히 혼란스러운 눈치였다. 채화는 그를 이해시키기 위해 다소 뜬금없어 보이는 질문을 뱉어냈다.

"흡혈귀는 아기를 어떻게 만들어?"

갈증에 대해 어찌 설명해야 하나 고민하던 겸이 어리둥절한 얼굴로 고개를 들었다.

"갑자기 그건 왜 물으십니까?"

"얼른 대답이나 해봐."

채화는 생글거리고 있었다. 겸은 영문을 몰랐으나 질문에 답하지 않을 수도 없었다.

"가임기가 되면 여성 흡혈귀가 유혹 향을 뿜어냅니다. 그것은 자신이 노린 단 한 남자만을 위한 향기라 그 향기를 맡은 남성 흡혈귀는 그대로 취해 버립니다."

"그런 거 말고 그러니까 그, 아기를 만들 때, 그……."

채화는 난감했다. 이걸 어찌 설명한단 말인가? 겸은 정말 순수하고 천진한 눈망울이었다. 붉은 눈을 보고 그런 생각을 하게 될 거라고 예상이나 했을까? 시집가기 전, 어머니가 어찌 그리 난처해하는지 도통 이해를 못 했더랬다. 그러나 지금은 뼈저리게 느끼고 있었다.

"무엇이 알고 싶으신 겁니까?"

겸이 물었다. 한참을 더 고민하던 채화가 질문을 바꿨다.

"인간하고 똑같은 방법으로 만드는지 궁금해서."

겸이 고개를 갸웃거렸다. 아무리 봐도 채화는 흡혈귀의 아기가 어떻게 생기는 건지 궁금해하는 것 같지 않았다.

"정확히 무얼 알고 싶으신 겁니까?"

채화는 한숨을 푹 내쉬었다. 돌려 말하기는 애초에 그른 것 같앉다. 그간 과부촌에서 아낙들의 수작에 눈살을 찌푸리거나 자신을 사내로 보아왔지 않느냐며 투덜거린다거나 했던 것을 떠올려 보면 '그것'에 대해 알고는 있는 건 틀림없었다. 채화는 직설적으로 말해보기로 했다. 참, 많은 용기가 필요한 일이었다.

"흡혈귀하고 인간하고 그거…… 가능한지 묻고 싶어서 그래."

"그게 뭡니까?"

"그, 그거 있잖아. 남자랑 여자랑 이불 속에서……. 그거 말이야!"

이게 채화의 한계였다. 한참을 멍하니 앉아 있던 겸이 드디어 웃었다. 쿡쿡 웃음을 터뜨리며 겸이 물었다.

"그게 그리 궁금했습니까?"

"그래! 방금 안고 있는데 너 그, 그렇게 됐었잖아!"

"그렇게?"

겸이 문득 고개를 숙였다가 얼굴을 붉혔다. 그러니까, 이걸 그런 걸로 오해했단 말인가? 순간 하도 어이가 없어 겸이 웃음을 터뜨렸다. 바깥에 누가 있었다면 뭐가 그리 재미있을까, 궁금해할 만큼 큰 웃음이었다.

"야, 너 왜 웃어?"

"그냥 제 고민이 다 부질없는 거라 여겨져서 말입니다."

정말 이리도 부질없는 고민이었을 줄이야……. 채화가 겁을 먹으면 어쩌나, 무섭다고 도망가면 어쩌나, 그리도 많은 나날을 고민해 왔는데 이리 엉뚱하게 반응할 줄이야. 웃음이 터질 수밖에 없었다.

"그간 무슨 고민을 했는데?"

채화의 이어진 질문에 겸의 웃음이 사라졌다. 다시 심각한 얼굴이 된 겸이 머뭇거리다가 말했다.

"저는 흡혈귀잖습니까? 하여 제가 갈증을 느낀다고 말하면 겁을 먹을 거라 생각했습니다."

"내가 왜?"

"갈증에 미쳐 당신이 죽을 만큼 피를 빨게 될 수도 있지 않겠습니까?"

"죽음의 문턱에 다다라 있던 대궐에서도 너는 중간에 멈췄어. 덕분에 나는 이렇게 살아 있고. 그래서 나는 네 마음을 확신했는데 넌 네 마음을 그렇게 못 미더워하고 있는 거였어?"

놀랍게도 채화는 도리어 실망한 눈치였다.

"하지만 덕분에 이리되지 않았습니까?"

고통에 일그러진 겸의 눈에서 눈물이 굴러떨어졌다.

홀홀 하늘을 날 듯 나무에서 나무로 지붕에서 지붕으로 넘나드는 날다람쥐 같은 여자였다. 살금살금 고양이처럼 다니며 귀신놀이에 심취하던 여자였다. 미친 듯이 소리 지르고 미친 듯이 울부짖으며 늘 남들보다 몇 배는 더 활기차게 움직이던 여자였다. 그런 여자가 지금 병상에서 도통 일어나지 못하고 있었다. 그렇게 된 것은 자신이 채화의 피인 줄도 모르고 미친 듯이 탐한 덕분이었다. 겸은 자꾸만 흘러내리는 눈물을 막을 수가 없었다.

채화가 다가와 겸을 안아주었다.

"그러지 마. 사지 멀쩡하고 점점 더 좋아지고 있잖아. 조만간 완쾌될 거야. 그러자고 여기 온 거잖아? 그러니까 그런 마음 갖지 마. 설령 그리된다 해도 내 마음은 변하지 않아."

"하지만……."

"그리고 넌 이리 약해진 나를 버리지 않았잖아. 끝까지 지켜줄 거잖아. 난 그렇게 믿고 있었는데 아니야?"

겸이 채화를 떼어내고 눈을 마주 보며 단호하게 말했다.

"이 생명 끝나는 날까지 함께할 겁니다."

채화가 싱긋 웃었다.

"거봐. 그럴 거면서 뭘 그리 무서워해? 도리어 더 기쁘게 생각 해. 이제 나는 너 없이 안 되는 사람이 된 거잖아. 난 그게 더 무 서울 거 같은데? 그래서 네가 싫어할까 봐, 그래서 도망갈까 봐 걱정하고 있었다고 말하면 네 기분은 어떨 거 같아?"

"내가 당신을 버릴 리가 없지 않습니까!"

겸이 버럭 소리 질렀다. 채화는 익살맞게 얼굴을 찡그리더니 귀를 막았다.

"야, 귀 아파. 말이 그렇다는 거잖아. 너 도망 안 갈 거 나도 알아. 너무 잘 알아. 난 한 번도 그런 걱정 해본 적 없어. 그런데 넌 내가 도망갈까 봐 걱정하고 있었다잖아. 그게 터무니없단 건 생각해 본 적 없는 거야?"

또 눈물이 흘러내렸다. 겸은 자꾸만 자꾸만 왜 이리 바보처럼 눈물이 나는지 알 수 없었다. 채화는 이리도 단단한데……. 차돌 보다 더욱 단단하게 마음을 굳히고 있었는데…….

겸이 와락 채화를 끌어안았다.

"미안합니다. 그런 생각을 해서……. 다시는 그러지 않겠다고 맹세하겠습니다."

"야, 맹세고 나발이고……. 컥, 숨…… 막혀……."

채화가 버둥거렸다. 겸이 미안한 얼굴로 슬쩍 힘을 풀었다.

"그래 딱 이 정도, 앞으론 좀 기억해. 너 좋다고 냅다 안아버리면 난 숨이 막힌다고. 가끔은 뼈마디가 성할까 싶을 정도라니까?"

겸이 씩 웃었다. 여전히 얼굴엔 눈물 자국이 가득한 상태였다. 그것을 느낀 채화도 씩 웃었다.

"울다가 웃으면……."

"이럴 때 그런 말은 하지 않는 걸로 합시다."

채화는 얼른 입을 다물었다. 빙그레 미소가 떠올랐다. 채화도 두 팔을 들어 겸을 끌어안았다. 두 사람은 오래도록 그렇게 안고 있었다.

그러다 먼저 입을 연 것은 채화였다.

"음. 이만큼이면 충분하지 않아?"

겸은 아무 대답도 하지 않았다. 채화가 버둥거렸다.

"나 궁금한 거 있단 말야."

그제야 겸이 슬그머니 팔을 풀어주었다.

"또 뭐가 그리 궁금한 겁니까?"

"넌 흡혈귀잖아. 조선에는 평생 동안 죽을 때까지 흡혈귀의 존재 자체를 모르는 사람들이 태반이야. 근데 나는 그 흡혈귀를 연인으로 두었잖아? 당연히 궁금한 게 많지 않겠어?"

연인이라……. 그 말이 듣기 좋아 겸이 쿡쿡 웃으며 말했다.

"뭐가 그리 궁금합니까?"

"나 진짜 궁금한 거 다 물어봐?"

"살살 무세요."

채화가 앙, 송곳니를 드러냈다. 겸이 킥킥거렸다. 분위기를 일부러 가볍게 풀어놨건만 채화는 또 한참을 고민해야 했다. 그러나 이 기회를 놓치면 영영 다시 물어볼 기회가 오지 않을 것 같기에 이를 악물고 뱉어냈다.

"흡혈귀랑 인간이랑 만리장성을 쌓는 게 가능한 거야?"

한참을 고민하던 겸이 무릎을 탁 치며 말했다.

"아, 광주댁이 말하던 만리장성이 그런 의미였던 겁니까? 남녀가 운우지정을 쌓는 거?"

"그, 그래! 그러니까 대답이나 해봐. 인간이랑 흡혈귀랑 가능하긴 한 거야?"

겸은 정말 진지하게, 정말 심각하게 한 손으로 턱을 만지작거리며 고민했다.

"음…… 이론상 가능하긴 할 겁니다. 흡혈귀와 인간은 다른 점도 많지만 같은 점도 많죠. 생식기는…….'"

"그만! 거기까지!"

채화가 말을 막았다. 겸이 씩 웃었다.

"왜요? 그 말이 그리도 부끄럽습니까? 생…….'"

겸이 또 말을 꺼내려는데 채화가 베개를 던졌다. 충분히 예상한 터라 겸은 너무나 쉽게 피했다.

"어쨌든! 결론은 가능하다, 이거네? 그치?"

채화는 얼굴을 붉히면서도 꿋꿋하게 말을 이었다. 겸은 그 모습이 귀여웠다. 또 갈증이 났다. 불쾌하지 않은 기분 좋은 갈증이었다. 그러나 갈증과는 별개로 채화에게 괜한 헛꿈은 심어주고 싶지 않아서 단호히 고개를 저었다.

"가능하긴 한데 아마 인간 쪽이 죽을 겁니다."

채화는 놀래지도 않고 되물었다.

"왜?"

"관계 시에 상대를……."

겸이 잠시 말을 끊었다. 뭔가 가물가물 잡힐 듯 말 듯 했다.

"왜? 상대를 뭐?"

채화의 닦달에 겸은 말을 이었다.

"물어뜯…… 지 않고 할…… 수가 없을…… 테니까요."

순간 겸은 뒤통수를 얻어맞은 것 같았다.

"세상에……."

이제야 갈증이 의미하는 바를 알았다. 믿을 수 없었다. 그게 가당키나 한 일이란 말인가?

흡혈귀들은 인간의 감정놀음을 이해하지 못했다. 그것은 겸 또한 마찬가지였다. 때문에 자신이 그렇게나 경멸하고 천박하다 여겨왔던 '사랑'을 하고 있다는 걸 인정할 수 없었다. 혼란스러웠다. 동시에 정체불명의 온갖 감정들이 겸을 덮쳤다.

채화는 변화무쌍한 겸의 얼굴을 물끄러미 바라보기만 했다. 도저히 정체를 알 수 없는 온갖 감정들이 그의 얼굴에서 떠돌았다. 그것이 무슨 의미인지 궁금했던 채화는 물어보기로 했다.

"뭐 해?"

겸은 아무 대답이 없었다. 채화는 조금 더 기다려 보고자 했다. 그러나 그 기다림은 자꾸만 길어졌다. 그래서 다시 끼어들기로 했다.

"그러니까 가능은 한데 흡혈귀는 상대를 물어뜯으니까 위험해서 안 된다, 그 소리인 거야?"

겸은 흐리멍덩한 얼굴로 대답했다.

"예."

여전히 충격에 휩싸인 것처럼 보였다. 인간과 관계를 맺는다는 사실이 흡혈귀들에겐 상상조차 할 수 없는 일인 건가 하는 생각이 들었다. 조금 서운했지만 채화는 아무 내색하지 않기로 했다. 그게 정말이라면 자신이라도 아무렇지 않은 척해야 했다.

"응. 알았어."

최대한 무심하게 대꾸하면서 채화는 겸의 눈치를 살폈다. 그는 아직까지도 혼란의 도가니에서 빠져나오지 못하고 있었다.

"근데 무슨 생각해?"

채화의 질문에 겸이 얼른 현실로 돌아왔다. 현실로 돌아온 순간 채화의 갸름한 얼굴이 눈에 맺혔다. 동시에 모든 고민이 사그라졌다.

어차피 이곳엔 흡혈귀가 없는데 그쯤이야 어떠랴? 다시 돌아가지 않으면 그만이 아니던가? 어차피 류를 찾을 수 없다면 돌아가지 않아도 상관없는 게 아닌가? 흡혈귀가 없는 세상에서 홀로 흡혈귀로 살아가는 데 자긍심 따위 무엇에 쓴단 말인가?

채화로 말미암아 한순간 영혼까지 뒤흔들었던 고민은 삽시간에 아무것도 아닌 일이 되었다. 참으로 놀라운 일이었다.

"아닙니다. 아무것도."

그래서 대답을 하는데 아무 거리낌이 없었다. 채화가 피식 웃었다.

"뭔가 되게 복잡해 보였는데? 정말 아무 문제 없는 거야?"

"예."

"혹시 욕구를 이기지 못해 날 잡아먹는다거나 해서 죽일까 봐 걱정하고 있었던 건 아니지?"

"그런 걱정, 이젠 하지 않아도 될 거 같습니다."

알 수 없는 자신감이 샘솟았다. 태생까지 거부하는 사랑. 인간들이 위대한 사랑 운운할 때 콧방귀를 뀌었는데 이제는 그 말에 동조할 수밖에 없음을 깨달았다.

이제 두려울 건 아무것도 없었다. 더는 갈증에 시달려 채화를 멀리하지 않아도 된다는 걸 알았다. 알 수 없는 행복감이 가슴 밑바닥에서부터 차곡차곡 쌓이기 시작했다.

겸이 바싹 다가앉았다. 그 기세에 채화가 주눅이 들었다.

"왜…… 그래?"

겸이 빙그레 웃더니 살짝 입을 맞췄다. 워낙 순식간에 지나간 일이라 채화는 멍하니 있었다. 아무 반응 없는 채화를 보며 겸이 중얼거렸다.

"이런 거…… 좋아하는 거 아니었습니까?"

겸은 민망한 듯 머리를 긁적였다. 채화의 눈이 드디어 반짝였다.

"야! 그렇게 금방 왔다 가면 어떻게 해?"

"이렇게 하는 게 아닙니까?"

채화는 속이 터졌다.

"너 안 해봤어?"

"해볼 기회가 있을 리가 없지 않습니까?"

"흡혈귀의 가임 기간도 한 달에 한 번 오는 거 아냐?"

"백 년에 한 번입니다."

순간 채화는 말문이 막혔다. 백 년에 한 번 돌아오는 가임기라니⋯⋯. 겸이 설명을 덧붙였다.

"가임기는 백 년에 한 번씩 전체 일족에게 한꺼번에 나타납니다. 가끔 다른 일족의 피가 섞인 이들은 혼자 따로 하기도 합니다만⋯⋯."

"그럼 너는 아직 백 살이 안 된 거네?"

겸이 얼른 입을 다물었다. 이렇게 나이를 밝히려는 건 아니었는데⋯⋯.

"일 년간 엄마 배 속에 있고 일 년간 온천 속에 있다가 성인이 됐댔으니까 최소 세 살이라는 거네? 세상에! 나는 지금 핏덩이랑 사랑을 하고 있는 거야?"

겸이 눈살을 찌푸렸다.

"그렇게 어리진 않습니다만⋯⋯."

"그래서 몇 살인데?"

"어차피 성체가 되면 우리는 모두 성인 대접을 받습니다. 딱히 신경 쓸 문제가 아닙니다."

"뭐야 그러면 굳이 대답을 안 해줄 필요는 없는 거잖아. 응? 응? 응?"

채화가 눈을 빛냈다. 반짝거리는 눈망울을 보게 된 겸은 도저히 대답을 하지 않고는 버틸 수가 없었다.

"얼마 전에⋯⋯."

"전에?"

"⋯⋯십육 년이 지났습니다."

침묵이 내려앉았다. 잠시 멍한 얼굴로 앉아 있던 채화가 딸꾹질을 했다. 얼른 자리끼를 가져다주면서 겸이 불퉁거렸다.

"그러게 왜 물어봅니까?"

"아니, 그래도 나는 최소한 스물은…….'"

"스물이나 열여섯이나 사 년쯤이야…….'"

채화는 연신 딸꾹질을 했다. 겸이 한숨을 내쉬었다.

"이래서 말 안 하려고 한 겁니다."

"아니, 그래도……. 딸꾹!"

겸이 냉큼 한 번 더 자리끼를 내밀었다. 채화는 두말없이 받아 마셨다. 딸꾹질은 한참을 더 계속되다가 가까스로 가라앉았다. 채화의 얼굴에 미소가 떠올랐다.

"뭐가 그리 좋습니까?"

"그냥 참 운도 좋구나 싶어서.'"

"무슨 의미입니까?"

"생각해 봐. 사내들은 스무 살짜리든 환갑노인이든 모두 열여덟 꽃다운 처녀만 좋아해. 난 그게 불만이었지. 그래서 나는 꽃다운 열여덟 총각이 아니면 사랑 따위 하지 않겠다고 작정했었어. 그러다 흡혈귀를 사랑하게 되면서 물 건너갔구나, 싶었는데…….'"

채화가 잠시 말을 끊고 씩 웃었다. 겸 또한 따라 웃으며 추임새를 넣었다.

"싶었는데?"

채화가 눈을 반짝이며 물었다.

"인간이 자신보다 어린 흡혈귀를 만날 확률이 얼마나 될까?"

겸은 짐짓 진지한 얼굴로 대꾸했다.

"희박하다고 봐야죠. 어린 흡혈귀들은 본거지에서 나올 일 자체가 없으니까."

"그럼 넌 어떻게 나왔어?"

"조선말을 할 줄 아는 흡혈귀가 별로 없었어요. 저 이외의 흡혈귀들에겐 여러 가지 사정들이 있었고 덕분에 제가 선택되었죠."

"조선말은 왜 배웠는데?"

"전쟁 중인 아일랜드에서 어린 흡혈귀들은 작전 수행의 경우가 아니면 외출이 금지되어 있어요. 문제를 일으키니까요. 덕분에 심심했죠. 그래서 그냥 시간 때우기로 배운 거예요."

채화가 씩 웃었다.

"결국, 우리의 만남은 우연과 우연의 산물이란 거잖아?"

겸이 채화의 이마를 툭, 밀며 말했다.

"뭘 그렇게 빙빙 돌려요?"

채화가 자신의 이마를 문지르며 천연덕스럽게 반문했다.

"내가 무슨 말을 하고 싶은 것처럼 보이는데?"

겸이 음, 소리를 내며 고민했다. 채화가 재촉했다.

"뭔데 뭔데? 내가 무슨 말을 하고 싶은 것처럼 보이는데?"

고개를 절레절레 흔든 겸이 대답했다.

"조선말로 뭐라고 하는지 기억이 나질 않아서요."

"아일랜드에서는 뭐라고 하는데?"

"데스티니."

"데…… 뭐?"

"데스티니요."

"그게 운명이란 아일랜드말이야?"

겸이 손뼉을 딱 쳤다.

"맞아요 그거."

채화가 활짝 웃었다.

"그럼 이제 내가 무슨 말을 하고 싶어 하는지 알겠네?

겸이 고개를 끄덕이더니 씩 웃으며 말했다.

"운명 같은 사랑. 맞죠?"

채화가 와락 겸의 목을 끌어안았다.

"맞아. 그러니까 좀 더 안아보자."

겸이 빙그레 미소를 머금었다. 달콤한 갈증이 샘솟았다. 그 정체를 알게 된 이상 이제 더는 두려워할 필요가 없었다. 겸이 슬그머니 채화의 목덜미에 머리를 묻었다. 채화의 체취가 더욱 진해졌다. 심장박동에 맞춰 두근두근, 채화의 체취가 함께 두근거렸다. 겸은 자신도 모르게 채화의 목덜미를 살짝 깨물었다. 툭, 피가 터져 나왔다. 그 한 방울이 아까워 혀로 핥아냈다. 겨우 그 정도의 피만으로도 짜릿함이 전신으로 퍼져 나갔다.

"흐응, 그게 흡혈귀의 사랑 방식이구나?"

채화가 슬쩍 목을 만져 보았다. 이미 지혈이 된 터라 피가 더 묻어나진 않았다. 겸이 얼굴을 붉혔다.

"원래 그런 건 아닙니다."

"그래?"

"흡혈귀들에게는 애정 행각 자체가 없으니까요."

"그럼 넌 방금 뭐한 거야?"

겸은 빙그레 웃기만 했다.

"왜 웃기만 해?"

"대답하기 애매하네요."

"뭐야? 비밀이라도 되는 거야?"

"그래서 그런 게 아닙니다. 설명하기 난감해서 그래요."

"왜 난감한데?"

"세상 그 어느 흡혈귀도 인간과 이런 감정에 빠질 거라 여기지 않았죠. 나 또한 마찬가지입니다. 일반적으로 우리에게 관계라는 건 운우지정이 아니라 후손을 남기기 위한 기계적인 행위일 뿐이니까요."

채화가 슬그머니 미소를 지었다.

"그게 무슨 감정인데?"

겸도 따라 씩 웃었다.

"이젠 안 넘어갑니다."

"야, 뭘 또 넘어가고 말고야? 그냥 물어본 거잖아."

"그러실 필요 없습니다."

"뭐가?"

채화가 천연덕스럽게 물었다. 겸이 빙그레 미소 지었다.

"사랑합니다."

채화는 얼굴이 확 붉어지는가 싶더니 슬그머니 고개를 숙였다.

"나, 나도……."

난생처음 다소곳해진 채화를 겸이 품에 안았다. 두 사람은 그렇게 행복에 취했다.

6장
고래 등을 터뜨린 새우

    살짝 노란빛이 감도는 연초록 당의 자락이 풍성한 붉은 치마 위에 얌전히 내려앉았다. 붉은 치마 밑단의 금직이 무척이나 고급스러웠다. 풍성한 가체라도 있었다면 왕실 비빈으로 오해라도 할 법한 차림이건만 채화는 쪽찐 머리 그대로였다. 신분을 나타내는 당의의 흉배 장식 또한 없기에 양반이 아님을 만천하에 드러내는 것이나 마찬가지였으나 그래도 채화는 기분이 좋았다. 실로 오랜만에 입어보는 비단옷이었다.

    채화가 손을 뻗어 치맛자락을 살짝 들어 올렸다. 당의의 새하얀 소매 끝으로 안에 받쳐 입은 저고리의 진분홍 끝동이 살며시 모습을 드러냈다. 그 모습이 어찌나 고운지 겸의 얼굴에 절로 미소가 피어났다.

    조심스레 꽃수가 놓인 비단신을 신은 채화가 댓돌 아래로 내려섰다. 뜰에서 기다리고 있던 겸이 활짝 웃었다.

"곱습니다."

"정말?"

채화도 씩 웃었다. 쪽찐 머리를 제외한다면 혼인 전 시절로 돌아간 느낌이었다. 그때는 이렇게 번듯한 기와집에서 비단옷을 입고 행복하게 살았었는데…….

"왜 그러십니까?"

겸이 물었다. 채화가 얼른 생각을 털어내고 미소 지었다.

"아무것도 아냐. 근데 넌 왜 옷차림이 그대로야?"

겸은 여전히 장삼에 삿갓 차림이었다. 채화가 고개를 갸웃거렸다.

채화의 건강이 많이 좋아졌다. 일상생활에 지장이 없을 거라는 선고가 내려지기 무섭게 대궐에서 연락이 왔다. 입궐하란 어명이었다. 그러기 위해선 그에 맞는 구색을 갖추어야 했다. 그것이 법도요, 예법이었다. 두 사람에게 여력이 없음을 미리 짐작한 임금은 그에 맞는 의복을 하사해 준 참이었다. 채화가 묻고 있는 것은 임금이 하사한 옷을 왜 입지 않았느냐는 것이었다.

겸이 얼굴을 구겼다.

"대궐에서 나온 건 무엇 하나 마음에 드는 게 없습니다."

채화가 피식 웃었다. 참 어린애다운 발상이 아닐 수 없었다. 그러나 이해했다. 한번 들어갔다가 죽을 뻔했으니 대궐 쪽은 바라보는 것도 싫으리라…….

서쪽 하늘을 바라본 채화가 물었다.

"약은 다 바른 거야?"

그림자가 길긴 했으나 아직도 해는 많이 남아 있었다.

"걱정하지 마세요. 때처럼 밀릴 정도로 발랐으니."

"으, 드러."

겸이 깔깔거리고 웃었다.

아랫것의 안내를 받아 대문 밖으로 나오자 기다란 행렬이 기다리고 있었다. 빈 사인교를 발견한 겸은 당연하다는 듯 그곳에 채화를 앉히려 했다.

"송구합니다. 어의 영감의 자리입니다."

집사가 정중히 고개를 숙였다. 겸이 눈살을 찌푸렸다.

"지금 환자는 걸어가고 사지 멀쩡한 사내가 이걸 타고 간다는 거야?"

난생처음 본 집사에게 불쑥 반말이 튀어나왔다는 것은 겸이 지금 상당히 불쾌하단 소리였다. 채화가 얼른 만류했다.

"원래 지체 높은 분들이 타고 다니는 거야."

"그럼 당신은 지체가 낮으니 몸이 좋지 않아도 당연히 걸어야 한다고 말하는 겁니까?"

"나 이제 괜찮아. 대궐까지 거뜬히 걸을 수 있어."

흠흠, 헛기침 소리가 들렸다. 뒤늦게 나온 어의가 대문 앞 계단을 내려오고 있었다. 집사가 쪼르르 달려가 고자질했다. 가만히 듣고 있던 어의의 얼굴에 순간 불쾌함이 스쳤다. 그러나 그대로 내버려 둘 수도 없었다. 두 사람이 임금에게 어떤 의미를 가진 인물인지 너무나 잘 아는 터였다.

어의가 명했다.

"가서 아씨의 가마를 가져오거라."

"영감마님, 그 가마가 없으면 아씨께서는 어찌 출타를 하십니까?"

"과년한 처자가 해도 다 지는 이 마당에 어디 출타를 한단 말이더냐? 가서 냉큼 가져오거라."

집사는 얼른 굽실거리며 집 안으로 사라졌다. 거만하게 걸어 내려오는 어의의 앞길을 막고 있던 채화가 얼른 옆으로 비켜섰다.

잠시 후, 꽃가마가 내려왔다. 겸은 손수 가리개를 열고 채화를 태웠다. 채화가 가마에 탄 것을 확인한 집사가 출발 명령을 내렸다. 거창한 행렬이 그제야 움직이기 시작했다.

흔들흔들 흔들리던 가마의 작은 창문이 열렸다.

"과년한 처자가 어디 출타를 한단 말이더냐? 왜? 아예 고삐에 묶어놓고 키우지?"

가마 속 채화가 투덜거렸다. 그 소리가 들렸는지 따르던 이 하나가 큭, 웃음을 터뜨렸다. 흘깃 그자에게 눈길을 보냈던 겸이 채화를 향해 미소 지었다.

"누가 듣습니다."

"들으라지 뭐."

"그러다 열녀……."

채화가 흠흠 헛기침으로 말을 막았다. 겸이 빙그레 웃더니 말을 바꾸었다.

"그게 들통나면 어쩌실 겁니까?"

"괜찮아. 난 여인이잖아."

채화는 자신만만하게 웃음 지으며 창문 쪽에 붙어 앉았다. 조금이라도 더 겸과 가까이 있고 싶었다. 가마꾼 중 하나가 신음했다. 채화의 체중이 쏠린 쪽이었다. 채화가 냉큼 가운데로 다시 옮겨 앉았다. 겸이 키득거렸다.

"아, 가시방석이 따로 없네."

"그래도 걷는 것보다 낫습니다."

채화는 입을 내밀고 투덜거렸다. 전부 다 겸에 대한 욕이었다. 겸은 못 들은 척 빙그레 웃기만 했다.

대궐 문이 열렸다. 가마를 타고 가야 한다고 우기는 겸과 걸어가야 한다는 어의 영감 사이에서 잠시 실랑이가 있었으나 채화 덕분에 어의 영감의 승리가 되었다.

해가 다 저물고 어둠이 깔린 인정전이 소리 없이 열렸다. 안에서 기다리고 있는 것은 임금과 칼잡이 둘뿐이었다.

"어의 영감은 수고했소. 이제 그만 퇴청하시오."

어의는 정중히 예를 취하고는 물러났다. 어의가 물러나며 열린 문으로 우가 내관을 불러들였다.

"하명하시옵소서."

종종걸음으로 들어온 내관이 정중히 예를 취했다. 우가 진중한 얼굴로 명했다.

"인정전 내, 단 한 사람도 남기지 말고 백 보 이상 떨어져 있게 하라."

"명 받들겠나이다."

이유도 묻지 않은 채 내관은 다시 허리를 숙여 뒷걸음쳤다. 장지문이 다시 닫히고 조용히 물러 나가는 소리들이 들렸다. 이윽고 완전한 적막이 찾아왔을 때 우가 입을 열었다.

"그래 건강은 어떠한고?"

"주상전하의 성은에 쾌차하였나이다."

채화가 크게 큰절을 하며 감사를 표했다. 우가 미소 지었다.

"쾌차하였다니 다행이구나."

우의 시선이 겸에게로 돌아갔다. 겸은 여전히 뻣뻣하게 서서 불퉁한 표정을 짓고 있었다. 채화가 몇 번 눈치를 주었지만 요지 부동이었다.

"그래. 너도 완전히 회복되었느냐?"

"그렇다."

채화가 겸을 노려보았다. 겸은 못 본 체했다. 여전히 우에게 존대해 주고 싶은 마음은 눈곱만큼도 없었다.

"둘 다 건강해졌다 하니 이제 약조를 지킬 때로구나."

우의 시선은 겸에게 향해 있었다. 채화는 무슨 소린지 이해하지 못한 얼굴이었다. 그러나 아무리 그녀라도 하늘 같은 나라님 앞에서 방정을 떨 수는 없는 일, 그저 겸을 한 번 바라보는 게 다였다. 겸이 멋쩍은 얼굴로 시선을 외면했다. 두 사람을 흘깃 바라본 우는 대번에 둘의 관계를 눈치챘다. 저보다 연상이었던 조강지처와 자신의 관계가 딱 저들 같았다. 괜히 그녀가 떠올라 우는 얼른 고개를 돌렸다.

"자, 저들이 네가 변화시켜야 할 자들이다."

겸이 우가 가리킨 곳을 보았다. 그곳에 반듯한 자세로 서 있는 칼잡이 둘이 있었다.

"둘 다 나의 운검이다. 나를 위해 죽고 나를 위해 사는 자들이지. 이 대궐 안, 몇 안 되는 충신이기도 하다."

"죽을 수도 있다는 말은 해준 거야?"

채화가 또 노려보았다. 겸은 여전히 모른 척했다. 두 사람 사이의 신경전을 지켜본 우는 웃음을 참아야만 했다.

"아까 말했지 않느냐? 나를 위해 죽고 나를 위해 사는 자들이다. 이 일로 죽게 된다 한들, 저들은 너를 원망치 않을 것이다."

채화는 목구멍이 아주 근질근질했다. 그러나 직접 하명하지 않는 이상 끼어들 수가 없었다. 어린 시절, 양반가의 꽃다운 규수로 모자람 없는 배움을 받은 것이 하늘 같은 임금 앞에서 새삼 영향력을 발휘하는 중이었다.

겸이 슬쩍 채화를 바라보았다. 변화 과정 중 미친다면 가장 먼저 노릴 것은 인간의 피다. 임금이야 죽든 말든 관심 밖이지만 채화가 위험하게 내버려 둘 생각은 없었다.

겸이 채화에게 말했다.

"혹, 나가서 기다릴 생각은 없습니까?"

겸이 말을 걸자 채화의 막힌 둑이 터져 버렸다.

"내가 왜 나가야 되는데? 저 두 사람이 죽을 수 있다는 게 무슨 소리야? 너 또 나 모르게 무슨 사고를 치고 다닌 거야? 나랑 약조했잖아? 사람 죽이지 않겠다고. 나 없는 데서 무슨 짓을 하려는 건데? 대체 나 모르게 임금님하고 둘이 무슨 수작을 부리고 있는 거야?"

뒤늦게 자신이 무슨 짓을 했는지 깨달은 채화가 넙죽 엎드려 '송구합니다'라는 말을 입에 담았다. 우가 웃었다.

"괜찮다. 그는 살인을 하지 않겠다는 너와의 맹세를 깨려는 것이 아니다."

"하오나 방금 죽는다고 하지 않았습니까?"

"그렇게 된다면 그것은 저들의 운명, 그의 탓이 아니다."

여전히 채화의 얼굴엔 불만이 가득했다. 만약 상대가 임금이 아닌 겸이었다면 쉬지 않고 줄줄줄 밤새도록 읊어냈을 게 틀림없을 얼굴이었다. 우가 또 소리 내어 웃었다.

"네 여인을 내보내는 것은 어려울 것 같구나. 옥황상제의 명조차도 쉬이 듣지 않을 것처럼 보이는데 어찌 인간인 내 명령을 듣겠느냐?"

'네 여인'이라는 말에 겸과 채화가 얼굴을 붉혔다. 우가 빙그레 미소 지었다. 역시나, 자신의 생각이 옳았다. 우가 다시 입을 열었다.

"내보낼 수는 없으나 나의 백성이 희생당하게 내버려 둘 수도 없는 법. 이리 오거라."

"……예?"

채화가 바보같이 되물었다.

"내 뒤에 와 있으란 말이다. 최소한 너를 해치기 전에 나를 거치지 않겠느냐? 그렇다면 그사이에 그가 무언가 하겠지."

"하오나 소인이 어찌 주상전하를……."

"그리하시지요."

겸이 냉큼 끼어들었다. 우는 그가 그럴 줄 알았다는 듯 채화에게 손짓했다.

"괜찮다. 과인이 윤허하지 않았느냐? 어서 오거라."

채화의 시선이 칼잡이들에게 향했다. 그들은 임금의 명인 탓인지 눈썹 한 올 까딱이지 않았다. 엉거주춤 일어난 채화는 살금

살금 단상을 올라 임금의 의자 뒤로 돌아갔다.

그제야 겸이 칼잡이들에게 다가갔다.

"설명은 확실히 들었나? 죽을 수도 있다는 것, 혹은 미친놈이 되어 날뛰다가 살해당할 수 있다는 것."

"모든 설명은 충분히 들었소."

"더럽게 아플 거란 말도 들었나?"

"고통 따위 이골이 난 몸이오."

대답은 모두 좀 더 나이 든 무사가 했다.

"왜 흡혈귀가 되려는 건데?"

"보다 더 강해질 수 있다 하였소. 인간은 다다르지 못할 경지에 도달할 수 있다 하였소. 그리되어 임금님께 도움이 되는 것이 내 꿈이요."

"너는?"

"마찬가지요."

두 사람은 단호해 보였다. 그들의 눈동자에 두려움은 없었다. 평생을 수련해 온 도인 같은 눈빛들이었다.

"좋아. 누가 먼저 할래?"

"장유유서라 하였소. 내가 먼저 하리다."

나이 많은 이가 앞으로 나섰다. 겸이 젊은 무사에게 말했다.

"혹시 모르니까 임금 앞에 가 있어."

무사는 꾸벅 고개를 숙이더니 잽싸게 그 앞으로 이동해 칼을 빼 들었다.

"처음엔 기분이 좋을 거지만 후엔 미치도록 괴로울 거다."

중년의 무사는 두 눈을 감는 것으로 모든 준비를 마쳤음을 알렸다. 크게 심호흡한 겸이 가차 없이 무사의 목을 물어뜯고 피를 빨았다. 굳이 피를 빨 필요까지는 없었다. 그러나 뒤이어질 엄청난 고통을 상쇄시켜 줄 뭔가가 필요했다. 미치거나 죽게 되는 이유는 바로 그 고통을 이겨내지 못해서였다.

중년의 무사가 서서히 쾌락에 젖어가는 게 보였다. 충분히 취했다 여겨진 순간, 겸은 흡혈을 멈추고 독을 뿜어냈다. 비틀거리던 무사가 바닥에 쓰러졌다. 송곳니를 빼낸 겸이 얼른 그 위에 올라탔다.

무사의 얼굴이 서서히 일그러졌다. 이윽고 괴성을 내질렀다. 온몸의 핏줄이 검게 도드라졌다. 눈에는 핏발이 섰다. 잔뜩 움켜쥔 손의 뼈마디가 불룩불룩 튀어나왔다. 드디어 변화가 시작되었다. 무사는 몸부림쳤다. 계속해서 이어지는 비명에 임금도 채화도 귀를 막았다. 그저 듣고만 있을 뿐인데도 고통이 실감되어 눈물이 날 지경이었다. 이렇게 날이 새도록 끝나지 않는 것일까 싶을 만큼 무사의 울부짖음은 끝이 없었다.

이윽고 비명이 서서히 잦아들었다. 번쩍 뜨인 그의 눈동자는 완벽한 붉은색이었다. 겸은 다 된 줄 알고 몸을 일으켰다. 그 또한 변화를 시켜본 적이 없으니 어쩔 수 없었으리라. 그런데 아니었다. 겸의 힘이 빠진 사이 중년의 무사는 겸을 집어 던지고 몸을 날렸다.

핏발 선 붉은 눈동자와 날카로운 송곳니를 뽐내며 짐승처럼 변한 무사가 달려들었다. 젊은 무사가 이를 악물고 칼을 빼 들었지만 막을 수 있을 리 없었다.

카앙!

순식간에 짐승의 본성을 드러낸 겸이 달려들었다. 삽시간에 몸을 날린 겸이 중년의 무사가 인간들에게 달려드는 것을 막아 냈다. 갑작스레 공격당한 그가 몸을 낮추고 겸을 노렸다. 겸은 온몸의 살기를 개방하고 울부짖었다. 변화 중의 무사가 깜짝 놀란 것처럼 움찔했다. 그러더니 다시 고통에 몸부림쳤다. 냅다 뛰어든 겸이 다시 그를 끌어안았다. 어느새 그는 자학까지 하고 있었다.

"참아! 고통만 이겨내면 돼!"

지켜보는 이도 변화되는 이도 억제하는 이도 모두에게 영겁같이 여겨지는 시간이 흘러갔다. 모두가 숨쉬기조차 잊고 쳐다보는 사이 무사에게 또 변화가 찾아왔다.

중년의 나이임을 증명해 주던 주름이 사라졌다. 피부 또한 탄력을 되찾았다. 유난히 눈에 띄는 변화는 머리칼이었다. 반백이었던 그의 머리칼이 완전히 검어졌다.

변화가 끝나자 여전히 중년의 무사라는 걸 알겠는데 묘하게 느낌이 달랐다. 사내답게 생기긴 했으나 절대로 잘생긴 얼굴이 아니었었는데 다시금 쳐다보는 그의 얼굴은 어디 내놔도 빠지지 않을 만큼 매력적으로 변해 있었다.

식은땀을 흘리던 무사의 숨결이 이윽고 잦아졌다. 한참 후, 그가 말했다.

"이젠 되었으니 놓아주시게."

겸이 그를 살폈다. 그리고 이내 한숨을 쉬며 놔주었다.

"이겨내는 인간이 거의 없다고 들었는데 당신도 참 대단하오."

진심이었기에 겸의 말투는 존대로 바뀌어 있었다. 변화된 무사가 씩 웃었다. 기묘했다. 여전히 똑같은데 어째선지 그 미소에서 눈을 뗄 수가 없었다.

"장하구나."

임금이 말했다. 눈동자가 반짝거리는 것이 눈물이라도 고여 있는 듯했다.

"송구합니다."

이제는 흡혈귀가 된 무사가 예를 취했다.

"아니야. 고통을 이기지 못해 미치거나 죽어버릴 정도라던데 그걸 이겨내다니, 역시 너답구나."

"과찬이십니다."

우가 감탄하고 탄복하는 사이 어딘가에서 딸꾹질 소리가 들렸다. 주위를 둘러보던 우는 채화가 딸꾹질을 하고 있다는 걸 알았다.

"많이 놀란 모양이로구나."

우가 손짓하자 젊은 무사가 얼른 임금의 몫으로 놓여 있던 차를 대령했다. 우가 찻잔을 내밀었다. 채화는 얼른 앞으로 나와 찻잔을 받았다. 겸이 걱정스레 다가갔다.

"많이 놀랐습니까?"

"응? 아, 아냐."

채화가 연신 겸을 흘깃거렸다. 우가 말했다.

"아무래도 너의 본모습을 보여준 적이 없는 모양이구나."

"본…… 모습?"

"살기를 뿜어내던 너의 모습에 사내인 나조차 놀랐거늘 여인이 오죽했을까?"

겸이 그제야 미안한 표정을 지었다.

"송구합니다."

"아, 아니야. 우리 지키려고 한 거잖아."

"당신을 지키려고 한 겁니다."

얼굴이 빨개진 채화가 임금의 눈치를 보더니 또 딸꾹거렸다. 우는 빙그레 웃으며 찻주전자를 가져오게 해 손수 한 잔 더 따라 주었다.

"소, 송구합니다."

"괜찮다."

겸이 민망한 듯 헛기침을 하더니 화제를 돌렸다.

"그래서 한 명 더?"

"아니다 되었다."

"왜? 많으면 많을수록 좋은 거 아냐?"

"둘 중 한 명은 죽을 줄 알고 두 명을 준비해 둔 것이었다."

"하여튼 인간이란……. 그럼 이걸로 우리의 거래는 끝인가?"

"그래."

"그럼 우린 이만 가겠어."

"아직 거래가 남았지 않나?"

겸이 눈살을 찌푸렸다.

"대체 무슨 거래가 더 남았다는 거야?"

"그렇지 않으냐?"

우의 시선이 채화에게로 향했다. 마저 차를 다 마시고 가까스로 딸꾹질을 가라앉힌 채화가 냉큼 고개를 숙였다.

"하명하시옵소서."

잔뜩 불쾌해 보이는 겸 또한 어쩔 수 없이 채화의 곁에 남았다. 그런 겸을 한번 슬쩍 바라본 우가 채화에게 말했다.

"아기를 납치했던 칼잡이 스무 명, 기억하느냐?"

"솔직하게 말씀드리자면 소인은 그중 몇몇밖에 기억하지 못하옵니다."

우는 부러 실망한 것처럼 말했다.

"그럼 그들을 모두 잡아다 줄 수 없겠구나."

채화가 슬쩍 고개를 들었다. 실망한 것처럼 들리는 임금의 말투가 뭔가 묘한 구석이 있었다. 우와 채화의 눈이 마주쳤다. 그 순간 채화는 임금의 의도를 알아챘다.

"저는 불가능하나 겸은 가능하옵니다!"

냅다 채화가 뱉어낸 말에 겸이 움찔 놀랐다.

"아니 거기서 왜 또 제가……."

"사실이냐?"

우가 물었다. 겸은 이러지도 저러지도 못했다. 아니라고 하자니 채화가 혼쭐이 날 테고 맞다고 하자니 앞날이 훤히 보였다. 겸이 채화를 난처하게 할 수 있을까? 결국, 겸은 자포자기했다.

"그래 좋을 대로 해라! 그래서 나더러 그 스무 명을 다 잡아 바쳐라 이거냐?"

"과인은 그리 말한 적이 없는데?"

겸이 성질을 부렸다.

"아니긴 뭐가 아니야 지금……!"

버럭 소리 지르던 겸의 앞으로 이제는 흡혈귀가 된 무사가 끼어들었다. 살기를 뿜어내는 폼이 예사롭지 않았다. 겸은 이를 앙

다물었다. 변화 먼저 하게 한 것이 다 이것 때문이었음을 알았다.

"그래, 그리 해주겠다 직접 말하다니 고맙구나. 하면 지금 당장 시작하여라."

"지금?"

"그래. 빠르면 빠를수록 좋겠지. 그래야 네 여인도 비로소 안전해질 것이 아니냐?"

미안해진 우가 슬그머니 채화를 끌어들였다. 겸의 얼굴이 드디어 조금 풀렸다.

"좋아."

겸이 몸을 돌렸다. 우가 다급히 덧붙였다.

"네가 변화시킨 자와 함께하거라."

"혼자서도 충분해."

"그자가 북촌의 공신들에 대해 잘 안다."

겸이 칫, 하고는 무사에게 고갯짓을 했다. 두 흡혈귀가 나란히 인정전을 나섰다. 우는 홀로 남은 젊은 무사에게 명했다.

"의금부에 가서 손님 받을 준비를 하라 이르거라."

젊은 무사가 예를 취하고 물러났다. 무사가 나간 후, 사람들이 다시 제자리로 찾아가는 듯 문밖에서 부산함이 이어졌다.

임금과 단둘이 남은 채화는 난감하기 짝이 없었다. 무얼 해야 하나? 그냥 조용히 기다리고 있으면 되는 건가? 임금과 단둘이라니……. 이거 괜히 승은이라도 입었다고 잘못 소문이 나면 어쩌나? 등등의 생각이 꼬리에 꼬리를 물고 이어졌다.

"불로불사라더니 대체 몇 살일꼬?"

겸이 나간 문을 바라보며 우가 심각한 표정을 지었다. 채화가 그만 피식 웃고 말았다. 우 역시 빙그레 미소를 머금고 물었다.

"평소에도 저렇더냐?"

"예. 평소에는 저것보다 더 심하옵니다."

"이리저리 부리기엔 좋겠구나."

채화는 임금의 앞인 것도 잊고 그만 깔깔 웃고 말았다. 덕분에 두 사람 사이의 어색함이 다소 풀어졌다.

우가 장지문을 보고 크게 말했다.

"게 아무도 없느냐?"

소리 없이 문이 열리고 내관이 들었다. 우가 채화를 눈짓하며 명했다.

"이 여인에게 쉴 만한 처소를 마련해 주도록 하여라."

채화가 얼른 손사래를 쳤다.

"아닙니다. 전하께옵서도 쉬지 않고 계신데 제가 어찌……."

"너를 혹사한다고 그자에게 죽고 싶진 않구나."

채화가 자신도 모르게 또 웃음을 터뜨렸다. 내관이 매섭게 쳐다보는 바람에 얼른 웃음을 지워내고자 했으나 그다지 성공적이지 못했다. 재차 노려보려는 내관을 우가 조용히 만류했다. 내관은 허리 숙이며 복종했다.

우가 다시 말했다.

"자, 그럼 조선을 위해 쉬어주겠느냐?"

"예. 분부 받들겠나이다."

채화는 정중히 예를 취하고 내관을 따라 나왔다.

어스름 밝아오는 새벽빛에 겸의 발길이 바빠졌다. 칼잡이 스무 놈을 상대하느라 바삐 움직였더니 약은 다 지워진 지 오래였다. 칼잡이들은 임금이 바라던 대로 영의정의 집에 대부분이 모여 있었다. 겸은 함께한 무사와 영의정의 집을 쑥대밭으로 만들고 모든 놈을 잡아들이는 데 일조를 했다. 죽은 놈도 몇 놈 있었지만 자신이 한 일이 아니었으니 그로선 양심에 거리낄 게 없었다.

그렇게 임금이 원하는 일을 해치운 후, 겸은 채화의 처소를 찾았다. 일이 완전히 마무리될 때까지 대궐에 숨어 있으라는 임금의 말이 어쩐지 설득력이 있어서 겸은 순순히 대궐에 머물기로 했다.

채화의 고른 숨소리를 이미 몇십 보 밖에서부터 듣고 있었던지라 조심스럽게 문을 열었다. 꼼꼼하게 휘장이 쳐진 어두컴컴한 방에서 채화가 서안에 엎드려 잠들어 있었다. 여전히 일렁이는 초를 보노라니, 아무래도 자신을 기다리다 잠든 듯했다.

"어차피 이기지도 못할 거면서……."

겸이 피식 웃으며 이부자리를 펴고 채화를 눕히기 위해 안아 올렸다. 그 순간, 채화가 몸부림을 치며 소리쳤다.

"계월아!"

겸이 황급히 채화를 다독였다.

"접니다. 악몽을 꾸셨습니까?"

채화는 여전히 꿈에 취한 눈으로 사방을 휘 둘러보았다.

"계월이는?"

"계월이가 누굽니까?"

겸이 묻자 그제야 채화의 눈동자 또한 현실로 돌아왔다.

"아, 아냐. 일은 잘했어?"

"예. 임금이 원하는 대로 잘 처리되었습니다. 아마 내일 아침 장안에 궁금해 죽을 거 같은 사람들이 넘쳐날 겁니다."

"그게 무슨 소리야?"

겸이 씩 웃었다.

"한바탕 소란이 벌어졌는데 무슨 일인지 알 수 없을 거란 말이지요. 임금이 모든 것을 비밀에 부치고 직접 담판을 짓겠다 하였습니다."

"그래?"

겸이 고개를 끄덕였다.

"예. 그래서 우리는 그 일이 끝날 때까지 이곳에서 숨어 지내라 하였습니다."

"아……. 그래서 이렇게 외딴곳이었구나."

두 사람이 머물고 있는 처소는 흡사 대궐이 아니라 해도 믿을 만큼 한적한 곳에 있었다. 대궐의 가장 구석진 곳, 산 아래 그 누구의 시선도 닿지 않을 곳, 어쩐지 종종 어린 왕족들이 숨바꼭질을 하지는 않았을까 싶은 그런 곳이었다.

채화가 늘어지게 하품을 했다.

"주무세요."

"싫어."

"왜 또 고집을 피우십니까?"

"너는 야행성이잖아."

"엄밀히 말하면 굳이 밤이 아니어도 됩니다. 그냥 햇빛 때문에 조금 불편할 따름이죠. 게다가 저는 잠 조금 안 잔다고 해서 크게 탈 날 일이 없습니다만 당신은 아니잖습니까? 그러니 얌전히 누우세요."

"칫."

새침하게 눈을 흘긴 채화는 얌전히 겸이 펴준 이부자리 위에 드러누웠다.

"너도 일루와."

"꼼짝없이 누워 있으라고요?"

"어. 싫어?"

겸이 눈웃음쳤다.

"그럴 리가요."

겸은 당연하다는 듯 채화의 곁에 드러누웠다. 베개도 없이 누워 있던 채화가 멀뚱멀뚱 겸을 바라보았다. 겸은 아무것도 모른 채 그저 미소만 지었다. 한숨을 폭 내쉰 채화가 그의 팔을 끌어다 스스로 팔베개를 했다.

"이렇게 하나하나 일일이 가르쳐야 하는데 늙어 죽기 전에 만리장성을 쌓을 수 있을까?"

물론 아직 어린 겸을 놀리기 위함이었다. 그러나 이제 겸 또한 그저 당하기만 하지는 않았다. 슥 상체를 일으킨 겸이 채화를 내려다보았다.

"왜요? 뭔가 하고 싶으십니까? 그럼 말씀만 하세요. 얼마든지 원하는 대로 해드리죠."

말을 마친 겸은 지금 당장에라도 일을 벌일 듯 가까이 다가왔다. 채화의 얼굴이 붉어졌다. 겸이 낄낄거렸다. 그제야 채화는 겸이 자신을 놀린 것을 알았다. 채화의 눈이 가늘어졌다.

"너 많이 컸다?"

겸이 킥킥거렸다.

"뭐 반쯤은 놀리려고 꺼낸 말이긴 합니다만 거짓도 아닙니다. 원하신다면 얼마든지……."

"어차피 너는 흥미를 못 느낀다며?"

"음, 한 번도 해본 적이 없어 잘은 모르겠지만 딱히 흡혈귀라고 못 느끼는 건 아니지 싶습니다."

"그게 무슨 소리야?"

"순혈 흡혈귀들 중에 변화된 흡혈귀들의 꼬임에 넘어가 육체관계를 즐기기 시작하는 부류들이 있었거든요. 물론, 우리야 그런 천박한 짓거리 운운하며 그들을 천대하긴 했습니다만 혹시 압니까? 저도 그 부류 중 하나가 될지?"

채화의 얼굴에 슬그머니 미소가 떠올랐으나 이내 시무룩해졌다.

"그치만 어쨌든 한 번도 해본 적 없는 거잖아? 그 말은 내가 일일이 가르쳐야 한단 소린데……."

채화가 한숨을 폭 내쉬었다. 겸이 이상하단 얼굴로 물었다.

"왜 한숨을 쉽니까?"

"쪽찐 머리로 열녀문에 똥칠하고 사내들이 계집질하는 데 계집이라고 못 할 건 무어냐 소리 지르는 입장에서 이런 말 하는 게 되게 이상하단 건 아는데……."

겸은 조용히 채화의 다음 말을 기다렸다. 고개를 푹 숙인 채화가 작게 속삭였다.

"나도 아직 한 번도 안 해봤단 말야."

겸은 믿지 못하겠는 얼굴이었다.

"쪽찐 머리는 혼례의 표식이라고……."

"맞아. 맞다고. 쪽찐 머리가 혼례를 올린 아녀자의 표식인 건 맞는데 첫날밤에는 서방이 거나하게 취해서 몸도 못 가누는 바람에 그냥 넘어갔고 하필이면 그다음 날부터 바로 발병을 해서 앓다가 죽었거든. 그래서……."

겸이 채화를 안아주었다. 서늘했건만 채화는 그 품이 세상 무엇보다 포근하다 느꼈다.

"다 상관없습니다. 그게 뭐가 대수랍니까? 둘 다 서툴면 서툰 대로 그렇게 살아가면 되는 거 아니겠습니까?"

"겸아……."

채화가 초롱초롱 눈을 빛냈다. 겸이 씩 웃었다.

"왜요. 멋져 보입니까?"

"아니, 너도 어른 같은 말을 할 줄 아는구나 싶어서……."

겸이 눈살을 찌푸렸다.

"뭡니까 이 상황에서도 애 취급입니까?"

"애 맞잖아. 열여섯 살짜리 애."

"열여섯이면 조선에서 충분히 성년의 대접을 받을 수 있다고 알고 있는데요?"

"그래도 나랑 비교하면 코흘리개지."

"흡혈귀들이 들으면 웃겠습니다. 우리는 백 년 미만은 나이로 치지도 않습니다."

"그러니까 넌 그쪽에서도 코흘리개 대접을 받았다 이거지?"

겸이 멋쩍은 얼굴이 되었다.

"어…… 그게 또 그리됩니까?"

채화가 씩 웃었다.

"너 그렇게 당황할 때마다 되게 귀여운 거 아니?"

겸도 다시 미소를 머금었다.

"그래서 그거 보려고 자꾸 놀리시는 겁니까?"

채화가 고개를 끄덕였다. 겸은 그대로 다가가 채화에게 입을 맞췄다. 채화는 금방이라도 터질 듯 얼굴이 빨개졌다.

"그렇게 얼굴 빨개질 때마다 귀여운 건 아십니까?"

"내, 내 나이가 얼만데 귀여워?"

채화가 성질을 부려보았다. 겸은 눈썹 하나 까딱하지 않고 대꾸했다.

"귀여워 보이는 걸 어쩝니까?"

"너 그러다 혼난다?"

"어떻게 혼낼 건데요?"

갑자기 채화가 벌떡 일어나 겸을 쓰러뜨렸다.

"이렇게."

"이게 어찌……."

겸은 말을 잇지 못했다. 채화가 입을 맞췄다. 어리둥절한 얼굴을 하고 있던 겸 또한 부드럽게 채화를 안아주었다. 서로 간에 조심스러운 입맞춤이 끝나고 겸이 빙그레 웃었다.

"아무래도 저 또한 천박하다 비난을 받을 거 같네요."

"왜?"

"기분이 썩 나쁘지 않은데요?"

"기분이 썩 나쁘지 않아? 별로였단 소리야?"

채화가 몸을 일으키더니 팩 토라졌다.

"아니, 그게 아니라, 제 말은……."

채화는 여전히 흥, 뒷모습만 보여주었다. 엉거주춤 일어나 이러지도 저러지도 못하고 있던 겸이 조심스레 다시 말을 이었다.

"……또 하고 싶었다 이겁니다."

채화가 다시 홱 몸을 돌리더니 눈을 빛냈다.

"진짜?"

"예."

겸의 대답이 끝나기 무섭게 채화가 겸의 목에 팔을 두르곤 다시 입을 맞췄다. 두 눈을 감고 음미하던 겸이 채화를 쓰러뜨렸다.

겸이 채화의 귓가에 속삭였다.

"그저 입맞춤만으로도 이 정도라면…… 이후는 어떤 겁니까?"

채화도 겸의 귓가에 속삭였다.

"그걸 나한테 물어본들, 알 리 없지?"

겸이 씩 웃었다.

"그럼…… 더 해도 됩니까?"

채화도 씩 웃었다.

"얼마든지."

겸이 다시 입을 맞췄다. 채화는 두 눈을 감고 받아들였다. 서로를 보듬는 손길은 조심스러웠다. 무얼 어찌해야 하는지 모르는 서툰 손길들이 서로를 어루만졌다. 이따금 간지러워 웃음을 터뜨리면서도 두 사람은 마냥 좋은 얼굴로 서로를 놓지 않았다.

뭔가 대단히 안타까운 얼굴로 연신 향기를 맡던 겸에게 채화가 말했다.

"물고 싶으면 그래도 되는데……."

"내 욕심 때문에 당신을 아프게 하고 싶지 않습니다. 그냥 이렇게만 있어도 충분합니다."

"그럼 내가 미안하잖아……."

이마를 맞댄 겸이 작게 속삭였다.

"전혀 미안해하지 않아도 됩니다. 지금 이것만으로도 얼마나 행복한지 말로 다 설명할 수 없을 지경입니다."

말을 마친 겸이 채화의 귓불을 핥았다. 채화의 얼굴이 붉어졌다. 겸이 뜨거운 숨을 뱉어냈다.

"그리 얼굴을 붉히시면 제가 참을 수가 없지 않습니까?"

"네가…… 그렇게 만들고 있잖아……."

채화의 숨결을 마신 겸이 길게 늘어졌다.

"한 번만…… 딱…… 한 번만……."

"응."

채화의 허락을 받고도 겸은 망설였다. 채화가 팔을 들어 겸의 머리칼을 어루만지며 끌어당겼다.

"괜찮아. 지금이라면 전혀 아프지 않을 거 같아."

채화의 말에 힘을 얻은 겸이 입을 크게 벌렸다. 날카로운 송곳니가 드러났다. 뜨거운 숨결과 더불어 겸의 송곳니가 박혀 들었다. 채화의 미간에 살짝 주름이 졌다. 그러나 겸이 천천히 피를 빨기 시작한 순간 순식간에 황홀감이 찾아들었다.

채화는 그 끝을 알 수 없는 쾌락 속으로 빠져들었다. 이미 한 번 해본 일이건만, 그때는 겸을 살려야 한다는 목적에 전혀 신경 쓸 수 없었던 그것이 이번엔 채화를 사로잡았다. 조금씩 가쁜 숨을 내쉬던 채화의 입에서 신음이 튀어나왔다. 겸이 깜짝 놀란 얼굴로 고개를 들었다.

"많이 아팠습니까? 제가 좀 더 신경을……."

"아냐, 그래서 그런 거."

"하지만 분명 아픈 것처럼……."

채화가 부끄럽게 웃었다.

"그래서 그런 거 아니래두? 기분 좋았어. 피를 빠는 사람도 이래?"

겸이 부드러운 미소를 머금으며 고개를 끄덕였다.

"다행이야……."

채화가 온 힘을 다해 겸을 끌어안았다. 겸 또한 행복한 얼굴로 채화를 끌어안았다.

그렇게 속닥거리는 사이 아침 해가 완전히 떠올랐다. 채화의 식사를 가지고 나인 하나가 찾아왔다. 그러나 나인이 아무리 기척을 내보아도 방 안에선 대꾸가 없었다. 분명 사람의 기척은 있었다. 처음엔 무슨 소린가, 왜 있는데 나와보질 않는가, 호기심에 귀를 기울였던 나인의 얼굴이 붉어졌다. 소곤소곤, 속살속살, 끊임없이 달콤한 밀어를 주고받으며 부스럭거리는 소리가 무엇인지 모를 수가 없었다. 밥상을 도로 들고 갈 수도 없었던 나인은 괜히 심술이 나서 크게 헛기침을 하곤 밥상을 툇마루에 내려놓고 가버렸다.

그렇게 점심에도 저녁에도 나인은 같은 일을 반복해야 했다. 지치지도 않는 건지 아니면 운이 나빠 계속 자신이 그때만 골라

오는 건지, 세 번이나 민망하게 한 그들이 얄미워 죽을 지경이었다. 평생 수절하고 살아야 할지도 모를 자신의 삶을 떠올려 보니 배까지 아팠다. 저들을 내버려 둘 수 없다고, 신성한 대궐에서 벌어지는 애정 행각을 어디다 고자질이라도 해야겠다고 생각했지만 비밀에 부치라는 어명이 지엄하여 그럴 수가 없었다. 덕분에 나인은 애기나인들에게 괜히 성질을 부려댔다.

몇 번의 해가 더 뜨고 또 졌다. 본의 아니게 방 안에 갇혀 버린 두 사람은 며칠이 지났는지 관심도 없었다. 이제 식사 당번을 맡은 나인은 멀거니 툇마루에 앉아 기다릴 정도였다.

오늘도 툇마루에 앉아 방문이 열리기를 기다리던 나인은 호된 꾸지람에 번쩍 정신을 차렸다.

"네 이년! 하라는 일은 안 하고 어찌 게서 그러고 있는 게냐?"

대전내관이었다. 나인은 화들짝 놀라 일어나 머리를 숙였다.

"그것이 아니오라 통 방문이 열릴 생각을 아니 하여……."

"인기척을 내야지 그리 넋 놓고 있으면 되느냐?"

"그, 그것이……."

나인은 차마 입 밖으로 말을 꺼낼 수 없어 이러지도 저러지도 못한 채 눈치만 살폈다. 내관은 매서운 눈으로 노려보고는 방문 앞에 섰다.

이제 나이가 많아 은퇴할 때가 되었으나 그만한 충신을 찾을 수 없었던 임금의 만류로 여태 일을 하는 내관이었다. 백발의 머리칼과 주름 자글한 얼굴만 보아도 충분히 나이가 많음을 알 수 있었다. 그리고 그는 나이가 많은 만큼 가는귀도 먹은 지 오래였다. 때문에 그는 목소리가 우렁찼다. 본인 귀에 들리지 않으니 남들 또한 마찬가지라 여겨 생긴 버릇이었다.

"주상전하의 명을 전하러 왔사옵니다!"

내관의 우렁찬 목소리에 방 안에서 부산을 떠는 소리가 들렸다. 나인이 내관 몰래 큭, 웃음을 터뜨렸다. 완전 쌤통이라는 얼굴이었다.

가까스로 복장을 갖춘 채화가 빼꼼히 문을 열고 얼굴만 내밀었다. 예의에 어긋난 행동임을 잘 알고는 있으나 하도 민망하여 도저히 밖으로 나갈 용기가 나지 않았다.

"주, 주상전하께서 무슨 명을 내리셨나요? 지금 오라시던가요?"

다행히 내관은 다소 흐트러진 채화의 복장도, 밖으로 나오지 않고 고개만 내민 상황도 크게 개의치 않는 눈치였다. 심지어 이미 뭔가를 다 알고 있소, 라는 기색조차 내비치지 않았다. 그는 그저 그대로 충실히 명령만 이행할 뿐이었다.

"아닙니다. 해 질 녘에 들라 하였습니다."

"네, 알겠습니다. 전해주셔서 감사합니다."

내관은 여전히 아무렇지 않게 크게 예를 차리곤 휘적휘적 가버렸다. 민망한 얼굴로 내관의 뒤를 멀거니 바라보던 채화를 나인이 헛기침으로 일깨웠다.

"식사는 거기에 놓아두었소."

"가, 감사합니다."

"힘이 넘치시는가 보오? 그러다 뼈 삭소. 작작 좀 하시오."

나인은 그간의 설움을 담뿍 담은 촌철살인 같은 한마디를 남기더니 깔깔 웃으며 사라졌다. 채화는 영문을 모르겠는 얼굴로 멀거니 있다가 이내 쿡, 웃음을 터뜨렸다. 햇살을 피해 한쪽에 있던 겸이 물었다.

"왜 웃습니까?"

"아니, 우리더러 뼈가 삭을 거라잖아."

"아직 만리장성은 쌓지도 않았는데 삭을 뼈라면 벌써 주저앉고 말았겠네요."

채화가 깔깔깔 웃음을 터뜨렸다. 자지러지게 웃고 있는 채화를 겸이 냉큼 끌어안았다.

"햇빛 들어옵니다. 문 안 닫으실 겁니까?"

"응? 아, 응. 닫을게."

채화가 팔을 뻗어 문고리를 잡았다. 겸이 그런 채화를 끌어당겼다. 문이 닫히자마자 겸이 다시 채화를 눕혔다.

"야, 늦게 배운 도둑질에 날 새는 줄 모른다더니……. 너 너무한 거 아냐?"

"해도 해도 좋은걸 어쩝니까?"

"네 말마따나 아직 만리장성은 쌓지도 않았는데?"

"거기까진 차마 겁나서 못 하겠습니다."

"왜?"

"지금도 이리 심장이 터질 거 같은데 큰일 날까 봐 겁나네요."

"불로불사 아니었어?"

"심장이 멈추면 어쩔 수 없습니다. 전 아직 열여섯 아닙니까? 앞길 창창한데 벌써 죽을 순 없지요."

"흐응, 그거 하다 죽었단 사람 못 봤는데?"

"어라? 그거 이상한데요? 전 들었는데 복상사라고."

"야! 그거야 나이 든 할아버지들이 회춘하겠다고 용쓰다 그런 거고. 넌 아니잖아?"

"그런 건가요?"

"응."

겸이 잠시 생각하는 얼굴을 했다. 채화는 물끄러미 잘생긴 얼굴을 감상했다. 겸이 이내 미소 지었다.

"그래도 아껴두렵니다. 한 번에 다 해버리면 아깝지 않습니까?"

"아끼다가 똥 된다 너?"

겸이 크게 웃음을 터뜨렸다. 그 웃음소리가 듣기 좋아 채화가 빙그레 미소 지었다.

"당신은 어찌 그리 똥을 좋아합니까?"

"그냥."

채화는 미소 지으며 겸의 품으로 파고들었다.

"저보다 똥이 더 좋은 거 아닙니까?"

채화가 키득키득 웃으며 대꾸했다.

"생각을 좀 해봐야겠는데?"

겸이 눈을 가늘게 뜨더니 채화의 콧등을 깨물었다.

"아야!"

"아파도 쌉니다."

콧등을 문지르면서도 뭐가 그리 좋은지 채화는 연신 키득거렸다. 겸도 그런 채화가 좋아 죽겠는 얼굴이었다.

여전히 시간 가는 줄 모르던 두 사람은 다시 방문한 나인 덕분에 가까스로 늦지 않게 채비할 수 있었다. 목욕을 하고 단장을 하는 시간이 어찌나 아깝던지, 두 사람의 애절한 눈빛에 나인이 도끼눈을 했다. 채화와 겸은 그런 나인의 눈치를 살피며 다정하게 인정전으로 향했다.

"너, 이젠 임금님 앞에서 예의 좀 차려."

"왜 그래야 합니까?"

인정전으로 가는 길, 채화가 겸을 나무랐다. 겸은 불퉁한 얼굴로 틱틱거렸다.

"임금님 아니니? 만백성을 다스리는 분이신데 그래도 예의는 지켜야지."

"전 조선의 백성이 아닙니다."

"아 좀! 그냥 다소곳이 손이라도 모으라고!"

채화가 화를 내자 겸의 표정이 누그러졌다. 그러나 여전히 입만은 삐쭉거리고 있었다.

"노력은 해보겠습니다."

"그래. 약속한 거다?"

거기에 만족하기로 한 채화는 당부에 당부를 거듭했다. 그러나 임금을 대면한 순간 채화는 울화통이 터지려는 걸 가까스로 눌렀다. 겸은 똑바로 선 채로 임금을 외면했다. 차마 임금의 앞인지라 화를 낼 수 없었던 채화가 그것을 무마라도 해볼 양으로 한껏 정중히 예를 취했다.

"찾으셨나이까."

"그래, 그간 푹 쉬었느냐?"

동시에 채화와 겸의 얼굴이 붉어졌다. 아무것도 모르는 우가 의아한 표정을 했다.

"왜? 무슨 일이 있었느냐?"

채화가 다급하게 대답했다.

"아닙니다. 전하의 은혜로 몸도 마음도 평안하였나이다."

"그랬다니 다행이구나."

임금이 빙그레 웃자 채화도 다소곳이 미소 지었다.

"너희 두 사람 덕분에 내 오랜 숙원이 드디어 한 발을 내딛고 오래도록 앓던 이가 빠졌구나."

채화는 대체 무엇이 어찌 끝났는지 궁금해 죽겠는 얼굴이었다. 그러나 상대가 누구인가 임금이 아니던가? 차마 먼저 질문할 수 없어 답답해하는 표정이 고스란히 드러났다. 겸이 그 얼굴을 보고 쿡, 웃음을 터뜨렸다가 짐짓 아닌 척 툭 내뱉었다.

"아니 뭐가 어찌 끝났는지 알아야 안전한 줄 알 거 아니오?"

겸의 무례한 말투에 채화가 또 째려보았다. 겸은 모른 척했다. 우는 인자한 미소를 지으며 대답했다.

"광안대군의 일을 모른 척 넘어가는 대신 공신들의 모든 사병을 청나라에 보내기로 했다."

비로소 채화가 시원한 표정을 지었다. 사병이 없으니 명분만 있으면 치는 건 식은 죽일 터⋯⋯.

"하여 나를 도왔으니 그 보답으로 청 하나를 들어줄까 하는데, 혹시 바라는 것이 있느냐? 과인의 힘으로 가능한 거라면 무엇이든 들어주마."

우는 정말로 기분이 좋은지 한껏 웃음을 머금은 얼굴이었다.

채화는 멍한 얼굴을 했다. 소원이라⋯⋯. 단 한 번도 생각해

본 적이 없었다. 그저 하루하루를 살아가기 버거운 인생이었다. 생각지도 못했던 행운에 채화의 머리는 아무것도 떠올리지 못했다.

"무얼 합니까? 소원 없습니까?"

겸이 툭 친 덕분에 채화는 가까스로 현실로 돌아왔다.

"아, 아니 너무 갑작스러워서……."

우가 의외라는 듯 물었다.

"그만한 일을 하고도 뭔가를 받겠단 생각 자체를 해본 적이 없단 것이냐?"

채화가 넙죽 엎드려 대답했다.

"소인은 그저 해야 할 일을 했을 뿐입니다. 아이에게는 가족이 필요하지 않습니까?"

우가 껄껄 웃었다.

"참으로 바른 백성이로다. 그리 말하니 더더욱 들어주고 싶구나. 평소에 꼭 이루고 싶었던 뭔가가 없느냐?"

"피붙이들의 명예 회복 어때요? 억울하게 죽었다면서요?"

겸이 끼어들자 우가 물었다.

"가족을 억울하게 잃었느냐?"

채화가 깜짝 놀라 고개를 저었다.

"아닙니다. 제 가족들은 자신이 믿는 것을 지키다 죽었습니다. 전혀 억울해하지 않을 겁니다."

"역시 같은 핏줄이로고. 안타깝구나. 신의 있는 자들이 필요하거늘……."

채화는 어색하게 하하하 웃었다. 차마 '임금님을 반대하다 죽었답니다'라는 말이 나와주질 않았다.

뭔가 곰곰 생각하던 겸이 또 채화를 툭 쳤다.

"과부촌 사람들의 복수는 하고 싶지 않아요?"

이번에도 우가 되물었다.

"과부촌?"

만류하는 채화 대신 겸이 대꾸했다.

"아기 때문에 과부촌 아낙들이 떼죽음을 당했다."

우가 미안한 얼굴을 했다.

"과인의 죄로 억울한 백성들이 죽임을 당했구나."

채화가 얼른 고개를 흔들었다.

"아닙니다. 다들 아기가 가족을 찾아갔으니 억울해하지 않을 겁니다."

불퉁한 표정을 지은 겸이 팔짱까지 끼고 투덜거렸다.

"억울하지 않긴 뭐가 억울하지 않습니까? 살인자들이 버젓이 살아 있는데?"

임금 앞인 것을 잊고 채화가 겸의 장딴지를 걷어찼다. 겸은 입을 삐쭉거리며 눈을 흘겼다. 채화가 황급히 머리를 숙였다.

"황공하옵니다. 과부촌 아낙들 또한 아기를 지킨 것에 대해 억울해하지 않을 것이옵니다."

우는 눈을 감고 슬픈 얼굴을 했다. 그렇게 잠시 생각에 잠겨 있던 그가 다시 입을 열었다.

"세상에는 참으로 착한 백성들이 많구나. 걱정 말거라. 그들을 그리 만든 자들은 조만간 명명백백히 죄를 밝혀 벌을 내릴 것이니. 과인은 광안대군의 일을 덮겠다 했지 양민 학살을 덮겠다고 하지는 않았느니라."

임금의 대답을 들은 채화의 얼굴에 슬그머니 미소가 떠올랐다.

"정말…… 이십니까?"

"이런, 소원이 아니라 해놓고 표정을 보니 아니었던 게로구나. 이를 어이 할꼬, 너의 꾀에 과인이 넘어가고 말았구나."

우가 말을 마치곤 크게 웃었다. 채화는 얼굴을 붉히며 연신 아니라고 손사래를 쳤다. 여전히 웃음기 남아 있는 얼굴로 우가 말했다.

"농이다. 나라를 다스려야 하는 과인의 의무를 너의 소원이라 퉁쳐 버리면 과인이 뭐가 되느냐? 설마 나더러 사기꾼이 되라 하는 것이냐?"

"사, 사기꾼이라니요! 당치도 않습니다!"

임금의 농에 겸이 큭 웃음을 터뜨렸다. 채화의 당황하는 모습이라니, 몰래 훔쳐보는 재미가 쏠쏠했다.

"정녕, 바라는 것이 없는 게냐?"

채화는 또 멍하니 생각했다. 가만히 바라보던 겸이 큼큼, 하더니 주먹으로 입을 가리고 속닥였다.

"열녀문."

"응?"

채화가 알아듣지 못하자 겸은 한 번 더 큼큼 헛기침을 하며 열녀문을 입에 담았다.

"아! 열녀문!"

채화가 무릎을 쳤다.

"열녀문이라, 열녀문이 받고 싶은 게냐?"

우가 의외라는 얼굴을 했다. 채화가 단호히 고개를 가로저었다.

"아닙니다. 저는 조선 팔도에 더는 열녀문이 내려지지 않았으면 합니다."

우의 눈이 커졌다. 이번에는 아까보다 더더욱 이해할 수 없단 얼굴이었다.

"열부를 칭송하는 열녀문을 어째서 내리지 말라는 것이냐?"

겸과 임금 때문에 연신 난처한 표정과 당황한 표정을 오락가락 하던 채화의 얼굴에 단호함이 깃들었다.

"지아비가 죽으면 지어미는 따라 죽어야 옳다고들 합니다. 하지만 지어미가 죽으면 지아비는 새 처를 들이지요. 심하면 딸뻘이거나 심지어 손녀뻘을 들이기도 합니다. 뭔가 이상하단 생각이 들지 않으십니까?"

우는 쓰게 웃었다. 새 중전 또한 시집오던 날 고작 열두 살에 불과했었다. 불편한 것은 단지 그것만이 아니었다. 우에게 열녀문은 특별한 의미가 있었다. 그것은 중전이 되지 못한 조강지처에 대한 사죄였고 그녀를 버려야 했던 자신의 죄 갚음이었다.

우가 임금이 된 직후 그녀는 내침을 당해야 했다. 그것으로 모자라 죽임까지 당해야 했다. 명색이 임금이었으나 그는 할 수 있는 게 없었다. 사랑해 마지않던 그녀를 따라 죽고 싶었으나 죽음조차 마음대로 할 수 없었다. 그렇게 새 중전을 들였다. 어린 나이라지만 임금이었다. 뭔가 하고자 한다면 할 수도 있었을 자리였다.

그때의 죄책감을 완전히 떨쳐 내지 못한 우는 열녀문에 혹했다. 열녀를 칭송하는 상소가 올라오면 무조건 열녀문을 내리는 것으로 자신의 마음을 위로했다. 그런데 눈앞에서 그런 자신을 나무라고 있었다. 우는 어찌 대꾸해야 할지 알 수 없었다. 무작정 화를 내자니 자신의 나약한 부분이 드러날까 두려웠고 그냥 내버려 두자니 임금의 위엄이 손상될까 걱정됐다.

아무것도 모르는 채화는 계속해서 말을 이었다.

"그것뿐만이 아닙니다. 여인은 일부종사하라고들 합니다. 하지만 사내들은 어떻습니까? 처 하나로 모자라 첩을 들입니다. 여인이 외간 사내를 만나면 돌을 던지면서 사내가 하는 것은 영웅호걸이라 칭송합니다. 하늘 아래 같은 사람입니다. 같은 사람에게 어찌 이리 다른 기준을 적용할 수 있는 겁니까?"

"사내와 계집은 태생이 다르지 않더냐."

드디어 우가 입을 열었다. 고르고 골라 자신의 심정 전부를 담은 한마디였다. 그러나 채화는 물러섬이 없었다.

"예. 다릅니다. 하지만 다름과 틀림은 구분 지어야 하지 않겠습니까? 전 틀림을 바로잡아 달라 요청하고 있는 겁니다."

감히 임금의 앞이건만 채화는 눈 하나 깜짝하지 않고 한마디 덧붙임으로써 자신의 주장에 쐐기를 박았다.

"현재 열녀문 때문에 얼마나 많은 과부들이 자살을 강요받는지 아십니까?"

"자살을 강요받는다고?"

우는 깜짝 놀랐다. 난생처음 듣는 소리였다.

"열녀문을 하사받은 건 죽은 여인입니다. 한데 어찌하여 그 혜

택은 시댁의 다른 식구들이 보는 겁니까? 그 여인을 열녀로 키운 것은 친정입니다. 이치대로 따지자면 당연히 친정에서 이득을 봐야 하는 거 아닙니까? 한데 열녀문이 내려지면 그 시동생이나 시아주버님이 벼슬을 받습니다. 대체 왜 그들에게 벼슬을 내려주시는 겁니까?"

우는 뜨끔했다. 시집을 갔으니 당연히 그 집 식구가 아니던가? 하여 그것을 칭송하고 기리는 뜻에서 벼슬을 내렸던 건데 채화의 말을 듣고 보니 뭔가 황당한 기분이 들었다.

"그 벼슬을 받기 위해 멀쩡히 살아 있는 과부들이 자살을 강요받습니다. 친정이었다면 그런 일이 있을 수 없었겠죠. 아무리 벼슬이 중한들 피붙이의 목숨보다 중하겠습니까?"

채화는 치밀어 오르는 분노를 억누르지 못해 임금의 앞임도 잊고 어느덧 소리라도 지르는 것 같았다.

별채에 갇혀 외로움에 사무쳤던 기억이 떠올랐다. 채화의 존재 자체를 잊은 듯 사람답게 살기 위해 필요한 기본적인 것조차 주어지지 않던 시절이었다. 울컥 눈물이 날 것 같았다. 채화는 이를 악물고 참아냈다.

채화의 표정에서 억울함을 읽어낸 우는 사연을 짐작하고 부드럽게 물었다.

"벼슬을 얻으려 홀로된 형수와 제수에게 죽음을 강요한다 이것이냐?"

임금의 질문이 끝나기 무섭게 채화가 다다닥, 말을 뱉어냈다.

"서방 잡아먹은 년이라 불리며 돌팔매를 당하는 것도 억울하기 짝이 없는데 집 밖으로, 아니 처소 밖으로 한 발자국도 나올 수 없을 지경에 처했는데 그것도 모자라 자살을 강요합니다. 심지어 괴한을 사주해 겁탈을 하기도 합니다. 평생 정절이라는 올가미를 목에 걸고 살던 여인들은 그런 상황에 몰리면 자살 말고는 선택할 것이 없습니다."

채화가 잠시 말을 멈췄다. 어느새 가쁜 숨을 몰아쉬고 있었다. 곁에 서 있던 겸이 다독여 주었다. 덕분에 숨을 고른 채화가 다소 차분해진 음성으로 다시 말했다.

"전하! 여인들도 전하의 백성입니다. 그들의 억울함을 더는 외면치 말아주시옵소서!"

말을 마치며 채화는 크게 큰절을 올렸다. 거기에 휩쓸린 겸 또한 이리저리 눈치를 보다가 따라 큰절을 올렸다.

우는 두 눈을 감고 고심했다. 단 한 번도 생각해 본 적 없는 문제였다. 그러나 곰곰 생각해 보니 괘씸한 일이었다. 부위부강과 부부유별은 서로의 다름을 인정하여 함께 존중하란 의미이지 이런 식은 아니었다. 조선의 근간을 이루는 삼강오륜의 일부가 이리 왜곡되어 이용당하고 있는데 나머지 또한 그러지 말란 법이 있을까?

우가 눈을 떴다.

"좋다. 앞으로 열녀문을 내리지 않겠다."

"성은이 망극하나이다!"

채화는 성심을 다해 다시 큰절을 올렸다. 이번에도 어리바리, 겸 또한 따라 큰절을 올렸다. 우가 빙그레 웃었다.

"하나, 그 또한 임금으로서 마땅히 해야 할 일이니 너의 소원으로 칠 수 없게 되었구나."

채화가 고개를 들고 어리둥절한 표정을 지었다.

"삼강오륜에 대한 일이 아니더냐? 나라의 근간을 뒤흔드는 오류를 발견했으니 마땅히 고쳐야겠지. 그것이 임금의 의무가 아니겠느냐?"

채화의 얼굴에 미소가 떠올랐다.

"분명 전하께옵서는 성군이 되실 것이옵니다."

채화가 넙죽 또 엎드렸다. 이러지도 저러지도 못하고 있던 겸 또한 또 따라 엎드렸다. 그런 겸을 보며 우가 남몰래 미소 지었다.

"자, 이제 진짜 소원을 말해보아라."

채화가 활짝 웃으며 대답했다.

"정녕 바라는 것이 없습니다."

"재물이나 명예 같은 건 바라지 않느냐?"

"예. 전 그저 겸과 함께 산 밑 오두막에서 여생을 소박하게 조용히 지내고 싶을 따름입니다."

단호한 대답이었다.

"참으로 소박한지고, 좋다. 그렇다면 이렇게 하자. 사람 일은 앞날을 알 수 없는 법, 앞으로 도움이 필요하거든 저자를 통해 연통하거라. 저자라면 대궐의 경비가 아무리 삼엄하다 한들 나를 직접 대면하는 게 어렵지는 않을 터. 과인의 은인이자 스승이기도 한 너에게 내 무슨 소원이든 들어줄 것을 약조하노라."

"하오나 정말로 소원이 없습니다."

"아, 왜 그렇게 뺍니까? 앞으로 생길 수도 있다잖습니까? 그냥 이런 건 받아도 됩니다."

겸이 채근했다. 채화가 매섭게 겸을 쏘아보았다. 겸은 팔짱까지 끼고 물러남이 없었다. 우가 소리 내어 웃었다.

"그래. 그자의 말이 옳다. 또한 이리 약조라도 해놔야 내가 부끄럽지 않겠다는 생각은 들지 않는 게냐? 다 과인을 위한 일이라 여기고 약조를 해두어라."

"하오시면……."

채화는 내키지 않는 듯 대답했다.

"전하의 은덕을 감사히 받겠나이다."

채화가 다시 큰절을 했다. 겸 또한 머뭇거리다 다시 큰절을 했다. 이때껏 다 따라 해놓고 또 안 하긴 어쩐지 이상했기에 바보 같은 짓임을 깨닫고도 그냥 하고 말았다.

두 사람의 모습이 보기 좋아 우는 껄껄껄 큰 소리로 웃었다.

임금의 웃음소리가 전염된 것인지 장지문 밖 내관과 상궁나인들의 얼굴에도 조용한 미소가 어렸다.

깊은 어둠이 내려앉은 밤, 채화와 겸은 인정전 뜰에 나란히 섰다.

"이제 어디로 가실 겁니까?"

"우리가 갈 곳이 한 군데밖에 더 있니?"

겸이 씩 웃더니 채화를 번쩍 안아 들었다.

"야! 다들 보고 있는데……."

채화가 황급히 주위를 둘러보았다. 대전을 지키는 모든 이들이 마치 두 사람이 없는 것처럼 행동했다.

"보긴 누가 본다고 그럽니까? 시간 아까우니 이렇게 그냥 갑시다."

"시간이 아깝긴 뭐가 아깝다 그래? 그냥 오붓하게 손 붙잡고 산책하는 셈 치면 되는걸."

"이 야밤에 오붓한 산책은 무슨 오붓한 산책입니까? 밤은 길지 않습니다."

"야, 너……."

채화가 눈을 흘겼다. 겸이 씩 웃었다.

"늦게 배운 도둑질이 너무 재미있지 뭡니까. 그럼 가겠습니다."

말을 마치기 무섭게 겸이 훌쩍 날아오르려다 멈칫했다. 어둠 속에 녹아 있던 임금의 운검이 모습을 드러냈다. 겸이 슬그머니 채화를 내려놓았다. 붉은 눈동자가 번뜩였다.

"어쩐 일이십니까?"

채화가 정중히 물었다.

"물을 것이 있어 왔소."

"말씀하세요."

"내게 처가 있소."

"아……."

채화의 입에서 안타까운 탄식이 터졌다. 겸이 퉁명스레 대꾸했다.

"돌이킬 방법 같은 건 없소. 그러게 좀 진지하게 생각하지 그랬소? 죽을 수도 있었을 일인데……."

"죽음을 두려워해 본 적도 없고 변화된 것을 후회하지도 않소. 주군께 보탬이 될 수 있게 된 것을 기쁘게 받아들이고 있을 따름이오."

무사의 말에는 눈곱만큼의 망설임도 없었다. 눈을 가늘게 뜬 채화가 겸의 다리를 걷어찼다. 겸은 아프지도 않으면서 왜 때리냐며 눈을 부라렸다. 채화가 냉큼 꿀밤을 먹였다. 물론 시늉만이었다. 제대로 하면 어차피 아플 것은 본인의 손이었으니까.

두 사람을 물끄러미 바라보던 무사가 빙긋 웃었다.

"두 사람, 사이가 무척 좋아 보이오."

채화가 배시시 웃었다. 무사 또한 한번 웃어준 후 다시 말했다.

"단도직입적으로 묻겠소. 내 처는 인간이오. 나는 내 처를 사랑해 마지않소. 그래서 묻는 것이오. 인간과 흡혈귀 사이에 부부 관계가 가능하오?"

채화가 크게 쿨럭거렸다. 겸 또한 난처한 듯 뺨을 긁었다. 무사는 민망함을 감추려는 듯 미동도 하지 않고 숨죽여 대답을 기다렸다.

겸이 대답했다.

"가능하긴 하오. 그러나 호랑이와 개가 하는 걸 상상해 보는 게 좋을게요."

무사의 눈동자가 크게 흔들렸다.

"호랑이와 개……. 그럼 개는……."

겸이 쐐기를 박았다.

"죽겠지."

무사의 고개가 뚝 떨어졌다. 무안해진 겸이 얼른 말을 이었다.

"정 힘들면 부인도 흡혈귀로 만들든가. 물론, 뒷감당은 당신이 해야 하오."

뒷감당이라는 말에 무사는 잠시 생각에 빠졌다. 자신이 변화되던 날을 떠올리는 모양이었다. 한참이나 혼란스럽던 눈빛이 다시 차분해졌다. 고개를 든 무사가 입을 열었다.

"그래도…… 되겠소?"

"그걸 왜 나한테 물어보오? 두 사람이 알아서 할 일이지."

"그리 함부로 변화시켜도 되는 거냐고 묻는 게요. 당신네들에게도 일족이 있다 들었소. 청나라에 아는 사람을 통해 얼핏 듣기로 변화시키는 걸 싫어한다고도 하던데……."

"그거야 아일랜드 이야기고. 여기에 흡혈귀는 당신하고 나, 그리고 내가 찾아야 하는 이상한 도련님 하나 해서 총 셋뿐이오. 누가 뭐라겠소?"

순간 류가 떠올랐다. 시조 위의 명령인데……. 겸은 얼른 생각을 털어냈다. 돌아가지 않을 건데 뭐 어떠랴?

무사의 얼굴에 미소가 떠올랐다.

"그렇군. 그러면 되는 거로군……."

겸은 물끄러미 그를 바라보았다. 과연 그 방법을 알려준 게 잘한 짓인지 도무지 알 수 없었다. 변화 과정에 죽어버리면…….

"그럼 가보겠습니다."

채화가 정중히 허리를 숙여 예를 표했다. 무사가 고개를 까딱여 화답했다. 정신을 차린 겸이 냉큼 채화를 안아 들었다. 그리고 무사에게 꾸벅, 작별을 고한 후 하늘로 날아올랐다. 무사가 고개를 들어 어두운 하늘 한켠을 바라보았다. 저 멀리 겸과 채화가 멀어지고 있었다.

7장
결자해지

겸은 내내 무언가 깊은 생각에 빠져 있었다. 묵묵히 채화를 안고 달리는 와중에 그는 한마디도 입을 열지 않았다. 그런 그를 물끄러미 바라보던 채화가 물었다.

"무슨 생각해?"

잠시 멍한 얼굴로 있던 겸이 얼른 변명했다.

"물레방앗간에서 만나던 날이 생각났습니다."

새빨간 거짓말이었지만 채화는 눈치채지 못했다.

스스로의 거짓말에 정말 그날을 떠올린 겸이 음흉한 눈빛으로 채화를 바라보았다. 채화가 슬그머니 뒤로 상체를 빼며 물었다.

"왜 그렇게 보는데?"

"첫 만남부터 예사롭지 않았지요."

"뭐가?"

"물레방앗간에 들어오자마자 옷을 벗더라고요. 누가."

채화가 얼굴을 붉혔다.

"그, 그거야 아무도 없는 줄 알고……."

"덕분에 당신의 체취가 풍겨 내가 얼마나 고생했는지 아십니까?"

"뭐?"

"유혹 향이라도 되는 줄 알았습니다."

"그럼 그날 그리 비틀거렸던 게……."

겸이 고개를 끄덕했다.

"예. 당신의 향기에 취해 미치기 일보 직전이었습니다. 그대로 살인이라도 할까 봐 제가 얼마나 조마조마했는지 아십니까?"

"흐응 뭐야? 그럼 나는 태어나면서부터 널 유혹할 운명이었다는 거야?"

"그리 들으니 뭔가 대단한 거 같은데요? 흡혈귀와 인간의 운명적인 사랑."

"야, 닭살 돋는다."

"돋으라지요. 나만 좋으면 장땡 아닙니까?"

채화가 소리 내어 웃었다. 두 사람이 휙휙 지나가는 길목마다 채화의 웃음소리가 남겨졌다. 채화를 따라 웃고 있었지만 겸의 가슴 한구석엔 작은 가시 하나가 남아 있었다.

오랫동안 가보지 못한 집에 드디어 도착했다. 엉망진창일 거라 예상하고 있었거늘 놀랍게도 말끔하게 정리된 상태였다.

겸이 코를 킁킁거렸다.

"돌이 엄마 냄새가 나네요."

"고맙기도 하지······."

더는 사람이 살지 않는 동네, 마찬가지로 사람이 살지 않는 집은 짐승들이 출몰하여 엉망이 되기 마련이건만 툇마루는 반질반질 윤이 났고 마당엔 낙엽 한 장 떨어져 있지 않았다. 심지어 방 안에는 보자기가 덮인 밥상까지 놓여 있었다. 돌이 엄마가 글이라도 알았다면 고운 필체의 서찰이라도 한 장 남아 있을 거 같은 모습이었다.

멀찍이 보이는 다른 집들을 흘깃거린 겸이 말했다.

"다른 집들도 말끔히 청소가 된 것 같네요. 잡초 하나 보이질 않는 거 보면."

"아무래도 호랑이 한 마리 잡아다 줘야겠는데?"

겸이 씩 웃었다.

"안 그래도 될 겁니다. 이미 잡아다 줬거든요."

"뭐? 벌써?"

겸이 고개를 끄덕였다. 채화가 버럭 소리를 질렀다.

"그게 다 얼만데!"

겸은 깜짝 놀라 얼른 몸을 움츠렸다.

"제가 뭔가······ 잘못한 겁니까?"

채화가 싱긋 웃었다.

"아니 직접 팔아서 돈으로 주고 좀 남겨주지 그랬어. 접때 판 호피 값 얼마 안 남았는데."

겸이 매섭게 쏘아보았다.

"지금 또 저 놀린 겁니까?"

"응."

"재미있습니까?"

"응."

채화는 초롱초롱 눈을 빛내며 단호히 고개를 끄덕였다. 겸이 한숨을 쉬었다.

"식사나 하세요."

"너는?"

"저도 밥 먹고 와야죠."

겸이 씩 웃으며 송곳니를 드러냈다. 채화가 깔깔거리고 웃었다.

"알았어. 배 터지게 먹고 있을 테니 너도 배 터지게 먹고 와라."

"예. 힘을 잔뜩 비축해 올 테니 각오하세요."

"뭘 각오해? 어차피 만리장성은 쌓을 생각도 없으면서."

채화가 새초롬 눈을 흘겼다. 겸이 얼굴을 붉히며 씩 웃더니 휙 자취를 감춰 버렸다. 채화는 가만히 서서 겸이 멀어지는 걸 지켜 보았다. 그가 산속으로 완전히 모습을 감춘 후에야 채화 또한 방으로 들었다.

진수성찬이 따로 없었다. 아무래도 돌이 엄마는 여전히 채화에게 몸보신이 필요하다 여기는 모양이었다. 밥상을 쳐다보는 채화의 얼굴이 좀 슬퍼 보였다. 겸의 곁에선 절대로 내색할 수 없던 걱정이 떠올랐다.

물론 회복은 다 되었다. 그러나 그것은 어디까지나 일상생활에 지장이 없는 수준에 불과했다. 예전처럼 홍길동놀이를 하는 것은 이제 불가능했다. 조금만 걸을라치면, 조금만 힘든 일을 할라치면 숨이 가빠지고 식은땀이 흘렀다. 그 상태에서 더는 좋아질 기미가 보이지 않았다.

겸이 걱정할까 봐 부러 활기찬 척 해왔으나 채화에겐 고민이 아닐 수 없었다.

"아냐, 시간이 지나면 나아지겠지."

채화는 힘을 내어 씩씩하게 수저질을 했다.

숭늉까지 싹싹 비운 채화가 설거지까지 마치고 다시 방에 들었다. 겸이 마련해 주었던 이부자리 위에 벌렁 드러누운 채화는 다시 같은 문제를 고민했다. 그러다 갑자기 벌떡 몸을 일으켰다. 채화의 머릿속에 맴도는 것은 변화된 무사였다.

"맞네. 그 수가 있었네!"

채화의 얼굴이 다시 환해졌다. 동시에 문이 열리고 겸이 들어왔다.

"제가 그리 반갑습니까? 문이 열리기도 전에 방실방실 웃고 있을 만큼?"

채화는 말없이 웃기만 했다. 겸이 의아한 얼굴을 했다.

"왜 그러십니까?"

"흡혈귀가 되는 거, 힘들어?"

삽시간에 겸의 얼굴이 어두워졌다.

겸이라고 채화의 걱정을 과연 몰랐을까? 오감이 예민해 솜털 하나의 움직임까지도 잡아챌 수 있는 흡혈귀였다. 채화가 제아무리 아닌 척 한들 그녀의 고민을 몰랐을 리 없었다. 하지만 부러 모른 척 해왔다. 그것이 채화를 위하는 일이라 생각한 것도 있지만 이렇게 흡혈귀가 되게 해달라 요청할지도 모른단 생각에서였다.

"그건…… 왜 물으십니까?"

예상했던 것과 달리 심각해 보이는 겸의 반응에 채화는 당혹스러워 보였다.

"왜 그렇게 힘들어해?"

"흡혈귀가…… 되고 싶으십니까?"

채화가 고개를 끄덕였다. 겸은 질끈 두 눈을 감아버렸다.

"죄송합니다. 그건 해드릴 수 없겠습니다."

"왜?"

겸은 차마 두 눈을 뜨지 못했다. 채화가 자신을 다그칠 것만 같았다. 어쩐지 소리 없이 분노하고 있을 것만 같았다. 겸을 물끄러미 바라보던 채화가 겸의 손을 잡고 끌어 앉혔다.

"눈을 떠봐."

겸이 힘겹게 눈을 떴다. 그러나 그 시선은 여전히 방바닥을 향하고 있었다.

"나를 봐."

겸은 고개를 들지 못했다. 채화는 겸의 얼굴을 두 손으로 감싸 쥐어 자신을 보게 했다.

"너를 탓하려는 게 아니야. 나는 그저 순수하게 흡혈귀가 되면 안 되는 이유가 궁금할 뿐이야. 내 생각엔 흡혈귀가 되면 햇빛을 즐길 수 없다는 걸 제외하면 딱히 나쁠 게 없어 보여. 아! 맛난 음식을 못 먹는 거, 두 개네. 그 두 개 말고 내가 모르는 또 다른 어떤 게 있는 거야?"

"당신이…… 생각하는 게 맞습니다. 딱히 나쁠 것은 없을 겁니다. 인간들 중에는 도리어 흡혈귀가 되길 소원하는 자들도 많았습니다. 늙지 않는다는 건 굉장한 거니까요."

"그럼 왜 내가 흡혈귀가 되는 게 싫은 거야? 저번에 얼핏 들으니 변화된 흡혈귀는 천민 대접 받는가 본데 그래서 그런 거야? 그렇다면 걱정하지 마. 너만 있으면 난 그런 대접 받아도 상관없어."

"그래서 그런 거 아닙니다."

"그럼 왜 그러는 건데?"

채화는 자신의 말에 괜한 오해가 끼어들지 않도록 조심하며 겸을 설득하고 또 설득했다. 이리 계속 회복되지 않는다면 계속 그에게 의지해야 될 수도 있는데 그것 또한 용납 못 할 일이었다. 더구나 그로 인해 커질 겸의 죄책감은 또 어찌한단 말인가? 채화는 서로에게 빚이 없는 동등한 관계를 원했다. 그래서 간절했다.

한참을 머뭇거리던 겸의 눈에서 뚝뚝 닭똥 같은 눈물이 떨어지기 시작했다. 깜짝 놀란 채화가 다급하게 손을 뻗어 눈물을 닦아주었다.

"왜 울어?"

"당신이 죽을까 봐 겁이 납니다."

"뭐?"

겸이 고개를 들었다. 눈물이 폭포처럼 쏟아졌다.

"그 무사는 대단히 운이 좋은 경우였습니다. 흡혈귀가 될 수 있는 건 삼 할에 불과합니다. 고통을 견디다 못해 미쳐 버리거나 결국엔 죽게 되는 겁니다. 제발 내게……."

겸이 울먹거렸다.

"내게 그런 걸 강요하지 마세요. 만약 나로 인해 당신이 죽는다면…… 나도 따라 죽을 겁니다."

채화는 가슴이 먹먹했다. 세상에, 그런 생각을 하고 있을 줄이야…….

채화의 눈에서도 눈물이 흘러내렸다. 채화는 진심으로 반성하며 겸을 품었다.

"미안해. 정말 미안해. 거기까지는 미처 생각하지 못했어. 내 생각이 짧았어."

겸은 아무 말도 하지 않았다. 그저 그렇게 채화의 품에서 소리 없이 눈물만 흘릴 뿐이었다. 채화는 너무 미안해서, 그의 입장을 생각해 보지도 않고 자기 입장만 생각한 자신이 너무 미워서 따라 우는 것밖에 할 수 있는 게 없었다.

"다시는…… 다시는 그런 말 하지 않을게. 약속해."

채화가 새끼손가락을 내밀었다. 눈물 젖은 겸이 피식 웃었다.

"뭡니까? 어린아이처럼."

보통 때였다면 바로 '울다가 웃으면'을 운운하며 놀렸을 테지만 채화는 그러지 않았다.

"약속하는 거야. 다시는 절대로 네 앞에서 그런 말 않을게."

채화의 손가락을 물끄러미 바라보던 겸도 슬그머니 손을 내밀었다. 두 사람의 새끼손가락이 단단하게 얽혔다.

"그러니까 이제 그만 울어."

겸의 눈에선 아직도 눈물이 흘러내리고 있었다. 그저 상상만 했을 뿐인데, 그저 가능성만 생각했을 뿐인데 그것이 그리도 슬펐단 말인가?

손가락을 풀어낸 채화가 겸의 뺨에 입을 맞췄다. 짭짤한 맛이 났다. 눈물 또한 피처럼 인간과 별반 다르지 않은 모양이었다. 채화는 정성스럽게 눈물 자국 하나하나를 입술로 지워냈다. 겸은 두 눈을 감고 가만히 앉아 그것을 받아들였다. 이내 그의 입술이 벌어지고 뜨거운 숨이 뿜어졌다. 겸이 몸을 일으켜 채화를 품에 안았다. 그의 두 손이 성급하게 채화의 몸을 더듬었다.

겸의 이마에 자신의 이마를 맞대고 채화가 웃었다.

"간지러워."

드디어 겸도 눈을 떴다. 어느덧 눈물은 사라지고 없었다. 오직 뜨거운 사랑만이 가득할 뿐이었다.

"당신이 인간이어도 전 평생 동안 당신만을 사랑할 겁니다."

채화가 생긋 미소 지었다.

"나도 내 목숨이 다하는 날까지 널 사랑할 거야."

짧은 미소가 오가고 다시 뜨거운 입맞춤이 이어졌다.

어두컴컴한 밤, 두 사람뿐인 세상에 뜨거운 숨결이 차올랐다.

"아씨……."

밤길을 걷던 채화가 귀를 세웠다. 분명 계월의 목소리였다.

어린 시절을 함께 보낸 자매 같던 채화의 몸종. 시집가는 채화를 따라 강릉까지 따라왔던 계월이……. 채화의 눈에 눈물이 차올랐다.

"계월이니?"

채화가 사방을 둘러보았다. 그러나 그 어디에도 빼곡한 나무뿐, 인기척은 느껴지지 않았다.

"아씨……."

계월의 목소리에 울음이 섞여 있었다. 채화는 가슴이 미어지는 것 같았다.

"왜 우는 거야!"

채화가 눈물 흘리며 소리쳤다. 계월을 찾아 달리기 시작했다. 곧게 뻗은 나무밖에 없는 숲을 샅샅이 뒤졌다.

"계월아!"

목이 터져라 불러보아도 계월이는 나타나지 않았다.

"흑흑흑. 아씨…… 우리 아기…… 불쌍해서 어찌해요……."

계월의 아기? 지금쯤이면 한참 아장아장 예쁜 짓을 할 때이건 만……. 계월의 목소리는 처절했다.

"아씨…… 우리 아기…… 불쌍해서 어찌해요……."

채화는 헉헉대며 정신없이 뛰어다녔다. 그러나 계월이는 보이지 않았다.

"대체 어디 있는 거야!"

채화의 외침이 끝남과 동시에 하늘에서 툭, 하얀 물체가 떨어졌다. 채화의 바로 코앞이었다. 정체를 확인한 채화는 비명을 내질렀다.

새하얀 소복을 입은 계월이가 피눈물에 젖어 대롱대롱 흔들리고 있었다.

채화가 경기를 일으키며 잠에서 깨어났다. 뉘엿뉘엿 해가 저물고 있었다. 이 무슨 해괴한 꿈일까…….

"왜요. 또 악몽을 꾸었습니까?"

"응? 아, 응."

냉큼 다가온 겸이 채화의 식은땀을 닦아냈다.

"요즘 어찌 그리 악몽을 자주 꿉니까?"

채화는 아무 말도 하지 않았다. 자꾸만 계월의 꿈을 꾸었다.

대체 언제부터였을까? 이젠 기억도 나지 않았다.

채화는 얼른 생각을 털어냈다. 채화를 따라 강릉에서 살게 된 계월은 그곳에서 서방을 만나 혼례까지 올렸다. 떠나기 직전, 아이를 가졌다고 수줍게 웃던 것도 보았다. 분명 행복하게 잘 살고 있을 터……. 몸이 허해 악몽을 꾸는 게 틀림없었다.

굳게 마음을 다잡은 채화의 눈에 소반 하나가 띄었다.

"설마, 이거 네가 챙겨둔 거니?"

"예."

겸은 뿌듯한 얼굴로 어깨를 으쓱했다. 허여멀건 한 죽 한 사발이 소반 위에 놓여 있었다. 반찬은커녕 간장도 없이 그저 숟가락과 사발만 덜렁이었다. 채화가 피식 웃었다.

"이런 건 또 어디서 배웠니?"

"그냥 여기저기 어깨너머로 보고 다녔습니다."

"장하네."

놀리는 게 아니라 진심이었다. 자신은 먹지도 못할 음식이 아니던가? 그 노력이 가상해서 채화는 쓱쓱 겸의 머리를 쓰다듬었다. 칭찬에 헤, 웃던 겸이 일순 정색했다.

"또 애 취급!"

채화가 피식 웃었다.

"귀여운 걸 어쩌니?"

겸이 눈을 흘겼다. 채화가 웃음을 터뜨렸다. 덕분에 겸의 표정이 스르르 풀어졌다.

"어서 드세요."

"응."

이미 차갑게 식어버린 미음도 아니요, 죽도 아닌 것을 채화는 세상 그 어디에서도 볼 수 없는 맛난 음식이라도 되는 것처럼 먹기 시작했다.

"돌이 엄마한테는 제가 다녀왔습니다."

"벌써? 왜? 같이 가지."

"너무 곤히 자길래요. 언제 깨어날 줄 알고 기다립니까?"

문득 바깥을 살핀 채화가 눈살을 찌푸렸다.

"날이 화창한데 다녀왔다고? 약도 얼마 안 남았잖아."

겸이 씩 웃었다.

"이제 가을 아닙니까? 버틸 만합니다."

"그래도 안 돼."

"이제 남은 약은 비상용입니다. 더는 약이 없는 거나 마찬가지인 걸 어쩝니까?"

"그 약, 어떻게 만드는 건데?"

"전 모릅니다."

연신 죽을 뜨며 채화가 물었다.

"왜?"

"일족의 비법이니까요. 그 비법 덕분에 제 일족이 흡혈귀들 사이에서 으뜸이 된 겁니다."

겸이 어깨를 으쓱했다. 대단히 자랑스러운 모양이었다.

"그럼 가서 가져와."

겸이 단호히 고개를 저었다.

"못 갑니다."

"왜?"

"류를 못 찾았으니까요."

"류를 찾으면 되는 거 아냐? 그는 지금……."

겸이 채화의 말을 막았다.

"말씀하지 마십시오."

"왜?"

"시조 위의 명령은 절대적입니다. 때문에 그가 어디 있는지 알면 찾아가야 하고 그를 찾게 되면 돌아가야 합니다. 그리고 돌아가게 되면 다시는 조선에 올 수 없을 겁니다."

"어…… 왜?"

"전쟁 중이라 한 사람이라도 귀할 때거든요."

겸이 순간 침울한 표정을 했다.

흡혈귀들은 전쟁에 밀리고 있었다. 특이한 출산 과정은 전쟁통엔 아무래도 불안정했다. 하여 흡혈귀의 숫자는 나날이 줄어들고 있었다. 그것을 알고 인간들은 미친 듯이 몰아붙였다. 다만 월등히 뛰어난 능력으로 간신히 버티는 형국이었다. 오죽하면 망나니 류까지 다시 불러들이려 할까?

"그럼 큰일이네."

"왜요?"

이번에 물은 것은 겸이었다. 채화가 난처하게 웃었다.

"형님이 말하기로 몇 년에 한 번씩은 꼭 온다고 했거든. 이곳이 고향이라나 뭐라나……."

겸이 고개를 갸웃거렸다.

"고향이요? 아일랜드에서 태어난 걸로 아는데요?"

"뭐 마음의 고향이란 의미였겠지. 어쨌든, 여기서 계속 살면

곧 그를 만나게 될 텐데?"

겸이 씩 웃었다.

"그럼 도망가면 되죠."

"도망가? 어디로?"

"뭐 어디든 우리 둘 살 만한 곳이 없겠습니까?"

두 사람이 함께 살 만한 곳, 도망, 채화는 문득 강릉을 떠올렸다. 어차피 터를 잡기 위해 떠돌아야 한다면 잠시 들러 확인해 봐도 되지 않을까?

"강릉…… 에 한번 가봐도 될까?"

"강릉이요?"

"응. 내 시댁이 있는 곳이야."

겸이 불쾌한 표정을 지었다.

"거길 뭐하러 갑니까?"

"확인해 볼 것이 있어."

금방이라도 불만을 토해낼 듯 삐쭉거리던 겸이 갑자기 깨달음을 얻은 듯 표정이 환해졌다.

"혹시 복수하러 가자는 겁니까? 그런 거라면……."

"그런 거 아냐. 그냥 계월이가 잘 있나 확인하고 싶을 뿐이야."

겸이 입을 다물었다. 계월이라면 숱한 밤 이미 지겹도록 들은 이름이었다.

"악몽이 마음에 걸리십니까?"

"응. 제법 오래전부터 계속 꿔왔어. 단순히 심신이 허해서 그런 거 같진 않아."

우울한 표정의 채화를 겸이 얼른 달래주었다.

"좋습니다. 누구 청이라고 감히 안 된다고 하겠습니까? 쇠뿔도 단김에 빼랬다고 당장 갈까요?"

"강릉이 어디 옆집 가는 건 줄 아니?"

겸이 씩 웃었다.

"제가 누굽니까. 흡혈귀 아닙니까? 어지간한 말보다 훨씬 더 빨리 갈 수 있습니다."

"나는 어떡하라고?"

"뭐가 문젭니까? 제가 안고 가면 되는걸."

채화가 얼굴을 붉혔다.

"아니, 왜 안고 간다는데 얼굴을 붉힙니까?"

겸이 능글맞게 웃었다. 채화가 흥, 고개를 돌렸다.

"몰라. 말 안 해줄 거야."

"왜요? 안겨 갈 생각하니까 벌써부터 두근거리십니까?"

"그런 거 아니네요."

채화는 베, 혀를 내밀었다.

"어찌 그리 혓바닥도 귀엽게 생겼습니까?"

"그만 놀려라. 혼난다."

"아니, 사실이 그런 걸 어쩌란 겁니까?"

"거기까지."

채화가 정색했다. 겸은 금세 시무룩해졌다. 물끄러미 바라보던 채화가 쿡쿡쿡 웃음을 터뜨렸다. 이내 겸도 따라 웃었다.

지천에 피어 있는 해국을 한가득 꺾어 온 채화와 겸이 다섯 개의 무덤을 꽃으로 뒤덮었다. 짙은 노을 아래 연보랏빛 국화꽃이

해사하게 미소 지었다.

꽃으로 치장한 무덤 앞에서 채화는 보따리를 품에 안고 멀거니 서 있었다. 하고픈 말은 많았으나 그 어느 것도 말이 되어 나오지 않았다. 어차피 아무 말 하지 않아도 마음이 통하던 이웃들이 아니던가? 채화는 그저 묵묵히 서 있기만 할 뿐이었다. 그런 채화를 바라보던 겸이 연신 하늘을 흘깃거렸다.

"이제 슬슬 가야 할 시간입니다."

재촉하고 싶지는 않았다. 그러나 아침 해가 뜨기 전에 강릉에 도착해야 했다. 거리만 따지자면 겸의 기준으로 하루 만에 충분히 왕복하고도 남을 거리였다. 그러나 초행이라는 게 문제였다. 겸은 채화를 길바닥에서 재우고 싶은 마음도, 해가 뜬 한낮에 달려 걱정시킬 마음도 없었다.

"응."

채화 또한 겸의 심정을 이해했다. 스스로도 노숙은 할 수 없었다. 몸을 아껴야 했다. 여기서 상태가 더 나빠지면 자신은 둘째고 겸의 심정이 어떨지, 충분히 예상 가능한 일이었다.

겸이 번쩍 채화를 들어 올렸다. 채화는 잔뜩 긴장한 얼굴로 겸의 목에 팔을 감았다. 안겨서 다닌 적은 몇 번 있지만 전속력으로 달리는 건 본 적도 없으니 도무지 감이 오지 않았다.

"그렇게 긴장하지 마세요. 설마 내가 떨어뜨리려고요?"

채화가 눈을 흘겼다.

"그 말 꼭 떨어뜨리겠다는 것처럼 들린다?"

"어? 들켰습니까?"

"너……."

채화가 무어라 말하려는데 겸이 딱 잘라먹었다.

"그럼 갑니다!"

말이 끝남과 동시에 겸이 휙 몸을 날렸다. 삽시간에 두 사람의 자취가 사라지고 남은 것은 채화의 비명뿐이었다.

채화는 눈을 뜰 수 없었다. 어찌어찌 주변이라도 둘러볼라치면 오금이 저렸다. 휙휙 지나가는 나무에 부딪쳐 어디 한 군데 부러지는 건 아닐까 싶어 자신도 모르게 자꾸 웅크리게 되었다. 그런 채화를 보며 겸이 씩 웃었다.

"걱정 마요. 다 계산하고 있으니까."

그러나 겸의 말도 전혀 위로가 되지 않았다.

나중엔 눈이 팽팽 돌았다. 그냥 직선으로 쭉 뻗어 나가는 색깔들의 향연뿐이었다. 밤이 깊어지자 아예 보이는 게 아무것도 없었다. 밤하늘을 날면 이런 기분일까? 그렇게 마음먹기 무섭게 갑자기 편해졌다. 그러나 아쉽게도 채화의 몸은 그렇지 않은 듯했다.

"여기까지!"

겸이 멈추어 채화를 내려주었다. 채화가 휘청거렸다. 깜짝 놀란 겸이 얼른 부축했다. 부들거리는 다리를 부여잡고 가까스로 바로 선 채화는 그대로 수풀로 달려가더니 먹은 것을 모두 게워 냈다. 겸이 황급히 따라 들어가 등을 두드려 주었다. 한참이나 뱉어낸 채화가 가까스로 진정이 된 듯 털썩 주저앉았다.

사방을 둘러보며 귀를 쫑긋거리던 겸이 휙 사라졌다가 나타났다. 다시 나타난 그의 손에 방금 딴 듯 초록 빛깔 진한 커다란 잎사귀가 있었다. 그 잎사귀에는 맑은 물이 담겨 있었다. 채화는 두 번 생각할 겨를도 없이 그 물로 입을 헹궜다. 겸은 이후로도 여러 번 사라졌다가 나타났다. 그때마다 손엔 맑은 물이 들려 있었다. 채화는 그 물을 마시며 간신히 속을 가라앉혔다.

겸이 축 처진 목소리로 말했다.

"이런 건 미처 예상하지 못했습니다."

"나도 마찬가지야. 하아, 아직도 속이 울렁거려."

"물, 더 가져와요?"

채화가 고개를 저었다. 겸이 푹 고개를 숙였다.

"앞으론 조심해야겠네요."

시무룩한 얼굴이었다. 채화는 씩 웃으며 겸을 토닥였다.

"괜찮아. 덕분에 이렇게 빨리 왔잖아. 저기 봐."

채화는 겸이 길을 제대로 찾을지 의문이었다. 겸 또한 그것이 걱정되었는지 출발 전 돌이 엄마와 함께 여기저기 돌아다니며 길을 열심히 묻고 다녔다. 그 덕분인지 이렇게 제대로 목적지에 도착했다. 채화는 겸이 대단하다 생각했다. 채화의 눈에 차오르는 반짝임을 보며 겸은 자신이 많이 헤맨 것을 굳이 밝히지 않았다.

파랗게 밝아오는 뿌연 새벽안개 속에 희미하게 모습을 드러낸 마을은 틀림없는 강릉의 바위골이었다. 채화는 울컥 화가 치미는 걸 느꼈다. 곡산이 고향인 채화에게 강릉은 그다지 좋은 기억이 없는 곳이었다. 특히나 저 아래 펼쳐진 마을은 더더군다나……. 채화는 이를 악물었다. 어쨌든 한 번은 가봐야 했다. 어제도 계월의 꿈을 꾼 참이었다. 어찌하여 자꾸 꿈에 나오는지 확인해 봐야 했다.

잠시 겸을 한 번, 하늘을 한 번 쳐다본 채화가 물었다.

"괜찮겠어?"

겸이 활짝 웃었다.

"괜찮습니다. 가을이잖습니까?"

"가을볕도 제법 따가운데……."

"여름 볕에 비하겠습니까? 그리고 우리가 느끼는 것과 인간이 느끼는 건 다릅니다. 그러니 안심하세요."

채화는 여전히 미심쩍은 눈치였다. 아직도 대궐 뜰에서 처참한 몰골로 누워 있던 겸의 모습이 생생했다. 잔뜩 일그러진 표정으로 그때를 떠올리고 있음을 알게 된 겸은 그대로 채화의 이마에 입을 맞췄다.

"야, 뭐야 뜬금없이?"

채화가 얼굴을 붉히며 눈을 흘겼다.

"이상한 생각 마시고 어서 가요. 어차피 사람들 깨어 있을 때 확인해 봐야 하잖아요. 할 거라면 해가 더 뜨거워지기 전에 어서 갑시다."

겸의 입술이 닿았던 이마를 어루만지며 채화도 드디어 미소를 머금었다.

"응. 어서 가자."

채화가 앞장섰다. 겸이 그 뒤를 따랐다.

마을은 변한 것이 하나도 없었다. 채화로서는 시집오던 날 가마의 작은 창문 너머로 흘깃 쳐다본 것과 계월을 따라 몰래 한 번 나와본 게 전부인 곳이었다. 그러나 하나도 빠짐없이 기억할 수 있었다. 앞으로 어떤 삶이 닥쳐올지 잔뜩 긴장했던 혼삿날이었고 숨 막히던 별채에서의 유일했던 일탈이었다. 당연히 바닥에 굴러다니던 돌 하나에도 의미가 있었다.

열심히 기억을 더듬어 계월의 집을 찾았다. 성대한 혼례식은 없었으나 서방을 만났다고, 아씨께 보여주고 싶은데 그럴 수 없어 슬프다고, 안타까워하는 계월을 위해 큰맘 먹고 감행했던 잠행이었다. 계월이와 손 붙잡고 깔깔깔 어린아이로 돌아간 것처럼 웃으며 온 동네를 뛰어다녔더랬다.

채화의 눈에 눈물이 맺혔다. 계월이가 지척에 있다고 생각하니 가슴이 뜨거워졌다.

"흐응, 저기도 열녀문이네요?"

겸이 팔을 뻗어 어딘가를 가리켰다. 계월이 생각에 잔뜩 들떠 있던 채화의 가슴에 찬물이 끼얹어졌다. 채화의 표정은 예사롭지 않았다. 겸이 눈치를 살폈다.

"왜요?"

"곡산 한씨 부인의 문."

채화가 또박또박 현판을 읽었다. 불같은 분노가 치밀었다.

"나는 이렇게 멀쩡히 살아 있는데……."

채화의 이글거리는 눈빛이 열녀문 뒤, 기와집으로 향했다.

여전히 번듯했다. 학문과는 전혀 인연이 없으면서도 어찌 그리 벼슬은 잘들 따내는지, 꾸준히 양반의 명맥을 이어왔답시고 삼강오륜을 목숨처럼 떠받들던 사람들.

"혹, 여기가……."

"응."

채화의 대답은 말만으로도 상대를 베어 죽일 수 있을 듯 날카로웠다. 겸이 얼른 채화의 어깨를 다독였다.

"제가 확 한번 뒤집어엎을까요?"

채화가 피식 웃었다.

"됐어. 뭐하러. 그럴 가치도 없는 사람들이야."

겸이 씩 웃었다. 자신이 예상했던 답변에서 한 치도 어긋남이 없었다. 겸은 다시 열녀문을 바라보았다.

"그나저나 이상하네요. 곡산 한씨 부인은 여기 이렇게 살아 있는데 웬 열녀문일까요?"

"또 뭔가 수를 썼겠지. 그런 쪽에 비상한 사람들이니까. 가자."

채화는 미련 없이 발길을 돌렸다. 겸이 얼른 따라붙었다.

"오늘 밤에 똥물이나 뿌릴까요?"

채화가 킥킥 웃었다.

"그럴까?"

두 사람은 오순도순 야간 출타의 계획을 세우며 다시 길을 걸었다.

한참을 헤맨 끝에 드디어 계월의 집을 찾아냈다. 확실했다. 채화는 잔뜩 부푼 기대를 안고 사립문을 밀었다.

"계십니까!"

부엌에서 인기척이 느껴졌다. 채화는 금방이라도 눈물을 흘릴 얼굴이었다. 그러나 삐그덕 소리와 함께 부엌문을 열고 모습을 드러낸 사람은 백발 노파였다.

"뉘시오?"

채화는 당황스러웠다. 전혀 모르는 사람이었다. 이곳은 분명 계월의 집인데⋯⋯.

"실례합니다. 이곳에 계월이란 아낙이 살지는 않습니까?"

말문을 잃은 채화 대신 겸이 나서 물었다. 노파는 잠깐 생각하더니 이내 무릎을 쳤다.

"아, 곡산댁?"

반가운 이름에 채화가 얼른 대답했다.

"예. 곡산댁 말입니다."

노파의 표정이 어두워졌다.

"무슨 관계시오?"

채화를 걱정하는 기색이 역력했다. 그 심상치 않음에 채화가 더듬거리며 대답했다.

"고향…… 동무입니다."

대답이 끝나기 무섭게 노파가 혀를 찼다.

"늦었구려. 곡산댁은 함께 왔던 아씨가 죽고 바다에 몸을 던졌다오."

채화가 주저앉았다. 겸이 얼른 일으켜 세웠다. 다리에 힘이 빠진 탓에 채화는 겸에게 기대지 않고는 도저히 서 있을 수 없었다.

"이런, 많이 친했던 모양이네. 하기사 이렇게 집까지 아는 걸 보면……."

노파가 또 혀를 찼다. 겸이 자세한 사정을 캐물었다. 노파는 연신 채화를 불쌍하다는 듯 쳐다보며 말해주었다.

"친자매 같았던 아씨가 이 참봉 댁에 시집올 때 함께 왔다는데 그 아씨가 지아비 따라 목을 맨 직후, 슬픔을 못 이겨 바다에 몸을 던졌다오."

채화가 다급하게 물었다.

"사실인가요? 그럼 남편은요? 아이는요?"

노파가 주위를 둘러보더니 목소리를 낮췄다.

"그 서방은 이후로 면천되어 이사를 갔다지?"

노파의 눈빛은 많은 것을 담고 있었다. 차마 주변 시선이 두려워 더 말하지 못한다는 얼굴이었다. 채화는 갑자기 다시 힘이 생긴 듯 보였다. 겸은 그녀를 걱정스럽게 바라보았다. 채화의 눈에 서린 것은 분명 분노였다. 겸은 그 이유를 알 수 없어 답답했다.

채화가 계속해서 물었다.

"아기는요?"

"아기?"

"예. 아이를 가졌다고 소식이 왔었거든요."

"그래? 금시초문인데?"

노파는 정말 처음 듣는 얼굴이었다. 그 순간 채화는 무표정해졌다.

채화가 노파에게 허리를 숙였다.

"감사합니다. 혹 계월이가 몸을 던진 곳이 어딘지 알 수 있을까요?"

노파는 친절하게 절벽의 위치를 상세히 알려주었다. 채화는 연거푸 감사를 표하며 계월의 집이었던 초가를 떠났다.

묵묵히 걷는 채화의 뒤에서 겸 또한 침묵을 지켰다. 도무지 채화에게 말을 걸 수가 없었다. 한참을 걸어 도착한 절벽 끝에서 채화가 사방을 둘러보았다.

"여기서 죽었다고?"

겸은 채화를 이해할 수 없었다.

"몸을 던진 것을 믿지 않는 것 같은데 여기는 왜 온 겁니까?"

채화가 갑자기 큰 소리로 웃음을 터뜨렸다. 흔들흔들, 술에라도 취한 듯 몸까지 흔들렸다. 웃음소리는 마치 울음소리처럼 처절했다. 한참을 웃던 채화가 털썩 주저앉았다.

"어찌 그리 모지십니까! 어찌 그리 독하십니까! 계월이가 수태 중임을 어머님도 아시지 않았습니까!"

겸은 여전히 무슨 소린지 이해하지 못한 얼굴로 채화의 곁에 따라 주저앉았다.

"바닷바람이 찹니다."

채화는 여전히 먼 바다를 응시하고 있었다.

"계월의 서방, 대대로 시댁 가노였다지."

겸은 묵묵히 채화만 바라보았다.

"대대손손 시댁에 충성하던 사내였지. 계월은 그렇지 않다고 했지만 노비를 늘리려고 어머님이 일부러 둘을 짝지어주었어. 계월은 내가 걱정할까 봐 행복한 척했지. 그러다 어느 날 정말 행복해졌어. 아이가 생겼거든. 서방은 정이 가지 않는다고 했지만 아이만은 끔찍하게 아꼈어. 어머님도 계월이 임신한 것을 누구보다 기뻐했지. 물론 계월과 다른 이유에서였지만. 그런 계월이가 자진을 하다니……. 그게 과연 있을 수 있는 일일까?"

말을 마친 채화가 다시 먼 바다를 향해 소리쳤다.

"어찌 그리 모지십니까! 어찌 복중에 아이를 품은 사람을 그리 죽음으로 내몰 수 있단 말입니까!"

채화의 눈에서 눈물이 쏟아졌다. 방울방울 떨어지던 눈물은 이윽고 후두둑, 흙바닥에 쏟아졌다. 겸이 얼른 채화를 품에 안았다.

"우십시오. 마음껏 우십시오. 그러나 제발 자신만은 원망하지
마십시오."

채화는 막힌 둑이 터진 듯 감정을 토해냈다.

"내가…… 내가 죽었어야 했어……. 내가 도망가지만 않았어도
계월이는 비록 노비 신분이나마 아이와 행복해질 수 있었겠지.
최소한 도망이라도 하지 말았어야 했어. 내가……. 나만……. 나
만 제자리로 돌아갔어도 계월이는……."

채화의 울음소리가 커졌다. 겸의 눈에도 눈물이 맺혔다. 그러
나 이를 악물고 참았다. 자신까지 울 수는 없는 노릇이었다.

"당신을 만나지 못했을 저는 생각지도 않으십니까? 만약 그랬
다면……."

겸은 말을 잇지 못했다. 채화는 뭔가를 들을 수 있는 상태가
아니었다. 완벽히 다른 세상에 가 있는 것 같았다. 아무것도 듣
지도 보지도 못한 채 하염없이 울기만 했다. 안타까웠다. 이럴 때
도움이 될 수 없는 자신이 원망스럽기만 했다.

겸은 조용히 채화를 안아주었다. 지금 이 순간 그가 할 수 있
는 건, 채화를 위해 해줄 수 있는 건 그것밖에 없었다.

한참을 울던 채화는 결국, 탈진하여 쓰러지고 말았다.

"계월아, 계월아!"

어린 채화가 계월이를 불렀다. 대청마루에 엎드려 열심히 걸레
질을 하고 있던 계월이 고개를 돌렸다.

"왜요?"

"이리와 봐. 얼른!"

고운 비단옷을 입은 볼살 통통한 채화가 연신 손짓을 했다. 채화의 앞에는 수틀이 놓여 있었다. 계월은 목을 길게 빼고 사방을 살피더니 얼른 채화에게 다가갔다. 채화가 움찔움찔 앉은 채로 엉덩이를 움직여 옆으로 이동했다. 계월은 한 번 더 주위를 살피곤 채화의 옆에 앉았다.

채화가 바늘을 내밀었다. 반쯤 완성된 봉황을 바라보며 계월이 바늘을 잡았다.

붉은 비단에 수놓인 푸른 봉황은 다소 기이한 형태를 하고 있었다. 일부는 어린아이가 한 것처럼 엉망이었으나 일부는 대궐의 침방상궁이 했다고 해도 믿을 만큼 놀랍도록 정교했다. 계월은 삐쭉삐쭉 튀어나온 봉황의 날개 밑 몸통을 채우기 시작했다. 어린아이라고 하기엔 지나치게 섬세하고 정교한 손놀림이었다.

입술을 핥으며 씩 웃은 채화가 계월의 걸레를 주워 들었다. 계월이 사색이 되어 만류했다.

"아씨! 걸레질은 안 해주셔도 됩니다!"

"네가 내 일을 해주는데 나도 당연히 네 일을 해줘야지. 빨리해. 어머니 오시기 전에."

채화는 씩 웃으며 넉살 좋게 쭈그려 앉아 걸레질을 시작했다. 안절부절못하던 계월은 이내 일을 빨리 끝내 버리는 게 낫다고 판단한 듯 수놓는 데 집중했다. 어느덧 계월은 완전히 수놓기에 몰입해 있었다. 그런 계월을 흐뭇하게 바라보던 채화는 다시 열심히 걸레질을 시작했다. 어느덧 콧노래까지 흥얼거렸다. 계월 또한 다소 편안해진 얼굴로 수놓기에 심취했다. 덕분에 두 사람은 누가 다가오는 걸 보지 못하고 말았다.

"한채화!"

채화가 화들짝 놀라 몸을 일으켰다. 매서운 얼굴을 한 어머니가 처마 아래 서 있었다. 계월이가 벌떡 일어나 냉큼 마루로 뛰어와 엎드렸다. 계월이가 엎드리는 것을 본 채화도 뒤늦게 계월의 곁에서 무릎을 꿇었다. 어머니의 입술이 달싹였다. 곧 불호령이 떨어질 모양새였다. 채화가 다급하게 외쳤다.

"제가 시킨 겁니다! 제가 하겠다고 한 겁니다! 계월이는 아무 잘못 없습니다!"

어머니가 다시 입을 닫았다. 그 시선은 채화의 손에 들려 있는 걸레에 향해 있었다. 채화는 냉큼 걸레를 저만치 던져 버렸다. 그러나 정작 모친은 걸레에는 관심이 없었다.

"그간 봉황의 모양새가 심상치 않다 했다. 다 이유가 있었던 게로구나?"

"계월이는 죄가 없습니다!"

채화는 연신 계월이 죄가 없음을 주장할 뿐이었다. 이미 어미가 무슨 말을 하는지는 안중에도 없었다.

"네 일을 다 한 후에라야 오라비들의 검술 훈련을 볼 수 있게 하겠다고 했지. 그렇지?"

"계월이는 죄가……."

어미는 크게 미소 지음으로써 채화를 일깨웠다. 채화가 다급하게 말을 바꾸었다.

"예. 그리 말씀하셨습니다."

"한데 네 일을 계월이가 하고 있구나."

계월과 수틀, 그리고 어미를 번갈아 바라보던 채화의 눈에 저 멀리 던져 버린 걸레가 보였다. 채화가 환히 웃었다.

"하지만 제가 계월의 일을 대신하였습니다. 그러니 계월이 수를 다 놓았다면 저는 제 일을 다 한 것이 됩니다."

"그건 또 무슨 궤변일꼬?"

"저는 계월이와 거래를 하였습니다."

계월이 그게 무슨 뜬금없는 소리냐는 얼굴로 고개를 들었다. 채화는 잽싸게 일어나 앞으로 나서며 계월을 치마로 가려 버렸다.

"수놓기와 걸레질을 교환한 겁니다. 때문에 제 걸레질이 엉망인 게 아니라면 저는 제 할 일을 완벽히 마친 게 됩니다. 그 대가로 계월이 수를 놓아준 거니까요."

계월은 여전히 무슨 소린지 이해하지 못하고 있었다. 다소 놀란 듯 보이던 어미의 얼굴에 이내 미소가 떠올랐다.

"거래를 했다?"

"예. 걸레질과 수놓기를 교환한 겁니다."

"그렇다면 걸레질이 완벽한지 검사를 해보아야겠구나?"

채화는 방긋 웃으며 대꾸했다.

"예!"

채화는 자신 있었다. 수놓기는 몰라도 걸레질쯤이야……. 어머니는 매의 눈으로 대청마루 구석구석을 훑었다. 그 눈은 툇마루까지 이어졌다.

"툇마루는 전혀 걸레질이 되어 있지 않구나."

채화가 다급하게 변명했다.

"어머니께서 일찍 오셔서 그렇습니다! 약조하신 시각에 오셨다면 분명 툇마루까지 완벽하게 되어 있었을 겁니다."

어미가 소리 내어 웃었다.

"그러하냐? 그럼 지금 마저 걸레질을 해보거라."

"예?"

"둘 다 하던 일을 마저 해보란 말이다. 네 말대로 걸레질이 완벽하면 약속을 지켜줄 것이니."

채화는 믿기지 않는 얼굴이었다.

"정말입니까?"

"그 표정은 무엇이냐? 혹 이 어미를 현혹코자 거짓을 말한 것이더냐? 계월이에게 수놓기와 걸레질 둘 다 시키려 했던 게야?"

"아닙니다!"

우렁차게 대답한 채화는 쪼르르 달려가 던져 놓았던 걸레를 집어 들었다. 마루 한구석에 놓여 있던 대야에서 조물조물 빨래까지 한 채화는 물기를 꼭 짜내고 툇마루로 뛰어왔다.

"보십시오! 저 걸레질 잘합니다!"

계월이는 이러지도 저러지도 못하고 있었다. 채화의 어미가 부드럽게 말했다.

"무얼 하느냐? 가서 수놓기를 마저 끝내지 않고? 네가 끝내지 않으면 채화는 수련장에 못 가느니라."

"아, 예, 알겠습니다."

여전히 상황을 이해하지 못한 계월이 꾸벅 머리를 숙여 예를 취하더니 다시 방으로 들어가 수를 잡았다. 무슨 상황인지 알 수 없지만 일단 마님이 하라 했으니 계월로서는 방법이 없었다.

열심히 걸레질을 하고 열심히 수를 놓은 대가로 두 사람은 오라비들이 검술 수련하는 것을 구경할 수 있었다. 두 꼬마 아가씨들이 마루에 걸터앉아 연신 다리를 흔들어댔다. 채화의 시선은 날 선 칼에 닿아 있었다. 위험한 것은 알지만 자신도 꼭 한번 휘둘러보고 싶었다. 계월 또한 채화와 같은 쪽을 보며 멍한 얼굴이었다. 그러나 검술에 푹 빠진 채화와 달리 계월은 다른 것에 홀려 있었다.

채화가 계월의 옆구리를 쿡 찔렀다. 계월은 무슨 죄라도 지은 것처럼 화들짝 놀라며 채화를 바라보았다.

"왜 그러세요? 아씨?"

"누구야?"

"예?"

"셋 중 누구냐고."

계월의 얼굴이 붉어졌다. 이미 티가 다 났는데도 계월은 한사코 부인했다.

"무슨 말씀이신지 모르겠어요."

"모르긴 뭘 몰라 네 얼굴에 다 쓰여 있는데? 셋 중 누구야? 내가 밀어주랴?"

"아, 아씨! 귀한 댁 아씨는 그런 말 하는 거 아니에요!"

"왜? 우리 둘뿐인데 뭐가 어때서? 그래서 누군데? 나한테도 말 안 해줄 거야? 말 안 해주면 오라비들 다 불러 버린다?"

채화가 자리에서 벌떡 일어나 팔을 흔들었다. 오라비들이 알아보고는 싱긋 웃어주었다. 누군가의 미소를 본 계월의 얼굴이 홍당무가 되었다.

"거 봐라, 셋 중 분명 있다니까? 좋다! 너라면 내가 우리 오라비들 내어준다!"

꼭 오라비들이 제 소유물이라도 되는 듯 말하는 꼬마 채화를 보며 계월은 또 얼굴을 붉혔다. 채화는 그런 계월을 쳐다보며 깔깔거리고 웃었다.

"계월아……."

혼절해 놓고도 어찌나 계월을 찾으며 눈물을 흘리는지 겸은 안타까웠다.

채화는 도통 깨어날 생각을 하지 않았다. 가뜩이나 허약하기 짝이 없는데……. 겸은 온몸의 피가 바짝바짝 마르는 심정이었다.

채화가 깨어나길 기다리는 사이 해가 지고 달이 떴다. 사방에서 귀뚜라미 우는 소리가 들려오건만, 시끄럽지도 않은지 채화는 여전히 계월만 찾고 있었다. 그런 채화를 바라보며 겸은 그 집에 쳐들어가고 싶은 것을 꾹 눌러 참았다. 욱하는 마음에 가서 해코지를 해본들, 채화의 마음만 다칠 것이 뻔했다.

밤은 자꾸만 깊어갔다. 이러다 해가 뜰 때까지도 깨어나지 않으면 어쩌나, 겸이 안절부절못하고 있는 사이, 다행스럽게도 채화가 눈을 떴다.

"정신이 들었습니까?"

겸은 조심스럽게 물었다. 그 어떤 자극도 주고 싶지 않았다. 채화가 부스스 몸을 일으키려 했다. 겸이 얼른 그런 채화를 도왔다. 사방을 둘러본 채화가 물었다.

"여기가 어디야?"

"사찰입니다."

채화를 돌볼 만한 곳이 아무 데도 없었다. 겸은 자신이 스님의 복장을 하고 있는 것을 떠올리곤 바로 인근 절을 찾아냈다. 다행히 스님들은 묻지도 따지지도 않고 채화와 겸을 받아들여 주었다.

대답을 들은 채화는 다시 멍한 얼굴이 되었다. 겸은 이러다 정신이라도 놓으면 어쩌나 초조하기 짝이 없었다.

"무슨 생각을 하십니까?"

어떻게든 채화를 현실에 붙들어놓아야 했다.

"복수해야겠어."

단호함 같은 건 없었다. 멍한 얼굴로 허공을 응시하며 힘없이 뱉어낸 말이었다. 겸은 채화가 미친 줄 알았다. 복수라니……. 채화의 입에서 복수란 말이 나오다니……. 겸이 두 눈을 질끈 감았다. 채화가 원한다면 그것이 무엇이든 다 해줄 수 있었다.

"오늘 밤…… 제가 다녀오겠습니다."

채화가 현실로 돌아왔다. 천천히 고개를 돌린 그녀가 말했다.

"그게 무슨 소리야?"

"그 집, 찾아가서 쑥대밭으로 만들겠습니다."

겸의 얼굴에 살기가 스쳐 갔다. 채화가 얼굴을 구겼다.

"무슨 말을 하는 거야. 난 그런 식으로 복수하고 싶지 않아. 만천하에 명명백백히 그들의 죄를 알리고 계월의 억울한 죽음을 밝힐 거야."

잠시 멍하니 있던 겸이 와락 채화를 품에 안았다.

"다행입니다!"

겸이 흐느꼈다. 채화는 영문도 모른 채 겸을 다독이며 물었다.

"왜? 뭐가 다행이라는 거야?"

"전 당신이 정신을 놓을까 봐 겁이 났습니다."

채화가 피식 웃었다.

"내가 왜 정신을 놔?"

비로소 떨어져 나온 겸이 채화를 바라봤다.

"탈진할 만큼 울었습니다. 자면서도 끝없이 계월의 이름을 불렀습니다. 그 여자를 따라 저승까지 가는 건 아닐까 조마조마했습니다."

채화가 부드럽게 겸을 안아주었다.

"걱정하지 마. 널 두고 아무 데도 안 가."

"다행…… 정말 다행입니다."

겸이 뜨거운 눈물을 쏟아냈다. 채화는 두 눈을 감은 채 겸을 토닥토닥 다독여 주었다. 마치 어린 아기를 달래는 듯한 손길에 민망해진 겸이 소매로 눈물을 닦으며 물었다.

"그럼 어떤 방식의 복수를 생각한 겁니까?"

"관아에 가서 고할 거야."

"그걸로 되겠습니까? 열녀문까지 위장해 낸 사람들입니다. 어지간히 뒷배가 좋지 않고서야 불가능한 일 아닙니까?"

채화가 크게 미소 지었다. 어딘지 모르게 싸늘한 미소였다.

"우리는 조선 팔도에서 그 누구도 대체 불가능한 뒷배를 가지고 있잖아."

겸이 한발 늦게 소리쳤다.

"아! 임금!"

채화가 방을 살폈다.

"밖에 가서 지필묵 좀 얻어올래?"

"넵!"

겸은 냉큼 일어나 문을 열었다. 채화가 드디어 정신을 차렸으니 자신 또한 기운을 차려야 했다.

방을 나서자 때마침 컴컴한 새벽부터 마당을 쓸고 있는 동자승이 보였다. 겸은 동자승에게 정중히 지필묵을 부탁했다. 꼬마 스님은 고사리 같은 두 손으로 합장하여 예를 취하더니 잠시 후 보따리를 가져다 놓았다.

채화는 정성스럽게 먹을 갈았다. 그리고 차분하게 서신을 적어내려 갔다. 다행히 한자인지라 겸 또한 곁에서 내용을 확인할 수 있었다.

소인, 천하의 선견지명에 깊이 머리를 조아립니다. 그리 큰소리를 쳐놓았건만 간절히 원하는 바가 있어 이렇게 연통을 하옵니다.

소인에게는 어린 시절부터 자매처럼 자라온 몸종이 하나 있습니다. 곡산에서 강릉까지 시집을 때도 기어코 따라나섰던 아이입니다.

혼인하자마자 서방이 발병하여 죽고 같은 병으로 시아버지까지 돌아가신 후, 저는 그대로 산 귀신이 되었습니다. 식구들은 그 누구 하나 저를 인간 대접을 해주지 않았습니다. 친정 피붙이들이 모두 죽고 난 후엔 더더욱 그러했습니다. 저는 그렇게 살아 있으되 죽어버린 사람이 되었습니다.

아직도 기억납니다. 자려고 누우면 이불을 뚫고 솟구치던 냉기, 배고픔, 외로움, 사람이 누려야 할 기본적인 것조차 주어지지 못했던 불행했던 시절. 그때 그 아이가 없었더라면 버텨내지 못했을 겁니다. 그 시절 그 아이는 제게 행복이었습니다.

후회스럽습니다. 그 집에서 도망칠 때 그 아이도 함께였어야 했습니다. 전 제 생각만 하느라 그 아이를 놓고 나왔는데…… 차마 이런 일이 생길 거라곤 예상치 못했습니다.

저의 시어머니께서는 기어코 열녀문을 받아내셨더군요. 저는 이렇게 버젓이 살아 있는데 말입니다. 그런데 그 과정에서 천인공노할 짓을 저질렀습니다. 시신이 없으면 열녀문을 받을 수 없단 것을 알고 시신을 만들어낸 겁니다.

이제 예상하셨을 겁니다. 예. 저의 몸종 계월이 제 시신이 되었습니다.

하늘 아래 이런 법은 없습니다. 심지어 계월은 수태 중이었습니다. 그걸 뻔히 알고도 그런 짓을 벌인 겁니다. 그래 놓고 아씨를 따라 몸을 던졌다며 꾸미기까지 했습니다.

강릉 바위골의 곡산 한씨 부인의 문. 대체 그것이 뭐라고 한 사람의 인생을 망치고 또 다른 한 사람의 인생을 마음대로 끝낼 수 있단 말입니까?

이제 전하께서는 제가 누군지 알게 되시겠지요.

소인의 외조부는 호조참판이었고 친조부는 병조판서셨습니다. 그때 당시 전하께서는 겨우 열셋이셨지만 기억하시리라 생각합니다. 전하를 반대하던 친정 가문은 멸문지화를 당해야 했지요. 그래도 저는 원망하지 않습니다. 제 피붙이들은 자신들이 옳다고 믿는 것을 위해 싸우다 죽었기 때문입니다. 또한 이 때문에 전하께서 억울하게 죽은 계월을 외면할 거라 여기지도 않습니다.

전하! 부디, 계월의 억울한 죽음을 명명백백하게 밝혀주시옵소서. 간절히 청하나이다.

채화는 표정 하나 없는 얼굴로 묵묵히 종이를 채워 나갔다. 겸은 이러다 채화가 또 눈물을 쏟아내다 쓰러지면 어쩌나 앉은 자리가 가시방석이었다. 이윽고 채화가 겸에게 서찰을 내밀었다.

"다녀와."

겸이 움찔 놀랐다.

"저…… 혼자서 말입니까?"

"응."

"싫습니다."

겸은 단호했다. 그러나 채화는 더더욱 단호했다.

"난 여기서 할 일들이 좀 있어. 그러니까 혼자 가서 서찰을 전하고 답변을 받아와."

보통 때라면 겸은 고집불통처럼 바락바락 대들어 우겼을 것이다. 그러나 이번엔 그럴 수 없었다. 주어진 상황이 너무 가혹하여 도무지 채화의 결정에 반기를 들 수 없었다.

겸이 침울하게 말했다.

"그간 위험한 일은 하지 않겠다고 약조하십시오."

채화가 생긋 웃으며 새끼손가락을 내밀었다. 겸이 피식 웃었다.

"저더러 매일 어린아이 같다더니 이런 걸 좋아하는 건 나보다 당신입니다."

"뭐 어때? 간단해서 좋잖아?"

채화는 뭐하냐는 듯 연신 새끼손가락을 까딱였다. 물끄러미 바라보던 겸은 그대로 몸을 일으켜 입을 맞췄다. 채화가 눈을 흘겼다.

"뭐야? 그 복장을 하고 사찰에서 이러면 어쩌니?"

"누가 뭐랩니까? 내가 내 여자한테 하고 싶은 걸 하겠다는데?"

천연덕스러운 '내 여자'라는 말에 채화가 얼굴을 붉혔다.

"그럼 약조하셨으니 다녀오겠습니다."

채화는 생긋 웃으며 손을 흔들었다. 겸은 그대로 등을 돌려 문을 열었다.

마당에 내려선 겸의 표정은 어두웠다. 아침 해는 이미 높이 떠올라 있었다. 푸른 하늘을 바라보며 겸이 얼굴을 찡그렸다.

채화는 햇살에 대한 걱정을 눈곱만큼도 하지 않았다. 예전이었다면 절대로 있을 수 없는 일이었다. 겸은 채화가 여전히 제정신이 아니라는 걸 확신했다. 방 안에서 채화의 기척이 느껴졌다. 겸은 잽싸게 몸을 날려 자취를 감췄다.

겸이 나가고 잠시 멍하니 앉아 있던 채화가 문득 뭔가 생각난 듯 매무새를 고쳤다. 머리와 옷을 단정히 손보고 문을 열자 환한 햇살이 쏟아졌다. 겸이 걱정되었다. 밤에 가도 상관없을 일이었는데……. 그제야 채화 또한 자신이 얼마나 정신이 없었는지를 깨달았다. 겸에게 미안해서, 한양까지 가며 고통스러울 그가 안쓰러워서 채화는 또 눈물지었다.

바깥 풍경을 가만히 살핀 채화는 이내 발을 놀렸다. 바위골 인근 사찰이라면 채화의 기억으로 하나뿐이었다. 채화는 지나가던 스님 하나를 붙들었다.

"실례합니다. 혹시 이곳에 위패 다섯 개를 한꺼번에 모신 사당이 있는지요?"

스님은 그런 걸 어찌 아느냐는 얼굴로 사당의 위치를 알려주었다. 역시나, 이곳은 채화가 예상했던 그곳이었다. 채화는 분주히 발을 놀렸다.

홀로 외로이 서 있는 사당이 눈에 띄었다. 인적 드문 곳, 사람의 발길도 시선도 닿지 않을 곳에서 사당은 굳게 문을 닫고 있었다. 채화는 망설임 없이 다가가 문을 열었다. 먼지 냄새가 훅 끼쳤지만 다행히도 관리하는 사람이 있는 듯 내부는 단정했다.

채화는 힘없이 신을 벗고 사당에 들었다. 위패 아래 있는 부싯돌을 이용해 초에 불을 켜 향을 피우곤 큰절을 올린 후 커다란 방석 위에 무릎을 꿇었다.

"어머니, 아버지, 그리고 오라버니들, 채화가 왔어요. 그간 찾아뵙지 못해 정말 죄송해요."

또르르 채화의 눈에서 눈물이 굴러떨어졌다.

역모로 몰려 죽은 대역 죄인의 사당. 원칙대로라면 있을 수 없는 일이었다. 그러나 채화는 계월을 통해 이렇듯, 몰래 위패를 모셨다. 마음 같아선 산소를 만들고 싶었으나 대역 죄인의 시신을 거둔다는 건 그때 당시의 채화에겐 불가능한 일이었다.

다행히 절에서는 처음 위패를 모실 때도 그렇거니와 이후에도 굳이 캐묻지 않았다. 아마 알고도 모른 척했을 거라는 생각이 들었다. 계월이가 참봉 댁 노비임을 모르는 이가 없었으니까…….

계월이 생각에 또 눈물이 났다.

"계월이랑 같이 오고 싶었는데……. 그곳에서 혹 만나셨나요?"

급기야 채화는 서러움을 이기지 못하고 그대로 엎드려 울음을 터뜨렸다. 때마침 근처를 지나던 주지스님이 울음소리가 하도 서글퍼 위로라도 해볼 양으로 소리를 쫓았다가 활짝 열려 있는 사당 문을 보고는 깜짝 놀랐다. 그 사당이 누구의 것인지 알고 있으니 당연한 놀람이었다.

"뉘시오?"

떨리는 목소리로 묻는 스님의 목소리에 채화는 얼른 눈물을 닦아내고 일어나 합장했다.

"소인, 사당을 모신 이입니다."

"계월 보살께서는 이미……."

채화는 또 눈물이 나려는 걸 참으며 대답했다.

"제가 계월을 통해 이곳에 위패를 모셨습니다."

"아이고! 세상에! 소문이 사실이었구랴……."

주지스님은 그 자리에서 눈을 감고 관세음보살을 찾았다.

"어찌 인두겁을 쓰고 그런 짓을 했는지……."

스님이 혀를 찼다. 아무래도 그들의 범죄는 그다지 철저한 게 아닌 모양이었다.

"어찌 이리 돌아오시었소? 무슨 화를 입을 줄 알고……."

"계월이 억울하게 죽은 것을 알았으니 바로잡아야지요."

채화의 눈빛을 본 스님의 얼굴에 먹구름이 드리웠다. 스님이 입을 열었다. 채화가 냉큼 그 입을 막았다. 무슨 말이 나올지 뻔했다.

"죄송합니다. 충고는 나중에 듣겠습니다. 앞으로도 사당을 잘 부탁드립니다."

채화가 넙죽 허리를 숙이자 스님은 안타까운 얼굴로 합장했다.

채화가 종종걸음으로 멀어졌다. 사당을 정리한 스님이 문을 닫고 나왔다. 저만큼 모퉁이에서 제법 나이가 든 동자승 하나가 빗자루를 들고 멍하니 서 있었다.

"예끼, 욘석아. 거기서 왜 넋을 놓고 있는 게야?"

주지스님은 인자한 얼굴로 동자승의 머리에 꿀밤을 먹였다. 화들짝 놀란 듯 정신을 차린 동자승이 헤헤 웃으며 넙죽 허리를 숙였다. 주지스님은 허허 웃으며 원래 가던 길로 가버렸다. 여전히 남아서 바닥을 쓸던 동자승은 사당을 한 번 바라보고 하늘을 한 번 바라보며 뭔가 고심하더니 이내 빗자루를 팽개치고 뛰었다.

자신의 처소로 달려가 바랑을 들쳐 멘 동자승은 함께 방을 쓰는 동무의 어딜 가느냐는 물음에 시주받으러 간다고 대답하곤 후다닥 산 아래로 내달렸다.

힘들지도 않은지 쉬지 않고 달리는 스님의 발놀림이 예사롭지 않았다. 마을까지 내려온 스님은 여전히 달리기를 멈추지 않았다. 쉼 없이 달려 열녀문을 지나친 스님은 아홉 개의 계단을 올라가 높다란 솟을대문을 사정없이 두드렸다.

삐그덕 문이 열리고 집사가 얼굴을 내밀었다.

"어린 스님께서 웬일이시오?"

생뚱맞은 방문객에 언짢은 눈치였다. 어린 스님은 넉살 좋게 웃으며 말했다.

"노마님께 사찰의 동자승이 사당 소식을 전하러 왔노라 전해주십시오."

순간 집사의 표정이 매서워졌다. 황급히 주위를 살핀 집사는 냉큼 스님을 들이더니 대문을 닫아걸었다.

노마님을 마주 대한 스님은 연신 생글생글 웃는 얼굴이었다. 스님의 앞에 진수성찬이 차려져 있었다. 어린 시절 가난한 집안

살림 때문에 스님이 되었다. 당연히 먹고 살기 위한 방편일 뿐, 거창한 불법 같은 건 안중에도 없었다. 그저 배불리 먹고 마실 수 있으면 그만이었으니 노마님으로서는 딱 맞춤한 위인이었다.

"그래, 사당을 찾은 사람이 있었다고요?"

"예. 고운 보살님이 왔다 가셨습니다."

노마님이 빙그레 미소 지었다.

"그 보살님은 어디 사시는 뉘실꼬?"

"잘은 모르오나 지금 사찰에 머물고 계십니다."

"사찰이라…… 치성 드리러 간 아낙들이 머무는 방 말입니까?"

"예. 그곳에서 웬 사내와 함께 머물고 계십니다."

"사내요?"

"예. 한데 그 사내는 어딘가 갔는지 보이질 않았습니다."

"멀리 간 것 같던가요?"

"새벽부터 계속 보이지 않는 걸 보면 그런 듯합니다."

노마님이 빙그레 웃으며 스님의 머리를 쓰다듬었다.

"장하십니다. 오래전 약속을 이리 잘 지켜주시다니 복 받으실 겝니다."

"그럼 저 이거 다 먹어도 되나요?"

"물론이지요."

사람 좋은 얼굴로 스님의 바랑을 챙겨 든 노마님은 스님을 홀로 남겨두고 밖으로 나와 큰 소리로 사람을 불러 일렀다. 부러 어린 스님에게 들으라 하는 말이었다.

"바랑에 쌀을 가득 채워 드리거라."

머슴은 연신 허리를 굽실거리며 바랑을 받아갔다. 뒤이어 잔뜩 목소리를 낮춘 부인이 집사에게 일렀다.

"너는 산이를 불러 오거라."

집사 또한 굽실거리며 사라졌다. 이윽고 어깨가 떡 벌어진 젊은 놈 하나를 데리고 왔다. 활짝 열린 문 너머 스님의 동태를 살피며 건넛방에서 산이를 마주 대한 노마님은 죽은 남편이 고마워 빙그레 웃었다.

어릴 때부터 뼈대가 굵어 장차 크게 쓰일 거라며 이런저런 가르침을 줄 때만 해도 참, 쓸데없는 데 돈을 쓴다고 싫어했었다. 하지만 그 아이가 드디어 이리 쓸모가 있게 되었으니 노마님은 기쁘기 짝이 없었다.

"그래, 요즘도 칼 쓰는 훈련을 하고 있다고?"

"돌아가신 대감마님의 유언이셨으니 하루도 빼먹지 않고 있습니다요."

노마님은 한 번 더 스님의 동태를 살폈다. 여전히 음식을 먹느라 정신없는 모양이었다. 노부인이 손짓해 산이를 가까이 오게 했다.

산이와 노마님이 심각한 얼굴로 두런두런 대화를 주고받았다. 산이는 기겁한 얼굴이었으나 노마님은 꾸준히 설득했다. 시간이 흐르자 산이 또한 어느덧, 노마님에게 설득당한 모습이었다.

식사를 마친 어린 스님이 묵직한 바랑을 들고 돌아갔다. 노마님은 초조하게 해가 지기만을 기다렸다. 산이는 그날 하루 일을 하는 둥 마는 둥 어딘지 모르게 초조해 보였다. 사람들이 이상하다 했지만 산이는 아무 말이 없었다.

드디어 노을이 내려앉았다. 더 기다릴 수 없었던 산이는 노마님의 명령을 따르기 위해 산에 올랐다.

채화는 다시 방 안에 틀어박혔다. 밝은 생각을 해보자고 애를 써보았지만 기껏 돌려놓은 생각의 화살은 계속해서 제자리를 맴돌았다.

주상전하의 서찰에 자신의 정체를 밝힌 것이 악영향을 끼치지는 않았을까, 겸은 과연 잘 도착했을까, 주상전하께서 무슨 방법을 내려주실까, 꼬리에 꼬리를 문 생각은 점점 황당하기 짝이 없는 쪽으로 치달았다.

문득 시댁 식구들을 처참하게 살해하는 자신을 상상한 채화가 화들짝 놀랐다.

"내가 미쳤지……."

채화는 자세를 바로 하고 심호흡을 시작했다. 바깥은 이미 어두워졌지만 등을 켤 생각조차 하지 않은 채였다.

그래서일까? 침입자는 채화가 자는 줄 안 모양이었다. 벌컥 문이 열리더니 어둠이 밀려들어 왔다. 빛 한 점 없는 그믐밤, 채화의 눈에는 덩치 큰 어둠이 들어오는 것처럼 보였다.

덩치가 은빛 칼을 빼 들었다. 채화는 반사적으로 몸을 날려 피했다. 상대는 당황한 눈치였다. 그러나 이내 눈빛이 달라졌다. 단단히 결심을 한 듯 그는 재차 칼을 휘둘렀다.

채화는 열심히 피해 다녔다. 그러나 방이 너무 좁았다. 괴한은 작정한 듯 절대로 문을 내어주지 않았다. 채화는 처소가 외딴곳에 있음을 떠올렸다. 낭패였다. 아무리 소리를 지른다 한들 들을 수 있는 사람이 없었다. 아마도 겸이 일부러 이 방을 고른 걸 텐데…….

순간 이대로 죽으면 겸이 또 얼마나 자책할까 걱정됐다. 동시에 눈물이 앞을 가렸다. 괴한의 공격이 매서워졌다. 예전이었다면 도망이라도 칠 수 있었을 것을……. 팔다리에 힘이 없었다. 기어코 서안에 걸려 넘어지고 말았다. 바닥에 쓰러진 채화의 심장을 노리고 괴한이 칼을 휘둘렀다. 쓰러진 충격에 컥컥대던 채화가 다급하게 몸을 날렸으나 소용없는 짓이었다.

가슴에 불같은 통증이 느껴졌다. 숨이 턱 막혀왔다. 눈앞이 흐려졌다. 괴한은 확인 사살이라도 하려는 듯 다시 팔을 높이 치켜들었다. 피해야 한다는 걸 알고 있는데 몸뚱이는 이미 채화의 것이 아니었다.

채화가 눈을 감았다.

'겸아…….'

뜨거운 눈물이 주룩 흘러내렸다.

괴한이 팔을 휘둘렀다. 동시에 육중한 무언가가 부딪쳐 왔다. 문이 삐걱거린 것은 그 후의 일이었다. 괴한은 그대로 둔중한 소리를 내며 벽에 부딪쳤다. 상황이 어떻게 돌아가는지 알 수 없었던 괴한이 비척대며 일어났다. 그러나 곧 풀썩 무릎을 꿇었다.

붉은 안광을 빛내며 송곳니를 드러낸 겸이 있는 대로 살기를 뿜어내고 있었다.

"감히 네놈이……."

잔뜩 분노한 그가 손톱을 세웠다.

"다시는 살인을 하지 않겠다고 약속해."

겸의 얼굴이 고통으로 일그러졌다. 그러나 그는 채화와의 약속을 지킬 수밖에 없을 운명이었다.

쓰러진 괴한을 가뿐히 들어 올린 겸은 그대로 밖으로 뛰쳐나갔다. 그리고 깊은 산중까지 달려가 한복판에 버려 버렸다.

"다시 돌아왔다간 목숨줄이 성치 못할 것이다."

붉게 빛나는 눈동자, 크르르 뱃속에서부터 터져 나오는 목 울림, 도저히 인간의 것이라 여겨지지 않는 움직임까지…… 괴한은 그대로 바지에 오줌을 지렸다.

겸은 날쌔게 돌아왔다. 피가 흥건한 방바닥에 채화가 누워 있었다. 피비린내가 진동하건만 그것은 전혀 겸을 자극하지 못했다.

겸이 얼른 채화를 안아 올렸다. 다급하게 상처를 살폈다. 단순히 피부에 난 상처라면 치료하면 그만이나 한눈에 봐도 내상이 심했다.

"채화!"

겸이 울부짖었다. 채화의 눈이 가늘게 떠졌다. 얼굴 근육이 기묘하게 움직였다. 아마도 미소를 지으려는 모양이었다.

"다행…… 이다……. 너를…… 너를…… 보고……."

말을 끝까지 잇지도 못한 채 채화가 눈을 감았다.

채화의 숨소리가 잦아들고 있었다. 채화의 심장 소리가 점점 작아지고 있었다. 죽어가는 인간을 살릴 수 있는 유일한 방법, 죽어가는 채화가 다시 살아날 확률이 높은 유일한 방법, 그것은 오직 하나…….

겸의 붉은 눈동자가 번뜩였다. 뒤이어 날카로운 송곳니가 모습을 드러냈다. 겸은 조금도 망설이지 않았다. 채화를 떠나보낼 수 없었다. 그녀 없이 살아간다는 건 있을 수 없었다.

겸이 채화의 목덜미에 송곳니를 박아 넣고 독을 뿜었다.

살랑살랑 기분 좋은 바람이 불었다. 연지곤지 곱게 찍은 채화가 가마에 올랐다. 저 멀리 조랑말 위에 푸른 옷을 입은 새신랑이 앉아 있었다. 호기심이 일어 이리저리 곁눈질을 해보았지만 여전히 얼굴을 확인할 수 없었다.

"가서 어머님 말씀 잘 듣고."

"집에서처럼 말썽 부리지 말거라."

부모님이 손수 가마 입구의 가리개까지 들춰주며 신신당부했다. 한 발 떨어진 곳에서 오라비들도 한마디씩 했다.

"걱정입니다. 채화 성정에……."

"에휴. 사돈댁에 바람 잘 날이 없을 겁니다."

"가서는 꼭 성질 죽여야 한다. 알겠느냐?"

채화는 입을 삐죽거렸다.

"내가 아직도 어린아이인 줄 아십니까? 잘할 수 있습니다!"

곱디곱게 치장까지 했건만 여전한 말투였다. 가마 곁에서 대기하던 계월이가 피식 웃었다.

행렬이 움직였다. 채화의 가족들은 대문 앞에서 다들 눈물지었다. 강릉까지 가는 먼 길이었다. 금지옥엽 막내딸이 걱정되지 않을 이는 아무도 없었다.

여태까지 씩씩했건만 홀로 가마 안에 앉아 있노라니 눈물이 났다. 채화가 연신 눈물을 찍어내는데 갑자기 덜컹, 가마가 내려지고 가리개가 열렸다. 난생처음 보는 귀부인이 머리를 디밀더니 표독스럽게 말했다.

"서방 잡아먹은 년!"

채화는 깜짝 놀라 뒤로 물러났다. 분명 가마의 벽이 있어야 하건만 휘청거리다 가마 밖으로 쓰러졌다. 표독스러운 부인의 얼굴이 코앞까지 닥쳐왔다.

"서방 잡아먹은 년! 내 아들 살려내!"

채화의 머리털을 다 뽑아버리기라도 하겠다는 듯 성난 손길이 득달같이 달려들었다. 고운 치장이 다 망가졌다.

"우리 아씨한테 왜 이러세요!"

계월이가 노부인을 뜯어말렸다. 노부인은 계월의 머리채를 휘어잡았다.

"아씨! 도망가세요!"

계월이가 소리쳤다. 어리둥절하기 짝이 없는 채화는 벌떡 일어났다. 그 순간 엉망이 된 행렬이 눈에 띄었다. 친정에서 실어준 수많은 물건들이 죄다 불타 있었다. 조랑말을 타고 있던 신랑은 온데간데없었다. 그 자리를 지키고 있는 것은 새하얀 관을 실은 달구지였다.

채화의 눈앞에서 계월이 쓰러졌다. 입에서 피를 토한 채였다. 어느덧 노마님은 괴물이 되어 있었다. 이글거리는 눈은 화등잔만했다. 귀까지 찢어진 입에선 뾰족한 송곳니들이 가지런했다. 연신 끈적한 침이 피투성이가 된 치마에 떨어졌다.

기겁한 채화가 몸을 돌렸다. 발에 걸리는 치마를 부여잡고 미친 듯이 달렸다. 그러나 괴물은 번쩍하더니 채화의 코앞에서 나타났다.

"서방 잡아먹은 년은 죽어서 보답을 해야지!"

괴물이 팔을 뻗었다. 채화는 신음 한 번 제대로 터뜨리지 못하고 쓰러졌다. 벌겋게 물든 괴물의 손 위에서 채화의 심장이 팔딱였다. 괴물이 크하하 요란하게 웃음을 터뜨렸다.

쾌락의 도움 따위 받지 못한 채화가 몸부림쳤다. 검게 변한 핏줄이 도드라졌다. 급기야 툭, 터지기까지 했다. 그때마다 겸은 열심히 상처를 지혈했다. 채화는 고통을 견디다 못해 몸부림치다 뼈가 부러지기까지 했다. 결국 겸은 채화를 꼭 끌어안아야 했다. 팔다리를 휘두르지 못하도록 스스로 물어뜯지 못하도록 온 힘을 다해 채화를 힘주어 안았다.

채화가 울부짖었다. 짐승 같은 소리였다. 겸의 눈에서 뜨거운 눈물이 떨어졌다.

겸은 끊임없이 채화에게 속삭였다. 사랑한다고, 버텨 달라고, 미안하다고, 돌아오라고, 끊임없이 반복하고 반복하고 또 반복했다. 채화가 그 소리를 들었는지 어쨌는지는 알 수 없었다. 채화는 시커멓게 변해가고 있었다. 운검 때와 다른 반응에 겸은 어찌할 바를 몰랐다. 채화는 여전히 난동을 부렸다. 인간이기보다는 흡사 이성을 잃은 한 마리 짐승이었다.

갑자기 채화의 움직임이 멎었다. 꼭두각시 인형이 주인을 잃은 듯 채화의 움직임이 뚝 끊어져 버렸다. 당황한 겸이 얼른 채화를 눕히고 살폈다.

숨이 멎어 있었다. 심장도 더는 뛰지 않았다. 고통에 일그러진 모습으로 채화는 굳어 있었다.

"안 돼!"

겸이 소리쳤다. 정신없이 채화의 온몸을 어루만졌다. 마치 그렇게 해주면 다시 살아날지도 모른다고 믿고 있는 것처럼 보였다. 폭포 같은 눈물을 쏟아내며, 어미 잃은 아이처럼 울부짖으며 겸은 연신 채화의 얼굴을 보듬었다.

"어찌 이리 허망하게 가십니까? 어찌 저를 홀로 남겨두고 가십니까? 그리 가시면 마음이 편합니까? 나는 어찌하라고 그리 가십니까!"

겸은 하염없이 채화를 보듬으며 울부짖기만 했다.

방문은 망가진 채 활짝 열려 있었다. 어스름하게 새벽이 밝아오고 있었다. 겸은 여전히 날이 밝은 것도 모르고 있었다. 마당에서 기웃거리던 동자승 하나가 붉게 번진 피 웅덩이를 보고 기겁을 하곤 어딘가로 달려갔다.

아침 해가 조금씩 조금씩 얼굴을 드러냈다. 환한 햇살이 사찰의 마당에도 뿌려졌다. 그 햇살은 슬금슬금 길어져 부서진 방문을 지나쳤다. 길게 늘어진 햇살이 힘없이 늘어진 채화의 손등에 닿았다.

"꺅!"

비명이 들리고 겸은 저만치 날아가 버렸다.

벽에 부딪쳐 떨어진 엉망진창인 몰골로 겸이 넋을 잃은 채 채화를 바라보았다. 채화는 햇살이 비치지 않는 그늘 속에 몸을 숨긴 채 슬금슬금 기어오는 햇살을 두려움에 떨며 보고 있었다.

"채…… 화?"

겸의 부름에 채화가 고개를 들었다. 붉은 눈동자였다. 검은 얼룩 투성이였던 얼굴도 어느덧 말끔하게 돌아와 있었다.

"나……."

채화가 힘겹게 입을 열었으나 말이 이어지진 않았다. 붉은 눈에 혼란이 가득했다.

채화는 모든 것을 분명하게 기억하고 있었다. 깊은 밤. 괴한이 습격했고 심장을 찔렸다. 이대로 겸도 보지 못하고 죽는구나 싶은 찰나, 겸의 얼굴을 보았다. 이젠 여한이 없다고, 다만 홀로 남겨진 겸을 어쩌면 좋으냐고, 그렇게 눈을 감았는데…….

뭔가 꿈도 꾸었다. 내용이 기억나지 않지만 한참을 꿈속에서 헤맸던 것도 같은데 갑자기 고통이 찾아왔다. 차라리 죽었으면 좋겠는 고통이었다. 제발 날 죽여 달라고, 제발 내 목숨을 거두어달라고 간절히 빌고 빌고 또 빌었다. 채화는 스스로 저승길로 뛰어들고자 했다. 그러나 뛰어들 수 없었다. 누군가 자신을 강하게 잡고 있었다. 팔다리가 도저히 움직여지지 않았다. 제발 놓아달라고, 울면서 빌어보았지만 그는 놓아주지 않았다. 소리소리 지르고 악을 쓰며 몸부림쳐도 그는 절대로 놔주지 않았다.

"나는 어찌하라고 그리 가십니까!"

겸이었다. 겸의 목소리가 뇌리를 관통했다. 순간 모든 고통이 사라졌다. 채화는 그대로 주저앉았다. 어느덧 저승 문턱이었다.

"돌아가렴."

어머니였다.

"돌아가서 그와 행복하게 살아."

아버지였다.

"어서 돌아가셔요."

계월이었다.

"예까지 따라와서 우리를 못살게 굴려고?"

오라비들이었다.

그들은 한마음 한뜻으로 채화의 등을 떠다밀었다. 가족을 대한 채화의 얼굴이 눈물범벅이 되었다.

"나, 여기 있으면 안 되는 거예요? 왜 다들 보내려고만 해요?"

채화가 서럽게 울자 계월이 팔을 뻗었다.

"저 사람은 어쩌시게요?"

채화는 영문을 모르겠는 얼굴로 계월의 손끝을 따라가 보았다.

한 사내가 울고 있었다. 무엇이 그리 원통한지 제 가슴을 쥐어뜯으며 울고 있었다. 그가 심장을 쥐어뜯을 때마다 채화는 마치 자신이 얻어맞는 것처럼 아팠다.

계월이 채화의 곁에 다가와 속삭였다.

"가서 저분과 행복하세요. 우리 모두의 몫까지……."

계월이 방긋 웃었다. 동시에 모두가 사라졌다. 빈 허공에 남겨진 것은 사내와 채화뿐이었다.

채화는 조심조심 다가갔다. 그와의 거리가 가까워질수록 심장이 두근거렸다. 그가 슬퍼하는 모습에 가슴이 미어졌다. 팔을 뻗었다. 그를 만지고 싶었다. 이제 조금만 더 가면 그를 만질 수 있을 거 같은데…….

치지직, 손이 타들어갔다. 깜짝 놀란 채화가 눈을 뜨고 몸을 날렸다. 뭔지도 모른 채 자신을 고통스럽게 하는 그것으로부터 도망가기 위한 몸부림이었다. 겸이 휙 날아갔다. 채화는 자신의 눈을 의심했다. 겸이 허공을 날아 벽에 부딪치는 모든 순간순간이 포착됐다. 허공에 떠 있는 먼지 하나, 펄럭이는 옷자락의 미세한 움직임, 심지어 날아가며 흩날리는 겸의 눈물까지도…….

두 사람 모두 멍한 얼굴로 서로를 바라보았다. 그사이 슬금슬금 기어온 햇살이 채화의 손등을 핥았다. 채화는 비명을 질렀다. 겸이 얼른 달려와 몸으로 햇살을 막았다. 채화가 기겁을 했다.

"뭐야! 이렇게 아픈데! 거짓말쟁이!"

겸의 눈에서 굵은 눈물이 흘러내렸다.

"정말…… 당신입니까?"

"바보처럼 그러지 말고 얼른 이리와! 왜 햇빛을…….'

채화는 하얗게 변한 얼굴로 겸을 끌어당겼다. 순간 윽, 하는 소리를 내며 겸이 채화의 품으로 쓰러졌다. 그 바람에 채화 또한 바닥에 쓰러지고 말았다.

"이제 살살하세요. 예전보다 힘이 세졌잖아요."

눈물이 가득한 얼굴로 겸이 농을 건넸다. 뜨거운 눈물이 계속해서 채화의 뺨에 떨어졌다.

"왜…… 울어?"

겸이 와락 채화를 끌어안았다.

"죽은 줄 알았습니다. 변화를 견디다 못해 죽은 줄 알고 나도 곧 따라가려고…….'

"변화?"

겸이 몸을 떼어내고 고개를 끄덕였다.

"예. 당신이 죽어가고 있었습니다. 나는 당신을 보내기 싫었습니다. 그래서……."

"나…… 흡혈귀가 된 거야?"

겸이 눈물을 닦아내고 웃음 지었다.

"그게 뭐가 중요합니까? 이렇게 다시 살아났는데."

채화는 어리둥절한 얼굴로 햇살을 바라보았다. 한참을 망설이던 채화가 슬그머니 손가락 하나를 내밀어 천천히 햇살 속으로 밀어 넣었다.

"꺅!"

바로 비명이 터졌다. 겸이 쿡쿡 웃음을 터뜨렸다.

"어찌 그리 엄살이 심합니까?"

"야! 넌 이게 안 아프단 거야?"

"인간보다 훨씬 예민한 촉각을 가진 터라 무척 아픈 것처럼 느껴질지도 모르겠지만 익숙해질 겁니다. 똥 밭에 한참 서 있으면 더는 냄새가 안 나잖습니까? 그거랑 비슷합니다."

"넌 지금 이게 익숙해질 사안으로 보이냐고!"

채화가 냅다 겸을 걷어찼다. 겸은 휙 날아가 벽을 뚫고 마당에 나뒹굴었다. 잔뜩 당황한 채화가 냉큼 마당으로 뛰어나갔다. 아직 힘이나 속도에 적응이 안 된 탓인지 정말 눈 깜짝할 사이에 바닥에 쓰러져 있는 겸을 일으켜 세웠으나…….

"꺄악!"

채화가 고통에 몸부림쳤다. 겸이 얼른 장삼을 벗어 둘러주고 삿갓을 씌워주었다. 채화는 바들바들 떨고 있었다.

"괜찮습니다. 지금은 예민해서 그렇습니다. 정말로 괜찮아질 겁니다."

겸이 채화를 꼭 안아주었다.

"저, 정말이야?"

채화가 입술을 깨물었다. 툭 피가 터졌다. 여전히 바들바들 떠는 것을 보면 장삼으로 죄다 가리고도 버티기 힘든 모양이었다.

"마음을 편하게 가지십시오. 어차피 회복력이 더 빠릅니다."

"⋯⋯응."

채화는 겸을 믿고 버텨보기로 했다. 저절로 주먹이 꼭 쥐어졌다. 잔뜩 찡그린 얼굴로 입을 앙다문 채화가 두 눈을 꼭 감았다. 그 모습이 어찌나 귀여워 보이는지⋯⋯. 겸이 큭큭거리다가 저 멀리 몰려오는 한 무리의 스님들을 보았다. 한눈에 봐도 엉망진창인 방의 몰골을 확인한 겸이 채화를 낚아채더니 휙, 숲으로 뛰어들었다. 채화의 비명이 길게 이어졌다.

한참을 헤매던 겸은 오래전 버려진 듯 다 무너져 가는 암자를 발견했다. 찬밥 더운밥 가릴 처지가 아니었던지라 겸은 채화를 안은 채로 암자 안으로 들어갔다. 다행히 깊은 숲, 빼곡한 나무가 그늘을 드리운 터라 햇살은 그리 따갑지 않았다.

겸은 가만히 채화가 익숙해지기를 기다렸다. 어디 햇빛이 드는 곳은 없는지 매서운 눈으로 연신 사방을 살피던 채화는 완벽한 그늘임을 알게 되자 조금씩 편안한 얼굴이 되었다.

"이제 좀 괜찮아요?"

"응."

채화가 웃자 겸도 따라 웃었다. 그러나 겸은 이내 웃음을 지워내고 품 안에서 서찰을 꺼내 들었다.

"자요."

채화는 떨리는 손으로 서찰을 받아 들었다. 진한 먹 냄새가 코끝을 찔렀다. 서찰을 품에 안고 호흡을 고른 채화가 천천히 종이를 펼쳤다.

겸은 묵묵히 곁에서 기다려 주었다. 천천히 서찰을 읽어나가던 채화의 눈에서 눈물이 또르르 굴러떨어졌다. 임금이 한문으로 쓴 탓에 무슨 내용인지 알고 있는 겸은 그저 조용히 지켜볼 따름이었다.

이윽고 다 읽은 듯 채화가 서찰을 다시 접어 봉투에 넣어 돌려주었다.

"햇빛…… 참을 수 있을 때까지 익숙해져야겠어."

"당신은 충분히 할 수 있을 거예요."

"응."

"자, 그럼 이제 며칠이라는 시간이 생겼으니……."

겸이 바싹 다가왔다. 채화는 다급히 뒤로 몸을 물렸다.

"왜, 왜 그러는 거야?"

"이제 당신이 흡혈귀가 됐잖아요. 그동안 내가 얼마나 힘들었는데……."

"힘들어? 뭐가?"

채화는 정말로 영문을 모르겠는 얼굴이었다.

"설마, 내가 정말로 아끼고 아껴야겠다는 마음으로 만리장성을 거부한 건 줄 알았던 거예요?"

만리장성이란 말에 채화가 얼굴을 붉혔다. 큰일이었다. 이제 그 말만 들으면 화끈거렸다.

"그, 그, 그게 아니면 뭔데?"

채화가 멀어진 만큼 훅, 다가온 겸이 귓가에 속삭였다.

"당신이 너무 사랑스러워서 자제력을 잃는 바람에 큰일이 날까 봐 그런 거, 정말 몰랐던 거예요?"

귓가에 뿜어진 겸의 뜨거운 숨결에 채화가 몸을 떨었다. 예민해진 오감 덕분에 그의 숨결 또한 예전보다 훨씬 더 자극적이었다.

"그, 그치만…… 흡혈귀들은 즐기지 않는다면서……."

채화는 다시금 몸을 움츠려 겸을 피했다. 사실 그녀는 이미 잔뜩 달아오른 상태였다. 그저 숨결만으로 이리되다니……. 채화는 겁이 났다. 겸이 또 채화가 도망간 만큼 다가왔다. 조심스레 손을 뻗어 채화를 어루만졌다.

"이렇게 만지기만 해도……."

겸이 채화에게 입을 맞췄다.

"입을 맞추기만 해도……."

와락 채화를 끌어안은 겸이 길게 숨을 뱉어냈다.

"이리 좋은데, 이후는 어떨까, 늘 궁금했어요."

채화의 심장이 요동치기 시작했다. 동시에 체취가 진해졌다. 겸이 미소 지었다.

"……허락한 걸로 알게요."

겸은 그대로 채화를 쓰러뜨렸다. 채화는 거부하지 않았다.

종장

천하대장군과 지하여장군이 두 눈 부릅뜨고 서 있는 마을 초입. 평범한 입성의 젊은 선비 하나가 뒷짐을 떡하니 지고 휘적휘적 걸어 들어왔다. 제각각의 일상을 위해 바삐 길을 가던 주민들은 낯선 이의 등장에 호기심이 일어난 듯 연신 힐끔거렸다. 선비는 그런 시선들일랑 아랑곳하지 않고 흥얼흥얼 노래까지 주워섬기며 발을 놀렸다.

"곡산 한씨 부인의 문이라……, 여기로군."

채화의 열녀문 앞에 서서 빙그레 웃은 선비가 그 뒤편 높다란 솟을대문을 바라보았다. 시골 촌구석이건만 한양의 여느 재상가 부럽지 않은 집이었다.

"혹, 한양에서 오신 분이십니까?"

선비가 등을 돌렸다. 묵직한 장삼에 삿갓을 깊게 눌러쓴 겸이었다. 젊은 선비가 미소 지었다.

"그렇소. 눈을 한번 봤으면 싶소만……."

겸은 망설임 없이 삿갓을 들어 올렸다. 젊은 선비는 겸의 눈동자를 뚫어지라 바라보더니 고개를 끄덕였다.

"맞군. 그럼 그 뒤에 계신 분이……."

선비는 겸의 뒤쪽을 바라보는가 싶더니 이내 눈을 크게 떴다. 겸의 뒤에서 얌전히 기다리던 채화가 잔뜩 긴장한 목소리로 아뢰었다.

"소인, 열녀문의 주인 곡산의 한가 채화라 하옵니다."

소개를 마친 채화가 어리둥절한 얼굴로 물었다.

"어찌 그리 보시는지……."

선비가 너털웃음을 터뜨렸다.

"아니 나는 여염 아낙이라고만 들었습니다만……."

채화가 얼굴을 붉히며 겸을 흘겨보았다. 겸은 큭큭 웃으며 모른 척했다.

피투성이 옷을 입고 다닐 수 없어 겸이 새 옷을 구해 오기로 했다. 그런데 겸은 그 옷에 사심을 담뿍 담았다.

대체 어디서 구해온 것일까? 다리속곳부터 속속곳, 단속곳, 속바지, 속치마에 대체 왜 그렇게 만들었는지 이해할 수 없는 속이 다 비치는 얇은 속적삼은 어찌나 결 고운 비단인지 손끝을 스치는 부드러움에 녹아버릴 듯했다. 겉옷도 그에 못지않았다. 겉치마를 풍성하게 해줄 무지기 치마와 그 위에 입을 검은 비단치마, 그리고 금박이 화려한 검붉은 저고리 또한 무척이나 아름다웠다. 그 아름다움을 위해 한껏 짧아진 저고리의 단점을 보완해

줄 가슴띠의 세밀한 자수는 그보다 더 아름다웠다.

그것으로 끝이 아니었다. 장인의 솜씨가 틀림없는 매듭 장식이 줄줄이 달린 노리개 일체와 값으로만 따지면 대호 가죽 못지않을 커다란 가체와 전모, 마지막으로 머리부터 발끝까지 빠짐없이 가려줄 연분홍의 자잘한 꽃무늬가 빼곡하게 수놓인 하얀 너울까지.

살면서 절대로 입을 리 없다 여겼던 음전치 못한 옷이 틀림없었건만 그 아름다움에 채화는 잠시 넋을 잃었다. 그러나 이내 정신을 차려야만 했다.

피투성이 옷과 기생의 옷, 둘 중 어느 것을 입고 돌아다닐지 선택하는 것은 정말 난감하기 짝이 없는 문제였다. 아무리 왈가닥처럼 다녔다고는 해도 태생이 양반가 규수였던 탓이다. 그러나 결국, 겸이 바득바득 우기는 대로 기생의 옷을 입을 수밖에 없었다. 전신을 가릴 수 있는 너울이 있어 햇빛에 좀 더 잘 버틸 수 있을 거라는 게 그의 주장이었다.

"급박한 사정이 있어 이런 옷밖에 구할 수 없었습니다. 놀라게 해드려 죄송합니다."

선비가 호탕하게 웃었다.

"죄송하다니요? 아닙니다. 제가 놀란 것은 부인의 자태 때문이었습니다. 일 때문에 조선 팔도 안 가본 곳이 없습니다만, 부인 같은 천하절색은 처음입니다."

"가, 감사합니다."

채화는 부끄러워하며 얼른 예를 취했다.

"혼자 오시었습니까?"

겸이 끼어들었다. 반은 일 때문이었고 반은 채화와 선비가 주고받는 시선이 못마땅해서였다. 그것을 아는지 모르는지 선비는 여전히 호쾌하게 대꾸했다.

"설마요. 그러면 그림이 살지 않잖습니까?"

채화가 풋, 웃음을 터뜨렸다. 선비가 하늘을 흘깃거렸다.

"강릉 관아에서 사람을 보내주기로 한 시각이 거의 다 되었는데……"

말을 하다 말고 그가 어딘가를 가리켰다.

"저기 오는군요."

채화와 겸이 선비가 가리킨 쪽을 바라보았다. 짧은 방망이를 하나씩 꼬나 쥔 건장한 사내들이 우르르 몰려왔다.

"자자, 강릉에서 예까지 고생들이 많았네."

사내들이 일제히 머리를 숙였다. 선비가 씩 웃으며 팔을 들었다.

"저 집일세. 그럼 시작해 보겠는가?"

사내들 중 우두머리로 보이는 한 명이 넙죽 고개를 숙이더니 소리 없이 이리저리 팔을 휘둘러 명령을 내렸다. 몇몇이 잽싸게 높다란 담을 뛰어넘어 갔다. 순식간에 안에서 소란이 벌어졌다. 이윽고 요란한 소리를 내며 대문이 부서질 듯 활짝 열렸다. 선비가 씩 웃으며 채화와 겸을 바라보았다.

"자, 그럼 어디 한번 출두해 보실까요?"

말을 마친 선비가 휘적휘적 계단을 올랐다. 뒤를 따르던 우두머리 사내가 크게 외쳤다.

"암행어사 출두요!"

대기하던 사내들이 와! 하고 소리 지르며 우르르 뛰어들어 갔다. 겸이 조용히 채화에게 말을 건넸다.

"가셔야죠?"

채화는 치맛자락을 움켜쥐었다. 그 손을 물끄러미 바라본 겸이 물었다.

"겁이 나십니까?"

채화가 고개를 저었다. 너울이 살랑거리며 뽀얀 채화의 얼굴이 살짝 드러났다.

채화가 크게 심호흡을 하더니 입을 열었다.

"가자."

말을 마치곤 성큼성큼 계단을 밟았다. 그 뒤를 빙그레 미소 지은 겸이 따랐다.

외전

"불허한다."

우의 한마디에 대소신료들이 모두 벌레 씹은 얼굴을 했다.

"하오나……."

"불허한다."

우는 요지부동이었다. 최근 계속해서 반복된 일인지라 더는 아무도 반박하지 못했다. 어째서인지 요즘 들어 임금은 열녀문에 대한 모든 사안을 불허했다. 이해할 수 없는 일이었으나 굳건한 우의 표정을 보자니 오늘도 윤허를 받기 어려워 보였다.

"다른 것은 없는가?"

우의 물음에 다음 사안에 대해 말해야 하는 신료는 우물쭈물 할 뿐 쉽사리 입을 열지 못했다.

"어찌하여 그러는가?"

우가 물었다. 난처한 표정의 신료가 입을 열었다.

"함경도에서 열녀문착분자가……."

"불허한다."

우는 신료의 말이 끝나기도 전에 불허를 외쳤다. 그럼 그렇지, 라는 얼굴로 모두가 한숨을 내쉬었다. 임금과 가장 먼 자리에서 눈치만 보는가 싶었던 젊은 신료 하나가 용기 있게 입을 열었다.

"열녀문착분자는 주상전하께옵서 하사하신 열녀문에 해코지를 하는 자이옵니다. 그것은 곧 주상전하의 위엄에 도전하는 일! 어찌하여 조사를 못 하게 하시옵니까?"

최근 공신들이 대거 물러나면서 새롭게 등용된 자들 중에는 드디어 세상이 바뀌었다며 기세등등, 의욕이 차고 넘치는 자들이 많았다. 바로 이 젊은 신료가 그들의 대표 격이었다.

우가 빙그레 웃었다.

"그가 살인을 했는가?"

"아니옵니다."

"그럼 방화를 했는가?"

"……아니옵니다."

"하면, 도둑질을 했는가?"

그는 더는 대답을 하지 못했다.

"대체 그자가 무엇을 했는가? 그저 똥물을 뿌리는 게 전부 아니던가?"

너무나 자연스럽게 '똥물'이라는 말을 입에 담은 임금의 행동에 몇몇 노대신들이 불편한 듯 헛기침을 해댔다. 빙긋이 웃은 우는 그들을 무시하며 다시 입을 열었다.

"장난질이나 하는 자를 잡으려 할 만큼 이 나라 조선은 한가하지 않다. 다른 안건은 없는가?"

모두가 침묵했다. 좌중을 둘러보던 우가 자리에서 일어났다.

"그럼 이만 끝내도록 하지."

떨떠름한 얼굴의 신료들은 어쩔 수 없이 자리에서 일어나 예를 취했다.

대전을 빠져나오며 우가 중얼거렸다.

"엊그제는 전라도였는데 오늘은 함경도라는군."

대꾸하는 이는 아무도 없었다. 우 또한 대답을 바란 것은 아니었다. 천천히 걷던 우가 뒤를 돌아보며 물었다.

"충수는 찾았느냐?"

"찾지 못하였나이다."

은퇴한 늙은 내관의 뒤를 이은 젊은 내관은 머리를 조아렸다. 진심으로 송구한 모양이었다. 우가 고개를 들어 하늘을 보며 탄식했다.

"허허, 큰일이로고……."

가을 끝물의 하늘은 여전히 새파랬다. 그러나 우는 계속 걱정만 하고 있을 수는 없었다. 이제 막 공신들을 몰아내고 실권을 장악한 터라 할 일이 태산이었다. 덕분에 눈 깜빡할 사이에 또 아침 조회가 찾아왔다.

여러 안건에 대해 열변을 토하며 정사를 논한 후, 다시금 침묵이 찾아왔다. 대소신료들은 여전히 서로의 눈치를 보았다.

"무슨 문제라도 있소?"

우가 부드럽게 물었다. 바쁘게 오가던 눈빛이 이내 한 사람에게서 멈췄다. 아마 오늘 나서기로 미리 약조가 되어 있는 듯했다. 바로 어제 아침 조회 때의 그 기세등등했던 젊은 신료였다. 그가 조심스럽게 대전 가운데로 나서더니 머리를 조아렸다.

"간밤에 열녀문착분자가 또 나타났다 하옵니다."

대체 무슨 일이기에 다들 저러는가, 잔뜩 긴장하고 있던 우가 허탈하게 웃었다. 이만하면 눈치를 챌 법하건만, 왜 저리 미련들을 떨어대는지 답답했다.

"다들 짐의 의중을 읽지 못한 것이오? 내 어제도 분명히 말하지 않았소? 그저 어린애처럼 장난을 칠 뿐인 자를 잡아야 할 만큼 이 조선은 한가하지 못하다고."

허탈한 표정과 달리 말투만큼은 단호했다. 그러나 앞에 나선 신료는 물러섬이 없었다.

"이번엔 다르옵니다."

"이번엔 다르다?"

"예."

"무엇이 다른지 설명해 보시오."

"이번엔 살인을 저질렀다 하옵니다."

우는 입을 다물었다. 믿을 수 없었다. 잠시 침묵했던 우가 다시 입을 열었다.

"살인을 저질렀다고?"

"예."

"어떻게?"

"그것이 하도 해괴하여 사람이 한 짓인지 호랑이가 한 짓인지 구분하기 어렵다 하옵니다."

그럴 리가 없었다. 우가 아는 한 채화와 겸은 그런 짓을 할 위인이 아니었다. 그렇다면…….

비로소 우의 얼굴이 심각해졌다.

"상세히 보고하라."

드디어 우가 관심을 보이자 신료들이 앞다퉈 떠들기 시작했다. 우는 묵묵히 듣기만 했다. 놀랍게도 이번에 열녀문에 뿌려진 것은 똥물이 아닌 핏물이라고 했다. 홍문을 세우고 더욱 기세등등했던 집안은 그날로 멸문지화를 당하고 말았다. 집에서 기르던 개와 닭 등 짐승조차도 살아남은 것은 아무것도 없다고 했다. 우는 그것이 충수의 짓임을 직감했다.

시끄러운 보고가 끝나고 다시 침묵이 찾아왔다. 우는 잔뜩 찡그린 얼굴로 고민에 빠졌다. 신료들은 그 누구 하나 나서 그것을 깨려 하지 않았다. 한참의 시간이 흐르고 드디어 우가 다시 고개를 들었다.

"이번 건에 한해서 조사를 윤허한다."

"하오나 열녀문착분자가 한 일이 분명하옵니다. 그간 도술이라도 부리듯 신출귀몰했던 자이옵니다. 필시 이번 살인 사건도 그들이 저지른 것이 분명할 것이옵니다. 하니 이전의 사건들도 조사를 하는 게 맞지 않겠습니까?"

신료들은 끈질겼다. 그럴 수밖에 없는 것이 그들 중 열녀문착분자로부터 망신을 당하지 않은 자가 없었다.

최근 겸과 채화는 열녀문에만 해코지를 하는 게 아니었다. 난다 긴다 하는 양반네일수록 더더욱 삼강오륜입네 뭐네 하며 여자들에게 못된 짓을 해댔는데 채화의 눈에 그것이 거슬릴 것은 당연지사였다.

이 모든 것을 알고 있는 우가 보기에 신료들은 피해자의 억울함보다는 자신들의 억울함에 더욱 분통을 터뜨리고 있는 게 분명했다. 그래서 더더욱 윤허할 수 없었다.

"불허한다."

"하오나!"

신료들이 목소리를 높였다. 우는 미동도 하지 않고 다시 한 번 쐐기를 박았다.

"분명히 말하겠소. 이번 건에 한해서만 조사를 윤허하오."

우의 단호한 눈빛을 확인한 신료들은 입술을 깨물며 머리를 조아렸다.

스님과 기생은 조합 그 자체로도 사람들의 시선을 끌어당기게 마련이다. 그러나 장터 한구석에 쭈그려 앉은 채화와 겸이 모두의 시선을 한 몸에 받는 것은 그것 때문만이 아니었다. 둘 모두 삿갓과 너울로 가리고도 대단한 미모를 뽐내고 있으니 당연한 일일 터, 그러나 정작 당사자인 둘은 거기에는 전혀 신경을 쓰고 있지 않았다.

"것 봐요. 돈 아깝게 왜 사요."

채화는 울상을 지었다. 공손히 모아 펼친 채화의 손 위에는 김이 모락모락 올라오는 시루떡이 있었다. 겸이 한숨을 쉬었다.

"벌써 몇 번째예요?"

겸의 말을 듣고는 있는 것인지 채화는 뚫어지라 시루떡만 보고 있었다. 그러다가 이내 결심한 듯 떡의 귀퉁이를 조금 뜯어 입에 넣었다. 겸이 만류하려 했지만 때는 이미 늦은 후였다.

잠시 입을 오물거리던 채화는 인상을 구기더니 퉤퉤, 바닥에 뱉어냈다. 겸은 안쓰럽기 짝이 없는 얼굴로 채화를 바라보았다. 변화된 흡혈귀들이 한동안 인간일 때의 습관을 버리지 못해 고생한다는 걸 익히 들어 알고 있었다. 예전이었다면 그저 콧방귀를 뀌고 지나칠 만한 이야기였건만 막상 채화가 같은 고생을 하게 되니 안쓰러워 어쩔 줄 몰라 했다.

한숨을 푹 내쉰 채화가 고개를 들었다. 몇 걸음 떨어진 곳에서 더럽기 짝이 없는 몰골의 어린 소녀 하나가 침을 흘리고 있었다. 채화와 겸의 얼굴을 쳐다보기 바쁜 다른 사람들과 달리 소녀의 시선은 채화의 시루떡에 꽂혀 있었다.

채화가 살며시 소녀를 향해 손짓했다. 온통 떡에만 신경이 쏠려 있던 터라 그것을 알지 못한 소녀는 여전히 멀뚱히 서 있기만 했다.

"얘!"

채화가 목소리를 높였다. 그 소리에 주변의 몇몇 사내들이 몸을 떨었다. 겸이 눈살을 찌푸렸다. 채화의 변화에 적응하지 못하고 있는 건 겸도 마찬가지였다. 채화가 아름답게 변하든 말든 겸으로선 상관이 없었으나 그 결과로 뭇 사내들의 시선을 온통 끌어당기는 것은 마음에 들지 않았다.

"얘!"

채화가 한 번 더 소리쳐 불렀다. 그제야 소녀가 채화를 바라보았다. 힘이라곤 하나도 찾아볼 수 없는 시선이었다. 오래도록 굶은 모양이었다. 채화는 콧잔등이 시큰해졌지만 참았다.

채화가 생긋 웃으며 소녀에게 손짓했다. 너울에 가려 선명하진 않았지만 사람을 홀리기에 충분한 미소였다. 소녀도 거기에 홀린 듯 멍청한 얼굴로 채화를 향해 걸어왔다. 소녀가 가까이 오자 채화가 덥석 손을 잡았다. 싸늘한 손길에 움찔 놀란 소녀가 뒤로 물러나려 했다. 그러나 채화는 손을 놔주지 않았다. 소녀의 눈에 점점 두려움이 차올랐다. 채화는 소녀가 더 겁을 먹기 전에 냉큼 시루떡을 쥐어주었다.

"어……"

소녀는 바보 같은 반응을 보여주었다. 채화가 생긋 웃었다.

"너 먹으렴. 내가 먹으려고 산 건데 입맛이 없어졌어."

채화의 말에 소녀는 시루떡과 채화를 번갈아 바라보았다. 잠시 후, 천천히 미소가 피어났다. 뒤늦게 시루떡이 자신의 것이 된 것을 실감하는 눈치였다. 조심스레 떡을 품은 소녀가 물었다.

"혹시 임신했어요?"

"뭐?"

채화는 당황한 기색이 역력했다. 소녀는 채화의 배를 쳐다보며 말했다.

"아까 먹다가 뱉는 거 봤어요. 울 엄마가 동생 가졌을 때 그랬거든요. 아무리 맛난 것도 못 드시더라고요."

채화는 황당한 얼굴로 아무 말도 못 했다. 날카로워진 채화의 귓가로 겸의 억눌린 웃음소리가 들렸다. 소녀가 씩 웃었다.

"신 거 먹으면 많이 나아진다고 했었어요. 한번 해보세요."

"으, 으응, 고, 고마워."

"떡, 감사합니다."

소녀는 넙죽 허리를 숙여 인사하고는 뭐가 그리 좋은지 깡충깡
충 뛰어 사라졌다. 한참을 멍하니 있던 채화가 겸을 쏘아보았다.

"웃지 마라."

겸의 얼굴은 이러지도 저러지도 못한 채 볼썽사납게 구겨져 있
었다. 웃고 싶은데 웃었다간 무슨 봉변을 당할지 몰라 참느라 생
긴 불상사였다. 소녀가 임신이라는 말을 꺼낸 직후부터 계속 그
모양이었다. 채화는 마치 겸이 웃기를 기다리기라도 하는 듯 계
속 노려보았다. 결국 겸은 참지 못하고 웃음을 터뜨리고 말았다.

"으하하하! 임신이라니 말이 되는 소리를……."

겸은 말을 잇지 못했다. 채화가 겸의 팔뚝을 지그시 잡고 있었
다. 지나가던 사람들이 보기에 그것은 그저 '지그시' 잡고 있는
것에 불과했으나 겸은 웃음을 딱 멈추고 식은땀을 흘렸다.

"……그러다 뼈 부러져요."

"괜찮아. 금방 붙잖아."

"내가 대낮에 조금만 돌아다닐라 쳐도 기겁하고 못 하게 하던
분은 어디 있나요?"

"막상 내가 해보니까 별로 안 아프더라고."

변화 직후, 햇빛만 보면 경기를 일으키던 기억은 아무래도 나
지 않는 모양이었다. 채화가 씩 웃었다. 겸이 어색하게 따라 웃었
다. 채화가 한 번 더 크게 미소 지었다. 물끄러미 바라보던 겸이
너울을 들추더니 번개처럼 쪽, 입을 맞췄다. 채화가 당황한 얼굴
로 얼른 몸을 뺐다. 사방에서 시선이 쏟아졌다. 채화의 얼굴은
어느새 눈동자만큼이나 새빨개졌다.

"뭐야, 아직도 부끄러워해요?"

겸은 쏟아지는 시선에도 아랑곳하지 않고 너스레를 떨었다. 채화가 벌떡 일어나더니 황급히 골목 구석으로 빨려들었다. 마음 같아서야 휙, 자취를 감추고 싶었으나 아직 대낮이었고 번화한 저잣거리라 그럴 수 없었다.

"왜요? 더 하고 싶어서 온 거예요?"

음침한 골목으로 뒤따라 들어온 겸이 활짝 웃었다. 채화가 잽싸게 겸을 걷어찼다. 겸은 으악, 비명을 지르며 훌쩍 몸을 날려 피했다. 삿갓이 훌렁 넘어가며 붉은 눈동자가 드러났다.

"너 너무 능글맞아진 거 알아? 복장을 봐. 너 지금 스님이야. 스님!"

채화가 연신 사방을 둘러보며 억눌린 음성으로 소리쳤다. 담장 위에 걸터앉은 겸은 기름기가 뚝뚝 떨어질 것 같은 얼굴로 대꾸했다.

"그럼 어떡해요. 너무 좋은걸."

채화의 얼굴이 또 붉어졌다. 휙, 겸이 몸을 날려 채화의 뒤에 착지했다.

"여전히 부끄러워하는 모습도 사랑스럽고……."

귓가에 속삭인 겸이 냉큼 채화의 목덜미를 물었다. 얇은 너울의 면사가 함께 물렸다. 심하게 할 생각은 없었다. 그저 살짝 깨문 것에 불과했다. 채화의 입에서 신음이 흘렀다. 빙그레 웃은 겸이 너울을 걷어내 채화의 목에 방울진 피를 핥아내고 마주 섰다.

"당신이 변하게 되어 가장 좋은 게 뭔지 알아요?"

동시에 겸은 채화의 등허리를 어루만졌다. 채화의 눈이 스르르 감겼다.

"인간이었을 때와 비교도 할 수 없을 만큼 예민해졌다는 거."

겸의 손길에 채화의 가슴띠가 헐거워졌다. 겸은 그 틈을 놓치지 않고 파고들었다. 빈틈없는 손길에 달뜬 신음이 자꾸만 터져 나왔다.

"그게 얼마나 좋은지 알아요?"

말을 마친 겸이 조심스럽게 채화의 얼굴 위로 드리워진 너울 자락을 걷어냈다. 그의 입술이 사뿐히 채화의 입술 위로 내려앉았다. 거친 숨결이 얽혀들었다. 겸이 입술을 떼어냈다. 채화는 안타까운 얼굴이었다. 그대로 고개를 숙인 겸이 입술을 이용해 옷고름을 풀었다. 불룩하게 솟아 있는 앙가슴이 겸의 입속으로 빨려들었다. 한 번 더 채화의 입에서 신음이 터졌다. 스르르 흘러내린 가슴띠가 풍성한 치마 위에 늘어졌다. 겸은 속고름마저 풀어버렸다. 비틀거리던 채화를 벽으로 밀었다. 동시에 치맛자락을 들어 올렸다.

"자, 잠깐만!"

간신히 정신을 차린 채화가 겸의 손을 붙들었다. 겸은 영문을 모르겠다는 천진난만한 얼굴로 고개를 갸웃했다.

"왜요?"

"설마 여기서 하려는 거야?"

"뭐 어때요? 누가 나타나면 번개처럼 사라지면 그만인걸?"

채화가 겸의 손을 쳐내곤 가슴띠와 저고리를 정돈하며 혼잣말처럼 투덜거렸다.

"그게 될 리가 있나? 바보 같은 놈."

겸이 큭큭거렸다.

"괜찮아요. 내가 된다니까? 누가 나타나면 내가 휙 당신을 안아 들고 뛰어오를게요. 그럼 됐죠?"

겸의 손이 애써 매어놓은 채화의 옷고름으로 다가갔다. 채화가 한 발 뒤로 물러나더니 눈을 흘겼다.

"그러니까, 너는 나와 사랑을 나눌 때 집중하고 있지 않다는 거구나?"

"아니 그게 왜 그렇게⋯⋯."

겸의 말이 채 끝나기도 전에 채화가 그를 난폭하게 쓰러뜨렸다. 쿵, 둔탁한 소리가 울려 퍼졌다. 누가 들으면 황소라도 집어던진 줄 알았을 법한 소리였다.

"이미 잘 알고 있는 사실이겠지만 난 이런 자세도 좋아하는 거 알죠?"

겸이 씩 웃었다. 그는 바닥에 누워 있었고 채화는 그 위에 걸터앉아 있었다. 채화는 이미 그가 충분히 즐기고 있음을 알고 있었다. 씩 웃은 채화가 슬그머니 뒤로 옮겨 앉았다. 겸의 배 위에 앉아 있었으니 이후에 무슨 일이 벌어졌을지는 말하나 마나였다. 겸의 미간에 주름이 생겨났다. 채화는 그대로 살짝 허리를 움직였다. 채화가 지분거리자 겸의 입에서 신음이 터져 나왔다. 옷자락 따위, 두 사람의 예민한 감각 앞에선 무용지물이었다.

채화의 손이 장삼 자락으로 파고들었다. 사라락, 채화의 너울자락이 겸의 목 언저리에 쌓여갔다. 속적삼까지 능숙하게 풀어낸 채화가 날카로운 송곳니를 드러내는가 싶더니 겸의 탄탄한 가슴팍에 박아 넣었다. 겸이 두 눈을 감으며 신음했다.

잔뜩 웅크리고 있던 채화가 길게 몸을 일으켰다. 겸의 두 손은 어느새 채화의 허리를 단단히 결박하고 있었다. 그럼에도 아랑곳하지 않고 채화는 계속해서 지분거리며 겸의 허리끈을 풀었다.

"이, 이런 곳에서 하는 거 싫다면서요……."

겸의 목소리는 뜨거웠다. 눈빛은 그보다도 더 뜨거웠다. 채화는 그대로 자신의 입으로 겸의 입을 막았다. 너울의 면사가 둘 사이를 가로막고 있었으나 그래서 겸은 더욱 애 닳았다. 채화의 손이 겸의 바지춤으로 파고들었다. 결국 겸은 짐승 같은 소리를 내며 채화를 들어 올렸다. 쿵, 요란한 소리와 함께 채화는 흙담에 등을 기대야만 했다.

겸은 조심스럽게 불편해 보이는 너울을 전모 채 벗겨내더니 난폭하게 팽개쳤다.

"난 분명 장난만 치려 했던 거예요. 이 상황이 된 것은 당신 책임이야."

채화가 무어라 대꾸할 새도 없이 겸은 그녀의 치맛자락을 들췄다. 몇 겹이나 되는 속치마들이 이렇게 성가실 줄이야……. 겸이 정신없이 은밀한 곳을 찾는 사이 채화는 뜨거운 숨결을 뿜어내며 겸의 속바지 허리끈을 풀어냈다.

겸이 채화의 한쪽 다리를 들어 자신의 허리에 감게 하더니 뜨겁게 말했다.

"사랑해요."

채화의 대답은 들을 생각도 없었던 듯, 말을 마치기 무섭게 겸은 채화의 속으로 파고들었다. 채화가 입술을 깨물었다. 소리를 질러 사람들을 불러 모을 생각은 없었다. 툭, 채화의 입술이 터졌다. 피 한 방울이 운 없게도 양지바른 곳으로 튀어나갔다. 치직, 핏방울은 순식간에 타들어갔다. 혈 향을 맡은 겸이 낼름, 채화의 입술을 핥았다. 거침없이 움직이면서도 뭐가 그리 모자란지 거칠게 채화의 저고리를 풀어 헤치곤 목덜미를 물었다. 나지막한 비명이 터져 나왔다. 채화는 자신도 모르게 손톱을 세우고 겸의 어깨를 움켜쥐었다. 장삼의 어깻죽지가 붉게 변해갔다.

겸이 입을 떼어낸 채화의 목덜미에서도 붉은 피가 흘러내렸다. 채화의 저고리도 서서히 핏빛으로 물들었다. 격한 움직임에 튀어나간 핏방울들이 연신 치직치직 타들어갔다.

겸이 채화를 와락 끌어안더니 지붕 위로 훌쩍 뛰어올랐다. 채화는 비명조차 지르지 않았다. 갑자기 허공으로 날아오른 것 따위 아무 문제가 없다는 듯, 그저 겸의 목에 송곳니를 박아 넣을 뿐이었다. 지붕 위에 채화를 내려놓은 겸은 억눌린 신음과 함께 온 힘을 다해 채화를 품에 안았다. 흡혈을 멈춘 채화 또한 온 힘을 다해 겸을 안았다. 이제는 도저히 신음을 참을 수 없었다. 겸의 장삼 자락을 한껏 입에 문 채로 채화는 겸을 있는 힘껏 끌어 당겼다. 한 손으로 자신과 채화의 체중을 온전히 버텨내면서도 파고드는 채화를 다른 손으로 끌어안은 겸이 채화의 어깨에 머리를 묻었다.

"너울 아니여?"

"어래? 웬 너울이지?"

초가지붕 아래, 직전까지만 해도 겸과 채화가 격렬히 뒤엉켰던 그곳으로 중년 사내 둘이 지나가고 있었다. 그들은 겸이 벗겨서 던져 버린 채화의 너울을 집어 들고 있었다. 겸과 채화가 그것을 모를 리 없건만 두 사람은 행동을 멈추지 못했다. 그들이 할 수 있는 것은 온 힘을 다해 숨죽이는 게 고작이었다.

"이상한 소리 안 나?"

사내 중 하나가 귀를 쫑긋거렸다.

"이게 대체……."

하필이면 그 순간 채화가 환희를 맛보았다. 머릿속이 하얗게된 탓에 이성을 놓은 순간 채화는 입에 물고 있던 겸의 장삼 자락도 놓쳤다. 뜨겁게 뿜어진 신음이 좁은 골목으로 내려앉았다. 채화를 따라 절정에 오른 겸의 묵직한 신음도 그 뒤를 따랐다.

귀를 쫑긋거리던 한 사내의 얼굴이 붉어졌다. 사방을 연신 두리번거리던 또 다른 사내 또한 얼굴을 붉혔다. 이내 두 사람은 헛기침을 해댔다.

"나 원 참 말세네 말세여. 훤한 대낮에 대체 누구여!"

샘이 나는 건지 정말로 말세라고 여기는 건지 알다가도 모를 야릇한 얼굴로 한 사람이 버럭 성질을 부렸다. 다른 사내 또한 성난 얼굴로 '가세!'라고 외쳤다. 손에 너울을 들고 있던 사내는 휙, 난폭하게 집어 던졌다. 이내 두 사람은 쿵쿵 요란한 발소리를 내며 골목을 빠져나갔다.

그러거나 말거나 겸과 채화는 여전히 서로를 꼭 끌어안고 있었다. 엉망이 된 매무새로 속살이 환한 햇살 아래 드러나 있는데도 아무것도 하지 않았다. 아니 못 했다. 거칠게 가슴을 들썩이며 두 사람은 한참이나 여운에 빠져 있었다.

서서히 고조된 감정이 가라앉자 겸이 장난스레 허리를 움직였다. 겸보다 조금 더 여운을 간직하고 있던 채화가 작게 신음했다.

"왜요. 또 하고 싶어요?"

가늘게 눈을 흘긴 채화가 겸을 툭 밀어냈다. 그 기세에 겸은 뒤로 밀릴 수밖에 없었고 그대로 채화의 속에서 빠져나왔다. 그 순간 채화는 또 짧게 신음을 뿜었다. 동시에 겸 또한 살짝 눈살을 찌푸렸으나 이내 다시 장난꾸러기가 되었다.

"또 할 수 있어요. 원하면 말해요."

채화는 흥, 돌아앉으며 치맛자락을 정돈했다. 잔뜩 구겨지고 핏방울이 여기저기 튀어버렸지만 최대한 멀쩡해 보일 수 있도록 정성스럽게 매만졌다. 채화가 가슴띠를 정돈하기 직전, 바지 허리끈만 묶으면 되었던 겸이 번개처럼 다가와 낼름, 채화의 젖꼭지를 핥았다.

"야!"

채화가 팔을 휘둘렀으나 겸은 이미 골목 아래로 내려간 후였다. 채화는 온갖 욕설을 내뱉으며 매무새를 마저 정돈하고 골목으로 뛰어내렸다.

"자요."

겸이 너울을 내밀었다. 여기저기 흙이 묻어 엉망이었다. 채화가 울상을 지었다.

"아무래도 옷을 새로 구해야겠는데?"

"그러니까 왜 덮치고 그래요."

채화가 흥, 새침을 떨며 전모를 쓰고 너울을 정돈했다.

"두 사람이 오는 거 알고 있었죠?"

냉큼 달라붙은 겸이 속삭였다. 채화는 모른 척 앞서 걸었다. 후다닥 따라붙은 겸이 말을 이었다.

"당신에게 집중하지 않는다고 삐친 거죠? 그래서 본때를 보여주겠다고 시작했는데……."

겸이 눈을 가늘게 뜨더니 능글맞게 웃었다.

"정신을 놔버린 거죠?"

"야!"

채화가 난폭하게 발길질을 해댔다. 겸은 이리저리 가볍게 피하며 깔깔 웃었다.

"내가 그랬잖아요. 예민해졌다고. 당신은 아직 적응하지……."

채화의 주먹이 정확히 겸의 배에 명중했다. 겸은 그대로 바닥에 쓰러졌다. 자신이 때려놓고도 마치 그렇지 않은 듯, 채화는 깜짝 놀라 겸을 따라 주저앉았다.

"왜? 내가 너무 세게 때렸어? 어떡해! 내가 아직 힘 조절이 잘 안 돼서……."

채화의 눈에서 눈물이 글썽였다. 잔뜩 웅크린 채 한참을 앉아 있던 겸이 고개를 들었다. 그 얼굴엔 장난기가 가득 차 있었다. 걱정스레 쳐다보던 채화는 잠깐 현실을 깨닫지 못한 눈치였다.

"한 번만 더 하게 해주면 다 나을 거 같아요."

겸이 능글맞게 말했다.

"한 번 더? 대체 뭘……."

말을 하다 말고 채화가 얼굴을 붉혔다. 다시 난폭한 주먹질이 겸의 머리 위로 쏟아졌다. 그러나 얌전히 맞고 있을 겸이 아니었다. 그는 휙 자취를 감춰 버렸다. 남은 것은 경쾌한 웃음소리의 여운뿐이었다. 그러나 이제 채화도 흡혈귀였다. 눈에 보이지 않는다고 쫓지 못할 리 없었다.

"거기 서!"

채화가 소리 지르며 훌쩍 몸을 날렸다.

인적 드문 골목이라 참 다행이었다.

조선 팔도를 방황하는 두 사람이라도 해마다 찾는 곳은 있었
다. 하나는 채화 가족의 위패를 모신 강릉 사찰이었고 또 다른
하나는 이제 더는 아무도 살지 않는 과부촌이었다.

"저 왔어요."

들꽃을 한 아름 안고 있는 채화와 겸이 다섯 개의 무덤 앞에
섰다. 겸은 바랑을 열고 과일과 포 몇 가지를 꺼내 제사상을 차
렸다. 일 년에 한 번 찾는 것치고 무덤은 말끔했다. 채화와 겸 말
고도 돌이 엄마가 수시로 돌보는 덕이었다.

무덤 앞에서 간단한 제를 올리고 이제는 폐허가 되어버린 마을
도 한 바퀴 휘 돌아본 후, 한양으로 향했다. 두 사람은 제법 번
듯한 기와 대문 앞에서 큰 소리로 사람을 찾았다. 삐거덕 문이
열리고 나이 든 아랫것이 고개를 내밀었다. 힐끔, 방문자를 살핀
그는 이내 활짝 문을 열고 연신 허리를 굽실거렸다.

멀리서 보고 있던 집사가 냉큼 뛰어와 두 사람을 맞이했다.

"오실 때가 되셨다며 마님께서 기다리고 계셨습니다요."

누가 보면 대대손손 주인을 모신 줄 알 만큼 충성심이 대단한
집사였다. 그의 안내를 받아 안채로 향하자 까르르 웃는 아이의
웃음소리가 들렸다.

"돌이야!"

채화가 큰 소리로 아이의 이름을 부르며 달려갔다.

"아휴 형님, 이제 금석이라고 하시라니까요."

이제는 제법 대갓집 마님의 풍모를 풍기는 돌이 엄마가 눈을 흘겼다. 제 어미가 뭐래는지도 모르는 돌이는 양팔을 벌리고 뒤뚱뒤뚱 채화에게 뛰어갔다.

"아이구, 우리 돌이 많이 무거워졌네?"

채화가 번쩍 아이를 안아 올렸다. 아이는 까르르 웃음을 터뜨렸다.

"이모 차, 이모 차."

아이는 알아듣기 어려운 말을 하면서 연신 대청마루를 가리켰다. 대청마루에는 아이의 낮잠을 준비하던 참이었는지 얇은 이불이 깔려 있었다.

"이모는 우리 돌이가 뭐라고 하는지 하나도 모르겠네?"

채화가 부드러운 미소를 지으며 아이와 눈을 맞췄다. 붉디붉은 눈이 매섭게도 하련만, 돌이는 익숙한 듯 까르르 웃더니 한 번 더 대청마루를 가리키며 '이모 차'를 반복했다.

"이모 차갑대요. 가서 이불 덮으라네요."

돌이 엄마가 웃으며 말해주었다. 채화가 함박웃음을 지었다.

"우리 돌이가 이모가 차가워서 걱정이 되는가 보구나? 그럼 돌이 걱정하지 말라고 얼른 이불 덮어야겠네?"

채화는 번쩍, 섬광처럼 대청마루에 올랐다. 이미 이불을 뒤집어쓴 상태였다. 품 안에 안겨 있던 돌이는 좋아 죽는다고 까르르 까르르 팔다리를 버둥거리며 웃느라 숨이 넘어갈 지경이었다.

"그러다 누가 보면 어쩌려고······."

겸이 한숨을 쉬며 고개를 절레절레 흔들었다. 불행히도 그 자리에 한 사람이 더 있었다. 그러나 말과 달리 겸조차 그 사람에게 크게 신경 쓰고 있지 않았다. 거꾸로 목격자가 안절부절못하는 눈치였다. 바로 돌이 엄마의 몸종이었다. 그녀의 까만 눈망울엔 두려움이 가득했다. 채화와 겸에게 살짝 눈을 흘긴 돌이 엄마가 물러가라 손짓했다.

"무섭지 않으면 그게 더 이상한 거니까 너무 뭐라 하지 마."

"무서워하는 게 나아요. 그래야 어디 가서 헛소리할 엄두도 못 내죠."

"그것도 그렇긴 하네."

돌이 엄마와 대화를 나누면서도 채화의 시선은 돌이에게 향해 있었다. 물끄러미 채화를 바라보고 있던 겸도 대청마루에 앉으며 말했다.

"장사가 잘되는 모양입니다."

"아휴, 다 스님 덕분이죠. 호랑이 가죽이 없었으면 우리가 밑천을 어디서 구하겠어요?"

"장사란 본디 재주와 배짱이 있어야 가능합니다. 호랑이 가죽 천 장을 가져다주어도 못하는 사람은 못하는 법이죠."

돌이 엄마는 수줍게 웃더니 자리에서 일어났다.

"두 분 몰골이 말이 아니신데 새 옷 가져다 드릴까요?"

"늘 미안합니다."

"아뇨, 이제 옷 몇 벌쯤이야 아무것도 아닌걸요. 기다리세요. 미리 준비해 둔 옷을 가져올 터이니."

돌이 엄마는 대청마루에 올라 안방 문을 열고는 한참 후에야 다시 나왔다. 품에는 삿갓과 너울 그리고 알록달록 색지로 이리저리 문양을 만들어 붙인 커다란 상자 두 개가 들려 있었다.

"늘 그랬듯이 같은 옷이에요."

한 상자에는 겸이 입을 옷이 머리부터 발끝까지 빠짐없이 담겨 있었다. 당연히 승복이었다. 다른 상자에는 채화가 입을 색 고운 한복이 마찬가지로 속옷부터 장신구까지 빠짐없이 담겨 있었다.

상자를 열어본 겸이 감사를 표한 후 돌이 엄마에게 귓속말을 건넸다.

"다음부턴 그냥 승복 두 벌로 해주세요."

돌이 엄마가 깜짝 놀라며 물었다.

"아니 왜요? 그간 꼭 이런 옷으로 구해 달라 신신당부를 하시더니?"

겸이 흠흠, 헛기침을 했다. 대청마루에서 날카로운 시선이 느껴졌으나 외면했다.

"그때야 제가 뭘 몰랐죠. 조선 팔도 모든 사내들이 눈요기를 하는데 죄 눈알을 뽑아버릴 수도 없고……."

무시무시한 내용이었건만 돌이 엄마는 큰 소리로 웃음을 터뜨렸다.

"아이고, 형님! 고달프시겠소! 스님께서 의처증이신가 보오."

"그러게나 말이다. 내가 얼마나 고달픈지 모르겠다니까?"

두 여자가 겸을 앞에 두고 그의 험담을 시작했다. 겸은 마치 아무것도 들리지 않는 듯 흐뭇한 얼굴로 가만히 채화를 바라보기만 할 뿐이었다. 두 여자의 곁에서 재롱을 떨던 돌이는 어느새 잠이 들어버렸다.

한참을 그렇게 뜨겁게 바라보고 있는데 시선이 하나 느껴졌다. 겸이 슥, 고개를 돌려보니 어린 여자아이가 화기애애한 분위기에 이러지도 저러지도 못하고 있는 게 보였다. 이리저리 눈알을 굴리던 소녀는 겸과 눈이 마주치자 얼른 고개를 숙였다.

이 집에서 두 사람이 흡혈귀인 것을 아는 사람은 오직 돌이 엄마뿐이었다. 그러나 본능적으로 모두가 두 사람을 어려워하거나 두려워했다. 행동거지를 보아하니 소녀는 어려운 쪽에 속했다.

겸이 손짓해 소녀를 불렀다. 그제야 두 여인도 수다를 멈추었다. 돌이 엄마가 무릎을 쳤다.

"아이고 내 정신 좀 봐. 목욕 준비를 해두라고 일렀었는데. 형님, 목욕하셔야죠?"

"너 하려고 준비해 둔 거 아니었어?"

"저보단 형님이 더 급해 보이네요."

돌이 엄마는 과장되게 코를 막는 시늉을 해 보였다. 양팔을 들고 자신의 몰골을 훑어본 채화가 한숨을 쉬더니 자리에서 일어났다. 돌이 엄마가 얼른 소녀에게 안내하라 일렀다.

"같이 가요!"

겸도 벌떡 자리에서 일어났다.

"됐어. 돌이 아버지 오시기 전에 가려면 딴짓할 시간 없어."

"딴짓이라니요? 무슨 그런 섭한 말씀을……."

겸이 능글맞게 웃었다. 두 사람의 그런 농담에 익숙해진 돌이 엄마가 한숨을 쉬더니 겸의 소맷자락을 잡아당겨 도로 앉혔다.

"목욕 준비 따로 더 하라 일러둘 터이니 그때까지 기다리세요. 바깥양반 오시면 또 은인이네 뭐네 하며 성대한 잔치라도 벌인다고 난리법석일 거예요."

장사를 잘하려면 분명 눈치도 좋아야 할 텐데 이상하게도 돌이 아버지는 두 사람의 정체만큼은 전혀 눈치채지 못했다. 아마 상상력이 부족해서 그런 게 아닌가 싶은데 때문에 술이며 음식이며 자꾸 먹이려 했다. 두 사람은 그 청을 차마 거절하지 못해 억지로 먹다가 급기야 탈이 난 적도 있었다. 그날 두 흡혈귀가 나란히 앉아 토악질을 해대는 모양이 아주 볼만했었다. 그걸 다른 흡혈귀들이 보았다면 한심하다고 혀를 차는 것만으로 끝나지 않았을 것이다.

겸은 얌전히 돌이 엄마와 채화의 의견에 따르기로 했다. 토악질은 두 번 다시 하고 싶지 않은 경험이었다.

단둘이 남게 되자 안채는 조용해졌다. 그러나 어색함은 없었다. 몇 년이나 봐왔으나 겸은 여전히 돌이 엄마가 신기했다. 흡혈귀를 보고도 두려워하지 않으며 어려워하지 않는 신기한 사람. 문득 과부촌 아낙들이 떠올랐다. 흡혈귀인 줄 뻔히 알면서도 추파들을 던져 대지 않았던가? 세상엔 참, 신기한 사람들이 많은 모양이었다.

"참, 대궐에서 연통이 왔었는데……."

"대궐이요?"

"예. 하도 오래전이라 하마터면 까먹을 뻔했네요. 대궐에서 두 분 오시면 꼭 입궐하게 하라는 명이 왔었어요."

겸은 의아해했다. 채화의 강릉 시댁을 쑥대밭을 만든 이후, 따로 연통을 주고받거나 한 적은 없었다. 그저 딱 한 번 채화가 감사 인사를 전하러 갔을 뿐이었다. 대체 왜 찾는단 말인가? 이미 흡혈귀인 운검도 있을 터, 두 사람이 딱히 필요한 일은 없을 텐데…….

"이유는 말해주던가요?"

"아뇨. 그냥 그렇게만 말하고 가버리셨네요."

"뭐 남긴 것도 없어요?"

"예."

공식 문서 한 장 없는 명이라……. 예감이 좋지 못했다. 겸은 심각한 얼굴로 고민에 빠져들었다.

"목욕 준비가 다 되었다네요."

돌이 엄마가 말을 건넨 후에야 겸은 다시 고개를 들었다. 꼬마 아이 하나가 눈이 마주치기 무섭게 푹 고개를 숙여 버렸다.

"아이를 따라가세요."

겸은 자리에서 일어나 돌이 엄마에게 감사를 표했다.

흔들리는 촛불에 의지해 상소를 읽고 있던 우가 고개를 들었다. 고요하기 짝이 없는 깊은 밤, 묘한 향기가 희미하게 느껴졌다. 우는 자신도 모르게 킁킁거렸다.

"……분 냄새?"

어디선가 헙, 숨을 들이켜는 소리가 났다. 동시에 운검이 모습을 드러냈다. 스릉, 은빛 칼이 빛을 발했다. 우가 한숨을 내쉬었다.

"괜찮다. 그들이다."

운검은 제 눈으로 보기 전엔 믿지 못하겠다는 듯 경계를 풀지 않았다. 어둠 속에 몸을 숨기고 있던 겸과 채화가 모습을 드러냈다. 채화의 모습이 눈에 띈 순간 운검이 흠칫 몸을 떨었다. 지극히 사내다운 반응이었다. 겸은 눈살을 찌푸리며 기필코 다음엔 승복이라고 다짐했다.

우가 손짓했다. 삽시간에 이성을 되찾은 운검은 다시 자취를 감추었다.

"오랜만이로구나."

우의 말에 채화가 큰절을 올렸다. 겸은 멀뚱멀뚱 서 있다가 채화의 눈치에 엉거주춤 예를 취했다.

"그래, 일은 순탄하더냐?"

"익히 소식을 들으시어 알고 계실 줄 아옵니다."

채화가 다시 허리를 숙이며 너스레를 떨었다. 열녀문착분자에 대한 보고가 수시로 올라가고 있음을 그녀라고 모를 리 없었다.

우가 빙그레 웃었다.

"그래. 매일같이 너희 소식을 듣고 있었지. 그럼에도 만날 수가 없으니 애간장이 다 녹는 듯하였다."

겸이 눈살을 찌푸리며 투덜거렸다.

"내 여자요."

채화가 쏘아보았다. 우는 호탕한 웃음을 터뜨렸다. 그 웃음소리에 장지문 밖에서 무슨 일이시냐는 물음이 들려왔다. 우는 얼른 아무것도 아니라 알리곤 다시 두 사람을 바라보았다.

"네 마음은 이미 잘 알고 있느니. 또한 나는 내가 그녀를 감당할 수 없음도 알고 있다. 걱정치 말거라."

겸은 팽, 고개를 돌려 버렸다. 채화가 눈을 흘겼지만 못 본 척했다. 채화는 눈치를 주는 행동이 소용없음을 알고는 신경을 끄기로 마음먹었다.

"어이하여 소인들을 찾으셨나이까?"

채화가 공손히 여쭈었다. 우의 얼굴에 근심이 깃들었다.

"충수가 사라졌다."

"충수라 하오시면 일전에 겸이 변화시킨 운검이 아니옵니까?"

우가 고개를 끄덕였다.

"맞다. 그이다."

"그는 전하를 위해 죽고 사는 운검이 아니옵니까? 그런 그가 어찌하여 사라졌단 말이옵니까?"

"그의 처가 죽은 것은 알고 있느냐?"

"예. 일전에 감사를 드리러 왔을 때 전하께옵서 알려주셨나이다."

채화는 그때의 참담했던 심정을 떠올려 보았다. 충수라는 운검이 불쌍했고 그 아내가 불쌍했다. 겸의 조언에 따라 부인을 사랑해 마지않았던 충수는 부인도 변화시키기로 마음먹었고 실행에 옮겼다.

그러나 결과는 채화와 달랐다. 그의 부인은 끝내 미쳐 날뛰는 흡혈귀가 되고 말았다.

그로 인해 한양은 발칵 뒤집혔다. 미쳐 버린 부인은 밤마다 한양을 쑥대밭으로 만들었다. 부인을 사랑했던 충수는 어떻게든 그녀를 살려보려 했지만 피해는 자꾸 커지기만 했다. 결국, 충수는 눈물을 머금고 자신의 손으로 부인을 죽여야만 했다.

"이해하기 어렵군. 부인을 죽인 후에도 한동안 충성스러운 운검으로 계속 머문 것으로 아는데?"

어린아이처럼 토라져 있던 겸도 비로소 대화에 끼어들었다. 우가 긴 한숨을 뱉어냈다.

"공신들과의 알력이 한참일 때 그는 정말 많은 도움이 되어주었지. 그런데 정세가 안정되자마자 일방적으로 사직을 고하더니 사라져 버렸다."

"그때까지 아내를 잊지 못한 모양이군요. 그래서 속세를 떠나려고……."

채화의 목소리에 물기가 묻어 있었다. 우는 고개를 저었다.

"반만 맞추었구나."

"나머지 반은 무엇이옵니까?"

"그는 아내를 죽게 한 자를 죽이러 갔다. 복수를 결심한 셈이지."

채화는 잠시 생각에 빠져들었다가 이내 슬픈 얼굴로 대꾸했다.

"자결을 하러 갔단 말씀이시옵니까?"

채화의 눈에 눈물이 맺혔다. 충수와 그 아내의 사랑이 너무 가련하고 가련하였다. 우는 허탈하게 웃음 지었다.

"아니다. 그는 너희 둘, 정확히 말하면 겸을 찾아 죽이려고 떠난 것이다."

"겸을요?"

채화가 이해할 수 없다는 듯 겸을 바라보았다. 겸이 콧방귀를 뀌었다.

"어이가 없네. 내가 뭘 했는데?"

"정 힘겨우면 부인을 변화시키라고 했다지?"

우의 시선이 슬쩍 채화에게 닿았다가 돌아왔다. 겸이 불쾌한 얼굴을 했다.

"난 분명 뒷감당을 스스로 해야 될 거라고 말했다. 나 또한 그 뒷감당을 할 자신이 없어서 채화가 죽음의 위기에 처한 후에야 겨우 변화시킬 마음을 먹었어."

"그는 이미 그런 생각은 안중에도 없다. 오직 너의 조언에 따라 변화를 시도하다 죽었기에 너의 탓이라고 여기고 있지."

"아니, 본인도 알고 있었던 거 아냐? 변화 중에 미치거나 죽을 수 있다는 거, 자신이 변화되기 전부터 알고 있었을 텐데? 근데 대체 왜……."

점점 목소리가 높아져 가는 겸을 채화가 부드럽게 만류했다.

"그는 인정할 수 없는 거야."

"뭘 인정할 수 없단 겁니까?"

겸은 어리광을 부리듯 채화에게 툴툴거렸다.

"차마 자신이 부인을 죽인 것을 인정할 수 없는 거야. 그걸 인정한 순간 제정신을 유지할 수 없을 테니까."

겸은 한순간에 모든 것을 이해한 눈치였다. 그러나 인정하고 싶지 않은 듯 굳게 입을 다물었다. 겸을 향해 부드럽게 미소 지어 준 채화가 다시 임금을 향해 머리를 조아리며 말했다.

"단순히 경고를 하시려 했다면 서찰 한 통이면 충분하셨을 것이옵니다. 한데 어찌하여 직접 오게 하셨나이까?"

"그를 잡기 위해 불렀다."

"그를…… 죽이실 참이옵니까?"

"이성을 잃고 미쳐 날뛰기 시작했으니 제거해야지."

"전형적인 토사구팽이로군."

채화가 겸을 쏘아보았다. 겸은 '내가 뭘요?' 하는 눈으로 맞받아쳤지만 이내 꼬리를 말고 고개를 돌려야 했다.

"송구합니다. 겸이 아직 어려……."

"내가 어리긴 뭐가 어리……."

이번엔 말도 잇지 못했다. 채화가 어지간해선 볼 수 없을 무서운 눈으로 노려본 탓이었다.

"괜찮다. 그의 성정이 어떠한지는 나도 익히 잘 알고 있으니."

"송구합니다."

채화가 대신 큰절을 올렸다.

"그를 잡기 위한 어떤 묘책이 있으시옵니까?"

"조만간 나를 찾아올 것이다."

"어찌하여 그리 생각하시는지 여쭈어도 되겠습니까?"

우는 눈을 감았다. 채화는 복잡한 이야기인가 보다, 싶어 묵묵히 기다렸다. 이윽고 우가 다시 눈을 떴다.

"최근 새로운 열녀문착분자가 나타났다."

"새로운 열녀문착분자라니요? 인간은 감히 저희를 흉내 낼 수가……, 아!"

우가 고개를 끄덕였다.

"그래. 충수가 너희를 끌어들이기 위해 가짜 열녀문착분자, 아니 열녀문착혈자가 되었더구나."

우는 나지막하게 설명을 이어 나갔다. 그가 뿌린 것은 똥물이 아닌 핏물이라는 것, 살아 있는 생명체는 사람이건 짐승이건 몰살을 시켰다는 것, 그리고 당당히 열녀문착분자라는 서명을 남겼다는 것, 벌써 네 가문이 몰살당했다는 것까지 빠짐이 없었다.

채화가 조심스레 물었다.

"그런 일이라면 필시 조선 팔도에 소문이 퍼져 있어야 합니다. 한데 저희는 금시초문입니다."

"내가 막았느니라."

"어찌하여 막으셨나이까?"

"충수가 나를 찾아오게 하기 위함이었지. 그만한 일이 소문 하나 돌지 않는다면 필시 그것이 왕명이라는 걸 그도 알 테니까."

자신의 의도를 가로막는 임금, 그가 제아무리 충신이었다 한들 어찌 보면 우로서는 목숨을 건 방법이었다. 채화와 겸은 우의 그런 행동에 감탄하지 않을 수가 없었다. 단순히 언젠가 그를 만나거든 죽여 없애거라, 라는 명령을 내릴 줄 알았거늘, 만약 때라도 잘못 만나 두 사람보다 충수가 먼저 왕을 만나러 왔다면 아마 지금 조선은 어린 세자가 통치하고 있을 수도 있었다.

"운이 좋으셨습니다. 그가 저희보다 먼저 오기라도……."

채화는 말을 잇지 못했다. 말을 멈춘 채화가 양손으로 귀를 막으며 바닥에 쓰러졌다. 동시에 겸 또한 마찬가지로 귀를 틀어막으며 신음했다. 우는 영문을 몰라 자리에서 일어났다.

"어찌하여 그러느냐? 대체 어이하여 그리……."

순간 우의 머릿속에 겸이 잡히던 날 밤의 일이 떠올랐다. 흡혈귀만이 들을 수 있는 소리를 내는 피리, 그것을 깨닫기 무섭게 탕, 총소리가 났다. 채화의 너울이 펄럭이더니 이내 저고리가 붉게 물들었다.

탕, 요란한 총성이 또 울렸다. 겸의 가슴팍에서 붉은 운무가 피어났다. 장지문이 벌컥 열리고 사람들이 몰려들었다. 우가 다급하게 소리쳤다.

"아무도 들어오지 마라! 당장 모두 인정전 밖으로 물러가!"

충수가 어찌 변했을지는 아무도 모르는 일이었다. 우의 발악하는 외침에 들어오려던 내관과 상궁은 얼른 허리를 굽혀 복종을 표하곤 문을 닫았다. 부산스러운 소리가 이어지고 인기척이 사라졌다. 분명 눈앞의 기이한 상황을 목격했으련만, 충수로 인하여 종종 한밤중에 이해할 수 없는 명령을 내리곤 했던지라 그런 종류의 일이라 여긴 듯, 임금의 명령을 얌전히 따랐다.

신음하는 겸과 채화의 뒤로 건장한 그림자가 모습을 나타냈다.

"충수야⋯⋯."

우가 슬프게 그의 이름을 불렀다. 흔들리는 촛불에 비친 붉은 눈동자는 차갑기만 했다. 그가 뚜벅뚜벅 다가와 채화를 번쩍 들어 어깨에 걸쳤다.

"아, 안 돼!"

겸이 소리치며 부들부들 몸을 일으켰다. 차가운 눈으로 그를 쳐다본 충수는 허리춤의 뿔피리를 입에 대더니 후, 하고 불었다. 우와 운검의 눈에 그것은 정말 후, 하는 숨결에 불과했으나 채화와 겸은 고통에 몸부림쳤다.

우는 충수가 끝까지 저를 외면하고 있음을 알았다. 희망이 보였다. 충성심이 남아 있다는 건 이성도 남아 있다는 게 아니던가?

"충수야!"

우가 애타게 불렀으나 그는 들은 척도 하지 않고 훌쩍, 허공으로 뛰어올랐다.

"당장, 당장 그를 쫓아야 한다! 어서 가라!"

우가 운검에게 외쳤다. 그러나 운검은 죄스러운 얼굴로 고개를 조아릴 뿐이었다. 충수가 흡혈귀임을 운검 또한 알고 있었다. 쫓아본들 벌써 몇 리나 멀어졌을지 알 수 없는 노릇이었다.

우 또한 그 사실을 잘 알고 있기에 고개 숙인 채 가만히 서 있는 운검을 나무라지 않았다.

"게 아무도 없느냐!"

우가 소리쳤다. 몇 번이나 더 소리친 끝에 장지문 너머로 인기척들이 몰려들었다. 드륵, 문이 열리고 내관과 상궁이 들어왔다.

"당장 이자를 치료토록 하라. 충수가 머물던 방이 좋겠구나."

충수에 대해 언급된 순간, 내관과 상궁이 흠칫 몸을 떨었다. 장지문 너머 나인들 또한 마찬가지였다.

"무얼 하느냐? 어서 옮기지 않고!"

정신을 차린 내관이 상궁의 도움을 받아 겸을 업고는 빠르게 사라졌다.

우는 충수를 떠올리며 입술을 깨물었다. 평소에도 영특한 자였다. 한발 앞서 생각하고 있을지도 모른다고 여기고는 있었으나 방법이 없기에 애써 외면해 왔건만…….

이제 우는 충수뿐만 아니라 채화를 빼앗긴 겸이 미쳐 날뛰는 것 또한 걱정해야 할 처지가 되고 말았다.

채화를 내려놓은 충수가 자신의 귀를 틀어막고 있던 밀랍 덩어리를 꺼냈다. 그는 멍하니 밀랍을 주무르며 기이했던 만남을 회상했다.

"네가 충수냐?"

조선말이 익숙지 않은 듯 발음이 기묘한 여인이었다. 외양부터 조선 사람과 거리가 있었다. 유달리 이목구비가 뚜렷한 것이 틀림없는 서역 사람이었다. 그러나 평범한 '보통' 사람은 아니었다.

어색하기 짝이 없는 조선 옷을 입은 이국의 여인은 핏빛 눈동자를 갖고 있었다. 충수는 경계했다. 그것이 답이 된 듯 그녀는 곁을 따르던 근육질의 땅딸보에게 물건을 꺼내라 명령했다. 땅딸보 또한 붉은 눈의 흡혈귀였다. 땅딸보는 순순히 명에 따라 충수에게 물건을 건넸다. 충수는 그것이 무엇인지 금방 깨달았다. 산탄총과 뿔피리. 그는 혼란스러워졌다.

"당신은 누구요?"

여자가 차갑게 웃더니 말했다.

"나는 청나라 사막 일족, 바다 건너 아일랜드에서 시조 위의 명령을 받고 온 채다. 이쪽은 율이고."

그녀의 답변은 더더욱 그를 혼란스럽게 했다. 충수는 건네받은 물건을 쳐다보았다. 그가 이것을 본 것은 딱 한 번, 청나라의 사신 룽히가 겸을 잡을 때였다.

"대체 이 물건들을 내게 왜 주는 거지? 이것은 당신이나 나 같은 흡혈귀를 공격하기 위한 도구가 아니던가?"

여자가 눈에 띄게 불쾌한 표정을 짓더니 소리쳤다.

"허튼소리!"

채라는 여자의 호통에 그녀의 일행인 땅딸보가 잔뜩 겁을 집어먹은 듯 보였다. 그러나 정작 호통의 대상인 충수는 평온했다.

"나는 정통성을 타고난 순혈 흡혈귀이다. 우리의 독에 의해 변화된 너 같은 잡종 흡혈귀완 달라!"

충수가 쓰게 웃었다. 알고는 있었으나 이리 대놓고 천대를 받고 보니 기분이 좋지는 않았다.

"그래서 고귀하신 정통 흡혈귀께서 이 천하디천한 잡종 흡혈귀

놈에게 이런 물건은 왜 건네주는 것이오?"

비아냥 섞인 말투에 여자가 눈살을 찌푸렸다. 손에 힘이 들어가는 것을 보니 당장에라도 찢어 죽이고 싶은 모양이었다. 땅딸보가 조심스럽게 '시조의 명령이잖아'라는 말을 했다. 그 말에 여자는 가까스로 스스로를 진정시켰다.

"까닭은 나도 모른다."

충수가 큭, 대놓고 여자를 비웃었다.

"이유도 모르고 명령에 복종한다라……. 복종의 상대가 어떤 위인이든 상관이 없는 모양이로군."

말을 마침과 동시에 충수는 허공으로 날아올랐다. 쿵, 요란한 소리와 함께 충수가 서 있던 땅이 움푹 팼다. 그 한복판에 붉은 여자가 있었다. 크르르, 짐승 같은 소리를 내며 여자가 충수를 노려보았다. 뒤늦게 달려든 땅딸보가 여자에게 연신 '시조의 명령이야'라는 말을 반복했다.

여자는 가까스로 억제한 분기 가득한 얼굴로 말을 씹어뱉었다.

"잡종이니 알 수 없겠지. 피를 타고 흐르는 권위의 개념을."

여자의 기운이 심상치 않음에 땅딸보는 계속해서 안절부절못하고 있었다. 충수는 두 사람의 관계가 퍽이나 인상 깊었다.

충수가 알아들을 수 없는 이국의 욕설을 나지막하게 내뱉은 여자는 다시금 평온해진 얼굴로 말을 건넸다.

"시조께서 물건과 함께 이 말을 전하라 하셨다."

"어디 들어나 봅시다."

"흡혈귀도 죽는다."

"나도 아오. 이미 내 손으로 죽여 버린 전적이 있으니까."

순간 충수의 눈에 슬픔이 깃들었다. 죽어가던 순간에도 미친 듯이 포효하던 짐승 같던 아내. 영원히 아름다운 모습만 기억하고 싶었으나 슬프게도 각인된 기억은 짐승의 모습이었다.

"되다 만 흡혈귀를 죽인 게 뭐 대수라고……."

아내를 향한 비아냥에 충수가 몸을 날렸다. 동시에 땅딸보도 몸을 날렸다. 허공에서 두 사내가 부딪쳤다가 튕겨 나왔다. 충수는 상대가 만만치 않은 것을 알았다. 따로 무예를 수련한 것 같진 않았다. 그러나 경험과 본능이 만나 충수의 무공을 뛰어넘게 하는 무언가가 있었다. 충수는 갑자기 저들이 몇 살이나 먹었을지 궁금해졌다.

여자가 말을 이었다.

"정통 흡혈귀를 죽인다는 건 무척 어려운 일이야. 어지간한 상처는 회복을 해버리니 죽은 줄 알고 방치했다가 뒤통수 맞기 딱 좋다. 때문에 그들을 죽이고 싶거든 머리나 심장처럼 중요한 부위를 잘라 없애 버려야 한다. 아무리 난다 긴다 하는 흡혈귀라도 재생까진 못 하니까. 취향에 맞지 않는다면 통째로 불에 태워도 좋지."

"내게 왜 그런 말을 해주는 것이오?"

"나는 모른다. 그저 전하라 명 받았을 뿐이다."

충수는 아무 표정이 없어 보였다. 그러나 그것은 인간일 때부터 갖춰온 감정을 감추기 위한 위장에 불과했다. 충수의 머리는 복잡하기 짝이 없었다. 왜 굳이 저런 말을 전하는 것일까? 뒤늦게 되다 만 흡혈귀라는 단어가 가슴에 와 닿았다. 저들은 제가 아내를 살해한 것까지 알고 있는 게 분명했다. 왜 죽였는지도 알고 있었다. 그렇다면 이 무기를 어디에 사용할지도 알고 있을 터…….
대체 어떻게?

혼란스러움을 감춘다고 감췄으나 기껏해야 육십 년도 못 산 충수는 나이 든 흡혈귀의 눈썰미까지는 피할 수 없었다.

충수의 표정을 읽은 붉은 여자가 조소했다.

"시조께서는 미래를 보신다. 그렇게 놀랄 거 없어."

흥, 하고 콧방귀를 뀐 여자가 덧붙였다.

"하긴 잡종 주제에 그것을 알 수 있을 리가 없지."

한 번 더 충수가 잡종임을 강조한 여자와 남자는 그 말을 마지막으로 떠나 버렸다.

하나로 뭉쳐진 밀랍 덩어리가 충수의 손에서 떨어져 데구르르 굴러갔다. 그것은 툭, 채화에게 부딪쳐 멈췄다. 마치 그 때문이기라도 한 듯, 채화가 벌떡 일어나더니 우웩, 토악질을 했다. 좌라락, 검붉은 피와 함께 자잘한 은구슬이 쏟아졌다. 연거푸 사혈을 토해낸 채화는 창백해진 안색으로 주위를 살폈다. 그리 오래 살필 필요도 없었다. 과부촌의 초입에 있는 서낭당 밑이었다.

몸을 일으켰다. 너울은 어디 갔는지 보이질 않았다. 오랜만에 목욕을 하고 곱게 치장까지 했건만, 흙바닥에 팽개쳐져 있던 탓에 새로 차려입은 옷은 온통 구겨지고 흙투성이였다. 그것도 모자라 토해낸 피까지 묻어 갈아입기 전보다 훨씬 더 엉망진창이었다.

온몸에 힘이 없었다. 흡혈귀가 된 이후로 피로조차 느껴본 적이 없건만……. 오래전엔 일상이었던 이 느낌이 어쩐지 낯설었다.

"대체 무엇이 특별한 걸까?"

채화가 홱 고개를 돌렸다. 충수는 잔뜩 일그러진 얼굴로 채화를 바라보고 있었다. 사람들이 소원을 빌기 위해 쌓아놓은 커다란 돌무더기에 걸터앉은 채였다.

"어째서 너와 나는 성공하고 내 처는 실패했는지 아는가?"

채화는 아무 대답도 할 수 없었다. 충수가 말을 이었다.

"내 처는 전형적인 외유내강형 인간이었지. 겉보기엔 왜소하고 가녀릴지 몰라도 정신만큼은 강인했어. 난 그런 그녀가 그깟 고통에 굴복당했다는 게 믿어지지 않아."

어찌할 바를 모르던 채화는 진심을 담아 말을 건넸다.

"삼가 고인의 명복을 빌 뿐입니다."

멀찍이 앉아 있던 충수가 바람처럼 다가와 채화의 목을 졸랐다.

"함부로 지나간 사람 취급하지 마라. 내 안에서 부인은 영원히 살아 있으니까."

채화는 컥컥거리며 간신히 미안하다고 말했다. 충수는 그런 채화를 난폭하게 집어 던졌다. 채화는 한참이나 날아가 쿵, 바닥에 떨어졌다.

충수를 공격하고자 마음먹는다면 충분히 할 수 있었다. 그저 피리 소리 한 번에 산탄총 한 번뿐이었다. 사혈과 은구슬은 토해냈으니 이제 아무 영향을 미치지 못했다. 그로 인한 내상 또한 금방 회복될 터. 그러나 채화는 그를 공격하지 않았다. 너무 안타까워서 차마 그리할 수가 없었다. 만약 자신이 잘못되었다면 겸 또한 저리되지 않았을까? 충수와 겸이 자꾸 겹쳐져 도저히 공격할 수 없었다.

몸을 일으킨 채화는 충수에게 잡혔던 목을 어루만지며 물었다.

"무엇을 원하십니까?"

"복수다."

"겸과 저를…… 죽이고자 하십니까?"

"필요하다면."

충수는 무심했다. 채화는 그가 앉아 있던 돌무더기 곁에 크고 기다란 말뚝이 있는 것을 발견했다. 번쩍이는 모양이 은으로 만들어진 게 틀림없었다. 흡혈귀에게 상처를 입힐 수 있는 것은 은과 같은 흡혈귀뿐이다. 그 사실을 상기한 채화는 등골이 오싹했다. 대체 저 말뚝을 어디에 쓴단 말인가? 채화는 이제 곧 그 쓰임을 알게 되겠구나 싶었다. 충수가 말뚝을 들고 뚜벅뚜벅 다가왔다.

"무얼…… 하시려는 겁니까?"

"저항하지 마라. 저항하면 나의 다음 방문지는 금석이란 아이의 집이 될 것이니."

금석. 채화는 귀여운 돌이를 떠올리곤 사색이 되었다. 채화의 멱살을 잡은 충수가 그녀를 서낭당 밑으로 질질 끌고 갔다. 그를 해칠 수도, 돌이네를 위협할 수도 없었던 채화는 얌전히 끌려갈 수밖에 없었다. 나무에 채화를 밀친 충수가 말뚝을 들이밀었다. 말뚝의 뾰족한 끝이 채화를 향하고 있었다.

"대체 무엇을……."

말이 끝나기도 전에 채화의 처절한 비명이 울려 퍼졌다.

눈앞이 캄캄해졌다. 흡혈귀가 되면 다시는 이런 고통을 겪을 일이 없을 줄 알았다. 잘 죽지 않는다는 사실이 이렇게 원망스러울 줄은 몰랐다. 차라리 죽고 싶은 고통이었다.

충수는 채화에게 인정사정없이 말뚝을 찔러 넣었다. 쿵쿵 충수의 주먹질에 채화를 관통한 말뚝은 서낭당에 푹 박혀 채화를 굳건히 고정시켰다. 채화는 고통으로 인해 충수가 했던 말을 잊어버렸다. 채화가 부들부들 떨며 말뚝을 잡았다. 충수가 입을 열었다.

"아까도 말했다시피 말뚝에서 벗어나 내 일을 방해한다면 금석의 집이 쑥대밭이 될 것이다."

채화는 손을 놓고 이를 악물었다. 정신이 가물가물해질 만큼 고통스러웠지만 참아내야만 했다. 자신도 모르게 말뚝을 뽑으려 하는 손을 억제하는 것만으로도 채화로선 충분히 힘겨웠다. 그러나 질문을 하지 않을 수 없었다.

"대…… 대체…… 무…… 엇을……."

충수가 웃었다. 슬프기 짝이 없는 미소였다. 그게 다였다. 그는 채화의 질문에 답해주지 않았다. 아니, 어쩌면 답을 해주었을지도 몰랐다. 채화의 정신은 까무룩 나락으로 떨어졌다.

충수는 멀뚱히 말라가는 채화를 바라보았다. 말뚝으로 인한 상처를 회복하기 위해 피를 태운다. 그러나 말뚝이 박혀 있으니 온전히 재생되지 않는다. 다시 손상을 입었다고 여긴 육신은 또 피를 태운다. 청나라에서 넘어온 온갖 서적을 탐독하여 생각해 낸 방법이었다. 스스로에게 직접 시험까지 해본 터였다. 이제 남은 것은 겸이 오길 기다리는 것뿐이었다.

채화를 납치하던 때, 충수는 서찰 하나를 왕의 침전에 남겨두었다. 이제 조만간 서찰을 읽은 겸이 나타나리라.

동쪽 하늘이 뿌옇게 밝아오고 있었다. 아마도 채화와 같은 시각에 겸 또한 구슬과 사혈을 토해냈을 터, 충수의 예상은 한 치의 어긋남도 없었다.

충수가 채화에게로 몸을 날렸다. 말뚝을 뽑으려던 겸은 충수에 의해 내동댕이쳐졌다.

똑같은 흡혈귀였다. 그러나 충수는 사십여 년간 무예를 수련해 왔다. 똑같은 흡혈귀이니 어차피 같은 능력. 무예를 수련한 쪽이 월등함은 당연한 이치였다. 그 차이를 메울 수 있는 것은 길디긴 인생의 특권 중 하나인 경험뿐. 불행히도 겸은 그 경험조차 충수에 미칠 수 없었다.

겸은 분통이 터졌다. 충수를 변화시킨 것은 그저 채화를 살리기 위한 수단에 불과했다. 그런데 지금, 바로 그 수단에 불과했던 자가 채화를 위협하고 있었다.

"네 마누라를 죽인 건 너잖아!"

겸이 발악했다. 붉은 눈동자가 번뜩였고 흰자에는 핏발이 섰다. 충수가 눈살을 찌푸렸다. 겸은 그를 흔드는 데 성공했다고 여겼다. 그것은 착각이었다. 충수는 그대로 칼을 빼 들고 겸에게 달려들었다. 오직 겸만을 위해 특별히 제작된, 인간에게는 무용지물이나 다름없을 은 칼날이 번뜩였다.

겸은 그를 해칠 수 없었다. 그의 바랑에는 아직도 살생금단 네 글자가 적힌 각서가 담겨 있었다. 함께 여행을 하며 채화에 대해 더 잘 알게 된 이후 겸은 흡혈귀 또한 살생금단의 대상에 포함시켜야 한다는 걸 깨달았다. 그 때문에 겸이 선택할 수 있는 것은 충수를 따돌린 후 채화를 구해내는 것뿐이었다.

그러나 그것조차 쉬운 일이 아니었다.

채화는 점점 말라갔다. 이제 산송장이라 해도 될 정도였다. 그러나 아무리 손을 뻗어도 닿을 수 없었다. 그가 할 수 있는 것은 충수에 의해 목이 달아나는 것을 간신히 막는 정도였다.

어느덧 새로 구해 입은 장삼이 누더기가 되었다. 핏빛 누더기였다. 채화는 계속해서 말라갔다. 겸은 이성을 찾을 수 없었다. 그의 숨결이 점점 거칠어졌다. 반면 충수의 검은 더욱 예리해져 갔다.

"겨…… 엄……."

가까스로 정신을 차린 채화가 겸을 불렀다. 냉정을 찾으라 말하려던 거였다. 불행히도 말은 끝까지 이어지지 못했고 더욱 불행하게도 채화의 부름에 겸의 이성은 완전히 사라지고 말았다.

"으아아아!"

겸이 소리치며 달려들었다. 충수가 칼을 들었다.

"멈추어라!"

겸이 출발한 직후, 가장 빠른 말을 타고 뒤를 따른 우가 드디어 도착했다. 어찌나 서둘렀는지 한 나라의 수장인 임금 우의 뒤를 따르는 자는 고작 운겸 하나였다.

한때 목숨 바쳐 충성했던 주군의 명령에 충수가 멈칫했다. 그틈을 놓치지 않고 달려든 겸이 충수의 가슴을 꿰뚫었다.

"너도 한번 똑같은 고통을 당해봐라!"

겸이 그대로 충수의 심장을 뽑아냈다. 인간이었다면 즉사할 만한 타격이었다. 그러나 충수는 흡혈귀였다. 심장을 잃고 뒤로 넘어가면서도 재빠르게 칼을 휘둘렀다. 방심하고 있던 겸의 목이 뎅겅 잘려 나갔다. 말뚝에 박혀 정신이 희미한 상태에서도 그 장면이 어찌나 눈에 선한지, 채화의 처절한 비명이 허공을 갈랐다.

두 남자가 툭, 쓰러졌다. 겸의 머리도 툭 떨어져 데굴, 두어 바퀴 굴렀다. 채화가 몸부림쳤다. 미친 듯이 발악하며 겸을 향해 움직였다. 말뚝을 뽑은 후에 가면 될 것을…… 이성이 마비된 채화는 그런 것까지 생각할 여력이 없었다. 고통까지 잊은 채 오직 겸에게 가야겠다는 일념 하나로 움직인 끝에 채화가 말뚝으로부터 완전히 자유로워졌다.

"겸아!"

채화가 비틀거리며 겸을 향해 달렸다. 그러나 털썩, 그대로 쓰러져 버렸다. 채화는 이제 나무토막이라 해도 좋을 만큼 말라 있었다. 흙바닥에 쓰러진 채화의 시선이 겸의 시선과 만났다. 겸은 충격과 고통을 이기지 못한 듯 두 눈을 부릅뜨고 있었다. 채화의 입에서 정체 모를 소리가 뿜어졌다. 그러나 이내 채화 또한 미동조차 하지 않게 되었다.

말에서 내린 우는 그대로 바닥에 주저앉았다. 운검이 황급히 그를 일으켜 세웠으나 우는 도저히 두 다리로 서 있을 힘이 없어 도로 주저앉았다. 체통을 지켜야 할 눈에서 눈물이 솟아났다.

"이를 어이 할꼬. 이를 어이 해."

체통을 잊고 눈물을 쏟아냈다. 운검은 어찌할 바를 몰라 이러지도 저러지도 못했다. 그가 할 수 있는 것은 통곡하는 임금의 곁에 서 있는 것뿐이었다.

어느덧 아침 해가 찬란한 햇살을 온 사방에 뿌렸다. 햇살에 노출된 충수와 겸의 시신이 서서히 연기를 뿜어냈다. 그것을 보며 우는 더욱 크게 눈물지었다. 차마 주군의 우는 모습을 지켜볼 수 없었던 운검이 고개를 들었다. 뭔가를 봤다고 여긴 순간 그가 반사적으로 칼을 뽑아 들었다.

"누구냐!"

운검이 외쳤다. 운검의 소리에 우도 주위를 살폈다.

선비가 있었다. 갓을 쓰고 옥빛 도포를 차려입은 그는 분명 조선의 평범한 선비처럼 보였다. 그러나 두 사람은 한순간에 알았다. 그의 눈동자는 붉게 빛나고 있었다.

"아아, 그냥 떠돌이 나그네요. 오랜만에 고향 생각이 나서 들렀는데 이거야 원……."

기괴하기 짝이 없는 피투성이 한복판에서 그가 활짝 웃었다. 그러나 운검과 우는 웃을 수 없었다. 그는 어느새 겸의 머리와 몸통을 들고 나무 그늘로 피신해 있었다.

"내가 아픈 건 딱 질색이라."

나그네가 씩 웃었다. 우와 운검은 멀뚱히 바라보는 것밖에 할 수 있는 게 없었다. 뒤에 이어진 나그네의 행동은 기괴했다. 우와 운검은 당최 무슨 짓을 하는지 추측조차 할 수 없었다.

나그네는 한 손에 겸의 머리를 들고 반대편 옆구리에 겸의 몸통을 끼운 채 이리저리 가늠해 보더니 웃차, 하는 소리를 내며 맞붙였다. 그러곤 운검을 향해 고갯짓을 했다.

"이들이 죽는 걸 원하는 것처럼 보이진 않던데. 와서 좀 도와주시지?"

운검이 우를 보았다. 여전히 주저앉아 있던 우는 고개를 끄덕였다. 운검은 그제야 낯선 흡혈귀에게 다가갔다.

"대단하네. 내가 무섭지도 않은가 보오?"

"내가 무얼 도우면 되겠소?"

나그네가 어깨를 으쓱했다.

"이놈이 잘 붙을 때까지 잡고만 있으면 되오."

운검이 눈살을 찌푸렸다.

"그, 그게 가능하단 말이오?"

"뭐 그거야 지켜보면 아실 테고. 도와줄 거요 말 거요?"

운검은 한 번 더 우를 보았다.

"그의 말에 따르거라."

두 사람의 행동에 나그네가 흘깃 우를 보았다. 다급하게 나온 터라 우는 침의 차림이었다.

"어지간히 급했나 보오."

나그네는 피식 웃더니 겸을 운검에게 넘겼다. 운검은 불편한 얼굴로 겸을 받아 들었다.

"잘 잡으시오. 괜히 비뚤게 붙으면 원망 듣소."

운검은 놀란 눈으로 그를 쳐다봤다.

"농이오, 농."

나그네는 큭큭 웃더니 겸의 손에서 충수의 심장을 빼고자 했다. 겸이 굳어 있는 통에 쉽지는 않았다. 한참 애를 쓰던 나그네는 거리낌 없이 겸의 손가락을 부러뜨려 심장을 빼앗았다. 우둑, 하는 소리가 들린 순간 겸이 움찔거렸다. 죽은 줄 알았던 겸의 움직임에 깜짝 놀란 운검은 하마터면 그를 놓칠 뻔했다. 나그네는 그런 운검을 못 본 척하고 충수의 심장을 살폈다. 그러나 그 심장은 겸의 손아귀에서 이미 처참하게 터져나간 후였다.

"쯧쯧, 너무 늦었네."

그렇게 말하면서도 그는 충수에게 다가갔다. 기묘한 표정을 짓고 있는 것이 미소를 지은 것처럼 보였다.

"신체발부는 수지부모라……."

주문이라도 되는 듯 효경을 읊조린 그는 이미 굳어버린 충수의 가슴 속에 멈춰 버린 심장을 쑤셔 넣었다. 옥빛 도포의 소맷자락에 끈적한 피가 묻어났으나 그는 전혀 개의치 않는 눈치였다.

"자, 그럼 남은 것은 한 명이로고."

몸을 일으킨 그가 채화에게 다가갔다. 다행히 채화는 나무 그늘 속에 쓰러져 있었다. 채화를 이리저리 살핀 후 가만히 바람을 맞고 있던 나그네는 삽시간에 자취를 감췄다가 다시 나타났다. 그의 손에는 시끄럽게 꾸에엑거리는 멧돼지 한 마리가 잡혀 있었다. 나그네가 채화를 일으켜 나무에 기대 앉히곤 멧돼지의 목덜미를 들이밀었다.

채화는 아무 반응이 없었다. 잠깐 고민한 나그네는 아무것도 들지 않은 쪽의 손톱을 세워 멧돼지의 목덜미에 찔러 넣었다. 그가 손톱을 뽑아낸 순간 붉은 분수가 솟구쳤다. 촤락, 뜨거운 피가 채화의 얼굴에 뿌려졌다. 순간 반짝, 채화의 눈동자에 생기가 들었다. 동시에 채화가 멧돼지를 움켜쥐고 목을 물었다.

채화는 꿀꺽꿀꺽 정신없이 피를 마셨다. 멧돼지의 버둥거림이 점점 잦아들었다. 그에 반해 채화는 점점 생기를 되찾고 있었다. 기묘하기 짝이 없는, 어찌 보면 공포스러운 장면을 모두가 말없이 지켜보았다.

쿨럭, 쿨럭, 기침 소리에 운검이 화들짝 놀라 겸을 놓쳤다. 겸은 그대로 흙바닥에 뒤통수를 찧었다. 그것을 확인한 나그네가 또 자취를 감추더니 멧돼지 한 마리를 더 들고 왔다. 그가 멧돼

지를 내밀자 흐리멍덩했던 겸이 눈을 빛내더니 멧돼지를 낚아채
물었다.

서서히 말라가는 멧돼지를 확인하며 나그네가 우에게 말했다.

"이제 돌아들 가셔야겠소이다. 멧돼지 하나 가지고 어림도 없
을 터인데 그대로 거기서 지켜보다가 먹이가 되는 수가 있소."

운검의 부축을 받아 몸을 일으킨 우가 나그네를 바라보았다.
운검은 우의 침의에 묻은 흙을 털어내고 있었다.

"나는 저들을 모두 데려가 책임져야 하오."

나그네가 곤란한 얼굴을 했다.

"흡혈귀를 책임지겠단 인간은 내 본 적이 없는데……."

"나로 인해 저들이 이리되었으니 끝까지 책임질 밖에."

"그렇군. 그럼 어디로 데려가면……."

"전하!"

저 멀리 먼지 구름이 일었다. 뒤늦게 말을 타고 달려오는 시위
대였다.

"전하! 무사하시옵니까!"

장군이 날다시피 말에서 내려 우 앞에 무릎을 꿇었다. 나그네
의 붉은 눈이 동그래졌다.

"임금?"

우가 빙그레 웃으며 고개를 끄덕였다. 놀라운 일이 벌어졌다.
나그네는 그대로 큰절을 올렸다.

"주상전하를 뵈옵니다."

우는 크게 놀란 눈치였다. 겸의 행동으로 유추해 보건대 흡혈
귀들에게 인간의 왕이란 아무 의미 없는 자리였다. 그런데 큰절

이라니?

뒤이어 도착한 내관으로부터 옷을 받아 입으며 우가 물었다.

"기이하군. 그대들에게 인간의 왕이란 아무 가치 없는 존재가 아니던가?"

"평범한 흡혈귀였다면 그랬겠지요."

"그 말인즉슨, 그대는 특별하단 소리인가?"

"특별하다면 특별하다 할 수 있습니다."

"애매한 대답이로군. 어디 이름이나 한번 들어보자."

"소인……."

나그네는 잠시 머뭇거렸다. 우는 침착하게 그의 답을 기다렸다. 잠시 후, 드디어 결정을 내린 듯 나그네가 예의 바르게 대답했다.

"소인 청나라의 흡혈귀 사막 일족의 후손, 류라 하옵니다."

멀쩡한 정신이었다면 그의 이름을 듣고 화들짝 놀랐을 겸과 채화는 정신없이 멧돼지 피를 빠느라 아무 반응이 없었다.

며칠 후.

왕명으로 특별히 준비된 커다란 배 앞에서 네 사람이 눈물겨운 이별을 고했다.

"정녕 떠나야 하느냐?"

우는 진심으로 서운한 얼굴이었다.

"송구하옵니다."

류와 채화가 바닥에 엎드렸다. 바닷물을 잔뜩 머금은 나무 바닥인 것은 두 사람에게 아무 문제도 없어 보였다. 겸은 퉁퉁 불어터진 얼굴로 세 사람을 외면하고 있었다. 우가 겸에게 물었다.

"얼굴을 보아하니 가고 싶어 하지 않는 것 같은데 부득불 간다고 하는 이유가 무엇이냐?"

겸은 아무 말도 하지 않았다. 답한 것은 류였다.

"시조의 권위는 피를 타고 흐릅니다. 머리론 제아무리 거부하고 싶어도 본능은 거부할 수 없는 법이지요. 하여 흡혈귀로 태어난 자들은 특별한 경우가 아니면 모두 명령에 복종할 수밖에 없는 운명입니다."

"참으로 신비한 족속이로구나."

류가 빙그레 미소 지었다. 어쩐지 조금 슬퍼 보였다.

우의 시선이 채화에게로 향했다.

"너도 가는 것이냐?"

채화가 크게 머리를 조아리며 답했다.

"예. 겸이 가는 곳이 곧 제가 가야 할 곳이옵니다."

"그곳에 가면 변화된 자들은 천대를 받는다 하던데?"

"그런 것은 문제가 될 수 없사옵니다."

채화조차 못을 박아버리니 우는 섭섭함을 감출 길이 없었다. 그는 진정으로 세 사람이 자신의 곁에 남아 있길 원했다.

그러나 스스로 가겠다는 자를 어찌 막을까? 그들에게 조선 임금의 명령은 아무 제약도 될 수 없음을 우는 너무나도 잘 알고 있었다.

"그럼 조심해서 가거라. 너희에게 필요한 것을 아낌없이 실었으니 편안한 여행이 되었으면 좋겠구나. 언제라도 돌아온다면 조선이 너희를 환영할 것임을 잊지 말고."

우의 말이 끝나자 류와 채화가 마지막으로 한 번 더 큰절을 올렸다. 힐끔 절하는 것을 쳐다본 겸이 불퉁하게 툭 내뱉었다.

"임금도 잘 있으시오."

그러고는 홱 몸을 돌려 배에 올라타 버렸다. 우가 씩 웃었다.

"녀석, 많이 쑥스러운 모양이구나."

채화가 생긋 웃었다.

"이만 가옵니다."

"잘 가거라."

류와 채화도 아쉬움을 뒤로하고 배에 올랐다.

배가 움직이기 시작했다. 우는 아쉬움이 담뿍 담긴 눈으로 쳐다보았다. 채화가 팔을 흔들었다. 무엄하기 짝이 없는 행동이었으나 나무라는 이는 하나도 없었다.

"두렵지 않아요?"

뱃전에 선 겸이 채화에게 물었다.

"뭐가?"

끼룩거리는 갈매기를 구경하던 채화가 대답했다.

"아일랜드요. 낯선 곳이잖아요."

채화가 생긋 웃었다.

"네가 있잖아."

겸이 얼굴을 붉히며 씩 웃었다.

"내가 그렇게 좋아요? 나고 자란 고국을 등지고 멀고 먼 타국까지 따라갈 만큼?"

"응."

겸이 헤, 무방비한 얼굴로 웃음 지었다. 채화가 따라 웃었다.

"너 지금 되게 바보 같아 보이는 거 아니?"

겸이 주위를 둘러보았다. 그 많던 뱃사람들은 다 어디 갔는지 보이질 않았다. 류 또한 마찬가지였다. 뱃전에 있는 것은 오직 겸과 채화 둘뿐이었다. 겸이 가까이 다가와 나지막이 속삭였다.

"바보 같다고 하니까 말인데요. 나…… 하고 싶은데…… 어쩌죠?"

"아서라. 좁은 배 안이다. 사람들한테 구경거리를 제공하고 싶은 거니?"

"아, 청나라까지 가려면 제법 걸릴 텐데 어떻게 참죠?"

"괜찮아. 혼자만 힘들진 않을 테니까."

채화가 얼굴을 붉혔다. 겸이 소리 내어 웃었다.

"이거 엄청난 위로인데요? 좋아요. 어디 한번 참아보죠. 그리고 도착하면 거하게……."

"거기까지 합시다. 낯 뜨거워 죽겠네."

어디선가 류가 나타나 핀잔을 주었다.

겸과 채화는 얼굴을 붉히고 배시시 웃었다. 두 사람의 웃음에 전염된 듯 류도 피식, 웃음 지었다.

〈完〉